MIRJAM KUL

DAS WEISSE GOLD DES AMAZONAS

EINE VERBOTENE LIEBE AM AMAZONAS »Wenn wir uns je sicher fühlen wollen, müssen wir an einen Ort gelangen, an dem es keine weinenden Bäume gibt. Im Kautschukwald stirbt unser Volk, Paul. Ich weiß, du bist dazwischen. Vielleicht musst du dich irgendwann entscheiden.« Brasilien im Jahr 1896: Taya gehört dem indigenen Stamm der Andyrá an und lebt mit ihrem Bruder und ihren Eltern in einem Sklavenlager des preußischen Kautschukbarons Heinrich Lorenz. Die Männer der indigenen Stämme arbeiten als Seringueiros, Kautschukzapfer, auf den Plantagen im Dschungel und werden dort auf brutale Weise ausgebeutet. Ihre Frauen und Kinder werden als Druckmittel im Lager gehalten, damit die Männer nicht in den Dschungel fliehen. Taya ringt um ihre Liebsten und um das Überleben ihres Volkes. Eine schicksalshafte Begegnung mit Paul, dem Sohn des Barons, verändert ihr Leben. Zwischen den beiden entwickelt sich schnell eine tiefe Verbundenheit, welche die beiden um jeden Preis geheim halten müssen. Ein Spiel mit dem Feuer beginnt, das nicht nur Taya und Paul in Gefahr bringt, sondern auch ihre Familien an einen gefährlichen Abgrund aus Lügen und Gewalt führt.

© privat

Mirjam Kul ist gelernte Erzieherin und Familientherapeutin. Seit 2015 ist sie als Autorin sehr aktiv und konnte damit ihre Leidenschaft zum Beruf machen. Die Katzennärrin lebt mit ihrer Familie in München. Ihre Neugierde, familiäre Strukturen zu erfassen, ihre Kreativität und die Eindrücke ihrer Reisen verarbeitet sie in ihren Geschichten. Sie schreibt historische und fantastische Romane. Ihre Bücher ziehen insbesondere die Leser:innen in ihren Bann, die Abenteuergeschichten, Liebe und Familiensagas mögen. Nach einer sehr erfolgreichen Fantasy-Buchreihe ist »Das weiße Gold des Amazonas« ihr erster Roman im Gmeiner-Verlag.

MIRJAM KUL

DAS WEISSE GOLD DES AMAZONAS

ROMAN

GMEINER

Dieses Werk wurde vermittelt durch
die Autoren- und Projektagentur Gerd F. Rumler (München)«

Immer informiert

Spannung pur – mit unserem Newsletter informieren wir Sie
regelmäßig über Wissenswertes aus unserer Bücherwelt.

Gefällt mir!

Facebook: @Gmeiner.Verlag
Instagram: @gmeinerverlag

Besuchen Sie uns im Internet:
www.gmeiner-verlag.de

© 2024 – Gmeiner-Verlag GmbH
Im Ehnried 5, 88605 Meßkirch
Telefon 07575/2095-0
info@gmeiner-verlag.de
Alle Rechte vorbehalten
1. Auflage 2024

Lektorat: Claudia Senghaas, Kirchardt
Herstellung: Mirjam Hecht
Umschlaggestaltung unter Verwendung der Fotos von:
© Wabisabi / stock.adobe.com; microtech / stock.adobe.com; PublicDo-
mainPictures / Pixabay
Druck: CPI books GmbH, Leck
Printed in Germany
ISBN 978-3-8392-0677-5

»Wirklich weise ist, wer mehr Träume in seiner Seele hat als die Realität zerstören kann.«

Hans Kruppa

Namensverzeichnis

Tayana (Bedeutung: die Liebe), Spitzname Taya
Paul Lorenz (Bedeutung: stammt von Paulus »der Jüngere« ab)

Tayas Familie:
Tohon (Bedeutung: Puma), Bruder
Kajika (Bedeutung: läuft ohne Geräusch), Vater
Tabbenoca (Bedeutung: Sonnenaufgang), Mutter

Pauls Familie:
Karl (Bedeutung: wird mit »der Freie« übersetzt, einer, der kein Sklave war), Bruder
Heinrich (Bedeutung: der Herr im Haus/Herrscher), Vater, Kautschukbaron
Luise (Bedeutung: Beschützerin/Kämpferin), Mutter

Angestellte der Familie Lorenz:
Emefa (Bedeutung: hier ist Frieden), Haushälterin
Diego, Gärtner
Cristobal, Gärtner
Fernando Rocha, Buchhalter
Katharina, Zofe

Befreundete Familie Taya:

Tallulah (Bedeutung: springendes Wasser), beste Freundin von Taya – Spitzname Tula

Yumah (Bedeutung: Sohn des Flusses), Bruder von Tula, bester Freund von Tohon

Moema (Bedeutung: Morgenlicht), Mutter von Tula und Yumah

Sonstige Personen:

Charlotte Thomson, Verlobte von Karl

Emmanuel Petit, Gouverneur Manaus

Camille Petit, Ehefrau des Gouverneurs

Wichtige Begriffe:

Andyrá (Bedeutung: Fledermaus)

Seringueiros (Bedeutung: Kautschuksammler)

Prolog

1876, Manaus, Brasilien

Luise schien es, als prallte sie gegen eine heiße Wand aus Luft. Das feuchte Klima im fernen Brasilien setzte ihr auch nach Monaten noch entsetzlich zu. Wie sollte sie sich an die Mischung aus Hitze, Schwüle, Feuchtigkeit und an die endlosen Bäume um sie herum gewöhnen?

Sie war eine geborene und wohlerzogene Preußin und als solche in den vier Jahreszeiten aufgewachsen. Auf den kalten Winter hoffte sie in Manaus vergeblich.

Ihre Ehe mit Heinrich Lorenz war frisch.

Luises Vater hatte das lukrative Geschäft gegen ihren Willen arrangiert.

Mit schwerem Herzen spazierte sie zum Ufer des Igarapés. Eine ihrer Mägde hatte Luise erklärt, dass die Wasserwege am Rio Negro unter den Einheimischen so genannt wurden.

Ihr Ehemann Heinrich hatte Land am Amazonas gekauft und häufte seit Monaten unfassbaren Reichtum an. Luise lebte als seine Frau in einem großen Haus mit eigenem Anlegehafen. Um sie herum wimmelte es von den Angestellten ihres Mannes, die das Gelände pflegten und für ihre Sicherheit sorgten. Hier konnte sie sich frei bewegen. Die Gärtner waren angewiesen worden, Schlangen und andere gefährliche Tiere vom Grundstück fernzuhalten.

Mit einem Sicherheitsabstand zum Rio Negro blieb sie stehen. Der Fluss ängstigte sie. Zu viele schaurige Geschichten hatte sie gehört. Piranhas und Riesenschlangen lebten in den Gewässern. Auf einem der hohen Treffen der Kautschukbarone hatte der Gouverneur von einem Fisch berichtet, der in die Harnröhre der Menschen eindringe.

Luise drückte ihren Säugling an sich.

Warum nur hatte ihr Vater sie an Heinrich Lorenz verheiratet und ihrem Leben diese schreckliche Bürde übergestülpt?

Vor wenigen Wochen hatte sie Heinrichs Sohn auf die Welt gebracht. Luise betrachtete das Bündel in ihren Armen. Sie erinnerte sich an ihre Erleichterung, als Karl geboren wurde und sich herausstellte, dass es sich tatsächlich um einen Jungen handelte.

Heinrich hatte seine Freude über seinen Erben zum Ausdruck gebracht und Karl seinen Namen gegeben.

Karl schlief friedlich in ihren Armen. Im Gegensatz zu ihr hatte er sich umgehend an das Klima gewöhnt. Seufzend streichelte sie über das kleine pausbäckige Gesicht. Sie liebte ihren Jungen, wenn das auch für seinen Vater nicht galt. Der blonde Flaum auf dem kleinen Kopf war ein deutlicher Hinweis auf Karls preußische Herkunft.

Luise schluckte ihren Kummer herunter. Sie war eine Fremde an diesem Ort. Schlimmer noch, ein Eindringling.

Die Einheimischen kannten die Gefahren des Dschungels, die Tücken des Klimas. Sie lebten im Einklang mit dieser fremden Welt. Sie waren ein Teil davon.

Nur den weißen Wilderern mit ihren neuartigen Waffen konnten sie nicht genug entgegensetzen.

Luise spürte die feindlichen Blicke der Einheimischen, wenn sie in ihren prunkvollen Kleidern durch die Straßen Manaus' spazierte. Sie schämte sich in Grund und Boden, wenn verlauste Kinder um Geld bettelten, während Heinrich ihr verbot, das gleiche Kleid zweimal zu einem besonderen Anlass zu tragen.

Sie hatte keine Ahnung gehabt, als sie vor einem Jahr von Preußen aufgebrochen war, um die Frau an Heinrichs Seite zu werden. Monatelang hatte sie heimlich in ihrem Zimmer geweint und ihr Schicksal nicht akzeptieren wollen.

Innerhalb weniger Wochen war ihre Blutung ausgeblieben und eine Schwangerschaft festgestellt worden. Das hatte alle Fluchtfantasien zunichtegemacht.

Mit dem kleinen Karl konnte sie erst recht nirgends hin.

»Du nix jammern, du reich sein. Freuen.« Emefa, die afrikanische Haushälterin, hatte das zu Luise gesagt.

Heinrich bestand darauf, dass seine Angestellten »ordentlich« mit ihm redeten. Also lernten sie Deutsch und Portugiesisch.

Emefa hatte ein burschikoses Wesen und ließ sich nicht unterkriegen. Luise mochte die Frau sehr und bewunderte ihre Stärke. Schließlich hatte man sie ihrem Kontinent entrissen und hierher verschifft.

War es Luise nicht ähnlich ergangen? Durfte sie als reiche Preußin unglücklich sein? Oder war das Gotteslästerung?

»Senhora Lorenz«, rief Emefa.

Luise konnte sie von Weitem sehen. Emefa stand auf der Veranda und rieb eine Hand an ihrer Schürze ab.

»Du essen. Dünn sein. Nix gut für filho.«

Luise wusste Emefas Fürsorge zu schätzen. Sie stillte Karl, und das laugte sie aus. Er war ein kräftiges Bürschlein.

Sie setzte sich in Bewegung, als sie ein Schreien hörte.

Irritiert sah sie auf das Baby in ihren Armen. Es schlief und war es nicht gewesen, obwohl der Laut seinem Geschrei ähnelte.

Luise drehte sich um ihre Achse. Das Plärren wurde lauter.

Sie eilte in die Richtung, aus der sie den Lärm vernahm. Ein Baby.

Dort weint ein Baby.

Ihr Puls schoss in die Höhe. Ihre frischen mütterlichen Instinkte jagten ihr die Tränen in die Augen.

Im Igarapé schwamm etwas. Es trieb zwischen die Boote.

»Senhora Lorenz!« Emefas Stimme klang hinter ihr.

Luise eilte auf den Steg, um zu sehen, wohin das Baby getrieben war.

Sie erhaschte einen Blick auf einen schwimmenden Korb. Darin lag ein schreiendes Baby. Es war in Rage und strampelte heftig mit den Beinchen.

Luises Herz zersprang in ihrer Brust.

Ein herannahendes Boot scheuchte das Wasser auf. Wellen bildeten sich auf dem Rio Negro.

Hinter Luise kam Emefa schnaufend zum Stehen. »Senhora!« Sie rang nach Luft.

Luise musste handeln. Der Korb schwankte und drohte zu kippen. Sie drückte Karl in Emefas Arme und sprang in den Fluss.

Emefas Kreischen hallte laut wider. »Socorro! Hilfe! Senhora Lorenz Wasser fallen.«

Luise schwamm zu dem Korb und griff danach. Das Baby schien unverletzt. Sein Plärren aber war ohrenbetäubend. Luise schob es schwimmend vor sich her.

Diego und Cristobal, die beiden Gärtner, erreichten den Steg und halfen Luise. Diego nahm den Korb. Cristobal zog sie aus dem Wasser.

Die Aufregung sprang auf alle Beteiligten über. Diego murmelte portugiesische Worte, die Luise nicht vollständig verstand. Sie drängte den Mann zur Seite und nahm den Schreihals aus dem Korb.

Vor lauter Geschrei verschluckte sich das Baby. Sie klopfte sanft auf seinen Rücken.

Instinktiv schob Luise sich an den Männern vorbei, lief

auf die Wiese und öffnete den Ausschnitt ihres Kleides, um die tröstende Brust anzubieten.

Völlig durchnässt und mit sich überschlagendem Puls hockte Luise auf der Wiese und starrte in die dunklen Augen des Kleinen, der kräftig zu saugen begonnen hatte und sie dabei ansah.

»Senhora, náo. Kind nix für Preußen-Frau.« Emefa eilte mit Karl auf dem Arm herbei. »Ich rufen Katharina. Sie trocken machen.« Sie lief in Richtung des Hauses davon.

Luise zog vorsichtig an der zerlumpten Decke, die um die Brust des Babys gebunden war. So entdeckte sie, dass es sich um einen Jungen handelte. Genau wie Karl legte er sein kleines Händchen zwischen die Wölbung ihrer Brüste und ließ sie während des Trinkens nicht aus den Augen.

Der Kleine war so hungrig, er forderte auch die andere Seite.

»Senhora Lorenz.« Emefa kehrte schnaufend zurück.

Luise sah, dass Katharina ebenfalls auf dem Weg zu ihnen war. Sie trug Karl auf dem Arm.

Emefa wollte Luise das Baby der Einheimischen abnehmen.

Luise schob Emefas Hand zur Seite und schüttelte heftig den Kopf.

»Filho Karl nix trinken übrig. Senhor Lorenz böse sein.« Emefa warnte Luise eindringlich. »Ich Mehlbrei machen für Wald-Kind.«

»Ich habe Karl vor einer Stunde gestillt. Ich habe genug Milch.« Luise widersprach. Sie brachte es nicht übers Herz, dem Baby die tröstende Brust zu verwehren.

Dieser Junge war in einem Bastkorb angespült worden. Wie verzweifelt musste seine Mutter sein, sein Schicksal dem Fluss zu überlassen? Was hatte dieses Baby für Ängste ausgestanden?

Luise verstand Emefas Sorge. Schon oft hatte die Haushälterin Heinrichs harte Hand zu spüren bekommen, wenn etwas nicht nach seinen Wünschen abgelaufen war.

»Luise, was ist passiert? Woher stammt dieses Baby?« Katharina, Luises Zofe, näherte sich mit geweiteten Augen.

»Ich habe ihn gefunden und werde ihn behalten.« Schützend drückte sie den Jungen an sich.

»Das ist ein Kind der Indigenen. Man sieht es auf den ersten Blick. Der Baron wird das nicht dulden.« Katharina blickte Luise missmutig an.

Diego brachte den Korb, in dem der Kleine gelegen hatte.

Luise fand neben einer weiteren zerschlissenen Decke eine aus Holz geschnitzte Figur. Stirnrunzelnd nahm sie sie heraus und musterte sie.

Die Figur schien ein vogelartiges Tier darzustellen.

Luise begriff die Zusammenhänge nicht. Sie kannte die Welt der Indigenen zu wenig.

Es spielte keine Rolle.

In ihren Armen löste sich der Kleine von ihrer Brust, und sie verdeckte ihre Blöße. Sie erhob sich vom Gras und ließ ihn ein Bäuerchen machen.

»Wir haben genug Geld, um zwei Kinder aufzuziehen.« Luise entschied sich für ein zweites Kind.

Sie sah die ungläubigen Blicke von Diego und Cristobal, beides Indigene, denen Heinrich einen neuen Namen gegeben hatte, damit er sie leichter aussprechen konnte.

Diego senkte den Blick. »Götter segnen, Senhora.«

»Nix Götter. Nur Kreuz-Gott beten. Senhor Lorenz böse sein. Schlagen dir.« Emefa schnappte aufgelöst nach Luft.

Sie alle duckten sich unter Heinrich. Luise wusste, warum, und sie verstand es. Er kannte keine Gnade.

Sie aber war seine Ehefrau, und er musste sie anhören.

Er muss nichts. Sie schluckte. Sie war zwar die Ehefrau eines Kautschukbarons, aber sie hatte keine Macht.

Luise nahm den Jungen mit sich und brachte ihn ins Haus. Sie kannte diese Art Luxus, eine Villa mit edlen Chinateppichen, prunkvollen Gemälden und Tapeten und marmornen italienischen Böden auszustatten, bereits aus Preußen.

An diesem Ort mitten im Dschungel fühlte sich der Prunk furchtbar unpassend an.

Sie stieg die Treppen nach oben und brachte den Kleinen in Karls Zimmer. Katharina folgte ihr, während Emefa laut vor sich hin fluchte.

Karl erwachte langsam aus seinem Schlaf. Er nörgelte.

Katharina konnte gut mit ihm umgehen. Lächelnd beobachtete Luise sie dabei, wie sie den Jungen schaukelte und er zufrieden gluckste.

Der andere Junge brauchte dringend ein Bad, denn er roch. Luise wollte Heinrichs schlechte Meinung nicht noch füttern, indem sie einen stinkenden Jungen herzeigte. Er sollte frisch gewaschen vorgeführt werden.

Murrend brachte Emefa erwärmtes Wasser und goss es in Karls Wanne. »Wertvoll baden. Nix für diese Kind. Senhor Lorenz böse sein.«

Luise fühlte mit einem Finger ins Wasser und befand die Wärme für genau richtig. Der süße Fratz bekam ein Bad mit milder Seife. Heinrich ließ sie extra aus Europa herbringen, weil er großen Wert auf Körperpflege legte. Den anderen Baronen wollte er in nichts nachstehen.

Der Kleine liebte zweifelsfrei das Wasser. Er quietschte ausgelassen und trieb Luise damit die Rührungstränen in die Augen.

»Senhora nass. Trocken Kleid anziehen. Mücken jagen Senhora, bekommen Malaria. Tot sein.«

Luise warf Emefa einen strengen Blick zu. »Mal nicht dauernd den Teufel an die Wand.« Das durchnässte Kleid hing schwer an Luise herunter, und sie wollte es liebend gern wechseln, aber zuerst sollte der Junge versorgt sein.

Das Bad tat ihm gut. Fröhlich strampelte er und gab dabei brabbelnde Geräusche von sich. Wie alt mochte er sein?

Er wirkte Karl sehr ähnlich, und der war erst sieben Wochen alt.

Sie nahm das Baby aus der Wanne und trocknete es ab. Stirnrunzelnd musterte sie die Brust des Jungen. Hatte sie einen Fleck beim Baden übersehen?

Sie fuhr über die dunkle Stelle, die sich nicht entfernen ließ. Beim näheren Hinsehen verstand sie, dass es sich um eine Tätowierung handelte.

Erschrocken weitete Luise die Augen. Wer tätowierte ein Neugeborenes? Waren die Indigenen am Ende so unmenschlich, wie Heinrich es behauptete?

Luise erkannte die Fledermaus und kombinierte es prompt mit der hölzernen Figur.

War der Junge mit dem Schutz der Fledermäuse zu den Göttern geschickt worden? Sie hatte gehört, dass die Einheimischen an mystische Dinge glaubten und dabei andere Götter und Geister verehrten als die Christen.

Verehrten sie Fledermäuse?

Heinrich würde diese Tätowierung nicht gefallen. Glücklicherweise konnte Luise sie leicht verbergen, wenn sie den Jungen ankleidete. Heinrich übernahm nie das Wickeln.

Begeistert hielt sie den Kleinen kurz darauf in die Höhe. Er trug einen von Karls Stramplern und sah darin zuckersüß aus.

Selbst Katharina lachte auf.

Sie legten Karl und den Neuankömmling zusammen aufs Bett und besahen sich die beiden Zwerge.

Neugierig drehten die Babys die Köpfe zueinander.

Karl streckte grobmotorisch die Händchen aus und tapste

dem anderen ins Gesicht. Der lachte und strampelte in alle Richtungen.

Luise berührte Katharinas Hand und drückte sie. Tränen sammelten sich in ihren Augen, so gerührt war sie.

»Ist es nicht erstaunlich, dass Babys so rein sind, dass sie einander gernhaben, ohne auf Äußerlichkeiten zu achten?«

»Kaum zu glauben, dass wir alle rein geboren wurden«, erwiderte Katharina.

»Emefa!«, brüllte Heinrich im unteren Stockwerk.

Er war zurück.

Luise deutete Katharina, ihr aus dem nassen Kleid zu helfen. Sie musste sich schleunigst in Form bringen, um Heinrich als stolze Ehefrau zu begegnen. Ein Kampf lag vor ihr.

Ein Kampf um diesen Jungen, der gerade an Karls Hand lutschte.

Katharina verstand sie ohne Worte. Schnell brachte sie das nasse Kleid auf den Balkon, legte es über das Geländer und eilte zurück. Luise trocknete sich bereits ab. Ein Blick in den Spiegel bewies ihr, dass ihre Haare fürchterlich aussahen.

Bei dem Sprung in den Rio Negro hatte sie alles ausgeblendet, sogar ihre Angst vor den Tieren, die in ihm wohnten.

Es galt nur, den Säugling im Bastkorb zu retten.

Katharina half Luise in ein frisches Kleid. Sie kämmte Luises Haare und band sie in einen Dutt.

»Danke, Katharina, es wird schon gehen. Ich trage Karl, wenn ich Heinrich gegenübertrete. Du nimmst bitte unseren Neuankömmling.« Luise schlüpfte noch in ihre Schuhe und nahm Karl auf den Arm.

Sie achtete auf einen aufrechten Gang und schritt die Stufen nach unten.

Heinrich stand bei offener Tür in seinem Büro mit Fernando Rocha, seinem Buchhalter. Er blickte vom Schreibtisch auf. »Luise, mein Liebling«, sagte er und lächelte ihr zu.

»Du siehst wunderschön aus. Die Geburt unseres Sohnes ist dir wohl bekommen.«

Luise erwiderte sein Lächeln. »Ich danke dir. Ich erwarte dich beim Essen. Emefa hat gekocht.«

Sie wartete sein Nicken ab und lief voraus.

Heinrich klärte bei jeder seiner Ankünfte immer zuerst die Finanzen mit Senhor Rocha. Dabei sollte sie ihn nicht stören. Schließlich brauchte sie ihn möglichst gut gelaunt, um ihren Willen zu bekommen.

Emefa sah mit großen Augen zu Katharina, die Luise mit dem Baby der Einheimischen folgte.

Luise legte Karl in seine Hängematte und schaukelte ihn ein wenig hin und her. Der Junge war nicht begeistert und nörgelte prompt. Sie sollte ein Kindermädchen einstellen.

Heinrich ärgerte sich, wenn er mit Luise speisen wollte und Karl sich nur auf dem Arm beruhigen ließ. Katharina konnte nicht beide Jungen tragen, und Emefa war stets mit Küchenaufgaben beschäftigt.

Luise nahm Karl wieder auf den Arm, damit er nicht weiternörgelte. Sie stupste seine Nase mit ihrer und sprach beruhigend auf ihn ein.

»Luise, Liebling, zeig mir meinen Sohn.« Heinrich stolzierte herein. Seine Laune schien gut zu sein.

Erleichtert drehte sie Karl in seine Richtung.

»Er entwickelt sich prächtig«, erklärte sie. Karls Pausbäckchen bewiesen, wie wohlgenährt und stramm er war.

»Er ist großartig gelungen.« Heinrich freute sich sichtlich. »Ich habe den Gouverneur zu uns eingeladen, Liebling. Er möchte unseren Sohn sehen.«

»Für heute?«, fragte sie. Das wäre kein guter Zeitpunkt.

»Frühestens in der nächsten Woche kann er es einrichten«, antwortete Heinrich, warf einen letzten Blick auf Karl und schritt zu seinem Platz am Kopf der Tafel.

Luise legte Karl zurück in die Hängematte und hoffte, er würde es akzeptieren und nicht weinen.

»Setz dich, damit wir essen können«, sagte Heinrich.

Luise entdeckte Katharina in einer hinteren Ecke, wo sie mit dem Baby ausharrte. Sie wirkte nervös.

Luise setzte sich auf ihren Platz und nahm Messer und Gabel in die Hand. »Ich möchte etwas mit dir besprechen, Heinrich.«

»Alles, was du willst, mein Liebling. Du weißt, ich kann dir nichts abschlagen. Möchtest du eine neue Badewanne? Ich habe gehört, dass es neuartige Systeme gibt, in denen warmes Wasser aus einem Rohr direkt in die Wanne läuft. Natürlich werde ich das sofort für dich veranlassen.« Heinrich lächelte ihr zu.

Heinrich kam dauernd mit Erfindungen um die Ecke. In Europa lebte der Fortschritt auf, und die Kautschukbarone glaubten, jeden Schnickschnack für sich beanspruchen zu müssen.

»Das klingt interessant«, behauptete Luise, um ihn nicht zu verärgern. Ein heißes Bad war das Letzte, das sie in diesem Klima benötigte. »Tatsächlich wollte ich etwas anderes mit dir besprechen. Es gab einen Zwischenfall im Garten.«

Heinrich verengte seine Augen zu Schlitzen. »Fernando hat mir nichts gesagt. Ist das Gesindel unhöflich zu dir gewesen?« Heinrich ballte eine Hand zur Faust. Er neigte zu Gewaltausbrüchen gegenüber den Angestellten.

Luise konnte es nicht mitansehen, wenn er auf Diego oder Emefa einschlug.

»Heinrich, ich bitte dich. Sie behandeln mich alle zuvorkommend.« Luise tätschelte seine Hand. »Ich hörte fremdes Babygeschrei, während Karl friedlich schlief. Ein Kind wurde in einem Korb angespült.«

Heinrich winkte ab und widmete sich seinem gegrillten

Fleisch. »Hast du nicht davon gehört, Liebling? Die Wilden töten ihre Kinder gleich nach der Geburt. Manche werfen sie den Piranhas zum Fraß vor, andere ersticken sie im Sand.«

Luise weitete die Augen. »Warum sollten sie das tun?«

Heinrich kaute genüsslich, bevor er sich an sie wandte. »Sie sind wie Tiere, Luise. Die Weiber lassen jeden Abschaum zwischen ihre Schenkel und müssen anschließend die Bälger loswerden.«

Luises Blick schnellte zu Diego, der neben der Tür stand und Befehle abwartete. Sie wusste, dass er früher zu jenen *Wilden* gehört hatte, bevor er *zivilisiert* worden war.

Traurigkeit lag in seinem Blick.

Instinktiv wusste Luise, dass Heinrich log. Ob er das absichtlich tat oder es nicht besser wusste, konnte sie nicht sagen.

Das Baby im Korb war zweifelsfrei liebevoll verpackt worden. Mehr als eine zerschlissene Decke hatte seine Mutter wahrscheinlich nicht gehabt, aber die hatte sie ihm gelassen. Außerdem die hölzerne Fledermaus, die Luise versteckt hatte.

»Ich habe dem Baby geholfen.« Luise räusperte sich. Dieses Gespräch würde nicht leicht werden.

Heinrich stöhnte auf. »Du bist ein engelsgleiches Geschöpf, Luise. Deswegen habe ich bei deinem Vater schwere Geschütze aufgefahren, um dich ehelichen zu können. Die Anwärter standen Schlange.«

Luise schluckte ihren Zorn hinunter. Wie ein Stück Vieh hatte ihr Vater sie verkauft.

»Dein schlechtes Gewissen ist unnötig. Die Wilden sollen sich freuen, dass ich ihnen Arbeit gebe und sie zivilisiere. Warum zur Hölle kannst du das nicht einsehen und mich unterstützen?«

Luise achtete auf eine aufrechte Sitzhaltung. Diese Diskussion um seine Arbeit als Kautschukbaron hatten sie in den letzten Monaten oft geführt, und Heinrich war laut und aggressiv geworden. Bisher hatte er sie nicht geschlagen, aber die Dienerschaft musste es an ihrer Stelle ausbaden, was dazu führte, dass Luise sich schuldig fühlte und ihn ungern reizte.

»Ich möchte nicht über deine Arbeit sprechen, Heinrich. Es geht mir um das Kind. Er ist nur ein Baby, und wir haben genug Geld.« Sie strich sich eine Locke aus dem Gesicht und tat es langsam genug, damit Heinrich ihrer Bewegung folgen konnte. Sie musste ihre anziehende Wirkung auf ihn nutzen. Einen anderen Weg sah sie nicht.

Er räusperte sich. »Liebling, ich erfülle dir jeden Wunsch, weil du die schönste Frau in Manaus bist, meine Frau.«

»Aber?«, fragte sie.

»Ein Balg von denen kommt mir nicht ins Haus!«, donnerte er.

Mit dieser Reaktion hatte Luise gerechnet, aber sie gab nicht auf.

»Ich achte darauf, dass der Junge dich nicht stört. Er wird *zivilisiert* aufwachsen und für keinen Anstoß sorgen.« Luise benutzte Heinrichs abwertende Sprache, die ihr zuwider war. Nur diese verstand er offensichtlich. Sie widmete sich ihrem Essen.

Luise wollte den Kleinen als eigenes Kind annehmen und nicht der Dienerschaft in Obhut geben, aber es wäre bereits ein Erfolg, wenn das Baby bleiben durfte.

»Wie wäre es, wenn wir das Kind zu den Missionaren geben? Das gibt dir Seelenfrieden, und das Problem ist gelöst.« Nachdem er laut geworden war, sprach er nun ruhiger. Sein Jähzorn war ein schlimmer Charakterzug an ihm.

Luise versuchte, mit Heinrich zurechtzukommen.

Welche Wahl hatte sie?

»Bei allem Respekt, Heinrich. Er ist ein Baby. Er braucht keine Bekehrung, sondern mütterlichen Schutz. Er ist wie Karl. Unser Junge hätte einen Spielgefährten.«

Heinrichs Gesicht färbte sich rot.

Luise war zu weit gegangen. Sie zuckte zusammen, als Heinrich seine geballte Faust auf den Tisch knallte. »Mein Sohn spielt nicht mit Dreck.«

Es war eine imaginäre Ohrfeige.

Luise war als fromme Katholikin nach Manaus gekommen. Oft hatte sie weinend im Bett gelegen und im Gebet nach Hilfe gerungen. Sie würde es nie offen zugeben, aber sie hatte ihren Glauben verloren.

Zu schlecht war die Welt an diesem Ort.

Heinrich scherte sich nicht um ihre Grenzen. Das Schicksal der Menschen, die dieses Land zuerst bewohnt hatten, kümmerte ihn nicht. Im Gegenteil.

Luise rückte ihren Stuhl nach hinten und erhob sich.

»Du hast den Teller nicht geleert. Wenn es dir nicht schmeckt, werde ich Emefa bestrafen.« Heinrich grollte. Er drohte die Kontrolle zu verlieren.

»Das Essen ist einwandfrei. Ich ertrage nur die Gesellschaft am Tisch nicht.« Es kostete sie Überwindung, sich höflich auszudrücken. Sie tat es zum Schutze der *Sklaven*, die hier lebten. Das waren sie für Heinrich.

Sie ging zu Karl, der bei dem Brüllen seines Vaters zu weinen begonnen hatte. Beruhigend nahm sie ihn auf den Arm und summte ein Wiegenlied. Sie deutete Katharina mit dem Kopf, das Baby der Einheimischen aus dem Raum zu bringen.

Heinrich baute sich breitbeinig vor der Tür auf. Er war ein hoch aufragender Mann und der Dienerschaft deutlich an Größe überlegen. Er packte Katharina am Arm und schaute auf das Baby in ihren Armen.

Luise drückte Karl an sich und eilte zu Katharina. Sie musste einen Weg finden, Heinrich zu beruhigen.

»Wir brauchen einen Namen für ihn.« Sie tätschelte Heinrichs Arm, schob sich geschmeidig mit Karl dazwischen und lächelte ihm zu.

Heinrich focht einen innerlichen Kampf. Luise sah es ihm an. Bisher hatte er sie mit Geschenken überhäuft und sie stolz vor den anderen Kautschukbaronen vorgeführt. Auf seine machtgierige und besitzergreifende Art liebte er sie.

Nun stand sie vor ihm, mit seinem Sohn in den Armen, und bat ihn, ein Baby der Indigenen aufzunehmen.

»Ich habe gehört, dass die Gattin des Gouverneurs ebenfalls diese lästigen Anwandlungen hat, die sie ›Gewissensbisse‹ nennt. Der Gouverneur hat ihr gestattet, eine soziale Einrichtung zu gründen.«

Luise reagierte überrascht. Camille Petit lebte so offen dekadent, wie Luise es nie zuvor gesehen hatte.

»Ich werde ihn zu einem anständigen Jungen erziehen, der lesen und schreiben kann.« Luise strich mit der freien Hand über Heinrichs Brust.

Brummend setzte er sich zurück an den Tisch. »Ich erwarte, dass dein Gewissen damit beruhigt ist. Es schadet meinem Ansehen in der Gesellschaft, wenn meine Frau nicht hinter mir steht. Der Junge ist die einzige Spielerei, verstanden?«

Luise wies Katharina an, den Kleinen nach oben zu bringen, und drückte Karl in Emefas Arme, die in der Nähe stand und die Situation angespannt beobachtet hatte.

Luise setzte sich zu ihrem Ehemann an den Tisch und führte das Essen fort. »Ein wenig Moral hat noch niemandem geschadet.«

Heinrich lachte auf. »Rede nicht von Dingen, die du nicht verstehst. Moral ist käuflich. Immer.«

Luise musste lange über seine Worte nachdenken.

Nüchtern betrachtet hatte Heinrich Lorenz in seinem jungen Alter von nur 25 Jahren es bis ganz nach oben geschafft.

Er hatte alles. Nur keine Liebe. Und kein Herz.

»Wie wäre es mit Paul?« Luise tupfte mit einer Serviette ihren Mund ab.

»Nenn ihn, wie du willst.«

Luise wog verschiedene Namen ab. Karl und Paul klangen stimmig zueinander. »Dann ist es entschieden. Bitte melde Paul bei den Behörden an und besorge ihm Papiere.«

Heinrich schob den leeren Teller von sich und sah sie direkt an. »Du kannst froh sein, dass ich diese Schwäche für dich habe.« Er erhob sich und trat hinter Luises Stuhl, um ihr behilflich zu sein.

Sie ahnte, was er wollte. Schon drückte er sie an sich und küsste sie überschwänglich.

Luise erwiderte seine Annäherung. Seit einem Jahr versuchte sie, ihn zu mögen, um ihr Leben leichter zu machen.

Heute hatte er sie tatsächlich ein wenig gewonnen, trotz seines widerlichen Geredes über jene Menschen, die anders waren als er. Er hatte ihr den zweiten Sohn zugestanden.

Luise ahnte, dass dieser Junge mit der Fledermaus besonders war und zum Segen für dieses Haus werden würde.

1

1883, Manaus, Brasilien (sieben Jahre später)

»Was ist mit uns?« Taya sang aus Leibeskräften mit den anderen Kindern und Erwachsenen im Chor.

Sie saßen in einem großen Kreis rund um das Lagerfeuer. Neben Taya trommelte ihr großer Bruder Tohon mit geschlossenen Augen auf seiner Atabaque. Er träumte sich fort.

Auch Taya wollte an jenen Ort, von dem ihre Eltern erzählt hatten.

Früher hatten ihre Eltern im Stamm der Andyrá mitten im Dschungel bei den Wasserfällen gelebt. Sie waren frei gewesen, bis die Fremden kamen und sie verschleppt hatten.

Seitdem arbeitete *papai* hart im Kautschukwald, damit Tohon und Taya nichts passierte.

»Wir wollen den Fluss entlang und unsere verlorenen Brüder und Schwestern finden.«

Die Bewohner des Lagers hatten das Lied selbst erfunden und sangen es, wenn sie in der Regenzeit zusammenkamen.

Taya liebte die Gemeinschaft so sehr, dass sie nicht sitzen bleiben wollte. Sie sprang auf und sang, so laut sie konnte, damit ihre Stimme im Chor zu hören war. »Was ist mit Liebe? Warum kennt ihr sie nicht?«

Einige Männer tanzten.

Mamãe hatte ihr erzählt, dass die Andyrá ein singendes und tanzendes Volk gewesen waren, das in den Höhlen am Fluss bei den Fledermäusen gelebt hatte.

Papai lag auf dem Boden und bettete seinen Kopf auf *mamães* Schoß. Er hatte heute keine Kraft zu tanzen. Die Fremden schlugen manchmal auf seinen Rücken, wenn er nicht genug Kautschuk gebracht hatte.

Taya hob den Kopf gen Himmel und hielt Ausschau nach den Fledermäusen.

Würden sie kommen und ihr das Land ihres Stammes zeigen?

Als das Lied endete, blieb Taya sehnsüchtig zurück. Die Momente, in denen sie sich zusammenfanden und sangen, waren die schönsten in ihrem Leben.

Leider blieb dafür wenig Zeit. Tohon und sie mussten ihrer *mamãe* bei der Arbeit helfen und die Männer in den Dschungel.

Taya graute es vor dem Tag, an dem die Fremden auch Tohon in den Kautschukwald brachten. *Papai* hatte ihnen gesagt, dass es passieren würde, und Tohon alles über den Baum, der weinte, erzählt.

Papai war stark und kam trotzdem schwach nach Hause. Tohon aber war nur ein dünner Junge.

Die Gruppe löste sich auf, und Taya folgte ihrer Familie. Sie bewohnten eine kleine Holzhütte, in der sie sich mit ihrem Bruder eine Bastmatte teilte.

Es wurde dunkel, und Taya beeilte sich, zu Tohon zu krabbeln, um sich schlafen zu legen.

Mamãe sang *papai* leise in den Schlaf. Taya war froh, dass er bei ihnen war. In der Trockenzeit, wenn der Kautschukbaum weinte, kam *papai* viele Monde nicht nach Hause. Während auch Taya dem Gesang lauschte, dachte sie an *mamães* Worte.

»Ich verehre deinen *papai*, weil er alles für uns erträgt. Er könnte in den Dschungel laufen und die Andyrá suchen, aber er kämpft, weil er uns liebt.«

Taya liebte *papai* auch sehr stark.

»Niemand läuft in den Dschungel. Die Fremden jagen ihre tollwütigen Hunde hinter ihnen her.« Moema, *mamães* beste Freundin, hatte das geantwortet, und Taya hatte erschrocken Tohons Hand ergriffen.

Als Taya Stunden später erwachte, war *papai* fort. Tohon war schon auf den Beinen und schüttelte den Kopf über sie. »Aufstehen, kleine Fledermaus.«

»Ich bin schon sieben«, entgegnete sie.

»Wusstest du, dass die Andyrá ohne die Zeit der Fremden gelebt haben? Niemand zählte die Sonnenaufgänge, wie es die Fremden tun.«

Interessiert setzte Taya sich auf. »Ist es wichtig, die Zeit zu zählen?«

Tohon zuckte mit den Schultern. »Das weiß ich nicht. Die Fremden zählen meine Zeit, damit sie wissen, wann ich zum Kautschukwald muss. Ich bin neun, aber mit zwölf muss ich gehen.«

»Ich wünschte, sie würden die Zeit nicht zählen«, wisperte Taya.

»Wenn *papai* die weißen Tränen für die Fremden sammeln kann, kann ich es auch«, erklärte Tohon.

»Aber ich will zu den Fledermäusen und ihre Höhlen sehen und unseren Fluss. Sie sind doch unsere Schutzgeister. Warum helfen sie uns nicht?«

»Sag das nicht zu dem Missionar, wenn er wieder zu uns kommt, damit wir zum Kreuz-Gott beten. Sonst bestrafen sie uns.«

Taya erhob sich seufzend von der Bastmatte und folgte ihrem Bruder nach draußen.

Sie trafen auf ihre besten Freunde Yumah und Tallulah. Yumah wurde bald zwölf. Sein *papai* war im Kautschukwald gestorben. Taya wusste, dass Yumah große Angst vor den Fremden hatte.

Tallulah war so alt wie Tohon, würde aber als Mädchen nicht in den Kautschukwald müssen.

»Die Wächter haben Potira mitgenommen. Sie sagten, dass ihr Bruder tot ist und keiner mehr für sie arbeitet«, erzählte Yumah sichtlich betroffen.

»Wohin haben sie Potira gebracht?« Taya dachte an die junge Frau, die schon zu bluten begonnen hatte.

»Ich habe gehört, wie meine *mamãe* zu deiner gesagt hat, sie käme ins Hurenhaus.« Yumah raufte sich die Haare. »Unsere *mamães* haben geweint und sich umarmt.«

»Was ist ein Hurenhaus?«, fragte Tohon.

»Das weiß ich nicht.« Yumah hielt Tallulahs Hand. »Ich glaube, es ist nicht schön da. Wenn ich in den Wald muss, strenge ich mich an, Tula, versprochen.«

Tohon ballte seine Hände zu Fäusten. »Wir müssen die Fledermäuse finden. Sonst hört das nie auf.«

»Bestimmt haben die Fremden die Fledermäuse getötet«, erklärte Tallulah.

»Niemals!« Taya stampfte mit einem Fuß auf. »Keiner kann sie töten. Sie sind zu schlau. Außerdem sind sie unsere Schutzgeister. Sie werden die Fremden von hier fortjagen.«

Yumah sah sie zweifelnd an.

»Man muss an sie glauben, damit sie kommen.« Taya hatte sie oft gerufen. Sie würde nicht aufgeben.

»Wir sollen beim Körbeflechten helfen, hat *mamãe* gesagt«, wandte Tallulah ein.

»Ich komme gleich, ich gehe mich waschen.« Taya löste sich von den anderen und rannte zum Rio Negro.

Das Ufer war nicht weit entfernt. Hier im schwarzen Wasser konnten sie sich frisch machen.

Taya hatte gehört, dass der Rio Negro weiter oben klares

Wasser führte. Zu gern wollte sie das sehen. Niemand erlaubte ihr, die Welt außerhalb des Lagers zu erkunden. Manchmal nahm *mamãe* sie mit in die Stadt, aber die Wächter kontrollierten das streng.

Wenn *mamãe* und Taya zum Markt gingen, musste Tohon zurückbleiben, damit sie nicht wegliefen.

Wie so oft stand Taya am Wasser und suchte den Himmel ab. »Wo seid ihr?«, flüsterte sie.

Waren die Fledermäuse tatsächlich fort?

Tief im Wald, wo es keine Fremden gab?

Taya schloss die Augen und stellte sich den Ort der Andyrá vor. Dort musste es klares Wasser geben, Wasserfälle und Flussbecken, in denen ihr Stamm gebadet hatte.

Gab es dort noch Überlebende? Hofften sie auf die Rückkehr ihrer Brüder und Schwestern? So wie Taya und die anderen es in ihrem Lied sangen?

Taya zog ihr Kleid aus, um sich zu waschen.

Sie schlurfte über den Boden im Wasser. Ihre Eltern hatten sie eindringlich vor dem Stechrochen gewarnt, der sich im Schlamm eingrub und einen gefährlichen Stachel hatte.

Während sie ihr Gesicht wusch, nahm sie eine Bewegung wahr. Ein schwarzer Schatten rauschte an ihr vorbei.

Taya drehte aufgeregt den Kopf in Richtung des Vogels.

Oder war es eine Fledermaus? Konnten die Fledermäuse ihres Stammes im Morgengrauen wach sein?

Sie dachte nicht länger nach, sondern warf sich ins Wasser. Taya schwamm der Fledermaus hinterher.

Es musste ein Zeichen sein.

Sie wollte nach ihr rufen, wagte es aber nicht. Wenn jemand sie erwischte, würde sie Ärger bekommen. *Mamãe* wollte nicht, dass Taya allein rausschwamm.

Hier, wo sie wohnten, war der Fluss frei von Müll. Da hatten sie Glück. Vorne in Manaus stank es fürchterlich, und eklige Sachen schwammen im Wasser. Taya hatte sich ihre Nase zuhalten müssen.

Sie blickte um sich. Die Fledermaus war verschwunden.

Nein. Nein! Nein!!

Hektisch suchte sie den Himmel ab und schwamm im Kreis.

Was hatte sie nur für eine blöde Idee gehabt?

Sie hatte sich zu weit von ihrem Lager entfernt.

Während sie so kräftige Züge schwamm, wie sie konnte, hörte sie das Rufen eines Vogels. Wieder suchte sie das Tier. Seinetwegen war sie zu weit auf den Fluss hinausgeschwommen.

Es kam direkt auf sie zugeschossen und umkreiste sie fliegend.

Taya rang nach Luft. Sie starrte auf die Fledermaus.

Obwohl sie noch nie einer lebendigen Andyrá begegnet war, wusste sie genau, wie sie aussah.

Sie hatte ein rötlichbraunes Fell, kräftige Hinterbeine, eine herzförmige große Nase und spitze Ohren.

Taya hörte die Laute klar und deutlich. Sie erklangen in einer Sprache, die sie nicht verstand.

»Ich kann die Sprache meines Stammes nicht«, rief Taya der Andyrá zu. »Die Fremden haben sie verboten. *Mamãe* hat mich Portugiesisch gelehrt.«

Die Andyrá verstummte, kreiste aber weiter über ihr.

»Es tut mir leid.« Taya geriet mehr und mehr außer Atem. Ihre Kraft schwand. »Du musst die anderen Schutzgeister holen, damit sie uns befreien.«

Sie bemerkte den aufmerksamen Blick der Fledermaus. Ihre dunklen Knopfaugen bohrten sich in ihre.

Die Erschöpfung ließ Taya keuchen. Sie suchte das rettende Ufer.

Wie sollte sie dieses weite Stück zurücklegen?

Die Angst kroch in ihre Glieder.

Die Fledermaus flog davon. Taya durfte nicht aufgeben und schwamm in Richtung Ufer. Immer wieder drehte sie den Kopf, weil sie die Laute der Andyrá hören konnte.

Die Andyrá umkreiste einen Mann auf einem Einbaum. Sie schien ihn zu kratzen, denn sie flog vor seinem Gesicht, und er schrie auf. Die Andyrá kehrte zu Taya zurück.

Taya winkte dem Mann, der dank der Fledermaus zu ihr herübersah, und rief um Hilfe.

Er paddelte auf sie zu und zog sie bald aus dem Wasser in seinen Einbaum.

Taya schluckte. Der Mann hatte die gleiche Gesichtsfarbe wie der Fluss. So nah war sie noch keinem von denen gekommen. Sie hatte aber gehört, dass die Fremden sie *escravos* nannten.

Musste sie sich vor ihm fürchten oder war er ein Wunderwerk der Geister wie der Fluss, auf dem sie trieben?

»Kannst du mich ans Ufer bringen?«, fragte sie.

Wortlos nickte er.

Offensichtlich konnte er auch Portugiesisch, sonst hätte er sie kaum verstanden.

»Bist du mit den Fremden zu unserem großen Wald gekommen?«, fragte Taya.

»Die Barbaren schleppten mich her, aber ich bin weggelaufen«, entgegnete er. »Sie sagen, ich bin wild, aber sie sind selbst wild.«

Taya umarmte sich selbst. Die Fledermaus war nirgends zu sehen. »Wir müssen dorthin«, rief sie.

Der Mann brachte sie zwar in Richtung des Ufers, aber viel zu weit südlich. Sie konnte unmöglich die Strecke am Ufer zurücklaufen. Dort standen die großen Häuser, wie Taya welche in Manaus gesehen hatte. Nur die reichen Fremden bewohnten sie.

Sie wies aufgeregt nach Norden.

Der Mann schüttelte entschieden den Kopf. »Ich bin auf der Flucht. Ich paddle nicht zurück. Entweder du schwimmst oder du läufst.«

Er meinte es ernst.

Er näherte sich einem Steg mit Booten. In einiger Entfernung deutete er Taya, seinen Einbaum zu verlassen.

Sie wog die Strecke ab. Dort wohnten bestimmt die Fremden, und die waren böse. Was sollte sie nur machen?

Der Mann würde sie nicht zurückbringen, und auf keinen Fall wollte sie sich noch weiter von ihrer Familie entfernen.

»Raus aus meinem Einbaum«, forderte er. »Ich nehme kein Kind mit.«

Taya glitt ins Wasser und schwamm auf den Steg zu.

Sie musste so schnell wie möglich nach Hause. *Mamãe* und Tohon waren bestimmt aufgelöst.

Taya erreichte den Steg und zog sich nach oben.

Kaum schlich sie über das Holz, stand wie aus dem Nichts ein Junge vor ihr.

Taya atmete erleichtert auf. Er war so groß wie sie, hatte die vertraute Augenfarbe ihres Volkes und die Haut, die die Sonne geküsst hatte.

»Ich bin Taya und stecke in Schwierigkeiten.« Sie blickte vorsichtig in Richtung des Hauses. Die Fremden hatten den Dschungel bezwungen und das Gelände von Bäumen und Schlingpflanzen befreit. Die Orchideen wuchsen in geordneten Bahnen. Taya runzelte die Stirn.

»Taya.« Der Junge wiederholte ihren Namen und sah sie neugierig an.

»Tayana, aber alle sagen Taya.«

»Ich heiße Paul.«

Taya wunderte sich über seinen seltsam klingenden Namen. »Aus welchem Stamm kommst du?«, fragte sie.

»Stamm?« Paul schien sie nicht zu verstehen. »Du brauchst was zum Anziehen. Warte hier auf mich.« Er eilte davon.

Taya folgte ihm bis zum Ende des Steges und setzte sich auf die Wiese. Schon bald trocknete ihre Haut an der Luft.

Es wäre besser, wenn sie sich was überziehen könnte. Die Fremden hassten Nacktheit, hatte *mamãe* gesagt. Früher hatten die Andyrá sich keine Stoffe übergeworfen, die in der Schwüle des Dschungels sofort durchnässten. Taya besaß zwei Kleider. Die trug sie abwechselnd.

Bald kehrte Paul zurück.

»Bei uns wohnen keine Mädchen, aber ich habe eines von Mamas Unterkleidern besorgt. Wir können etwas abschneiden.«

Taya wunderte sich über diesen Jungen. Hatte seine Familie genug Geld für Unterkleider? »Was ist das?« Sie deutete auf das Ding in seinen Händen.

»Eine Schere. Damit kann ich das Kleid kürzen. Zieh es an.«

Taya warf sich das übergroße Unterkleid über und versank schon bald in dem Stoff. So etwas Weiches hatte sie noch nie getragen. Es fühlte sich schön an.

Paul legte die Schere auf die Wiese und band ihr mit den Schnüren einen Gürtel. Danach nahm er die Schere und schnitt an ihren Ärmeln den überflüssigen Stoff ab.

»Wem gehört das Kleid? Wird die Frau nicht schimpfen?« Besorgt blickte Taya zum Haus. Sie konnte sich nicht erklären, was vor sich ging. Sie hatte noch nie von einer reichen Familie ihres Stammes gehört, wo die Frauen Unterkleider trugen.

»Es gehört meiner *mamãe*. Ich nenne sie in meiner anderen Sprache ›Mama‹. Sie ist nett zu allen Leuten.« Paul kürzte das Kleid an ihren Beinen und betrachtete danach lachend seine Arbeit. »Du siehst schön aus, Taya.«

Erst jetzt fiel ihr auf, wie edel Paul gekleidet war. Er trug

Hosen aus einem schönen hellen Stoff, die ihm genau passten. Auch sein Hemd schien wertvoll zu sein.

»Warum bist du in dem Wasser geschwommen? Mama sagt, dass es gefährlich ist. Ich soll nicht hineingehen.« Paul deutete auf den schwarzen Fluss. »Eine Anakonda hätte dich fressen können.«

»Ich bin der Fledermaus gefolgt. Sie hat mich gerufen. Leider kann ich unsere alte Sprache nicht. Ich muss *mamãe* bitten, sie mir beizubringen.« Taya seufzte. »Ich muss nach Hause. Kennst du den Weg nach Norden?«

Paul runzelte die Stirn. »Du schwimmst einer Fledermaus hinterher? Du bist verrückt.« Er lachte.

Taya verzog das Gesicht. Tallulah glaubte auch nicht mehr an die Fledermäuse.

»Sie hat mit mir geredet!« Taya stierte Paul an. Sie war felsenfest davon überzeugt.

Nun lachte er noch ausgelassener.

»Du findest mich witzig? Du bist ein Junge und traust dich nicht ins Wasser. Pah. Tohon und Yumah würden dich auslachen, weil du ängstlicher als ein Mädchen bist.« Taya streckte ihm die Zunge heraus.

»Ich bin mutig.« Paul wehrte sich. Unsicher sah er zum Wasser.

Taya schnaubte über diesen Jungen. Er sah zwar aus wie einer ihres Stammes, schien aber komisch zu sein. »Ich klaue mir etwas zu essen und laufe nach Hause.« Sie schlich sich an die Seite, wo die Orchideen standen.

»Man stiehlt nicht. Das ist unanständig.« Paul folgte ihr.

Unanständig?

»Was bedeutet das Wort?« Sie senkte ihre Stimme. Dort hinten war eine Frau auf die Veranda gekommen, die so dunkle Haut hatte wie der Mann auf dem Einbaum. Sie trug eine riesige weiße Schürze.

Taya hockte sich hinter die Orchideen, um sich zu verstecken.

Paul blieb direkt neben ihr stehen und schaute zu ihr herunter.

Taya ärgerte sich über ihn. »Sieh woanders hin. Du verrätst mich.«

»Warum kniest du dich zu den Blumen?«, fragte er.

»Weil mich sonst die *escravo* sieht. Nachher bringen sie mich in ein Hurenhaus wie Potira.« Taya krabbelte vorwärts.

Paul folgte ihr. »Was ist ein Hurenhaus?«

»Das weiß ich nicht.« Taya zischte. »Aber wir glauben, dass es nicht schön ist.«

»Du machst dein Kleid schmutzig.«

Taya konnte es nicht fassen. Sie drehte sich entgeistert zu Paul, der ihr folgte. Seinetwegen würde sie jeden Moment entdeckt werden.

»Ich habe noch nie ein Mädchen gesehen, das auf dem Boden krabbelt.«

»Und ich habe noch nie einen Jungen gesehen, der Angst vor Schmutz und vor dem Fluss hat.« Sie spähte über die Orchideen zur Veranda. Die Frau mit der Schürze war verschwunden.

Taya atmete auf. Sie hatte noch nichts gegessen und war schrecklich hungrig. »Kannst du von mir weggehen? Ich möchte mir was zu essen klauen.«

Paul schüttelte den Kopf über sie. »Wir können reingehen. Emefa gibt dir was zu essen.«

Taya weitete die Augen. »Reingehen?«

»Komm schon mit, Taya.« Es klang schön, wenn er ihren Namen sagte. Paul steuerte die Veranda an.

Sie biss sich auf die Lippe. Sollte sie dem seltsamen Jungen folgen? Er bewegte sich frei im gezähmten Dschungel, als würde er hier wohnen. Durfte sie mitgehen?

»Taya!« Er winkte sie zu sich.

Sie riskierte es und huschte ihm nach.

Paul ging über die Veranda nach drinnen und hielt Taya die Tür auf. »Emefa?«, rief er.

Schon kam die Frau mit der Schürze.

Taya konnte nicht anders als zu starren. Was war das für ein Zimmer? Alles glänzte vor Sauberkeit, und Möbel standen hier. Diese Familie hatte viel Geld.

Tohon würde ihr nicht glauben, was sie erlebt hatte. Sie musste ihm erzählen, wie die Fremden wohnten.

Die weißen Tränen vom Kautschukbaum mussten sehr wertvoll sein. Warum konnten die Fremden sich sonst solche Dinge kaufen?

Taya starrte auf die Stühle, die mit leuchtenden Stoffen überzogen waren und so weich aussahen, dass sie sich am liebsten hineingeworfen hätte.

»Das ist Taya. Kannst du ihr was zu essen bringen?«, fragte Paul.

»Woher kommen diese Mädchen? Nix Schuhe. Ameisen beißen. Krank sein.«

»Sie hat Hunger, Emefa.«

»Ich holen. Du Mama rufen. Helfen.«

Taya starrte ein Ding an, das sie magisch anzog. »Was ist das?« Sie wollte es berühren, wagte es aber nicht. Es stand auf einem Tisch am Fenster.

»Das ist Mamas Schreibmaschine. Sie drückt die Tasten und schreibt Wörter. Sie erfindet Geschichten und liest sie dann Karl und mir vor«, erzählte Paul strahlend und kam zu Taya. Er zeigte ihr ein weißes Kunstwerk mit schwarzen Zeichen drauf.

Sie sah ihn mit großen Augen an. »So was kann deine *mamãe*?«

Paul nickte. »Gehst du nicht in eine Schule, um lesen und schreiben zu lernen?«

Taya schüttelte den Kopf.

»Wie alt bist du?«

»Sieben«, antwortete Taya. Sie wusste nicht, was eine Schule ist, aber sie verstand lesen und schreiben, wenn sie es auch nicht beherrschte.

»Ich bin auch sieben. In welchem Monat bist du geboren?« Pauls Augen leuchteten.

»Das weiß ich nicht. *Mamãe* sagte, es war während der Regenzeit. Deswegen war *papai* dabei. Wenn der Kautschukbaum weint, sehen wir ihn viele Monde nicht.«

»Essen für Mädchen«, sagte Emefa und stellte einen Teller auf den Tisch.

Taya weitete die Augen. Das war alles für sie?

Sie stürzte an den Tisch und schlang den Eintopf in sich hinein.

Paul setzte sich neben sie und beobachtete sie aufmerksam. Er wartete einen Moment, während Taya gierig die Bohnen kaute. Da war sogar Fleisch drin. Sie konnte es nicht glauben.

Im Lager konnten sie sich das nicht leisten und aßen es nur selten.

»Warum weint der Kautschukbaum?«, fragte Paul, sobald Taya aufgegessen hatte.

Emefa stellte ihr ein Getränk hin.

Taya leerte die Köstlichkeit.

»Mama rufen. Mädchen von Wald nix bleiben. Papa böse sein.« Emefa mahnte Paul.

Er antwortete Emefa nicht, sondern sah Taya abwartend an.

Wusste er denn nicht, warum alle so traurig waren?

Taya seufzte und erzählte es ihm. »Im Dschungel gibt es Bäume, die weiße Tränen weinen, wenn du sie mit der Machete schneidest. *Papai* muss die Tränen im Eimer fangen und auf dem Feuer eine Kugel machen.«

»Das verstehe ich nicht«, erwiderte Paul. »Warum muss er das?«

»Weil die Fremden das wollen. Sie haben Gewehre und schießen einen tot«, erklärte Taya.

»Wer sind die Fremden?« Pauls Augen weiteten sich.

Ein Räuspern brachte Taya dazu, sich umzudrehen.

Erschrocken sprang sie vom Stuhl auf und rannte aus dem Haus. Da war eine von ihnen gewesen. Eine Fremde.

»Taya!« Paul stolperte ihr nach. Sie nahm ihn aus dem Augenwinkel wahr.

Sie wollte nichts riskieren und lief zu den Booten. Vielleicht konnte sie einen Einbaum klauen und wegpaddeln.

Am Steg angekommen, sah sie sich hektisch um.

Zwei Boote waren mit einem Seil befestigt, aber Taya war solche nie gefahren. Im Lager teilten sich die Bewohner nur einen Einbaum, um Fische zu fangen.

»Warum läufst du weg?« Paul kam hechelnd neben ihr zum Stehen. Er hielt sich die Seiten. »Du bist schneller als jeder Junge.«

Taya grunzte. »Tohon ist flink wie ein Puma, aber du bist anders.« Sie spähte an ihm vorbei und entdeckte die Fremde, die auf sie zugeeilt kam.

»Porcaria!«, stieß Taya fluchend aus.

»Das sagt man nicht.« Paul sah sie streng an.

»Paul? Schatz, wer ist das?«, rief die Fremde.

Taya suchte nach einem Ausweg. Es gab keinen Einbaum. Im Wasser käme sie nicht weit, bevor ihr wieder die Puste ausging. Der gezähmte Dschungel war mit einem Zaun geschützt.

Kurzerhand hechtete sie an Paul vorbei zum nächsten Baum und kletterte nach oben.

Sie beobachtete durch die Äste und Blätter, was da unten vor sich ging. Paul wich vor der Fremden nicht zurück, sondern redete mit ihr. Es waren Laute, die Taya nicht kannte.

Schließlich kamen die beiden zu ihrem Baum und schauten hinauf. »Hallo, Taya, ich bin Luise. Du musst keine Angst haben.«

Die Fremde redete in Portugiesisch.

»Hast du eine Familie? Ich lasse dich sicher nach Hause bringen.«

»Mama, kann sie nicht noch bleiben?« Paul mischte sich ein.

Die Fremde war seine *mamãe*? Wie war das möglich?

»Du brauchst keine Angst zu haben. Niemand tut dir etwas.« Wieder wandte sich die Fremde an sie.

Taya biss sich auf die Lippe. Was sollte sie machen? Sie war eingesperrt. Unruhig bemerkte sie zwei Männer, die Geräte trugen. Sie streckte sich, um zu sehen, was sie taten.

Sie kümmerten sich um die Zähmung des Dschungels.

»Meine *mamãe* ist nett. Komm runter.« Paul winkte ihr.

Taya verstand nun, dass Paul eine Mutter aus der anderen Welt hatte.

»Warum kommst du nicht rauf? Kannst du etwa nicht klettern?«, rief sie zu ihm hinunter und verzog das Gesicht. Warum war er so ruhig?

Sie begann den Abstieg.

Die Fremde musterte Taya interessiert. »Du bist ein Mädchen der Einheimischen«, sagte sie und beugte sich näher zu ihr. »Wie bist du denn in unseren Garten gekommen?«

»Ich bin der Fledermaus gefolgt«, erklärte Taya.

Die Fremde schluckte sichtbar. »Fledermaus?«

»Mama, kann Taya noch bleiben? Ich will ihr mein Zimmer zeigen.« Paul bettelte seine *mamãe* an.

Taya spürte den Blick der Fremden auf sich.

»Meine Familie macht sich Sorgen. Ich muss nach Hause gehen.«

Die Fremde nickte. »Ich kümmere mich darum. Wie lautet denn deine Adresse?«

»Ich wohne im Lager der Familien der Seringueiros von Senhor Lorenz«, antwortete Taya. Es handelte sich um einen eingezäunten Bereich, der streng kontrolliert wurde.

Der Fremden entglitten die Gesichtszüge. Trotz der vielen Sonne am Rio Negro war die Haut der Frau bleich.

»Das verstehe ich nicht, Mama«, mischte Paul sich ein.

»Das erkläre ich dir, wenn du älter bist. Ich organisiere die Kutsche, Taya.« Die Fremde lächelte ihr zu, aber es war nicht echt. Taya merkte, dass Pauls *mamãe* sich schlecht fühlte. Sie sah der Fremden nach, die in das reiche Haus eilte.

»Was machen wir jetzt?« Paul musterte sie mit leuchtenden Augen.

»Du fängst mich, damit du lernst, schneller zu laufen.« Taya streckte ihm die Zunge heraus und rannte los.

Paul ließ sich auf ihr Spiel ein. Er jagte sie quer durch den gezähmten Dschungel. Allerdings hatte er keine Chance, sie zu erwischen. Taya war flink. Bei Tohon hatte sie da kein Glück, weil er der Schnellste von allen war.

Als sie bemerkte, dass Paul außer Puste geriet, ließ Taya sich freiwillig fangen, damit er sich freute.

Paul lachte sogleich auf. »Ich bin auch schnell.«

»Nun fange ich dich.« Taya kicherte, als Paul losstolperte. Sie gab ihm einen Vorsprung und folgte ihm.

»Was macht ihr da?«

Taya blieb stehen und drehte sich zu der Stimme herum. Auf der Veranda stand ein anderer Junge. Er gehörte zu den Fremden. Taya sah es auf den ersten Blick.

»Wir spielen fangen. Willst du mitmachen?«, rief Paul.

»Okay«, antwortete der andere Junge und lief zu ihnen.

»Wenn ich einen von euch gefangen habe, versteinert er.« Taya zeigte, was sie meinte, und stellte sich breitbeinig hin. »Der andere kann ihn befreien, indem er zwischen den Beinen durchkrabbelt.«

Die Jungs nickten und rannten davon.

Taya stürzte sich zuerst auf Paul, weil sie wusste, dass er langsamer als sie war. Bei dem anderen Jungen musste sie es herausfinden.

Innerhalb kürzester Zeit hatte sie beide gefangen, und der andere Junge, er hieß Karl, musste Paul und sie jagen.

Nach einer Weile bemerkte Taya die *mamãe* der Jungs. Sie saß auf den Stufen der Veranda und sah ihnen beim Spielen zu. Tränen schimmerten in ihren Augen. Sie hatte sich außerdem umgezogen und trug ein weniger auffälliges Kleid.

Prompt wurde Taya von Paul gefangen, weil sie abgelenkt war. Lachend hielt Paul ihre Hand fest. Seine Augen funkelten so, wie Taya sich die klaren Wasserfälle der Andyrá vorstellte.

»Paul, träumst du? Du musst mich fangen.« Karls Stimme schallte zu ihnen herüber.

Emefa brachte ihnen von dem leckeren Limettengetränk.

»Der Kutscher ist bereit. Ich begleite dich nach Hause«, sagte die Senhora nach einer Weile.

Sofort widersprach Paul. »Mama, kann sie nicht noch bleiben?«

»Ihre Familie wird sich sorgen. Sie wissen nicht, wo Taya ist.«

»Sie kann morgen zu uns kommen, damit wir weiterspielen können«, schlug Karl vor und trat neben Paul.

Taya musste bei der Arbeit helfen und konnte nicht den ganzen Tag spielen. Ehe sie sich erklären konnte, hatte die *mamãe* der Jungs es schon verboten. »Ihr habt morgen Schule.«

Die Kinder folgten der Senhora.

Mit großen Augen entdeckte Taya bald darauf die Kutsche. Sie hatte in der Stadt schon darüber gestaunt, aber war nie so nah herangekommen.

»Verabschiedet euch von Taya.«

»Tchau, bis bald«, sagte Karl und lächelte freundlich.

Sie lächelte auch. Karl war der erste Junge der Fremden, den sie gesehen hatte, und er war nett.

Paul blickte unglücklich drein. Er fummelte nervös an seinem Hemd und guckte sie nicht an. »Tchau, Taya«, murmelte er und küsste sie auf eine ihrer Wangen.

Im nächsten Augenblick rannte er davon.

Taya fasste sich an die Stelle. Kein Junge hatte ihr je einen Kuss gegeben, außer Tohon, aber der war ihr Bruder.

Die Senhora räusperte sich und deutete Taya, in die Kutsche zu steigen.

Das war verrückt. Sie wurde durch dieses Erlebnis von Paul abgelenkt. Es war seltsam, neben der bleichen Senhora in der Kutsche zu sitzen und herumgefahren zu werden.

Sie musste Tohon davon erzählen. Er würde staunen.

»Weißt du denn, wo mein Lager ist?«, fragte Taya nervös.

»Ja«, antwortete die Senhora knapp. »Die Fledermaus, von der du gesprochen hast – hat sie eine besondere Bedeutung für dich?«

Taya wunderte sich, dass die Fremde sich für die Andyrá interessierte. Sie wusste nicht, ob sie ihr davon erzählen durfte. Schließlich waren die Fremden böse zu ihrem Stamm gewesen. Taya schwieg.

»Hast du eine Tätowierung mit einer Fledermaus?«, bohrte die Senhora.

Taya spielte unglücklich mit ihren Fingern. Diese Fragen behagten ihr nicht.

Sie rückte so nah wie möglich an den Rand, um Abstand herzustellen.

»Es tut mir leid, ich wollte dich nicht verängstigen.« Die Senhora seufzte und fragte nicht länger nach.

Als sie das Lager erreichten, bemerkte Taya erst die Männer, die die Senhora begleiteten und offensichtlich für ihren Schutz sorgten.

»Das Mädchen kann einfach hineinlaufen. Sie wird ihre Familie finden«, erklärte ein Mann am Tor.

»Ich möchte ihre Mutter sprechen«, erwiderte die Senhora.

Der Mann nickte und fragte Taya nach dem Namen ihrer Mutter. »Ich lasse sie herbringen.«

Taya harrte nervös neben der Senhora aus.

Wie Taya es befürchtet hatte, reagierte ihre *mamãe* aufgelöst. Ihr Gesicht war von Tränen aufgequollen. Taya hatte ein schlechtes Gewissen. Ihre *mamãe* schloss sie in die Arme und presste sie an sich. Sie murmelte kaum hörbare Worte in der alten Sprache.

Taya würde ihre *mamãe* anbetteln, sie ihr beizubringen.

»Ihre Tochter hat sich verirrt, aber es geht ihr gut.« Die Senhora adressierte *mamãe*. »Kommen Sie bitte kurz zu mir in die Kutsche. Ich möchte unter vier Augen mit Ihnen sprechen.«

Mamãe wies zu Tohon, der hinter dem Tor stand und wartete. »Lauf zu deinem Bruder und wartet, bis ich komme.«

Taya rannte durch das Tor ins Lager und fiel Tohon in die Arme. Angespannt hielt er sie fest und starrte zu *mamãe*. »Bestrafen sie *mamãe*?«

Ängstlich sah Taya zur Kutsche.

Bitte nicht meinetwegen.

Mamãe war in die Kutsche gestiegen, zusammen mit der Senhora. Sie kamen einige Minuten nicht heraus.

Tohon und Taya klammerten sich aneinander, voller Angst, dass ihre *mamãe* nicht zu ihnen zurückdurfte.

Als sie endlich aus der Kutsche stieg, hielten die Kinder den Atem an.

Mamãe trat durch das Tor zu ihnen. Sofort fielen Tohon und Taya ihr um den Hals.

Während Taya sich an ihre Liebsten schmiegte, sah sie zu der Senhora herüber. Sie beobachtete sie traurig. Die Senhora sagte etwas zu den Wächtern, das Taya nicht verstand. Danach ging sie zu ihrer Kutsche und fuhr davon.

2

Paul saß auf dem Bootssteg und starrte auf die Stelle, an der er Taya das erste Mal wahrgenommen hatte. Flink wie ein Fisch war sie geschwommen und auf den Steg geklettert.

Paul hatte noch nie so ein unerschrockenes Mädchen gesehen, geschweige denn mit einem gespielt.

Sie war erst vor Kurzem mit Mama in die Kutsche gestiegen, und Paul war schrecklich traurig, weil Taya fort war.

Er ballte entschieden seine Hände zu Fäusten, denn er fasste einen Plan. Er musste schwimmen, klettern und schnelles Laufen üben. Wenn er Taya das nächste Mal sah, sollte sie staunen, wie flink er sie fangen konnte. Er würde mit ihr auf einen Baum klettern.

Paul rannte zum Haus. Er schlüpfte ins Wohnzimmer und eilte schließlich die Treppen nach oben in sein Zimmer. Dort suchte er bequemere Kleidung, um zu klettern.

Karl erschien im Türrahmen. »Ich habe noch nie ein Mädchen gesehen, dass so schnell ist.« Er trat ins Zimmer. »Was machst du denn?«

»Ich ziehe mich um und klettere auf einen Baum«, antwortete Paul.

Karl lachte auf. »Du spinnst. Du hast sie sogar auf die Backe geküsst. Das war peinlich.«

Paul zuckte bei der Erinnerung zusammen. Karl hatte recht. Dieser Kuss war das Peinlichste gewesen, was er je gemacht hatte.

»Jungs küssen keine Mädchen. Das ist eklig.« Karl verzog das Gesicht.

Paul stimmte seinem Bruder zu. Nur bei Taya war das anders. Bei ihr war es nicht eklig, sondern toll. »Ich küsse keine Mädchen, nur Taya, weil ich sie heirate, wenn ich groß bin«, erklärte Paul überzeugt.

Karl lachte so laut, dass Paul wütend wurde. Er zog sich seine Schuhe an und schob sich an seinem Bruder vorbei.

»Was machst du jetzt? Kinder heiraten nicht.« Karl folgte ihm auf dem Fuß.

»Das weiß ich, du Blödmann. Ich übe klettern, damit Taya staunt.«

Paul steuerte den Baum an, den Taya eben erklommen hatte. Er hielt sich an den abstehenden Ästen fest.

Verwundert bemerkte er, dass Karl ihm folgte. Was sollte denn das? »Ich klettere, nicht du«, schimpfte Paul.

Karl schüttelte den Kopf. »Über mich soll Taya auch staunen.«

Das gefiel Paul nicht. Karl wurde immer von Papa bevorzugt. Wenn Taya ihn auch noch lieber mochte, wäre Paul furchtbar traurig.

»Was machen Kinder in Baum?« Emefa lief schnaufend herbei.

Paul entdeckte sie unten auf dem Rasen. Er beeilte sich, höher zu klettern, damit sie ihn nicht erreichen und herunterziehen konnte.

Für Karl war es zu spät. Emefa erwischte ihn und holte ihn vom Ast. »Nix gut. Senhor Lorenz böse sein.«

»Papa kommt erst am Abend«, rief Paul und kletterte höher. Sein Papa war sehr streng und schrie herum, wenn ihm etwas nicht gefiel. Nur Mama konnte ihn beruhigen.

Ohne Mama wären alle traurig. Sie beschützte alle vor Papa. Paul liebte seine Mama am meisten.

Und Taya. Die liebte er jetzt auch.

Er kletterte weiter und lachte auf, als ein Schwarm blauer Schmetterlinge vor ihm das Weite suchte.

Hier oben fühlte er sich seltsam frei. Er konnte weit über den Fluss schauen. Irgendwo dort musste sie wohnen.

Mama wusste es genau. Sie hatte Taya nach Hause gebracht. Paul würde diese Woche fleißig für den Unterricht lernen, damit er nächsten Sonntag wieder mit Taya spielen durfte.

»Paul? Um Himmels willen!«, rief Mama.

Sie war zurück. Er beugte sich vor, um sie unten zu entdecken.

Ihr Gesicht zeigte den Schock. »Halt dich gut fest. Ich rufe nach Diego, damit er dich rettet.«

»Ich kann das, Mama.« Er begann den Abstieg.

»Diego!« Seine Mama glaubte es nicht. Sie schrie nach dem Gärtner.

Paul fand ihn nett, auch wenn Diego fast nie redete.

Diego kam sofort angestürmt und hörte auf Mamas Worte. Er kam zu Paul hinauf.

»Ich kann das allein«, beharrte Paul.

»Nicht dumm sein. Senhor Lorenz wollen preußische, anständige Kind.« Diego raunte ihm die Worte ins Ohr. Er warnte ihn.

»Aber Taya …«, setzte Paul empört an.

»Taya, kleine Fledermaus von Dschungel. Andere Welt. Nix Preußen-Welt«, flüsterte Diego. Er zog Paul an sich und sorgte dafür, dass sie unbeschadet auf dem Boden landeten.

Sobald Paul auf der Wiese stand und seine Mutter ansah, zuckte er erschrocken zurück. Entsetzte Tränen standen in ihren Augen. »Paul«, sagte sie und umfasste seine Schultern. »Tu das nicht. Sei nicht *wild*. Dein Vater erlaubt es nicht.«

Mama hatte Angst. Paul schluckte, denn er wollte Mama nicht traurig machen.

»Du musst Taya vergessen und ein anständiger Junge sein. Bitte, Paul. Ich ertrage es nicht, wenn dir etwas passiert.« Mama nahm ihn in ihre Arme und drückte ihn an sich. Sie löste sich ein kleines Stück, um sein Gesicht mit Küssen zu überhäufen. »Mama liebt dich. Hörst du? Karl und du seid das Wichtigste auf der Welt für mich. Versprich mir, dass du brav bist.«

Alle hatten Angst vor Papa.

Auch Mama.

Paul nickte, damit seine Mama sein Versprechen glaubte. Aussprechen konnte er die Lüge nicht.

Er würde Taya nie vergessen und sie suchen, wenn er groß war.

Einige Abende später mussten Karl und Paul sich von Katharina herausputzen lassen. Der Gouverneur und seine Frau kamen zum Abendessen. Das kam zum Glück nicht so oft vor. Mama und Papa mussten meistens zu Veranstaltungen in Manaus gehen, aber da blieben Karl und er zu Hause.

Ein Abendessen mit hohen Leuten war langweilig. Da durften Karl und er nicht sprechen und mussten stillsitzen und sehr brav sein. Dann redeten die Erwachsenen Sachen, die Paul nicht verstand. Das war öde.

»Senhor Petit ist streng. Ihr dürft dem Papa keinen Ärger machen, verstanden? Es ist nur ein Abend. Das schafft ihr schon.« Katharina mahnte sie.

Paul war fertig und lief über den Flur, um Mama zu suchen. Sie saß an ihrem Toilettentisch und schaute ihre Frisur im Spiegel an. In ihren hochgedrehten Haaren steckten Federn, die Papa ihr geschenkt hatte. Außerdem trug sie ein riesiges Kleid mit goldenen Rändern.

»Hallo, Schatz. Du siehst toll aus. Ich muss mich auch schick machen, weil der Gouverneur kommt. Da ist Papa angespannt.« Mama lächelte, obwohl sie nicht fröhlich war. Paul hatte das oft bei Mama gesehen.

»Mama«, startete Paul und kam näher. »Ich war diese

Woche doch brav, oder? Ich habe meine Schönschrift jeden Tag geübt.«

Mama strich ihm liebevoll mit der rechten Hand über eine Wange. »Was war nur los mit dir? Du hast so viel geübt wie nie zuvor.«

»Morgen haben wir frei.« Paul nahm seinen ganzen Mut zusammen.

»Den freien Tag hast du dir verdient, mein Schatz.«

»Kannst du Tayas Mama fragen, ob Taya zum Spielen kommen darf? Bitte, Mama. Bitte!«

Mama weitete die Augen. »Paul, Schatz. Wir haben darüber gesprochen. Du musst das Mädchen vergessen. Wenn du mit Mädchen spielen möchtest, verstehe ich das. Ich bitte Senhora Westham, mit ihrer Tochter Madeleine zu Besuch zu kommen.«

Paul ließ die Schultern hängen. Er hatte geahnt, dass Mama es nicht erlauben würde, aber die Hoffnung nicht aufgeben wollen. »Madeleine ist blöd.«

»Das sagt man nicht«, tadelte Mama. »Es tut mir leid, aber es geht nicht.«

»Dann werde ich beim Gouverneur nicht brav sein!« Paul ballte seine Hände zu Fäusten.

Mama schüttelte hektisch den Kopf. Sie umrahmte Pauls Gesicht mit ihren Händen. »Es gibt Dinge, die du noch nicht verstehst, weil du ein Kind bist. Ich erkläre dir das, wenn du älter bist.«

»Ich bin schon sieben! Sag mir, warum ich Taya nicht sehen darf.«

Mama seufzte und ließ ihn los. »Taya ist ein Mädchen der Eingeborenen. Sie …« Mama suchte nach Worten.

»Sie sieht aus wie ich, nur als Mädchen.« Paul hatte Mama oft gefragt, warum er anders aussah als Karl. Mama hatte ihm erklärt, dass es Babys gab, die der liebe Gott einer Frau in den Bauch schenkte, und dann gab es Babys, die er ihr in die Arme legte. Karl war in den Bauch geschenkt worden und er in den Arm.

Sie nannten es Adoption.

Das mit den Babys war Paul zu kompliziert. Er hatte sich mit der Erklärung zufriedengegeben.

»Taya sieht schön aus«, sagte Paul überzeugt.

Mama nickte. »Das stimmt. Taya ist bildschön. Es ist nur so, dass Papa der Bestimmer ist. Er entscheidet, mit wem Karl und du spielen dürft. Er mag keine Einheimischen, und wir müssen das akzeptieren, weil wir keine Wahl haben. Papa ist stark und mächtig.«

»Warum mag Papa Taya nicht? Er kennt sie doch nicht. Vielleicht kann er sie leiden.« Paul wollte es nicht akzeptieren. Er war ein Kind, aber er wusste, dass Papa wie ein König war, der über alle bestimmte.

»Luise, Liebling, wo bleibst du?«

Das war Papa.

»Ich komme«, rief Mama. Sie beugte sich an Pauls Ohr. »Sei brav heute Abend, auch wenn es langweilig oder blöd ist. Du kannst Taya morgen ein Bild malen und ich sorge dafür, dass sie es bekommt. Da wird sie sich bestimmt freuen.«

Pauls Augen leuchteten auf. Eifrig nickte er.

Mama erhob sich und verließ ihr Zimmer.

Paul folgte ihr nach unten.

Papa winkte Mama ungeduldig heran. »Emmanuel und Camille erscheinen jeden Moment.«

Paul stellte sich neben Karl und achtete auf den aufrechten Rücken, den Papa immer forderte.

Mama hakte sich bei Papa unter und überstrahlte den Raum. Mama war die Schönste. Ihre Augen schimmerten so blau wie die großen Schmetterlinge, und ihre Haare waren aus Gold. Außerdem lächelte Mama schöner als die anderen Mamas.

Paul beobachtete sie gerne. Wenn sie ihn dabei erwischte, küsste sie in die Luft und pustete dagegen, damit ihr Kuss zu ihm flog.

Fieberhaft überlegte er, was er für Taya malen sollte. Vielleicht, dass sie Freunde waren?

»Emmanuel, willkommen«, sagte Papa mit lauter und stolzer Stimme. »Es ist Luise und mir eine Freude. Camille, du siehst wundervoll aus. Du trägst aber ein besonderes Collier.«

»Für meine Frau nur das Beste. Es hat ein kleines Vermögen gekostet, aber wer seine Pferde mit Champagner tränkt, muss sich für seine Frau noch kostbarere Dinge überlegen.« Der Gouverneur schritt in den Raum. »Dein Sohn ist gewachsen.«

Mama schob sich lächelnd neben den Gouverneur. »Söhne. Wir haben zwei. Nicht wahr, Heinrich?«

»Ähm, ja. Ich habe Paul offiziell adoptiert. Was tut ein Mann nicht alles, um seine wunderschöne Frau friedlich zu stimmen?«

Der Gouverneur lachte auf. »Ich kenne das. Camille hat auch ab und an lästige Anwandlungen.«

»Lässt er sich denn zivilisieren?«, erkundigte der Gouverneur sich.

Paul wusste, dass sie über ihn redeten, aber er verstand nicht, was der Gouverneur genau meinte.

»Paul ist gut in der Schule und sein Benehmen tadellos. Meine Frau ist eine hervorragende Mutter.« Papa führte den Gouverneur an den Tisch.

Karl und Paul setzten sich auf ihre Plätze. Sie aßen schweigend, während die Erwachsenen redeten.

»Der Druck auf uns Großgrundbesitzer steigt. Brasilien ist das letzte Land der westlichen Hemisphäre, das den Sklavenhandel noch erlaubt. Die Briten machen Druck auf die Portugiesen. Sie wollen den Kaiser stürzen und die Brasilianische Republik ausrufen.« Der Gouverneur schaute missmutig drein.

»Ich bitte dich, Emmanuel. Manaus hat seine eigenen Gesetze. Niemand interessiert sich für das, was mitten im Dschungel passiert. Außerdem gelten die politischen Diskussionen den Schwarzen, nicht den Buschvölkern. Für die interessiert sich keiner. Sie sollen froh sein, dass wir ihnen Arbeit geben«, schimpfte Papa.

»Heinrich, es sind Kinder am Tisch.« Mama tätschelte Papas Handrücken.

Paul sah seiner Mutter an, wie entsetzlich sie das Gespräch fand.

»Brasilien hat ein Kautschuk-Monopol und wird sich das nicht nehmen lassen. Wir brauchen Arbeiter in der grünen Hölle, die den Kautschuk ernten. Daran führt kein Weg vorbei. Die Wilden im Busch einzufangen, ist eine nervenaufreibende Angelegenheit.« Der Gouverneur forderte mehr Champagner. Emefa kümmerte sich schweigend um die Wünsche der Herrschaften.

»Wenn wir die Arbeiter unter besseren Bedingungen arbeiten lassen würden, würden sie nicht dauernd wegsterben und neue beschafft werden müssen«, mahnte die Frau des Gouverneurs.

Paul behagte das Gespräch nicht. Sie redeten vom Sterben und vom Kautschuk. Taya hatte auch davon gesprochen.

»Es ist billiger, einen neuen Sklaven zu kaufen, als die Arbeitsbedingungen zu verbessern.« Der Gouverneur hielt dagegen.

Paul konnte sich nicht länger zurückhalten. »Warum braucht man Kautschuk?«

Die Männer drehten ihre Gesichter zu ihm. Da sie ihn nicht feindlich musterten, schlug sein nervöses Herz etwas ruhiger.

»Kautschuk ist so wertvoll wie Gold. 1839 entdeckte der Chemiker Charles Goodyear, wie man aus Kautschuk Gummi herstellen kann. Mit Gummi kann man verschiedenste Erfindungen abdichten, verbinden und schützen. Mit Kautschuk werden Luftreifen gebaut. Die Erfinder stehen kurz vor den Patenten von Fahrrädern und Autos.« Papa erklärte ihm den Kautschuk. Paul konzentrierte sich. Manche Wörter wie »Patent« waren schwierig, aber er verstand, dass die Leute sich um den Kautschuk stritten.

Wer Kautschuk hatte, hatte automatisch viel Geld.

»Aus Kautschuk macht man Kondome. Was für eine Erfindung! Kein Mann muss mehr die Syphilis befürchten, wenn er zu einer Dirne …«

»Emmanuel, ich bin schockiert«, stieß die Frau des Gouverneurs aus und fiel ihm dabei ins Wort.

»Halten wir fest, dass ohne den Kautschuk kein Fortschritt möglich ist«, mischte Papa sich ein. »Stoßen wir darauf an, dass wir zu jenen gehören, die ihn besitzen und teuer weiterverkaufen können.« Papa hob sein Glas in die Höhe und stieß mit dem Gouverneur an.

Paul wollte weitere Fragen stellen, weil das alles so schwierig zu verstehen war. Schließlich wusste er nicht, was Kondome waren oder die Syphilis.

»Wenn ihr älter seid, führe ich euch in die Geschäfte ein. Karl wird meine Kautschukwälder leiten und du, Paul, wirst ihn als Buchhalter unterstützen. Ich habe von deiner guten Leistung in Mathematik gehört.« Papa nickte den Kindern zu.

Paul machte der Unterricht Freude, nur manchmal war ihm langweilig.

»Du solltest deinen Söhnen frühzeitig die Plantagen zeigen, um sie abzuhärten«, mahnte der Gouverneur.

Mama schnappte nach Luft.

Papa nahm Mamas Hand und küsste darauf. »Keine Sorge, Liebling. Die beiden werden durchgehend in Sicherheit sein.«

»Das hat doch noch Zeit.« Mama sah aus, als würde sie ihr Essen wieder ausspucken müssen.

Paul wunderte sich über Mama. Er wollte den Wald entdecken! »Mama, ich möchte sehen, wo die Bäume sind.« Mit großen Augen drehte er sich zu Papa. Er durfte den Dschungel sehen?

»Guter Junge«, murmelte der Gouverneur.

»Ich gehe davon aus, dass keine *Arbeiter* dort sind, wenn du den Kindern die Kautschukgewinnung erklärst und zeigst.« Mama adressierte Papa eindringlich.

»Luise.« Der Gouverneur lachte auf. »Genau darum geht es doch. Die Jungen sollen nicht verweichlicht auf die Sklaven reagieren.«

Mama reckte stolz ihr Kinn. »Wenn meine Söhne erwachsen sind, wird der Menschenhandel längst verboten sein. Brasilien muss sich dieser positiven Entwicklung genauso beugen wie jüngst die Vereinigten Staaten von Amerika.«

»Es ist wenig unterhaltsam, über Politik zu sprechen, wenn Frauen am Tisch sind.« Papa grunzte. »Was gibt es denn Neues aus Belém? Warst du nicht kürzlich dort?«

»Sie haben innerhalb einer Woche zwei Schmuggler erwischt. Die hatten Kautschuksamen dabei. Sie wurden öffentlich aufgehängt.« Der Gouverneur fluchte. »Wir müssen wachsam sein. Man will uns das Monopol streitig machen und den Kautschukbaum in Asien anbauen.«

Paul schwirrte der Kopf. Was war ein Schmuggler? Und wo hatte man ihn hingehängt? Was war ein Monopol? Und mit dem Wort »Asien« konnte er auch nichts anfangen.

Er musste sich das alles merken und Mama später fragen, was es bedeutete. Taya war traurig wegen des Kautschuks. Also musste Paul alles genau verstehen.

»Die Schmuggler müssen geschnappt und hart bestraft werden als Abschreckung für jene, die über den Diebstahl nachdenken«, brauste Papa auf.

»Wollten wir nicht das Thema wechseln?« Mama lächelte charmant. »Gibt es denn unter erwachsenen Männern keine anderen Interessen?«

»Die Interessen eines Mannes sind leicht zusammenzufassen, Luise. Geld, Frau, Sohn. In ebendieser Reihenfolge. Heinrich kann sich glücklich schätzen, weil er alles hat.« Der Gouverneur warf seiner Frau einen strengen Blick zu.

»Camille wird sicher bald erneut gebären. Es war ein schwerer Schicksalsschlag, euren wunderbaren Sohn im Kindsbett unerwartet zu verlieren.« Mama legte ihre Hand tröstend auf Camilles.

»Nicht alles kann man sich mit Geld kaufen«, sagte Camille leise.

»Da stimme ich dir zu.« Mama löste seufzend die Hand von der der Gouverneursfrau.

»Ich habe gestern mit Carlo Ferreira gesprochen. Er beklagte den riesigen Brand auf seiner Plantage. Ein dämonischer Stamm aus dem Dschungel soll dafür verantwortlich sein. Man nennt sie die Schädelleute.« Papa winkte Emefa heran und forderte mehr Champagner.

»Sie brennen die Wälder nieder und glauben, sie könnten uns damit verjagen?« Der Gouverneur lachte auf. »Das beweist wieder, wie dumm diese Affen sind. Ich schicke Carlo einen Trupp, um sie einzufangen.«

Papa schüttelte den Kopf. »Die Schädelleute haben sich zum Widerstand zusammengeschlossen. Sie haben keine Familien. Also kannst du sie zum Kautschuksammeln nicht gebrauchen. Die hauen ab oder lassen sich umbringen. Es funktioniert nur, wenn du die Frau und das Kind nimmst, damit sie tun, was du von ihnen willst.«

Mama erhob sich von ihrem Stuhl. »Ich ertrage euch heute Abend nicht mehr und ziehe mich mit den Kindern zurück. Jungs, ihr dürft aufstehen und nach oben gehen.«

»Luise.« Papa zischte.

Paul schob seinen Stuhl nach hinten und bemerkte erschrocken, wie Papas Gesicht sich rot färbte. Wenn man ihn reizte, wurde er zornig. Karl eilte sofort aus dem Raum. Er versteckte sich, wenn Papa brüllte und Emefa, Diego oder Cristobal wehtat. Paul war auch nicht mutig genug, um den anderen zu helfen. Meistens klammerte er sich an Mama.

Ohne sie war dann alles verloren.

Papa räusperte sich. Wahrscheinlich wollte er nicht aufspringen, weil der Gouverneur da war.

»Paul, Schatz, geh nach oben.« Mama sah ihn auffordernd an.

Er nickte und ging aus dem Raum. Hinter der Tür blieb er stehen und harrte aus. Er konnte nicht weggehen, wenn Mama da drin war. Was, wenn Papa Mama wehtat?

»Wie kannst du es wagen, dich so unverschämt vor unseren Gästen zu benehmen?«, schrie Papa. »Verzeih, Emmanuel. Normalerweise kennt Luise ihre Grenzen.«

»Ich war am Lager der Seringueiros und habe ihre Frauen und Kinder gesehen. Wie kannst du nur, Heinrich? Diese Menschen, die ihr ausbeutet, sind die legitimen Besitzer dieses Landes. Es ist *ihre* Heimat, *ihr* Zuhause!« Mamas Stimme klang entsetzt, aber mutig.

Paul faltete seine Hände und betete, wie der Lehrer es ihn gelehrt hatte. »Bitte, lieber Gott, lass Mama nichts passieren.«

Tränen der Angst füllten seine Augen.

Während Paul leise die gleichen Worte wieder und wieder murmelte, hörte er einen lauten Schlag und dann einen Rumms.

»Heinrich, beruhige dich«, mahnte der Gouverneur. »Mit Gewalt zerstörst du den Liebreiz deiner wunderschönen Frau.

Droh ihr mit dem adoptierten Jungen. Sie wird sich schneller fügen, als du bis zehn zählen kannst.«

»Nein!« Mama schrie.

Pauls Tränen flossen wie Bäche. Der Schlag, der Rumms. Vielleicht blutete Mama.

Gerade als er seine Hand auf die Klinke legte, um zu Mama zu laufen, spürte er die Hand auf seiner Schulter. Hinter ihm stand Diego. Er schüttelte kaum merklich den Kopf und deutete Paul, ihm zu folgen.

Hin- und hergerissen, was er tun sollte, verharrte Paul.

»Komm, kleine Fledermaus.«

Paul spürte einen Stich in seinem Herzen.

»Taya, kleine Fledermaus aus Dschungel«, hatte Diego neulich zu ihm gesagt.

Instinktiv lief er Diego nach. Der marschierte durch den Garten bis zum Anlegesteg. Dort setzte er sich und schaute auf den Rio Negro.

Paul hockte sich neben ihn.

»Senhora Lorenz stark sein. Sie andere Welt, aber gut sein. Sie kämpfen wie Jaguar *mamãe* in Dschungel.« Diego lächelte ihm zu.

Paul wunderte sich, dass Diego redete. Das tat er fast nie.

»Du bist so lange bei uns. Warum sprichst du so schlecht Portugiesisch?«, fragte er.

»Schwer sein. Ich reden Tucano-Stamm. Andere Sprache. Ich verstehen Portugiesisch, sagen schwer.«

Paul umarmte sich selbst und drehte sich zum Haus. Wie erging es Mama?

Dann dachte Paul über Diegos Worte nach. Er gehörte zum Tucano-Stamm? Taya hatte Paul nach seinem Stamm gefragt.

»Welchem Stamm gehöre ich?«, fragte Paul. Er wusste zwar nicht, was das bedeutete, aber er wollte auch irgendwo dazugehören.

»Du schwierig. Senhora Lorenz dich nehmen, Preußen-Kind machen. Du aus Andyrá-Stamm. Fledermaus wissen. Sie immer in deiner Nähe sein.« Diego deutete zum Schuppen.

Paul schnappte nach Luft, als er eine echte Fledermaus hängend am Dach des Gartenhäuschens entdeckte. Aufgeregt sprang er auf und lief auf sie zu.

Sofort suchte die Fledermaus das Weite.

»So nix kommen«, sagte Diego hinter ihm. »Fluch auf Andyrá-Stamm. Früher stark sein. Heute Fluch. Unsere Leute glauben, weiße Männer Götter sein. Sie helfen andere Welt, zeigen Dschungel. Diese Fehler sein.« Diego schaute vorsichtig zum Haus. »Du lernen Freund von Fledermaus sein.«

Paul stand mit offenem Mund vor Diego. Er hasste es, dass er so wenig von dem verstand, was die Erwachsenen dauernd redeten. Besonders Diego mit seinem schlechten Portugiesisch war eine Herausforderung.

Paul folgte Diego, der zurück zum Haus lief. »Wie soll ich mich mit der Fledermaus anfreunden?«

»Ich nix wissen. Ich Tucano.« Er deutete auf den Tukan, der sich in der Nähe aufhielt. »Tucano schauen, aber nix helfen. Tucano-Stamm Fluch wie Andyrá-Stamm.«

Diego brachte Paul zum Seiteneingang und versicherte sich, dass der Weg nach oben frei war.

»Du gehen Zimmer, brav sein. Morgen reden Mama.«

Paul schlich die Treppen nach oben und schaute in Karls Zimmer. Meistens versteckte er sich im Schrank, wenn Papa tobte.

So auch jetzt. Paul fand seinen Bruder zwischen seinen Hemden.

»Komm schnell rein«, flüsterte Karl und zog an Paul, damit sie sich gemeinsam im Schrank verbergen konnten. »Wen hat Papa diesmal gehauen? Emefa?«

Paul musste sofort wieder weinen, weil er an Mama dachte. »Mama.« Paul wimmerte leise.

Karl ließ sein Gesicht auf seine angewinkelten Knie sinken und schluchzte in den Stoff seiner Hose.

Die Minuten verstrichen. Irgendwann waren die Tränen getrocknet, eine quälende Stille herrschte in dem dunklen Schrank, in dem Paul und sein Bruder ausharrten. Sie wagten sich nicht heraus.

Selbst als Katharinas Stimme erklang und sie die Namen der beiden rief, blieben sie stumm.

Schließlich hörten sie Mamas Stimme. »Jungs, wo seid ihr? Ich mache mir Sorgen.«

Sofort schlugen sie die Schranktüren auf und krabbelten heraus. Pauls Körper schmerzte von der langen unbequemen Sitzhaltung. Sie stolperten zu Mama und umarmten sie.

Sie rutschte zu ihnen auf den Boden und drückte sie an sich. Sanft wiegte sie die beiden hin und her und machte beruhigende Laute.

Paul wagte es nicht, Mamas Gesicht anzusehen. Wenn Papa die anderen geschlagen hatte, sahen die Augen und die Nase schrecklich gruselig aus.

»Luise, kommst du bitte ins Bett. Ich möchte schlafen gehen.«

Paul zuckte bei Papas Stimme zusammen.

Mama löste sich ein Stück und küsste Karl und Paul auf die Köpfe. »Auch für euch wird es höchste Zeit. Wünscht eurem Papa eine gute Nacht.«

Sie stellte sich aufrecht. Schnell taten Karl und Paul es ihr gleich. »Gute Nacht, Papa«, sagten sie gleichzeitig.

Paul zwang sich, Papa anzusehen. Mama hatte ihm beigebracht, dass es sehr wichtig war, wenn er mit ihm redete. Er wollte Papa nicht verärgern.

Papa schaute entschuldigend. Das tat er danach manchmal. Erst tobte er, und später tat es ihm leid.

Paul tat nur so, als würde er die unausgesprochene Entschuldigung akzeptieren.

»Liebling, morgen soll das Schiff mit meiner Bestellung aus Europa eintreffen. Ich habe extra für dich frische Äpfel aus Preußen geordert. Die liebst du doch.«

Paul schielte zu Mama. Sein kleines Herz brach. Mamas Auge war so dick und blau, wie er das bei Emefa und Diego schon oft gesehen hatte.

»Danke, Heinrich. Ich komme ins Bett, sobald ich mein Schlafkleid angelegt habe.« Mama antwortete freundlich.

Papa nickte und stiefelte davon.

Mama wandte sich an Karl und Paul. »Husch, ins Bett. Eure Zähne putzt ihr ausnahmsweise heute nicht mehr.«

Paul wollte in sein Zimmer laufen, aber Mama hielt ihn auf. »Krabble zu Karl ins Bett. Ihr sollt euch heute nicht allein fühlen.«

Karl zog sich um und reichte Paul eine von seinen Hosen. Der beeilte sich und legte sich neben Karl.

»Tut es sehr weh?«, fragte Paul leise, als Mama sich noch auf den Matratzenrand setzte.

»Nur ein bisschen.«

Paul wusste, dass Mama log. Sie wollte ihn nicht traurig machen.

»Gebt mir eure Hände, damit wir unser Nachtgebet sprechen«, flüsterte Mama. Sie betete.

Karl und er stimmten mit ein: »Ich will mir schreiben in Herz und Sinn, dass ich nicht allein auf Erden bin, dass ich die Liebe, von der ich lebe, liebend gern an andere weitergebe.«

Mama löste die Hände und erhob sich. »Schlaft gut. Ich liebe euch.«

Leise löschte sie das Licht und ließ die Jungs allein.

Karl drehte sich zu Paul.

»Heute war ein schrecklicher Tag«, murmelte Karl.

»Der schrecklichste, den es gab.« Paul stimmte traurig zu.

»Ich will nicht, dass Papa so stark ist.« Karl schniefte leise.

Paul wollte das auch nicht. »Irgendwann sind wir so groß wie Papa. Wir sind dann auch stark und können besser auf Mama aufpassen. Wir sind zwei, und Papa ist nur einer.«

»Wir sind zwei. Zum Glück«, antwortete Karl.

Nach einer Weile schlief Karl ein.

Paul aber fand keine Ruhe. Er machte sich viele Gedanken.

Er kletterte aus dem Bett und schlich ans Fenster. So lautlos wie möglich öffnete er die Läden und spähte nach draußen. Da war so ein komisches Gefühl, das ihn anzog.

Der Garten war beleuchtet.

Der Lehrer hatte Paul erklärt, dass Manaus die einzige Stadt in Brasilien war, in der es Elektrizität gab.

Er blickte hinaus auf den Rio Negro. Auch in der Nacht war er stark mit Schiffen befahren.

Paul seufzte. Wie sollte er nur in den Schlaf finden?

Gerade als er beschloss, zurück ins Bett zu gehen, bemerkte er die Fledermaus neben dem Fenster. Sie hing kopfüber unterm Dach.

Paul starrte sie an. Sie hatte ein rötlichbraunes Fell, kräftige Hinterbeine, eine herzförmige große Nase und spitze Ohren.

Diego hatte ihm geraten, sich mit der Fledermaus anzufreunden.

Das war doch verrückt. Fledermäuse konnten nicht mit Menschen reden.

Paul presste die Lippen aufeinander. Taya war einer Fledermaus nachgejagt. Sie würde sich bestimmt freuen, wenn er sich auch mit einer anfreundete.

»Hallo, Fledermaus«, raunte er. »Ich bin Paul. Willst du mein Freund sein?«

Sie schaute nicht einmal in seine Richtung, sondern hing da, ohne sich für ihn zu interessieren.

Enttäuscht zog er sich zurück. Vielleicht hatte Diego sich geirrt?

Nachdenklich berührte Paul seine Brust. Er hatte Mama gefragt, warum er einen kleinen schwarzen Vogel auf der Brust hatte.

»Als der liebe Gott dich in meine Arme legte, hattest du das schon. Bestimmt ist das das Zeichen, dass du zu mir fliegen solltest«, hatte sie geantwortet.

Paul schloss verärgert die Fensterläden. Heute war ein blöder Tag gewesen, und er wollte, dass er endlich zu Ende ging.

Er kletterte zurück zu Karl ins Bett und dachte an Mama.

Hoffentlich war ihr Auge schnell wieder so gesund wie davor.

Das war das Wichtigste.

3

September 1896, Manaus, Brasilien (13 Jahre später)

Taya saß vor Moemas Hütte auf einer Holzkiste und hielt die Fledermaus der kranken Frau in ihren Händen. Normalerweise ließen sich die Fledertiere nicht anfassen. Ihr Stamm hatte die Verbindung zu den Schutzgeistern verloren.

Sie waren in der Nähe, teilnahmslos, Taya hatte ihre Andyrá oft vergeblich gerufen. Ihre *mamãe* hatte Tayas Drängen sogar nachgegeben und sie die alte Sprache gelehrt.

Tayas Fledermaus hatte sich dafür nicht interessiert.

Heute war ein schrecklicher Tag.

Moema lag im Sterben. Sie hatte Malaria bekommen. Einen Heiler konnten sie nicht bezahlen. Die Wächter interessierte das nicht, sie hatten ihre Hilfe verweigert.

Tallulah und *mamãe* blieben bei Moema in der Hütte und erwiesen ihr die letzte Ehre. Tulas Schluchzer brachen Taya das Herz. Das Leben im Lager war grausam und kurz.

Taya streichelte die Fledermaus sanft und murmelte tröstende Worte in der alten Sprache ihres Stammes. Erst jetzt hatte sie verstanden, dass das Leben der Fledermaus an das des Stammesmitgliedes gekoppelt zu sein schien.

Moema redete wirr. Taya hörte Worte und Sätze, die für sie keinen Sinn ergaben. Sie schloss die Augen und konzentrierte sich. Moema benutzte die alte Sprache, die ihnen verboten worden war und die kaum noch jemand beherrschte.

»Nahel, es tut mir so leid«, wimmerte Moema. »Bald bin ich bei dir.«

Taya wusste nicht, was Moema genau damit meinte. Nahel war ein Name ihrer alten Sprache und bedeutete: der, der den Weg über den Fluss findet. Auch Yumah entsprang dieser Sprache und hieß übersetzt: der Sohn des Flusses.

Welch seltsame Verbindung.

Taya runzelte die Stirn.

Sprach Moema von Yumah? Er war im Kautschukwald. Es war grausam, dass Moema sich nicht von ihrem Sohn verabschieden konnte.

»Tula, meu amor.« Moema wechselte ins Portugiesische.

Tayas Augen wurden feucht.

Die Fledermaus zuckte und bäumte sich auf, bevor sie wie ein nasser Sack in sich zusammenfiel.

Mamãe und Tula verfielen in ohrenbetäubendes Trauergeschrei. Taya bemerkte die betrübten Blicke der anderen Frauen, die die Köpfe senkten und ihre tägliche Arbeit verrichteten.

Taya bekam keine Luft. Die tote Andyrá in ihren Händen erschütterte sie bis ins Mark.

Mein Stamm stirbt aus.

Sie erhob sich von der Holzkiste und rannte zum Ufer des Rio Negro. Warum starb die Fledermaus allein?

Wo waren die anderen?

Taya streckte die Arme gen Himmel und hielt das tote Tier in die Höhe. Sollte sie es dem Fluss übergeben?

Sie bemerkte ihre eigene Andyrá, die sich immer in der Nähe aufhielt, aber leider nur unregelmäßig auf ihre Kontaktversuche reagierte.

Taya schloss die Augen und malte sich das Land ihrer Vorfahren aus, die Wasserfälle, die Schwärme von Fledermäusen. Sie wünschte Moemas Seele und ihre Andyrá dorthin. Während sie am Flussufer stand und stumm weinte, spürte sie, wie das Gewicht des Tieres verschwand.

Sie riss die Augen auf und sah eine Andyrá mit ihrem toten Artgenossen davonfliegen. Hektisch kontrollierte Taya ihre Umgebung. Ihr Instinkt aber verriet ihr, dass es ihr Schutzgeist war, der Moemas mitgenommen hatte.

Schrille Töne flogen mit dem Fledertier. Das Geschrei war kaum zum Aushalten. Taya hielt sich die Ohren zu.

Überrascht stellte sie fest, dass die Laute blieben.

Sie waren in ihrem Kopf.

Komm zu mir zurück, kleine Fledermaus, betete Taya stumm.

Es war ihr Spitzname, den sie sich mit ihrer Andyrá teilte. Tohon hatte ihn ihr gegeben.

Die Minuten verstrichen.

Wann würde ihre Andyrá zurückkehren?

Taya drehte sich um ihre eigene Achse, um die Gegend abzusuchen. Dabei bemerkte sie die Wächter, die mit *mamãe* diskutierten. Tallulah kniete schluchzend auf dem Boden.

Besorgt rannte Taya los. Was hatte das zu bedeuten?

Sie erreichte die Gruppe und blieb neben ihrer *mamãe* stehen.

»Tallulah ist es ab sofort verboten, das Lager zu verlassen«, beharrte einer der Wächter. »Sie ist die letzte Verbliebene der Familie.«

Sie kannten die Regeln von Kautschukbaron Lorenz. Yumah sollte nicht auf die Idee kommen, in den Dschungel zu fliehen, sondern seine Sammelquote erfüllen, um seine Schwester Tula zu beschützen.

Taya wurde übel bei dem Gedanken an die Männer ihres Volkes, die seit Monaten Kautschuk ernteten.

Die Wächter entfernten sich. Sie hätte ihnen am liebsten hinterhergespuckt. Stattdessen ging sie zu Tula und tröstete sie.

»Wir kümmern uns um dich. Ich verkaufe genug Körbe

für uns drei.« Sie suchte nach Worten, die Tulas Schmerz ein wenig betäuben konnten.

Tallulah hob den Kopf und blickte Taya weinend an.

»Wir werden alle in diesem Lager sterben.«

Viele dachten so. Taya aber nicht.

Entschieden verneinte sie. »Wir werden den Fluch brechen und unsere Schutzgeister rufen.«

Tallulah verzog das Gesicht. »Du bist 20 Jahre alt, Tayana! Wann löst du dich von deinen törichten Kindheitsträumen?«

Tula hatte den Glauben an das Gute verloren.

Das war schon vor dem Tod ihrer Mutter so gewesen.

Aber auch, wenn Taya und Tallulah an verschiedene Dinge glaubten, standen sie als beste Freundinnen zusammen so wie Tohon und Yumah.

»Moemas Fledermaus wurde von meiner mitgenommen und …«

»Hör endlich damit auf!« Tallulah schrie Taya an und rannte davon.

Taya wollte ihr nachlaufen, aber *mamãe* hielt sie auf. »Lass sie. Heute ist ein schwarzer Tag für Tallulah, für alle Andyrá. Unser Stamm stirbt aus. Bald sind wir nicht mal mehr eine Erinnerung wert.« *Mamãe* strich Taya liebevoll über die Wange. »Wenn jemand einen Weg findet, unser Volk zu retten, dann du.«

»Wenn ich nur wüsste, wie«, wisperte Taya.

Mamãe deutete zu den Körben und ging voraus. Sie begann mit der Arbeit, und Taya half ihr. Sie besaßen nicht viel. Jede Familie teilte sich eine Hütte. Moema hatte gleich nebenan gewohnt und mit *mamãe* Tag für Tag Körbe geflochten, um sie in der Stadt zu verkaufen oder gegen Ware einzutauschen.

»Was hat deine Andyrá getan, Taya?«, fragte *mamãe*.

Taya erzählte ihr, was geschehen war, und beobachtete ihre überraschte Reaktion.

»Die meisten nehmen ihre Andyrá nicht einmal mehr wahr.« *Mamãe* seufzte. Sie sah schrecklich erschöpft aus. Die vergangenen Tage und Nächte hatte sie bei Moema gewacht und sie auf ihrem letzten Weg begleitet.

Taya blickte sich suchend nach Tallulah um. Sollte sie nicht doch nach ihr sehen?

»Traust du dir den Verkauf der Körbe in der Stadt allein zu? Jetzt, wo Tallulah dich nicht mehr begleiten kann, sorge ich mich umso mehr.«

»Ich schaffe das«, versicherte Taya sofort. Sie würde ihren Beitrag leisten. Natürlich würde sie sich mit Tula an ihrer Seite wohler fühlen, aber es half nichts.

Das Schicksal machte vor niemandem Halt.

Nach einer Weile kam Tula zu ihnen, setzte sich wortlos dazu und flocht Körbe. Taya beobachtete sie aus den Augenwinkeln.

Tallulahs Schmerz quälte sie so offensichtlich. Es tat Taya schrecklich leid. Auch sie hatte Moema geliebt. So ganz war es noch nicht bei ihr angekommen, dass Moema für immer fort war.

»In ein paar Tagen haben wir wieder genug Körbe, damit sich der Weg in die Stadt lohnt. Taya traut sich das allein zu.« *Mamãe* wollte Tula wohl Mut machen, aber es klappte nicht.

Tallulah verzog das Gesicht. »Die Stadt ist gefährlich, wir wurden schon zu zweit bedrängt und angepöbelt. Wie soll Taya das allein schaffen?«

Taya winkte ab. »Macht euch keine Sorgen.«

Sie konnte *mamãe* ansehen, dass sie Tallulahs Befürchtungen teilte und sich unwohl fühlte, Taya allein gehen zu lassen.

Die Frauen hatten aber keine Wahl.

Mamãe war eine schlechte Verkäuferin, dazu strengte sie

der Fußmarsch nach Manaus wahnsinnig an und sie war am Abend stets erschöpft und mit fast leeren Händen zurückgekehrt.

»Warum gibt es da draußen niemanden, der die Fremden bekämpft und aufhält? Warum kümmert es keinen, dass sie ganze Völker ausrotten?« Tallulah liefen erneut die Tränen.

Auf ihre Fragen hatten sie schon als Kinder vergeblich nach Antworten gesucht.

Mamãe blickte nachdenklich in die Ferne. »Die Fremden zerstören die Wälder, vergiften mit ihren riesigen Schiffen die Flüsse und töten Tiere, obwohl sie längst gesättigt sind. Sie haben keine Ehrfurcht vor der Schöpfung und dem Leben. Sie sind gierig und neidisch. Sie werden erst merken, dass man Geld nicht essen kann, wenn sie Mutter Erde zerstört haben.«

*

Einige Tage später

Taya wartete in der Schlange am Ausgang des Lagers der Seringueiros, um in die Stadt zu gehen. Sie wollte versuchen, ihre Bastkörbe zu verkaufen.

Wie gern würde sie das mit Tula zusammen machen, aber die Wächter ließen ihre beste Freundin partout nicht mehr raus.

Moemas Tod lag fünf Nächte zurück, und der Schock und die Trauer steckten ihnen in den Gliedern.

Taya presste die Lippen aufeinander. Yumah war im Kautschukwald und wusste es noch nicht.

Nun war Tallulah die Letzte, für die er arbeiten würde. Also sorgten die Wächter dafür, dass sie nicht weglaufen konnte.

Taya ging zwei Schritte vorwärts. Die Kontrollen waren strikt.

Sie sehnte die Regenzeit herbei. Dann würden *papai*, Tohon und Yumah zurückkommen, weil es keinen Kautschuk zu ernten gab.

Wenn sie bis dahin noch lebten.

Taya stellte sich aufrecht und ließ angespannt die Luft entweichen. Die Angst, dass die Männer die Trockenzeit im Dschungel nicht überlebten, begleitete die Angehörigen über Monate hinweg.

Tohon hatte Glück, dass *papai* im Stamm der Andyrá geboren war und den Dschungel von klein auf kannte. Er hatte Tohon in das Sammeln der Tränen und die Tücken des Urwalds eingewiesen. Die Seringueiros, die in den Lagern zur Welt kamen und den Bezug zum Dschungel verloren hatten, wurden öfter von Jaguaren, Giftschlangen oder Spinnen erwischt.

Im Urwald waren die Seringueiros auf sich gestellt.

Tohon hatte ihr gesagt, dass sie Sammelquoten erfüllen mussten. Erreichten sie diese nicht, waren die Strafen hart.

Tohon hatte Taya von Peitschenhieben und noch schlimmeren Folterungen erzählt, an die sie nicht denken wollte.

Tohon war 22 Jahre alt, stark und kräftig.

Seinetwegen schaffte *papai* seine Sammelquoten, weil Tohon seinen Eimer mit füllte.

Taya schloss die Augen, wie immer, wenn sie an *papai* dachte. Er würde es nicht mehr lange schaffen. *Mamãe* hatte versucht, *papais* Alter mithilfe der Regenzeiten zu zählen und sein Alter zu bestimmen.

Er musste bald die 40 erreichen und war damit wohl einer der ältesten Seringueiros auf der Plantage.

Würden die Sammler in wenigen Wochen zurückkehren und Taya erfahren, dass *papai* tot war?

Der schmerzhafte Gedanke endete abrupt, weil sie die Wächter erreichte und überprüft wurde.

»Tayana«, sagte sie.

Der Wächter schaute auf seine Liste, setzte einen Haken und entließ sie aus dem Lager.

Sie hatte sich die Bastkörbe auf den Rücken gebunden und marschierte in Richtung Stadtzentrum. Es dauerte eine Stunde zu Fuß. Zahlreiche Einheimische bauten seit Jahren an einem riesigen Gebäude für die Fremden.

Taya hatte festgestellt, dass sie die Körbe dort aktuell am besten losbekam. Viele Schaulustige sammelten sich vor dem Gebäude, jene, die Geld hatten und einen handlichen Korb für den Einkauf zu schätzen wussten.

Taya versuchte, an reiche Damen zu geraten. Sie waren spendabler, zumindest was die Körbe betraf. Die reichen Herren boten ihr Geld für andere Dinge. Taya würde sich freiwillig im Rio Negro ertränken, bevor sie ein solches Angebot annahm.

Nicht nur die Demütigung würde Taya verfolgen. Sie wollte weder krank noch schwanger werden.

Taya wies jeden ab, auch die Jungs im Lager.

Sie lebte für ihre Familie. Eine eigene wollte sie nicht gründen, obwohl es sie schmerzte, dass sie damit das Aussterben ihres Volkes begünstigte. Ihre Kinder würden aber die Sklaven der Fremden sein.

Dabei war die Sklaverei schon vor einigen Jahren abgeschafft und das brasilianische Kaiserreich gestürzt worden. Für die Einheimischen des Waldes hatte sich dadurch nichts geändert. Niemand kam hierher und kontrollierte, was im Dschungel passierte.

Taya beobachtete das Treiben der Menschen. Innerhalb weniger Jahre war Manaus von Zuwanderern überrannt worden.

Hier gab es den modernsten Kautschukhafen der Welt.

Zumindest hatte Taya diese Information in der Stadt aufge-schnappt.

Taya hasste den Kautschuk.

Wenn wir uns je sicher fühlen wollen, müssen wir an einen Ort gelangen, an dem es keine weinenden Bäume gibt.

Je tiefer sie ins Zentrum der Stadt vordrang, desto kon-trastreicher war das Treiben. Die einheimischen Frauen saßen am Straßenrand und rupften Hühner, während ihre dürren Kinder die Kapuzineraffen jagten, die süßesten Diebe der Stadt. Glänzende Kutschen fuhren an ihnen vorbei, aus denen Männer in edlen Anzügen stiegen. Ihre Leiber wirkten viel zu wohlgenährt für das Leben im Urwald. Hinter ihnen folgten extravagant gekleidete Frauen, die sich mit bunten Vogelfe-dern auf dem Kopf schmückten.

Mamãe hatte Taya von früher erzählt, als die Andyrá Federn getragen hatten. Die Feder bedeutete in ihrem Stamm die Verbindung zwischen dem Himmel und der Erde. Sie war ein kostbares Symbol.

Taya schielte zu der Fremden mit dem Federhut, hinter der ein Einheimischer herlief und mit einem Bastwedel Fliegen und Mücken verjagte.

Als er Tayas Blick begegnete, entblößte er seinen zahn-losen Mund.

Taya erreichte den großen Platz, auf dem eines der vielen neuartigen Bauwerke entstand. Dieses hier war das größte und protzte mit dem Reichtum der weißen Eroberer.

Während der Regenzeit hatte Tohon an diesem Bau gearbeitet. Kautschukbaron Lorenz erlaubte seinen Sering-ueiros kaum Pausen.

Dieses Gebäude würde bald fertiggestellt sein. Die gol-dene Kuppel ragte stolz in die Höhe.

Taya lief zu den Kutschen. Am liebsten würde sie die rei-chen Leute meiden, aber den Stolz konnte sie sich nicht leisten.

Andere Einheimische hatten sich bereits gute Stellen gesichert und ihre Waren auf dem Boden ausgebreitet.

In einer freien Nische am großen Platz vor dem fast fertigen Bauwerk legte sie ihre Körbe ab und drapierte sie so, dass sie gut zu sehen waren. Sie hatte die Erfahrung gemacht, dass es Ärger gab, wenn sie die Fremden ansprach und sich mit ihren Körben aufdrängte.

Taya musste nicht lange warten und die erste Fremde schlenderte vorbei.

»Reginald, look at this«, sagte sie.

Taya hatte keine Ahnung, was ihre Worte bedeuteten. Die Fremden kamen aus fernen Welten. Manche besuchten die Stadt zum Gaffen, andere lebten hier.

Taya erkannte den Unterschied nicht immer auf den ersten Blick.

Die Fremde hob verschiedene Körbe in die Höhe, und Taya versuchte, auf Portugiesisch ein Gespräch in Gang zu bringen.

Schnell stellte sie fest, dass die Fremde nur die andere Sprache beherrschte und wohl zu den Gaffern zählte.

Achtlos drückte die Frau Taya 20 Réis in die Hand und nahm einen der Körbe mit sich.

Sie hatte ihre Körbe schon für weniger hergeben müssen.

Zufrieden versteckte sie das Geld in einer eingenähten Tasche in ihrem Kleid.

Die nächste Stunde war mühsam, und Taya verkaufte nichts. Wenigstens hatte sie mit einer Einheimischen einen Tausch aushandeln können. Die hatte ihr Bananen und Süßkartoffeln im Tausch für einen Korb angeboten.

Nach einer Weile fuhren weitere Kutschen vor.

Mehrere Fremde sammelten sich vor dem neuen Bauwerk und bestaunten es. Taya konnte verstehen, worüber sie redeten.

Sie bezeichneten das Bauwerk als *Teatro Amazonas*.

Taya verstand, dass sich viele Fremde hier treffen würden, um sich in dem Bauwerk zu amüsieren.

Zwei der fremden Senhoras lösten sich von der Gruppe und spazierten an den Waren vorbei, die Taya und einige andere anboten.

Taya stellte sich aufrecht und lächelte freundlich. Die Senhora mit dem dunkleren Kleid hatte versucht, ihre Moskitostiche zu überschminken. Dennoch konnte Taya drei verschiedene Stiche in ihrem Gesicht ausmachen. Der Schweiß stand ihr außerdem auf der Stirn.

Taya schluckte, als sie die Fremde betrachtete. Sie schien kurz vor dem Ausbruch der Malaria oder des Gelbfiebers zu stehen.

Die Regenzeit kündigte sich an, und die Anzahl der Moskitos und damit das Risiko zu erkranken nahm zu.

Traurig dachte Taya an Moema, die einen schnellen und heftigen Malariaverlauf durchlitten und daran gestorben war.

Dabei war es nicht ihre erste Malaria gewesen.

Würde es dieser Fremden besser ergehen? Waren die Heiler der anderen Welt gerüstet?

Taya hatte gehört, dass die weißen Eroberer schreckliche Krankheiten in die Wälder geschleppt hatten und unzählige ihrer Brüder und Schwestern daran gestorben waren.

Taya nahm ihren Mut zusammen, nicht für die Fremde, aber für das Ungeborene, das sie offensichtlich in sich trug. »Senhora, Sie sollten sich umgehend an einen Heiler wenden. Sie zeigen Symptome, die auf die Malaria oder das Gelbfieber schließen lassen.«

Die Fremde winkte ab. »Die Malaria hatte ich schon zwei Mal und habe mich gut geschlagen.«

»Camille, die junge Frau hat recht. Ich mache mir auch Sorgen«, mischte sich ihre Begleiterin ein.

Taya erkannte die Frau sofort. Sie war die Senhora, die sie damals als Kind mit der Kutsche nach Hause gebracht hatte. Die Senhora hatte sich kaum verändert. Sie war älter geworden. Dennoch konnte Taya erkennen, dass sie unter den Fremden als besonders schön galt. Ihre Haare schienen aus Gold zu sein, und das Blau ihrer Augen wirkte wie ein Wunder der Geister.

»Ich zeige keine Schwäche. Emmanuel hat mir gedroht, sein Erbe an seinen Bastardsohn zu überschreiben, wenn ich ihm nicht endlich einen gebäre. Es ist meine letzte Chance.« Diese Camille inspizierte die Körbe mit bebenden Lippen.

Taya mischte sich nicht länger ein. Das Leben der Fremden ging sie nichts an. Sie pries ihre Ware an und erklärte, wie robust das Material war.

Während die Senhora, die Taya von früher kannte, einen der Körbe an sich drückte und mit ihren Gedanken weit weg zu sein schien, näherten sich ihre beiden Ehemänner.

Taya beeilte sich fortzufahren, damit die Frauen schnell kauften.

»Der Korb ist wasserdicht.« Sie lächelte der Frau zu, der Tränen in den Augen standen.

Taya konnte die seltsame Reaktion nicht deuten.

»Luise, Liebling, was machst du denn da? Wir wollen das *Teatro* besichtigen. Wir werden es zum Jahreswechsel einweihen und endlich in die Oper gehen können.« Ein hoch aufragender Mann trat auf die goldene Schönheit zu. Ihr Name war demnach Luise.

»Ich möchte den Korb kaufen.« Luise deutete ihrem Mann zu bezahlen.

»Was willst du denn mit diesem Schund? Ich lasse dir allerlei Körbe aus Europa einschiffen, wenn du dich von jenen zu Hause gelangweilt fühlst«, antwortete ihr Mann.

»Ich möchte genau diesen Korb. Es darf kein anderer sein.«

Taya wunderte sich. Sie hatte verschiedene Körbe dabei, die Tallulah, *mamãe* oder sie gebunden hatten. Dieser Korb aber war der letzte von Moema. Sie hatte ihn geflochten, während das Fieber sie gerichtet hatte.

Taya runzelte die Stirn.

Luise grub in ihrer Tasche und überreichte Taya 500 Réis.

»Luise, bist du denn des Wahnsinns?«, brauste ihr Mann auf.

Taya starrte geschockt auf das Geld in ihren Händen. So viel hatte sie noch nie besessen.

»Dieser Korb ist von höchstem Wert für mich, und das kann kein Geldschein dieser Welt ausdrücken.«

Der Mann der Schwangeren lachte auf. »Ach, Heinrich, lass sie doch. Ich zünde mir mit Geldscheinen meine Zigarren an. Sie schmeißt es für einen Korb raus.«

Taya spürte Übelkeit in sich aufsteigen. Am liebsten hätte sie diesem Barbaren ins Gesicht gespuckt. Er verbrannte sein Geld aus Langeweile? An diesem Geld klebte das Blut ihres Stammes und das von vielen anderen Unschuldigen.

Sie musterte das Geld in ihren Händen und gab es Luises Mann zurück.

»Ich schenke Ihnen den Korb.« Vielleicht war es dumm, aber diese Fremden widerten Taya an und sie wollte ihr schmutziges Geld nicht.

Erbost zog dieser Heinrich weitere Scheine aus seinem Bündel und warf sie Taya vor die Füße. »Ich bin auf die Geschenke einer Buschfrau nicht angewiesen.«

Stolz hob Taya ihr Kinn.

Der Mann der Schwangeren gaffte Taya offen an. »Einige 100 Meter weiter befindet sich ein Freudenhaus für die Oberschicht. Du könntest dort gutes Geld verdienen«, sagte er.

»Emmanuel!«, stieß die Schwangere entsetzt aus.

Taya musste Tohon recht geben. Diese Eroberer waren keine Menschen. Sie waren nicht mal Tiere, denn die waren besser als sie.

Die Schwangere eilte hysterisch zur Kutsche.

»Camille!«, rief ihr Mann und folgte ihr murrend.

Taya sammelte das Geld auf dem Boden auf und wollte es Luise zurückgeben, aber die schüttelte den Kopf. »Ich weiß, dass dieses Geld schmutzig ist, aber vielleicht lindert es kurzzeitig die Sorgen deiner Familie.«

»Luise, sei nicht so dramatisch«, tadelte Heinrich sie. »Nimm deinen albernen Korb und komm.«

Heinrich setzte sich in Bewegung.

»Ich kaufe davon etwas für die Kinder im Lager.« Taya nickte Luise zu.

Luise hielt inne. »Du wohnst in einem Lager? In welchem?« Sie hatte ihre Stimme gesenkt. Offensichtlich wollte sie nicht, dass ihr Mann sie hörte.

»Von Senhor Lorenz«, antwortete Taya.

Luises Augen weiteten sich. »Es ist mir unter höchsten Strafandrohungen verboten worden, Kontakt zu den Bewohnern aufzunehmen. Mein Mann hat jeden Versuch sabotiert und bestraft.«

Taya verstand nicht, was die Senhora von ihr wollte. Wozu sollte sich diese Frau für die Familien der Seringueiros interessieren?

Luise schien jeden von Tayas Gesichtszügen zu studieren.

»Luise!«, rief ihr Mann ungeduldig.

»So wie du könnte sie heute aussehen. Mein Mann hatte es strengstens untersagt«, murmelte Luise.

»Von wem sprechen Sie, Senhora?«

»Von Taya, dem Mädchen mit der Fledermaus. Kennst du sie? Lebt sie noch?« Den letzten Satz flüsterte Luise.

Taya schluckte ertappt.

Luise schlug sich die Hand vor den Mund. »Du bist es.«

»Luise!« Laut schallte die Stimme ihres Mannes zu ihnen. Er kehrte mit schnellen Schritten zurück.

»Heinrich, ich … ich habe ein gutes Gefühl bei ihr. Sie soll umgehend anfangen.« Luise drückte ihren Korb einem der Männer in die Hand, die sich in der Nähe aufhielten. Offensichtlich hatten sie Sicherheitsleute um sich herum.

Zum ersten Mal fragte Taya sich, ob Heinrich einer der Kautschukbarone war.

Luise hakte sich bei ihrem Mann unter und tätschelte seine Brust.

Irritiert verfolgte Taya die Bewegungen der goldenen Schönheit.

»Katharina ist noch mit den Jungs auf Europareise, und ich brauche eine Zofe, die …«

Heinrich verzog das Gesicht und fiel Luise ins Wort. »Aber Liebling, doch nicht so eine Wilde. Wenn es dich nach einer weiteren Zofe gelüstet, bestelle ich eine aus Preußen.«

»Du hast doch auch Diego und Cristobal eingestellt, damit sie den Garten pflegen.« Luise schenkte Heinrich ein umwerfendes Lächeln.

»Weil sie den Busch kennen und die Tiere fernhalten.« Heinrich räusperte sich und sah sich um. Er schien sich der öffentlichen Situation bewusst zu sein. »Luise, wir hatten vereinbart, dass du mich mit deinen Sozialprojekten nicht weiter belästigst.«

»Emefa kann die Unterstützung ebenfalls gebrauchen. Sie ist die beste Köchin der Stadt und soll sie anlernen. Ich bitte dich, Heinrich.«

Der stöhnte auf und winkte den Männern, die sich in seiner Nähe aufhielten.

»Nehmt die Frau mit, sie wird die neue Zofe.« Mit einer

herrischen Handbewegung deutete er auf Taya und stolzierte zurück zur Kutsche.

Taya war überrumpelt. Was bedeutete das? Was war eine Zofe? Und was hatte das mit ihr zu tun?

Die Männer stürmten auf sie zu.

»Großer Gott, Heinrich. Du kannst sie nicht auf offener Straße entführen. Ich möchte ihr in Ruhe mein Angebot unterbreiten.« Luise kreischte über den Platz.

Taya hatte mit dem Überfall nicht gerechnet.

Die Männer packten sie und zerrten sie mit sich. Taya schrie und wehrte sich.

Panik erfasste sie.

Zofe … Zofe … Dieser schlimme Mann von vorhin hatte von einem Freudenhaus geredet. War Zofe ein anderes Wort für Hure?

»Nein!« Taya trat um sich.

Niemand tat etwas. Die Einheimischen sahen sie traurig an, aber hockten nur da. Einige ließen die Köpfe hängen.

Würde sie je ins Lager zurückkehren können?

Würde sie *papai* und Tohon wiedersehen?

Die drei Männer waren stärker als sie und hatten Tayas Abwehr schnell unter Kontrolle. Sie wurde zur Kutsche gezwungen.

»Sie ist unzivilisiert!«, donnerte dieser Heinrich. »Sieh nur, wie sie sich aufführt.«

Taya atmete hektisch. Die Männer hatten sie auf den Boden gedrängt und banden ein Seil um ihre Handgelenke.

»Schenkst du deinen Söhnen eine Hure? Gute Wahl.« Dieser Emmanuel lachte.

Taya wurde von einem der Männer ein Knebel in den Mund gesteckt. Sie zitterte am ganzen Leib.

Würden diese Barbaren sie zu dem Haus am Rio Negro bringen? Vielleicht konnte sie über den Fluss fliehen?

Taya verbot sich zu weinen.

Bisher war es ihr gut ergangen, während *papai* und Tohon misshandelt worden waren. Sie hatten es ertragen, und Taya würde es auch. Sie würde sich durchbeißen und zurückkehren.

»Wir haben unsere Söhne zu anständigen jungen Männern erzogen.« Erbost schnappte Luise nach Luft.

»Sie sind in Preußen auf Brautschau und werden bald zurück sein«, erklärte Heinrich. »Deine Probleme diesbezüglich mit Camille tun mir leid, Emmanuel, aber Luise hat ihre Aufgaben tadellos erfüllt.«

Taya hockte hinten auf der Kutsche und wurde von einem Mann bewacht. Die Stricke um die Hand- und Fußgelenke verhinderten ihre Flucht. Der Knebel in ihrem Mund sorgte dafür, dass sie nicht schreien konnte.

Die Fremden gingen in das neuartige Bauwerk und kamen lange nicht zurück.

Taya starrte an die Stelle, an der sie ihre Körbe verkauft hatte. Die anderen Einheimischen hatten sie genommen und verkauften sie an ihrer statt.

Niemand wagte es, ihr zu helfen.

Wenn sie es wenigstens geschafft hätte, den Zugang zu ihrer Fledermaus zu finden. Sie hing kopfüber an der Kutsche.

Damals, als sie der Fledermaus aufs Wasser gefolgt war, hatte das Tier ihr geholfen. Taya glaubte fest daran, dass die Andyrá den Flüchtigen auf dem Einbaum auf sie aufmerksam gemacht hatte.

Jeder Versuch aber, mit der Andyrá zu kommunizieren, war gescheitert. Selbst die alte Sprache des Stammes konnte das Band nicht zum Leben erwecken.

Taya musterte das Tier, das neben ihr baumelte und zu schlafen schien.

Am helllichten Tag.

Es waren keine herkömmlichen Fledermäuse.

Die vertrugen kein Licht.

Taya musste die frühere Magie des Andyrá-Stammes und seiner zugehörigen Tiere neu entfesseln. Nur wie?

Nach einer schier endlosen Zeit kamen die Fremden aus dem Gebäude und stiegen in ihre Kutschen.

Taya wurde fortgebracht.

Ihr Herz wog schwer. Was würde nun werden?

Sie erkannte das Haus, in das man sie brachte.

Hier war sie damals gestrandet und hatte Paul und Karl kennengelernt. Die beiden Jungs und ihre *mamãe* waren nett gewesen.

Früher.

Heute hatte Senhora Luise Tayas Entführung in die Wege geleitet, und die Jungs waren zu Männern geworden, die bestimmt der Grausamkeit ihres Vaters folgten.

Taya wurde in einen Raum gebracht und dort von zwei Einheimischen und der Senhora empfangen. Einer der Männer nahm ihr den Knebel aus dem Mund und entfernte die Fesseln.

»Es tut mir so leid, dass du diese schreckliche Erfahrung machen musstest. Das war nie meine Absicht«, sagte Luise in beruhigendem Ton.

Taya wog ihre Fluchtmöglichkeiten ab. Sie spähte aus dem Fenster.

Die Männer standen rechts und links von Luise, direkt vor der Tür.

»Taya … ich war so überrascht und überrumpelt, dir so plötzlich zu begegnen. Ich wollte den Kontakt nicht wieder verlieren.« Senhora Luise sah sie entschuldigend an.

Taya sagte nichts. Sie war zu schockiert von den letzten Stunden.

War das nur ein böser Traum?

Konnte sie aufwachen und feststellen, dass sie in ihrem alten Leben war?

War ihr altes Leben nicht selbst ein böser Traum?

»Ich wollte den Kontakt zu dir halten. Damals. Ich habe es versucht. Es war mir nicht möglich.« Luise umarmte sie.

Taya fühlte sich wie ein in die Ecke getriebenes Tier. Sie lief auf und ab. Wachsam achtete sie auf jede Regung.

»Taya, bitte sag etwas.«

»Ich muss zurück ins Lager«, erwiderte sie. Es war alles, was Taya in diesem Moment wollte. *Mamãe* und Tula sollten sich keine Sorgen machen. Außerdem kam bald die Regenzeit, und Taya konnte es nicht erwarten, dass die Männer zurückkehrten.

»Ich ermögliche dir ein besseres Leben. Ich lehre dich lesen und schreiben, bilde dich in der Haushaltsführung aus und sorge dafür, dass du nie wieder hungrig ins Bett gehen musst.« Luise sah Taya offen ins Gesicht.

Das ergab keinen Sinn. Wozu sollte die Fremde das tun? Welche Hintergedanken trieben sie an?

Zofe … Taya musste herausfinden, was dieses Wort bedeutete.

»Du misstraust mir. Ich kann das nachvollziehen. Es ist Heinrichs überhebliche Art, dich auf offener Straße wie einen entlaufenen Hund einzufangen. Ich schäme mich dafür. Heinrich glaubt, dass ihm die Welt gehört und …« Luise stieß erschöpft die Luft aus. »So ist es leider auch.«

Heinrich war also tatsächlich einer der Kautschukbarone. Sie waren die Götter der Fremden. Wahrscheinlich hatte dieser Mann sich die weißen Frauen vorzeigen lassen und sich mit Luise die schönste von ihnen ausgesucht.

Taya hatte gehört, dass es im Hurenhaus genauso ablief, wenn einer der Kautschukbarone dort eintraf und seine Gier befriedigen wollte.

Yumah war mutig genug gewesen, nach der Arbeit am *Teatro* Potira im Hurenhaus zu suchen. Die anderen Frauen hatten sich an sie erinnert. Potira hatte sich schon im ersten Jahr ihrer Ankunft in ihrem Zimmer erhängt.

Taya und die anderen im Lager, die Potira gekannt hatten, hatten Blumen gepflückt und sie auf den Rio Negro hinausschwimmen lassen. Insbesondere für Yumah war es schwer gewesen. Er hatte immer für Potira geschwärmt.

»Taya?«

Senhora Luises Stimme klang weit entfernt.

»Wo bist du denn mit deinen Gedanken?«

Luise näherte sich ihr langsam und vorsichtig.

Taya spürte die sanfte Berührung auf ihrer Schulter.

»Du wirst von mir feste Arbeitszeiten und freie Tage bekommen. Wenn du weiterhin im Lager leben möchtest, um bei deiner Familie zu sein, respektiere ich das. Dennoch werde ich dir in diesem Haus ein Zimmer herrichten lassen, für den Fall, dass du es nutzen möchtest.« Senhora Luise suchte Tayas Blick.

Taya verstand nicht, warum die Fremde sie bedrängte, was sie von ihr wollte. Sie entzog sich der Berührung und schritt zurück.

»Was wollen Sie wirklich?«, fragte Taya.

Luise suchte nach Worten.

Offensichtlich nach jenen, die die Wahrheit verbergen sollten. Taya spürte, dass hinter den Absichten der goldenen Schönheit mehr steckte.

»Was ist eine Zofe?« Taya reckte ihr Kinn stolz in die Höhe, weil sie die Antwort fürchtete. Wollte man sie für den Kautschukbaron formen, damit er sich besser amüsierte?

»Nun, eine Zofe steht im direkten Dienst einer adeligen Frau. Zofen sind angesehen, und diese Tätigkeit wird als gesellschaftlicher Aufstieg empfunden. Eine Zofe hilft der Dame beim Waschen, Ankleiden und bei dem Drapieren der Haare. Sie hält die Garderobe der Dame in Ordnung, hilft bei der Organisation von Terminen oder Festlichkeiten. Sie ist außerdem die Gesellschafterin der Dame. Damit sind beispielsweise gute Gespräche gemeint, die wir miteinander führen.«

Taya starrte die Senhora fassungslos an. Das klang albern. Warum konnte die Senhora sich nicht selbst waschen oder anziehen?

»Was ist mit dem Senhor? Muss die Zofe sich um seine Belange kümmern?« Taya waren die Fremden suspekt. Ihre Art zu leben erschien ihr seltsam.

»Gott bewahre, nein! Ein anständiger Preuße besucht keine Freudenhäuser, sondern ehrt seine Frau und seine Kinder. Niemand wird dich in diesem Haus zu sexuellen Diensten verpflichten.« Die Senhora schüttelte entschieden den Kopf.

»Luise?«

Der Mann rief dauernd nach seiner Frau. Das war Taya schon auf dem Markt aufgefallen.

Seufzend verließ die Senhora den Raum. »Heinrich, brauchst du etwas?« Ihre Stimme klang lieblich.

»Wo steckst du denn? Ich möchte mit dir zusammen speisen.«

Taya folgte den Stimmen und spähte durch den Gang.

»Selbstverständlich, entschuldige. Ich wollte sofort mit der Arbeit beginnen und die neue Zofe anlernen. Ich freue mich auf die Aufgabe, aber das hat bis nach dem Essen Zeit.«

Taya schlich auf den Gang und bewegte sich lautlos.

Die beiden Einheimischen folgten ihr prompt.

»Verschwindet«, flüsterte sie.

Beide schüttelten die Köpfe.

»Ich Diego, das Cristobal. Senhora sagen, wir aufpassen, du nix weglaufen.«

Die Senhora hatte vorgesorgt. Taya musterte die beiden Männer, die ihrer Welt angehörten. »Ihr hört auf alles, was die Senhora befiehlt?«

Sie nickten.

Das war schlecht. Schließlich wollte Taya nicht bleiben. Auf keinen Fall wollte sie für einen der Kautschukbarone arbeiten. Blut klebte an seinen Händen. Unzählige hatten unter den unmenschlichen Bedingungen ihr Leben gelassen. Unzählige waren gejagt, geraubt und gefoltert worden.

Und diese überheblichen Männer zündeten Geld an?

Taya sog scharf die Luft ein.

»Ich zeigen Zimmer. Kommen.« Diego winkte Taya mit sich.

Er meinte das ernst?

Aufgeregt lief sie neben ihm her. »Sie haben mich verschleppt! Auf keinen Fall bleibe ich und arbeite für die.«

»Weiße Männer kommen in Wald. Gierig sein, töten Bruder und Schwester. Caucho viel wertvoll. Ich leiden, Cristobal leiden. Alle unsere Volk leiden. Aber Senhora Lorenz gute Frau. Sie gute Herz.« Diego brachte Taya nach oben und führte sie in einen Raum.

Staunend sah Taya sich um. Das durfte sie nicht zulassen.

Ich will mich nicht an diesen Reichtum gewöhnen.

Taya lief zum Fenster und schaute hinaus, direkt auf den Rio Negro. Die Aussicht war schmerzlich schön.

Diego trat neben sie und blickte ebenfalls in die Ferne. »Ich nix Stamm. Tucano-Stamm tot. Cristobal Freund. Wir zusammen Garten machen. Manchmal Senhor Lorenz böse. Schlagen. Aber wir draußen nix haben gut Leben. Hier essen und Bett haben.«

Taya verstand, was Diego ihr sagen wollte. Er hatte keine Verwandten und konnte so allein auf sich gestellt in der Stadt kaum überleben. Er hatte sein Schicksal akzeptiert.

»*Papai* und mein Bruder arbeiten im Kautschukwald«, wisperte Taya.

Diego nickte verstehend. »Seringueiros. Diese Männer mit Stamm. Sie arbeiten für Familie. Weiße Mann hat gestohlen Frauen und Kinder. Ich wissen.« Er legte seine Hand auf Tayas. »Du schlau sein.« Er senkte seine Stimme. »Senhora lieben filhos. Ihre Herz immer Jaguarmamãe sein. Senhor sagen, gehen andere Welt, Frau suchen, bringen. Ich kennen filhos. Karl kommen, bringen Frau. Paul nix bringen Frau.«

Taya runzelte die Stirn. Diegos Portugiesisch war kaum zu verstehen. Was meinte er denn?

»Was hat das mit mir zu tun, dass die Söhne des Barons Frauen in der anderen Welt suchen sollen?«, fragte sie.

»Du arbeiten diese Haus. Gut sein mit Senhora, warten Paul. Er helfen deine Bruder und *papai*.« Diego lächelte ihr zu und verließ den Raum. Er schloss die Tür.

Taya glaubte nicht, dass es so leicht sein konnte.

Paul und sie hatten sich nur einmal gesehen. Entweder war er der leibliche Sohn der Senhora oder des Senhors. Von beiden gemeinsam konnte er nicht abstammen. Dazu war seine Haut zu dunkel gewesen.

Vielleicht war er der Zugänglichste im Haus? Wenn Diego annahm, dass Paul sich für die Seringueiros einsetzen würde?

Für Taya war es aber nicht genug, wenn *papai* und Tohon es lebend aus den Fängen der Menschenschinder schafften. Sie wollte auch Yumah und die anderen Männer ihres Stammes frei sehen.

Taya träumte noch immer davon, zu den Wasserfällen und den Fledermaushöhlen zu fahren und das Leben kennenzulernen, das ihre Vorfahren geführt hatten.

Taya blickte aus dem Fenster und sah ein heftiges Unwetter aufziehen. Hier im Regenwald kam der Guss schnell, stark und kurz.

In der Regenzeit aber verwandelten sich Landstriche in Flüsse. Höhergelegene Regionen wurden zu Inseln, und der Wasserpegel des Rio Negro stieg um mehrere Meter an.

Deswegen bauten die Bewohner ihre Hütten als schwimmende Boote oder auf Stelzen.

Die Überschwemmungen trieben die Seringueiros zurück.

Taya sehnte die Regenzeit herbei. Gleichzeitig wurde ihr Herz bei jedem Unwetter schwer, weil sie um ihre Liebsten fürchtete, die ums Überleben kämpften.

Konnte sie im Haus dieser Kautschukfamilie etwas Rettendes für ihre Leute erreichen?

Oder machte sie sich damit zum widerlichen Handlanger der Reichen?

Während sie dem Unwetter zusah, klopfte es an der Tür. Taya drehte sich um. Die Senhora trat ein.

»Ich habe Cristobal zum Lager geschickt, damit er deiner Familie Bescheid gibt und sie sich keine Sorgen um dich machen.«

An Tayas Misstrauen hatte sich nichts geändert. Sie beobachtete die Senhora wachsam.

»Heute bleibst du bitte hier. Morgen darfst du nach Dienstschluss nach Hause. Wir besprechen deinen Plan gemeinsam. Heinrich lässt mir diesbezüglich glücklicherweise freie Hand. Ich freue mich auf unseren Unterricht.«

Taya nickte steif.

Wenn sie außerhalb ihrer Arbeitszeiten zurück ins Lager durfte und sogar Geld verdiente, konnte sie ihre Liebsten während der Regenzeit unterstützen. Die Arbeiten an den Bauwerken der Stadt kosteten *papai*, Tohon und Yumah so viel Kraft. Taya konnte vielleicht genügend zu essen kaufen.

Mamãe musste dann nicht den ganzen Tag Körbe flechten, sondern konnte ein nahrhaftes Essen für die Männer kochen, das Taya bezahlte.

»Unsere Haushälterin Emefa kennst du vielleicht noch? Sie hat dir unten dein Abendessen angerichtet.« Die Senhora winkte Taya heran.

Taya folgte. Die Senhora erklärte ihr auf dem Weg nach unten die wichtigsten Abläufe im Haus und versicherte Taya, dass sie alles schnell verstehen würde.

Der neue Reichtum in Tayas Leben begann. Vor ihr lag ein reichlich belegter Teller mit frischem Fleisch, Gemüse und Süßkartoffeln. Danach warteten sogenannte Pfannkuchen auf sie. Das schien eine Spezialität aus der fernen Welt zu sein.

Taya ließ die Hälfte stehen. Ihr Magen würde mit der plötzlichen Fülle nicht zurechtkommen.

Sie half anschließend Emefa in der Küche beim Abwasch.

Es war neu, aber unerwartet schön. Taya schloss Emefa in Rekordtempo in ihr Herz. Die Afrikanerin redete ohne Punkt und Komma in dem entsetzlichen Portugiesisch, das Diego bereits vorgeführt hatte. Nach getaner Arbeit zogen Emefa, Diego, Cristobal und sie sich in den Dienstbotentrakt zurück und spielten Karten.

Taya kannte sich nicht aus, aber lernte schnell. Das Spiel nannte sich Skat, und die Bediensteten hatten es von der Senhora gelernt.

Als Taya diese Nacht ins Bett fiel, war sie müde und erschöpft. Außerdem war sie verwirrt, überfordert und besorgt.

Sie musste eine neue Richtung einschlagen, ihr Leben sortieren und versuchen, nicht unterzugehen.

Die nächsten Wochen würden ihr zeigen, ob sie die Herausforderung bewältigen konnte, die Zofe einer hohen Dame zu sein und gleichzeitig Taya aus dem Andyrá-Stamm treu zu bleiben.

Taya konnte in dem weichen Bett nicht schlafen. Kurzerhand legte sie die Decke auf den Boden und legte sich dorthin.

Sie warf einen letzten Blick auf ihre Fledermaus, die vor dem Fenster hing und Taya ein Lächeln aufs Gesicht zauberte.

Sie war ihr vom *Teatro* gefolgt. Ihre Fledermaus begleitete Taya immer.

Das war tröstend.

4

Oktober 1896, Manaus, Brasilien (einige Wochen später)

»Ich muss los, wir sehen uns heute Abend.« Taya verabschiedete sich von Tallulah.

Ihre Freundin seufzte.

Ihr Leben hatte sich in den letzten Wochen stark verändert. *Mamãe* und Tallulah mussten keine Körbe mehr flechten, um zu überleben. Taya verdiente genug Geld, um die beiden mitzuversorgen.

Mamãe und Tallulah stellten ihre Arbeitskraft den vielen anderen Frauen im Lager zur Verfügung.

Taya selbst aber verbrachte die meiste Zeit im Haus der Familie Lorenz.

An ihren Schock, als sie erfahren hatte, dass ihr Arbeitgeber gleichzeitig der Kautschukbaron Lorenz war, konnte Taya sich gut erinnern.

Am liebsten hätte sie sofort hingeschmissen, nur hatte sie nicht wirklich eine Wahl, und die Senhora behandelte Taya gut.

»Ich hasse es, dass du den ganzen Tag weg bist, früher waren wir immer zusammen. Du hast dich verändert«, erwiderte Tallulah.

Taya reagierte auf Tulas Vorwurf verunsichert. Sie hatten von klein auf ein gemeinsames Leben gehabt und durchgehend gewusst, was die andere tat, es gemeinsam getan.

»Das ganze Leben ist im Wandel, und wir verändern uns Tag für Tag«, entgegnete Taya. »Oder willst du mir etwas anderes sagen? Findest du, dass ich einen schlechteren Charakter habe als noch vor ein paar Wochen? Ich verstehe nicht, was ich mit deinen Vorwürfen anfangen soll.«

Tayas Brustkorb hob und senkte sich in schnellen Zügen. Sie wollte nicht zu spät kommen. Senhor Lorenz war streng, und sie wusste nicht, ob er zu Hause war oder nicht. Aber auch die Senhora erwartete, dass Taya sich an die Absprachen hielt.

»Du redest dauernd von diesen Fremden«, warf Tallulah ihr vor.

»Heute Abend sprechen wir kein Wort über sie, versprochen.« Taya nickte und winkte zum Abschied. Sie musste sich beeilen.

Am Ausgang verfluchte sie die Schlange, die sich gebildet hatte. Sie musste über eine halbe Stunde bis zum Haus ihres Arbeitgebers laufen. Sie reckte sich, um zu sehen, warum es da vorne so langsam vorwärtsging.

Gleichzeitig ließen Tallulahs Worte ihr keine Ruhe. Sprach Taya tatsächlich dauernd von den Fremden? Sie hatte nur Kontakt zu der Senhora. Emefa, Diego und das andere Personal waren keine Fremden.

Was meinte Tallulah denn?

Taya würde sie am Abend fragen.

Ungeduldig wippte sie mit den Füßen. Sollte sie die anderen in der Schlange bitten, vorgelassen zu werden? Oder spielte sie sich damit wieder als etwas Besseres auf?

Tulas Worte verfolgten Taya.

Taya war nicht freiwillig in das Haus der Familie Lorenz gegangen. Sie war dazu gezwungen worden. Außerdem erleichterte Tayas Gehalt auch Tallulahs Leben.

Frustriert ließ Taya die Luft entweichen.

Endlich kam sie an die Reihe und sagte dem Wächter ihren Namen. Da sie jeden Tag um die gleiche Zeit das Lager ver-

ließ, wussten die Wächter längst, wer sie war und wo sie hin-
wollte. Der Wächter winkte sie gleich durch.

Taya rannte los. Normalerweise spazierte sie den Weg zu
dem Anwesen der Familie Lorenz in zügigem Schritt. Heute
aber war sie spät dran. Also beeilte sie sich.

Der Weg vom Anwesen des Kautschukbarons war bis
in die Stadt ausgebaut worden. Dennoch lag das Anwesen
abseits des Zentrums. Manaus wuchs so rasant. An allen
Ecken bauten sie Häuser und verkauften Land.

Taya erreichte das Tor und wurde von den Sicherheitsleu-
ten durchgelassen. Sie huschte zum Personalbereich und entdeckte Emefa auf dem Flur.

»Wir denken, du krank sein. Nix kommen pünktlich.«

»Die Schlange am Ausgang des Lagers war so lang.« Taya
entschuldigte sich.

»Du wohnen diese Haus, nix Lager. Du neue Leben.«
Emefa tadelte sie und schob Taya in den Wäscheraum. Dort
hing ihre Dienstkleidung bereit.

Taya musste die Mode der Fremden tragen. Die bestand aus
einem enganliegenden schwarzen Kleid mit weißer Schürze.
Es war nicht schlecht, aber zu vornehm für Tayas Geschmack.
Auf keinen Fall würde sie sich so im Lager blicken lassen. Sie
würde sich schämen.

Alle kämpften darum, satt zu werden, und Taya käme in
einem Kleid aus teurem Stoff daher?

»Du hier wohnen«, wiederholte Emefa.

Taya schüttelte entschieden den Kopf. »Das möchte ich
nicht. Ich gehöre zu meinem Stamm.«

Emefa kämmte Tayas Haare und band sie zu einem Dutt.

»Du Frühstück bringen. Senhor Lorenz mit Senhora
zusammen essen.«

Taya fluchte innerlich. Sie konnte diesen Mann nicht aus-
stehen. Er war ein König der Fremden. Er war böse.

Sie zwang sich, ihre Gefühle zurückzudrängen. Er war stärker als sie. Taya bezweifelte, dass es einen Unterschied machte, wenn sie Heinrich Lorenz eine Giftschlange ins Bett legte. Die Fantasien hegte sie, obwohl sie falsch waren. Die Andyrá töteten keine Menschen aus niederen Gründen.

Aber sie wollte ihre Leute verteidigen.

Taya stellte sich aufrecht und vertrieb die bösen Gedanken.

Sie folgte Emefa aus dem Wäscheraum in die Küche und richtete den Kaffee her.

»Söhne kommen aus andere Welt zurück«, berichtete Emefa.

Taya nickte. Sie wusste darüber Bescheid, die Senhora hatte es ihr mit leuchtenden Augen erzählt. In wenigen Tagen wären sie da. Anscheinend hatte das Schiff, auf dem sie waren, gestern in Belém angelegt.

»Alle freuen«, erklärte Emefa.

»Ende des Monats endet die Trockenzeit, und unsere Männer kommen ins Lager zurück. Darauf freue ich mich am meisten.«

Emefa verzog traurig das Gesicht. »Ich beten, deine *papai* und Bruder kommen. Família zusammen gesund sein.«

Taya legte ihre Hand auf Emefas. »Danke.«

Sie hörten die Stimmen der Herrschaften, die offensichtlich das Esszimmer betreten hatten.

Taya richtete sich zu ihrer vollen Größe auf und nahm das Tablett. Sie wechselte ins Nebenzimmer.

»Guten Morgen«, sagte sie freundlich und stellte den frischen Kaffee auf den Tisch. Emefa hatte glücklicherweise alles vorbereitet, sodass Tayas Zuspätkommen nicht aufgefallen war.

Der Senhor beachtete sie nicht. Die Senhora lächelte ihr zu und bedankte sich für den Kaffee.

»Luise, meine Liebe, wie du weißt, reist Karls ausgewählte Ehefrau mit ihrer Familie an. Wir müssen dafür Sorge tragen, dass es Ihnen bei uns an nichts fehlt.« Der Baron nippte an seinem Kaffee und begann sein Frühstück.

Taya stellte sich an den Rand und wartete auf Anweisungen.

»Ich werde das in Ruhe mit dem Personal besprechen. Keine Sorge, die Familie Thomson wird sich bestimmt bei uns wohlfühlen.« Luise tätschelte die Hand ihres Mannes.

Taya bemerkte, wie zugeneigt der Baron auf seine Frau reagierte. Sein Blick glitt mit offensichtlichem Wohlgefallen über die Senhora.

»Thomson«, murmelte er. »Ich habe die Jungen ermahnt, sich preußische Frauen zu suchen. Thomson klingt Britisch. Die Arroganz dieser Leute ist nicht zu ertragen.«

»Lernen wir Charlotte und ihre Eltern doch erst mal kennen. Soweit ich mich erinnere, hast du deine Eltern auch nicht um Erlaubnis gebeten.« Luise spießte ein Stück Melone auf. Sie ernährte sich auffallend gesund und verzichtete auf fettige Speisen. Taya hatte das oft bemerkt.

Wahrscheinlich hatte sie verstanden, dass ihre Schönheit ihr einziges Kapital in ihrer Ehe mit diesem Widerling war.

Taya schluckte ihre Wut hinunter.

»Mein Vater ist früh gestorben. Das kann man nicht vergleichen. Wenigstens hat Charlotte einen ansprechenden Stammbaum. Ich verstehe nicht, warum Paul ohne eine Frau zurückkehrt.« Heinrich ballte seine freie Hand zur Faust. »Ich habe mehrere verärgerte Briefe von preußischen Familien erhalten, deren Töchter ganz erpicht auf ihn waren.«

»Das kann ich mir vorstellen.« Luise lachte auf. »Ich habe auch Briefe erhalten. Frau von Lammersfeld schrieb mir, dass ihre Tochter vernarrt in seine Rehaugen sei und sie ihre Mitgift aufstocken würden.«

»Ich werde ein ernstes Wort mit ihm sprechen. Als Sohn des Hauses muss er sich eine Ehefrau suchen.« Heinrich brummte.

»Als du mich geheiratet hast, warst du 25 Jahre alt. Paul hat doch noch Zeit. Er ist eben romantisch.«

Taya bemerkte Luises lächelnden Blick in ihre Richtung.

Was das zu bedeuten hatte, konnte Taya nicht sagen. Sie war nicht romantisch. Auf keinen Fall duldete sie es, wenn ein Mann versuchte, sich zu ihr zu legen und ihr einen runden Bauch zu bescheren.

Auch von Rehaugen ließ sie sich nicht beeindrucken. Alle Männer ihres Stammes hatten Rehaugen, das war nun wirklich nichts Besonderes.

»Ich möchte noch Kaffee.« Senhor Lorenz wedelte mit seiner Hand in Tayas Richtung, die sich beeilte, seine Tasse mitzunehmen und in die Küche zu huschen.

Emefa reichte ihr bereits eine neue Tasse und nahm die benutzte an sich. Taya hatte sich die Abläufe schnell eingeprägt. Sie wusste mittlerweile genau, wie sie sich zu verhalten hatte, wenn der Senhor im Haus war.

Wie würde es sein, wenn die Söhne mit der Familie Thomson ankamen?

Hoffentlich gestattete die Senhora Taya weiterhin einen freien Tag in der Woche. Sie wollte nicht dauerhaft auf dem Anwesen gefangen sein.

Sie brachte dem Baron seinen Kaffee und nahm ihre Position am Rand des Geschehens wieder ein.

Nach einer Weile hatten die Herrschaften ihr Frühstück beendet und der Senhor verließ das Haus. Er war aus geschäftlichen Gründen oft unterwegs.

Taya räumte den Tisch ab.

Die Senhora rief nach Emefa. »Übernimmst du bitte, ich möchte Taya unterrichten.«

Intensive Wochen lagen hinter Taya. Sie hatte täglich lesen und schreiben gelernt. Außerdem übte sie ihre Umgangsfloskeln, was ihr manchmal lächerlich vorkam.

Anscheinend musste sie als Zofe diese Dinge können.

»Wir beginnen heute früher mit dem Unterricht, weil nachher die Schneiderin kommt.« Die Senhora führte Taya zu dem Schreibtisch, der auf der anderen Seite des großen Raumes stand.

Taya hatte sich schon bei ihrem Besuch als Kind magisch von der Schreibmaschine angezogen gefühlt.

Die Senhora deutete Taya, sich auf einen der beiden Stühle zu setzen. »Warte einen Moment, ich hole noch etwas.«

Taya blieb zurück und warf ihren Blick auf die Blätter, auf denen sie gestern geschrieben hatte. Sie hatte das Alphabet gelernt und die Buchstaben trainiert. Es gab so viele Regeln, die Taya überforderten, aber die Senhora hatte sich schon damit zufriedengegeben, dass Taya jeden Buchstaben ordentlich schreiben und zuordnen konnte.

Taya sah die Senhora mit einem seltsamen Ding zurückkehren. Sie schob eine große Kugel vor sich her. Diese steckte in einem Holzrahmen und rollte mit Rädern vorwärts.

Die Senhora hielt genau vor Taya an. »Das ist ein Globus. Er zeigt unsere Welt.«

»Das ist Ihre Welt?« Staunend besah Taya sich die Kugel. Auf ihr waren Karten zu sehen.

»Das ist *unsere* Welt«, betonte Luise.

Taya runzelte die Stirn. »Das kann nicht sein.«

Die Senhora drehte die Kugel rundherum. »Die Welt ist eine große Kugel, und alle Menschen leben darauf. Ich bin in Preußen geboren.« Sie hielt die Kugel an und zeigte mit dem Finger auf eine Stelle.

Taya fragte sich, ob es stimmte, was die Senhora da sagte, und woher sie das wusste.

»Hier liegt Manaus.« Die Senhora legte einen Finger der anderen Hand auf die Stelle.

Taya verstand. »Das große Wasser liegt dazwischen.«

»So ist es. Die Menschen haben immer größere Schiffe gebaut und konnten das große Wasser überqueren. So kamen sie hierher.«

Taya starrte auf die Kugel. »Unser Wald ist riesig.«

»Hier in Belém kamen die Schiffe zuerst an und fuhren dann weiter über den Rio Negro bis Manaus.« Die Senhora strich mit einem Finger den Fluss entlang.

Taya streckte die Hand aus und berührte den Globus. »Ich denke, dass die weißen Eroberer nicht nur zu uns gekommen sind. Sie reißen alles an sich.«

Luise seufzte. »Du hast recht. Der amerikanische Kontinent wurde von den Europäern weitestgehend eingenommen. Die Europäer kaufen Landgebiete und vermehren ihren Reichtum.«

»Wer verkauft das Land? Wer kann behaupten, dass es ihm gehört? Kauft ihr auch den Himmel oder die Flüsse? Kauft ihr die Luft, die ihr atmet?« Taya verzog das Gesicht. Die Fremden waren seltsam.

»Hat dein Stamm sich nicht von anderen abgegrenzt und ein eigenes … nun ja, Revier gehabt?«, fragte Luise interessiert.

»Meine *mamãe* hat mir erzählt, dass der Stamm zuerst ein wanderndes Volk gewesen ist. Einige Jahre blieben meine Vorfahren am gleichen Platz, und danach zogen sie weiter, um neuen fruchtbaren Boden zu finden. Der alte Ort sollte sich erholen. Nach einiger Zeit aber fanden sie die Wasserfälle und damit unser dauerhaftes Zuhause.« Taya strich nachdenklich über den Globus. Dieses Ding war anschaulich und interessant. Die Schönheit der Orte aber konnte es nicht zeigen.

»Wir lieben den Wald, die Berge, die Flüsse. Wir bewundern die Tiere. Wir fühlen uns mit ihnen verbunden, spüren die Geister unserer Vorfahren in ihnen. Die Erde ist voller Magie. Ich glaube daran, dass der Wald atmet. Wenn ihr den Wald getötet habt und erkennt, dass ihr ohne ihn grausam zugrunde geht, werdet ihr bereuen, was ihr getan habt.«

Taya ließ angespannt den Atem entweichen und erhob sich von ihrem Stuhl. War sie zu weit gegangen? Sie hatte die Senhora beleidigt.

Die Gefühle überwältigten sie. Taya sehnte sich nach Freiheit, aber die war ihr nie bestimmt gewesen. Schließlich war sie schon im Lager geboren worden.

»Ich brauche eine Pause. Entschuldigung.« Taya wandte sich ab und eilte auf die Terrasse. Sie sog frische Luft in ihre Lungen und spürte dabei ihr aufgescheuchtes Herz schneller schlagen.

Erst als sie die Fledermaus an der Rinne der Veranda hängen sah und bemerkte, dass sie nicht teilnahmslos dort hing, sondern Taya beobachtete, fühlte sie sich leichter.

Solange die Andyrá ihr Lebenszeichen sendete, hatte Taya Hoffnung. Ihre Mundwinkel hoben sich, denn die Gelegenheit war günstig.

Sie setzte zum Sprung an und versuchte, ihre Fledermaus zu fangen. Kreischend schoss das Fledertier davon. Die Töne hörte nur Taya in ihrem Kopf. Das hatte sie längst herausgefunden. Außerdem wusste sie, dass die Andyrá mit ihr kommunizierte, wenn Taya die Sprache auch nicht verstand.

Ihre Andyrá kreiste über dem Garten, während Taya ihr nachjagte und die negativen Gefühle und Sorgen für einen Moment von ihr abfielen.

Sie bemerkte den zunehmenden Wind. Instinktiv löste Taya die Spangen in ihren Haaren und genoss, wie der Wind sie durcheinanderwirbelte. Taya schloss die Augen und hielt ihr Gesicht in den Luftstrom.

Niemand konnte den Wind kaufen.

Niemand konnte den Jaguar zähmen.

Niemand konnte dem Adler seine königliche Seele nehmen.

Taya rannte zum Steg und ließ sich auf das Holz sinken. Sie legte sich auf den Rücken, schaute in den Himmel empor und lauschte den natürlichen Geräuschen des Wassers.

Sie stellte sich Tohon vor, hörte ihn auf der Atabaque trommeln und schenkte ihm erneut ihr Herz. Sie schloss die Augen und träumte sich fort.

Flieg zu ihm. Sag ihm, dass ich an ihn denke.

Das Geschrei war ohrenbetäubend. Taya fasste sich an die Ohren, obwohl sie bereits gelernt hatte, dass es nichts nützte.

Als sich die Töne entfernten, weitete sie die Augen, setzte sich auf und drehte sich zum Rio Negro.

Ihre Andyrá flog davon.

Taya schnappte nach Luft. Wie gern wollte sie ihr folgen. Wie gern spränge sie aufs nächste Boot, um ihr nachzujagen und Tohon bei den weinenden Bäumen zu finden.

Sie würde ihn stundenlang umarmen und festhalten. In ihren Träumen rannten sie davon, tief hinein in den Dschungel, dorthin, wo es keine Kautschukplantagen gab.

Sie würden die anderen ihres Stammes finden und frei sein.

Sie spürte die Senhora hinter sich. Das Rascheln ihres Kleides verriet sie.

Taya starrte in die Ferne. Sollte die Fremde sie doch für eine Wilde halten, die verrückt war.

»Die Magie steckt in dir, Taya. Ich würde es nicht glauben, wenn ich es nicht selbst gesehen hätte. Du bist mit der Fledermaus verbunden und sie mit dir. Der Wald liebt dich, der Wind hat dich geküsst.«

Erschrocken drehte Taya sich zu Luise herum.

»Wir stammen aus verschiedenen Welten, aber das muss uns nicht trennen«, fuhr Luise fort.

»Senhora, Schneiderin kommen, wollen Kleid machen.«
Emefa rief von der Veranda zu ihnen herüber.

Taya war dankbar dafür, denn Luise verunsicherte sie.

Luise besaß eine innere Kraft, wie Taya es selten beobachtet hatte.

»Komm mit, Taya.« Luise verließ den Steg und steuerte das Haus an.

Tayas Brustkorb hob und senkte sich in schnellen Zügen. Sie wollte nicht mitgehen. Ihr Herz zog sie in die entgegengesetzte Richtung.

»Haltet durch«, wisperte sie in der alten Sprache.

»Taya!«, rief Luise.

Sie musste der Senhora folgen und ihre aufgescheuchten Gefühle zurückdrängen. Es half nichts, sich in ihre Angst um ihre Liebsten zu verrennen. Es machte alles nur schlimmer, nicht besser.

Im Haus der Fremden entdeckte Taya die Schneiderin. Sie hatte ihre Stoffe schon im Wohnzimmer ausgebreitet und unterhielt sich mit der Senhora. Taya wollte vorbeihuschen und sich an die Arbeit machen.

»Das ist Taya, sie soll ebenfalls eingekleidet werden«, sagte die Senhora.

Taya hielt in der Bewegung inne. Schockiert riss sie die Augen auf. Das meinte die Senhora doch nicht ernst? Wozu sollte sie diese teuren und auffälligen Stoffe tragen?

Sie würde sich schämen, sich so ihrem leidenden Stamm zu zeigen.

Taya stemmte die Hände in die Hüften.

»Welche Richtung wünschen Sie, Senhora Lorenz?«, fragte die Schneiderin.

Taya starrte zwischen den beiden Frauen hin und her.

»Sieh mich nicht so an«, mahnte Luise. »Wenn wir außerhalb des Hauses unterwegs sind, brauchst du etwas zum Anziehen.«

»Ich kaufe mir von meinem Gehalt ein Kleid in der Stadt.«
Taya eilte aus dem Raum. Sie war so hastig unterwegs, dass
sie Diego anrempelte, der das Geländer im Treppenhaus repa-
rierte.

Erst in der Küche hielt sie an. Emefa backte Brot.

Taya stellte sich neben sie und atmete hektisch. »Was soll
ich machen?«

Emefa musterte sie wissend. »Du neue Leben, Taya. Nix
Wald-Frau mehr.«

Taya schüttelte energisch den Kopf. »Ich will das nicht.
Sie will mich verbiegen.«

Emefa seufzte. »Senhora nett sein. Du hören. Wenn Senhor kommen, schlagen. Danach du hören.«

Taya wusste, dass der Baron gewalttätig war. Er sandte
die Jäger in den Dschungel, die die Waldbewohner einfangen
sollten. Er sperrte Frauen und Kinder in die Lager, um die
Männer zum Kautschuksammeln zu zwingen. Er bestrafte
die Seringueiros, die zu wenig Tränen brachten. Er kaufte
die Wälder, als hätte er sie erschaffen und Rechte daran. Sein
Geld war schmutzig und voller Blut.

»Taya, kommst du bitte ins Wohnzimmer.«

Taya zuckte zusammen. Die Senhora stand in der Küchen-
tür.

»Ich möchte diese Stelle nicht.« Taya schluckte, aber sie
stellte sich aufrecht. »Ich möchte zurück ins Lager und wie
früher um meinen Lebensunterhalt kämpfen.«

Der Senhora entglitten die Gesichtszüge. »Es geht doch
nur darum, dir ein paar hübsche Kleider nähen zu lassen.«

Die Senhora war nicht ehrlich zu ihr. Taya spürte das. Es
ging um mehr. So ganz konnte sie es noch nicht greifen.

»Ich verrate meine Leute nicht. Euer dreckiges Geld ist
mir egal.« Tayas Herz schlug schnell.

Die Schneiderin trat zu ihnen und legte Luise eine Hand

auf die Schulter. »Man kann das Kind aus dem Dschungel nehmen, aber den Dschungel nicht aus dem Kind.«

Luise schluckte, aber sie würde nicht nachgeben. Ihr entschlossener Blick machte das deutlich.

Taya wollte zum Dienstbotenausgang, ihre Sachen wechseln und diesen Ort für immer verlassen. Sie setzte sich in diese Richtung in Bewegung.

»Ich lehne deine Kündigung ab. Du wirst weiterhin für mich arbeiten, aber ich zwinge dich nicht länger in neue Kleider. Anscheinend war ich zu voreilig, und du bist nicht an dem Punkt, das auszuhalten. Dafür entschuldige ich mich.« Luise wandte sich ab.

Taya schlüpfte in den Dienstbotentrakt und rang nach Luft. Während sie aufgelöst nach Luft schnappte, ließ sie sich an der Wand nach unten sinken und legte ihre Stirn auf ihre angewinkelten Knie.

Sollte es ein Segen sein, dass sie diese Stelle bekommen hatte? Taya fühlte sich von dem Geld des Barons nicht angezogen. Im Gegenteil. Sie hatte panische Angst davor, dass die Senhora zahlreiche Versuche unternahm, Taya ihrer Familie, dem Lager und ihrer Kultur zu entfremden.

Taya hielt sich für den Rest des Tages von der Senhora fern. Sie fühlte sich grauenvoll. Als sie abends die Arbeit niederlegte und ins Lager laufen wollte, hielten die Sicherheitsleute sie am Tor auf.

»Die Herrschaften verbieten dir, das Gelände zu verlassen.«

Taya schluckte entsetzt.

»Das geht nicht. Meine Familie wird sich Sorgen machen, wenn ich nicht komme. Ich werde morgen pünktlich meine Arbeit beginnen, ich verspreche es.« Sie appellierte an den Wächter, der aber nur den Kopf schüttelte.

»Ich halte mich an die Anweisung.«

Taya eilte aufgelöst nach drinnen, um die Senhora zu suchen. Sie wollte unbedingt im Lager bei ihrer *mamãe* und Tallulah schlafen. Konnte sie die Senhora überzeugen?

Senhora Luise saß an ihrer Schreibmaschine und tippte darauf.

Der Senhor war noch nicht zu Hause, dabei dämmerte es längst.

Taya räusperte sich, um auf sich aufmerksam zu machen.

Luise drehte sich zu ihr und lächelte. »Möchtest du lesen üben?«

Tayas Brustkorb hob und senkte sich in schnellen Zügen. Offensichtlich machte die Fremde da weiter, wo sie am Mittag aufgehört hatte. Verstand sie denn nicht, wie sehr sie Taya mit ihren Umerziehungsversuchen zusetzte?

Luises Lächeln erstarb. Stattdessen seufzte sie. »Ich möchte dir das Leben erleichtern und meine es gut.«

»Es ist mein Leben, und ich liebe meine Kultur, auch wenn es eurer Auffassung widerspricht. Meine Familie wird sich sorgen, weil ich nicht komme.«

»Ich habe Diego zum Lager geschickt, er gibt Bescheid, dass du ein paar Tage bei uns übernachtest. Ich möchte sichergehen, dass wir unseren Streit beilegen.« Luise sah Taya missmutig an.

»Es gibt genügend andere Frauen, die sicher gern zur Zofe ausgebildet werden. Warum darf ich nicht gehen?« Würde Taya endlich die Wahrheit hören? Sie suchte sie in Luises Gesicht.

Luise erhob sich von ihrem Stuhl.

»Ich habe mich entschuldigt, weil ich dir mit den neuen Kleidern zu nahe getreten bin. Das war mir vorher nicht bewusst. Ich hatte es gut gemeint. Nimmt man in deiner Kultur keine Entschuldigungen an?«

Taya ballte ihre Hände zu Fäusten. Die Senhora ließ ihre Frage unbeantwortet. Sie entschuldigte sich, aber sperrte Taya gleichzeitig ein.

»Was muss ich tun, damit ich abends wieder zu meiner Familie gehen kann?«, fragte Taya.

Luise presste die Lippen aufeinander.

Taya erwartete eine Antwort. Sie musste abwägen, welche Möglichkeiten sich ihr boten. Sie würde weglaufen, wenn sie nicht befürchten musste, dass Tohon im Dschungel dafür bestraft wurde. Senhor Lorenz würde nicht zögern.

»Versichere mir glaubhaft, dass du deine Anstellung bei mir nicht aufgibst. Außerdem wünsche ich mir, dass du den Unterricht wieder aufnimmst und so schnell wie möglich deine Fertigkeiten im Umgang mit unserer Gesellschaft verbesserst. Ich erwarte nicht, dass du deine Familie oder deine Kultur aufgibst. Du sollst nur wissen, wie du dich im Umgang mit der weißen Oberschicht zu verhalten hast, um keine Probleme zu bekommen«, erklärte Luise.

Taya verzog das Gesicht. »Ich soll Theater spielen?«

»Ich verhalte mich auch nicht an jedem Ort gleich. Auch ich muss manchmal ein Gesicht wahren, um zu überleben. Das ist, was Frauen tun müssen. Aber du hast die Chance auf die große Liebe. Die hatte ich nie.« Luise stieß erschrocken die Luft aus. Offensichtlich hatte sie diese intimen Worte nicht geplant. »Gute Nacht«, wisperte sie und schob sich an Taya vorbei.

Taya stand betroffen an ihrem Platz. Sie starrte auf die Schreibmaschine. Langsam näherte sie sich dem liebsten Ort der Senhora und streckte die Hand nach den geschriebenen Seiten aus.

Sie setzte sich auf den Stuhl und konzentrierte sich auf die Zeilen. Es war noch mühsam, aber Taya konnte die Worte lesen und verstehen.

Ich bin einsam in diesem fernen Land,
in dem ich wenigstens die Mutterliebe fand.
Hier bin ich fremd und werde gehasst,
trage ich Mitschuld an der Sklaven Last?

Taya legte das Blatt zur Seite und floh aus dem Raum. Die Zeilen der Senhora klangen wie ein Lied in Tayas Ohren, und sie wirkten schwer und bedrückend.

Waren die Reichen nicht glücklicher als die Armen?

Warum strebten sie nach mehr und begriffen nicht, dass nur eine heile Seele glücklich war?

Taya huschte die Treppen nach oben in das Zimmer, das ihr zugewiesen worden war. Sie war nur am ersten Tag hier drin gewesen. Seitdem hatte sie es gemieden, weil sie auf keinen Fall heimisch werden wollte.

Es war anders als bei ihrer Ankunft.

Ein Schreibtisch war mit allerhand Utensilien in den Raum gestellt worden. Taya konnte Blätter, Stifte und Bücher ausmachen. Außerdem entdeckte sie ein Bild von sich selbst. Irgendjemand hatte sie gezeichnet.

Überrascht nahm Taya es in die Hände und musterte sich selbst.

Sie stellte es zurück und ging zum Kleiderschrank. Darin befanden sich verschiedene Kleider und Schuhe.

Diese Zuwendung hatten nicht einmal Emefa oder Diego bekommen, die schlichte Zimmer im Dienstbotentrakt bewohnten.

Allerdings hatte Taya von der anderen Zofe gehört, die Katharina hieß und mit den Söhnen der Familie auf Europareise war. Sie bewohnte ebenfalls ein eigenes, liebevoll eingerichtetes Zimmer.

Offensichtlich waren Zofen tatsächlich höhergestellt als andere Arbeiter.

Taya bereitete ihr Nachtlager vor.

Wieder legte sie eine Decke auf den Boden, weil sie die weiche Matratze nicht gewohnt war. Sie wechselte in ein Schlafkleid und wusch sich anschließend das Gesicht. Das kühle Nass tat ihr gut. Hier auf dem Anwesen hatte sie begonnen, mit speziellen Pasten ihre Zähne zu reinigen.

Die Senhora hatte nicht nur schöne, sondern vor allem gesunde Zähne. Bisher waren ihr keine ausgefallen.

Nachdem Taya fertig war, legte sie sich auf den Boden und schloss die Augen.

Es war nicht leicht, eine innere Balance zu finden.

Das Leben einer Zofe entsprach nicht den kühnen Träumen des Fledermaus-Mädchens, das in Taya lebte.

Sie wollte es nicht aufgeben.

5

Paul stand an der Reling und lächelte, als der Hafen von Belém in Sicht kam. Über ein Jahr war er fort gewesen. Die Reise über den Atlantik bis nach Preußen erforderte Ausdauer und Geduld.

Außerdem kostete sie ein Vermögen.

Nun, Geldsorgen hatte es in seinem Leben nie gegeben. Als Sohn von Heinrich Lorenz hatte er von goldenen Schüsseln gegessen und eine hervorragende Schulbildung erhalten.

Sein Bruder Karl trat neben ihn und legte seine Unterarme auf dem Geländer ab.

»Seltsam, wieder hier zu sein«, murmelte er.

Paul empfand es ähnlich. In Europa hatte er sich unwohl gefühlt. Wegen seines dauernden Heimwehs waren ihm die vergangenen Monate unendlich lang erschienen.

Belém wirkte anders als noch vor einem Jahr. Die Stadt war massiv gewachsen. Paul sah es auf den ersten Blick. Wie Ameisen liefen die Menschen herum. Würde es in Manaus genauso sein?

»Papa ist bestimmt sauer, weil du keine Frau mitbringst«, erklärte Karl nicht zum ersten Mal. Sie hatten so oft über dieses Thema gesprochen, dass es Paul zum Hals raushing.

»Du bist der leibliche Sohn, und damit ist deine Ehe für unseren Vater wichtiger. Ich lasse mir noch Zeit.« Paul klopfte seinem Bruder auf den Rücken.

Er war als Baby adoptiert worden. Es war nicht leicht gewesen, diese Tatsache zu verstehen und zu verarbeiten. In Pauls Fall sah man auf den ersten Blick, dass er anders aussah. Seine Eltern waren weiß und blond wie Karl. Pauls Haut aber war bronzefarben. In Preußen hatte ihn eine der edlen Damen mit Karamell, ihrer liebsten Süßigkeit, verglichen.

Paul schauderte bei dem Gedanken an Baronin Brandner, die sich unschicklich über die Lippen geleckt hatte, wenn er an ihr vorbeigelaufen war.

Paul wünschte sich, es wäre anders, aber die Farbe der Haut spielte in der Gesellschaft eine große Rolle. Außerdem die Wertigkeit der Stoffe, die man am Leib trug, und die Bildung, die man hatte.

Auf ihn hatten die Menschen in Preußen überrascht, oftmals abwertend reagiert, weil Männer wie er in Europa kaum zu finden waren. In Spanien oder Portugal war er immerhin etwas weniger aufgefallen als in Preußen.

Dort hatte er sich entsetzlich fremd gefühlt.

Karl schnaubte. »Ich habe Charlotte nur angeschleppt, damit Papa mich nicht mit dem Thema nervt. Außerdem sieht sie gut aus. Mit ihr kann ich diese Beischlafsache problemlos durchziehen.« Karl legte seinen Arm um Pauls Schulter. »Wenn wir zu Hause sind, machen wir endlich die Dschungelsafari, für die wir immer ›zu klein‹ waren.«

»Papa will dich auf die Führung seines Unternehmens vorbereiten. Ich weiß nicht, ob da Zeit für deine Abenteuerlust bleibt.« Paul grinste seinen Bruder an.

Früher war Karl ein eher ängstlicher Junge gewesen, das hatte sich aber mit den Jahren gegeben. Mittlerweile war er stolz und stur. Er war eben der Sohn seines Vaters.

Er war die bessere Ausgabe.

Paul war immer ein Mama-Kind gewesen, und für ihn gab es nur diese eine Mama: Luise Lorenz. Dass eine andere

Frau ihn geboren hatte, wusste er zwar, doch hegte er keine Sehnsucht, sie zu finden. Lieber würde er seinen leiblichen Vater kennenlernen, um ihn mit jenem zu vergleichen, mit dem Paul hatte vorliebnehmen müssen.

»Ich habe eine Frau dabei, er soll mich ein paar Wochen mit der Arbeit in Ruhe lassen. Du kommst doch mit in den Dschungel, oder?« Karl löste den Arm und sah seinen Bruder erwartungsvoll an.

»Ich weiß nicht. Mama wird sich auf uns freuen, wir sollten sie nicht gleich wieder allein lassen. Das Abenteuer im Dschungel hat Zeit«, entgegnete Paul.

Karl winkte ab. »Wie viele Briefe hast du Mama geschrieben? 100? Wir sind erwachsen und müssen uns abnabeln. Wir sind Eroberer.« Karl jauchzte über die Reling.

Paul war es unangenehm. »Sag so etwas nicht. Es gibt Menschen, die von solchen Worten schwer getroffen sind.«

Karl stöhnte auf. »Du bist wie Mama. Meine Güte, Paul. Ich freue mich nur auf die Reise in den Dschungel.«

Paul wurde durch das rege Treiben auf dem Schiff abgelenkt. Sie legten gleich im Hafen an und würden nach Wochen das erste Mal festen Boden betreten. Er zog Karl mit sich. »Komm, wir müssen zu Katharina.«

Die Zofe der Familie hatte die beiden Jungs mit großgezogen und jetzt nach Europa begleitet, um sie zu unterstützen. Vater war nicht bereit gewesen, seine Geschäfte aus der Hand zu geben, und Mama durfte ihn nicht verlassen, auch nicht vorübergehend.

Paul hatte versucht, sie zu überreden mitzukommen. Früher hatte Mama nach Ausreden gesucht und ihn vertröstet, dass sie ihm alles erklären würde, wenn er älter war.

Mittlerweile wusste Paul, wie die Ehe seiner Eltern funktionierte.

Mama wäre gern mitgereist, aber Papa hatte es nicht geduldet und sie bedroht, wie er es immer tat, wenn etwas nicht nach seinem Willen ging.

Eine glückliche Familie waren sie nie gewesen. Auch wenn Karl sich bemühte, dieses Bild nach außen zu präsentieren und seine Augen vor der Wahrheit verschloss.

Paul tat das nicht.

Mama litt in ihrer Ehe. Sie hatte für die Hausangestellten gekämpft und alles für Karl und ihn gegeben. Nur deswegen war Mama nicht davongelaufen.

Paul wusste nicht, wie man ein guter Vater und Ehemann werden konnte, er hatte es nie vorgelebt bekommen. Aber er hatte sich schon als Jugendlicher geschworen, dass er in glücklich strahlende Augen blicken wollte, wenn er von der Arbeit nach Hause kam. Seine Frau sollte lachen und sich freuen, weil sie ihn sah, und sie sollte ihn zurücklieben.

Er hatte über diese Sehnsüchte heimlich in Mamas Tage-büchern gelesen und sich in ihnen wiedergefunden. Einmal hatte Mama ihn dabei erwischt und mit ihm geschimpft, aber danach erzählt, dass es nicht nur arrangierte Ehen gab. Sie hatte von Liebesheiraten geschwärmt.

Paul hatte daraufhin erwidert, dass er Taya heiraten würde. Schließlich war sie das einzige Mädchen, das er je geküsst hatte.

In Tayas Augen hatte er seine Zukunft gesehen. Sein Zuhause. Seine Bestimmung. Sein Glück.

Mama hatte nur lachend den Kopf geschüttelt. Sie meinte, dass man niemanden lieben kann, den man nur einmal gese-hen hat.

Pauls Jahr in Europa aber hatte ihm das Gegenteil bewie-sen. Viele Frauen waren ihm vorgeführt worden. Eine war schöner als die andere gewesen, und auch wenn Karl als Erst-geborener und Haupterbe mehr Bewerbungen erhalten hatte, hatte Paul genügend interessierte Frauen getroffen.

Zu keiner hatte er diese besondere Verbindung gespürt, die er bei Taya sofort empfunden hatte.

Er würde in Manaus jeden Stein nach ihr umdrehen und jeden ansprechen, ob er oder sie eine Taya kannte. Früher war er nur ein Kind gewesen, dann ein Junge, der mit dem Erwachsenwerden gekämpft hatte. Heute aber kam er gereift nach Hause und hatte sich endgültig für diesen verrückten Traum entschieden.

Er wollte das Fledermaus-Mädchen.

»Wo wart ihr denn? Wir müssen uns bereit machen«, mahnte Katharina, sobald sie sie erreicht hatten.

»Ich wünschte, wir müssten nicht gleich auf das nächste Schiff. Ich habe keine Lust mehr.« Karl beschwerte sich. Die Reise hatte ihn gelangweilt, obwohl Charlotte und ihre Familie an Bord waren und den Kontakt zu Karl gesucht hatten.

Paul musterte seinen Bruder verständnislos. Charlotte war bildschön, aber offensichtlich ermüdete sie Karl, denn er interessierte sich überhaupt nicht für sie.

»Wir treffen deine Verlobte oben an Deck«, erklärte Katharina.

»Ich hoffe, ihre Eltern bleiben nicht zu lange. Diese dauernde Höflichkeit strengt mich an.« Karl stöhnte auf.

»Karl Lorenz«, tadelte Katharina, »deine Mutter hat dich zu einem anständigen jungen Mann erzogen.«

»Ich bin so freundlich in ihrer Nähe, dass ich mir selbst auf die Nerven gehe«, hielt er dagegen.

Paul grinste, während er seine Sachen aus der Kajüte trug. Sein Bruder war nicht wiederzuerkennen, wenn die Familie Thomson mit am Tisch saß.

»Charlotte, du siehst entzückend aus.« Paul ahmte seinen Bruder nach und wackelte mit den Augenbrauen.

Karl verzog das Gesicht.

»Charlotte sieht tatsächlich entzückend aus«, schimpfte Katharina. »Außerdem ist sie nervös. Für eine junge Engländerin ist es nicht leicht, ein neues Leben im Dschungel zu beginnen. Ich erinnere mich gut daran, wie es eurer Mutter damals ergangen ist.«

Karl nahm seinen Reisekoffer und lief voraus, ohne auf Katharina einzugehen.

Seufzend sah sie ihm nach. Paul half der Zofe mit ihrem Gepäck. »Du kennst ihn doch. Er bellt manchmal laut, aber er hat ein gutes Herz«, verteidigte er seinen Bruder.

»Das laute Bellen kann eine Frau verschrecken«, erinnerte Katharina. »Karl muss nicht glauben, dass Charlotte sein geheucheltes Interesse nicht auffällt. Sie ist eine kluge junge Frau.«

Paul folgte Katharina nach oben an Deck.

Dort hatten sich viele Reisende versammelt. Sie winkten den Menschen zu, die am Hafen standen und die Passagiere erwarteten.

Paul und Karl aber würden umsteigen, um nach Manaus zu fahren. Einige Tage lagen noch vor ihnen, bis sie ihr Ziel erreicht hatten.

Obwohl auch Paul das lange Schifffahren leid war, hatte er sich dafür ausgesprochen, keine unnötige Zeit in Belém zu verlieren. Sie würden allerdings einige Stunden einplanen müssen. Sie hatten in Frankreich ein Automobil gekauft. Karl war aufgeregt deswegen.

Sie lebten in dem Jahrhundert der Erfindungen. Diese motorisierte Kutsche war ein Spielzeug der Reichen. Aber was für eines!

Auch Paul gestand sich ein, wie viel Spaß es machte, auf der motorisierten Kutsche zu sitzen und sie ohne Hilfe von Pferden fahren zu können.

Gemeinsam verließen sie das Schiff.

Fernando Rocha, der Buchhalter der Familie, holte sie am Hafen ab und begrüßte die Heimkehrer.

Paul würde in Zukunft eng mit Fernando zusammenarbeiten, da Papa das bestimmt hatte. Karl sollte das Familienunternehmen übernehmen und Paul sein Buchhalter werden.

»Es tut gut, euch gesund und munter zu sehen«, begrüßte Fernando sie. Er war gebürtiger Portugiese und arbeitete schon lange für die Familie. »Ihr werdet mit Freuden erwartet.«

»Fernando, darf ich dir die Familie Thomson vorstellen?« Karl wies auf das Ehepaar und schließlich auf Charlotte.

»Familie Thomson, herzlich willkommen. Wir haben schon von der Verlobung gehört.« Fernando machte einen Diener und wies ihnen den Weg.

»Wie geht es Mama und den anderen?«, erkundigte Paul sich bei Fernando, während sie sich durch die Menge der Menschen schlängelten.

»Alle sind gesund und munter. Wir haben eine neue Angestellte, sie wird als Zofe angelernt. Sie bringt frischen Wind ins Haus, und alle haben sie gern.«

Interessiert hörte Paul zu. Obwohl Papa die Angestellten nicht sehr freundlich behandelte, hatten sie kaum Personalwechsel gehabt. Mama hatte dafür gesorgt, dass Emefa, Diego und die anderen bleiben und sich wohlfühlen konnten.

Hinter sich hörte Paul das erschrockene Keuchen von Charlotte. Er drehte sich zu ihr und folgte ihrem Blick. Eine Einheimische rupfte auf offener Straße ein Huhn.

Paul hatte das in Europa so nicht beobachtet. Das Leben in Brasilien war ganz anders.

Es war besser.

Paul lächelte in sich hinein. Zumindest aus seiner Perspektive. Er hatte das wilde Geschrei der Leute und den Trubel vermisst.

»Das Leben hier ist fremd, aber dennoch schön. Du wirst dich daran gewöhnen.« Paul tröstete Charlotte.

»Ich danke dir. Du bist immer so freundlich zu mir.« Charlotte folgte ihm, ohne auf Karl zu achten.

Seufzend nahm Paul sich vor, seinem Bruder erneut ins Gewissen zu reden. Charlotte auf ihr hübsches Aussehen zu reduzieren, war nicht gerecht. Sie war eine freundliche Person, und da Karl sie nun mal ausgewählt hatte, sollte er sich um eine Beziehung zu ihr bemühen.

Ein Blick auf Karl aber bewies Paul, dass der sich für anderes interessierte. Karl redete auf Fernando ein, erzählte von der motorisierten Kutsche und seinen Dschungelsafari-Träumen.

»Das Benehmen dieser Wilden auf offener Straße ist skandalös.« Mrs Thomson zischte.

»Darling, wir brauchen diese Heirat dringend«, murmelte Mr Thomson leise.

Paul hatte ihn dennoch gehört.

Er konnte sich vorstellen, dass die wenigsten jungen Damen aus Europa von einem Leben im Dschungel träumten. Papa aber war unermesslich reich, und dieses Argument zog.

»Die Schwüle ist entsetzlich«, stieß Charlotte hervor.

Für Paul war die hohe Luftfeuchtigkeit normal gewesen. Erst während seiner Reise war ihm das völlig andere Klima bewusst geworden. In Preußen hatte er sogar Schnee gesehen.

»Du wirst dich daran gewöhnen. Nicht nur dein Körper muss sich umstellen, auch du selbst. Dein Leben hier wird anders sein. Sieh es positiv, damit du dich wohlfühlen kannst. Bald beginnt die Regenzeit. Da kann einem schon mal die Decke auf den Kopf fallen«, erwiderte Paul.

Deswegen wollte Karl so bald zu seiner Safari aufbrechen, weil die Regenzeit in wenigen Wochen einsetzte und jegliches Reisen erschwerte.

Wenn so viel Wasser vom Himmel fiel, dass ganze Landstriche verschwanden, wurden Wanderungen gefährlich.

»Wie viel Regen ist in den entsprechenden Monaten zu erwarten?«, fragte Charlotte.

»Nun, im Januar müssen wir mit bis zu 20 Regentagen rechnen. Im August sind es durchschnittlich sieben Tage«, erklärte Paul.

Charlotte sah ihn staunend an. »Drohen dabei Überschwemmungen in unserem Haus?«

Er schüttelte den Kopf. »Das Haus hat einen eigenen Anlegehafen am Rio Negro. Allerdings steht es auf einem Hang, und unsere Gärtner achten darauf, dass die Regenmassen abfließen können. Bisher gab es keine Schwierigkeiten.«

Fernando machte winkend auf sich aufmerksam. »Wir haben die *barco Luise* erreicht.« Er deutete auf das Schiff. »Senhor Lorenz hat es neu erworben und nach seiner Frau getauft.«

Paul musterte das Schiff mit unguten Gefühlen. Meistens schenkte Papa Mama teure Dinge, wenn er ein schlechtes Gewissen hatte, beispielsweise nach einem Aggressionsausbruch. War er wieder gewalttätig geworden?

Innerlich aufgewühlt folgte Paul Fernando an Deck.

»Ich erkundige mich, wie schnell die Motorkutsche umgeladen werden kann. Der Kapitän soll euch herumführen.« Fernando stellte Karl als Heinrich Lorenz' erstgeborenen Sohn der Besatzung vor und eilte davon.

Paul sah sich auf dem Schiff um, nahm die Treppen nach unten und überprüfte die Kajüten.

Papa hatte Mama nicht einmal erlaubt, mit Fernando nach Belém zu kommen, um sie zu begrüßen. Paul wusste, wie sehr Mama ihrer Rückkehr entgegenfieberte. Sie hatte es ihm in ihren Briefen geschrieben. Nun bezeugte er, dass sie ein neues Schiff besaßen, das den Reichtum zur Schau stellte und nach Mama benannt worden war.

Unwohl fuhr er sich durch seine Haare. Ging es Mama gut?

»Sie können gern diese Kajüte beziehen.« Katharina wies dem Ehepaar Thomson eine Kabine zu.

»Das Schiff ist strahlender als alle anderen im Hafen«, erklärte Mr Thomson aufgeregt.

»Charlotte, du kannst hier nächtigen«, fuhr Katharina fort und deutete einem Diener, das Gepäck in die Kajüte zu tragen.

Schließlich trat die Zofe neben ihn. »Alles in Ordnung, Paul?«

»Glaubst du, es geht Mama gut?«, fragte er leise und durchbohrte Katharina mit seinem Blick. Er wollte keine höfliche, sondern eine ehrliche Antwort.

Katharina tätschelte seine Oberarme und tat so, als wolle sie sein Hemd von Fusseln befreien. Ihre nervöse mütterliche Geste verriet sie.

»Luise hat Heinrich die letzten 21 Jahre überlebt. Sie wird es weiterhin, denn am Ende vergöttert er sie.«

Katharina wandte sich ab und erklärte den Dienern, wie sie mit den Gepäckstücken verfahren sollten.

Paul suchte seinen Bruder an Deck. Der hatte es sich in einer Hängematte gemütlich gemacht und ließ sich von einem Diener mit dem Bastwedel frische Luft zufächeln.

»Möchtest du nicht kontrollieren, dass das Gepäck ordnungsgemäß umgeladen wird und die Motorkutsche unversehrt ankommt?«, fragte Paul und warf dem wedelnden Diener einen entschuldigenden Blick zu.

»Auf Fernando kann ich mich verlassen.« Karl winkte ab. »Komm, leg dich auch in eine Hängematte.«

»Ich sehe lieber nach dem Rechten«, erwiderte Paul und löste sich von seinem Bruder. Sie hatten ein gutes Verhältnis, und es war Paul wichtig, das zu erhalten. In Momenten wie diesen fiel es ihm schwer, Karl nicht zu kritisieren. Es war seine Aufgabe, sich um seine Verlobte und ihre Familie zu kümmern, den Weitertransport der Güter zu überwachen und Präsenz zu zeigen.

Paul drehte sich noch einmal um und musterte Karl. Er hatte ein Déjà-vu und sah eine Erinnerung vor seinem inneren Auge vorüberziehen. Papa hatte die Arbeit erledigt, sich anschließend in die Hängematte gelegt und Mama dabei beobachtet, wie sie an der Reling stand und verängstigt in die grüne Wand des Dschungels blickte. Sein Blick wanderte genüsslich an ihrem Körper rauf und runter. Er sagte zu Paul: »Wenn du erwachsen bist, wirst du auch ein Schiffsbesitzer sein, deine Frau angaffen und dich gut fühlen.«

Charlottes Auftauchen durchbrach Pauls Erinnerung. Sie lief zur Reling, umfasste das Geländer und atmete sichtbar aufgeregt. Ihr Brustkorb hob und senkte sich auffallend. Sie blickte verzweifelt in die Ferne, während Karl offen ihren Körper studierte.

Den Grund, weswegen Karl sie ausgesucht hatte. Sie sah Mama ähnlich, und über die Schönheit von Luise Lorenz sprachen sogar die reichen Männer in Preußen.

»Er ist wie Heinrich«, murmelte Katharina.

Paul bemerkte sie erst jetzt.

»Luise hat so dagegen angekämpft und versucht, Karl Wärme und Mitgefühl zu lehren, aber Heinrich hat zu viel Macht.«

Paul schüttelte den Kopf. »Karl hat ein gutes Herz«, beharrte er. Es war eine Bürde, Heinrichs Sohn zu sein.

Karl durfte keine Schwäche zeigen. Oftmals präsentierte er ein hartes Gesicht, obwohl sich Schmerz und Unsicherheit dahinter verbargen. Nur so konnte er als Erstgeborener überleben.

Paul wandte sich seufzend ab, um Fernando zu suchen. Er würde seinen Bruder unterstützen, damit er die Bürde tragen konnte. Sie beide hatten es nicht leicht. Paul war zwar froh, nur der Zweite zu sein, dafür war er dauernden Anfeindungen ausgeliefert, weil er nicht weiß war.

Jeder hatte sein Päckchen zu tragen.

Aber Karl und er hatten sich geschworen, immer zusammenzustehen.

Karl hatte ihn stets verteidigt, wenn jemand abwertende Worte über Pauls äußerliche Erscheinung gesagt hatte.

Er fand Fernando im Lagerraum. Die Motorkutsche war eingeladen worden. Sie konnten bald ablegen und Manaus ansteuern.

In wenigen Tagen würden sie die Heimat erreichen.

Paul konnte es nicht erwarten.

Endlich war es so weit.

Der Anlegehafen des Anwesens der Familie Lorenz kam in Sicht. Paul war aufgeregt und stand vorne an der Reling. Er streckte sich, um besser sehen zu können.

Karl lachte hinter ihm. »Du tust ja so, als würde deine Traumfrau auf dich warten.«

Paul drehte sich zu seinem Bruder und legte seinen Arm um seine Schulter. »Ich werde Taya suchen. Ich habe es mir fest vorgenommen.«

Nun warf Karl lachend den Kopf in den Nacken. »Sie war doch nur ein naiver kleiner Jungentraum, den wir hatten.«

Das »wir« gefiel Paul nicht. »Ich habe für sie geschwärmt, nicht du.« Er löste den Arm von Karl und warf ihm einen vielsagenden Blick zu.

»Ich bin auch auf sie geflogen, aber nicht so töricht wie du. Dein Küsschen war extrem peinlich, und als wir die Chance hatten, entjungfert zu werden, hast du immer noch von der Kleinen gefaselt und es versäumt, ein richtiger Mann zu werden.«

Als Katharina zu ihnen eilte und sich reckte, um besser sehen zu können, verstummten die Brüder.

»Da vorn ist Diego!«, rief sie.

Karl und Paul streckten sich ebenfalls.

Katharina hatte recht. Paul erkannte den Gärtner, der hinter einem Papagei herjagte.

»Was macht er denn da?«, fragte Karl.

»Es sieht so aus, als wäre einer von Papas Vögeln ausgebüxt«, erwiderte Paul. Der Ara konnte nicht fliegen. Er hüpfte und flatterte, schaffte es aber nicht abzuheben. Diego wollte sicher keine Prügel erhalten, weil Papas Ara verschwunden war.

Hinter Diego tauchte eine Frau auf, die ihm offenbar bei dem Versuch half, den Ara zu fangen.

Da stach Paul Emefa ins Auge, die in den Garten geeilt kam. Sie gestikulierte hektisch mit ihren Armen und schien in Rage zu sein.

Das Schiff näherte sich der Anlegestelle.

In dem Moment flatterte der Ara gehetzt über den Steg, und die Frau warf sich überraschend wendig auf den Vogel. Sie bekam ihn tatsächlich zu greifen, stolperte aber und fiel mit dem Tier vom Steg ins Wasser.

Beide gingen unter. Kurz darauf tauchte der Ara schreiend auf.

Der Krach war ohrenbetäubend. Diego und Emefa kreischten. Dazu der Papagei.

Als Paul die Frau nicht auftauchen sah, rannte er zum Rettungsreifen, löste ihn und kehrte eilig zurück.

Da war sie.

»Achtung! Nimm den Ring!«, rief er und warf ihn ins Wasser.

Die Frau ignorierte ihn und half dem panischen Vogel, der heftig im Wasser flatterte, ohne abheben zu können.

Das Schiff legte an. Paul wartete nicht, bis die Diener das

Seil befestigt und die Rampe ausgelegt hatten. Er sprang über die Reling auf den Steg und eilte zu der Frau.

Diego hatte den Papagei an sich genommen und versuchte, ihn zu bändigen.

Paul kniete sich auf den Steg und streckte seinen Arm aus, um ihn der Frau zu reichen und sie hochziehen zu können.

Sie ergriff seine Hand, und Paul zog sie ein Stück heran, bevor er sie unter den Armen packte und auf den Steg setzte.

Sie war komplett durchnässt. Sie wrang ihre langen offenen Haare aus und sah ihm anschließend in die Augen.

»Danke für deine Hilfe.« Sie sprach Portugiesisch.

Paul starrte sie an. Sie musste in seinem Alter sein. Dazu war sie offensichtlich indigener Abstammung.

Sie zog ihn magnetisch an.

Während er kein Wort herausbrachte und nur starrend neben ihr kniete, schmunzelte sie. »Das sind also die berüchtigten Rehaugen.«

Er hatte keine Ahnung, was sie meinte. Er war verwirrt und seltsam nervös. Die Frau erinnerte ihn an Taya.

Würde sein Fledermaus-Mädchen ihr ähnlich sehen?

Sie erhob sich und drehte sich zu Karl um. Der betrat gerade den Steg. Auch Paul stellte sich aufrecht.

In dem Moment setzte Wind ein.

Die Frau hob sofort den Kopf und weitete ihre Augen. Paul folgte ihrem Blick und entdeckte die Fledermaus, die über ihre Köpfe hinwegflog.

Seine Fledermaus kehrte zu ihm zurück? Als er Manaus verlassen hatte, hatte er die Verbindung zu ihr verloren. Zuerst hatte ihn das gestresst, aber mit den Wochen hatte er kaum noch an sie gedacht.

Nun flog sie vorbei und setzte sich auf die Stange der Reling eines anderen Bootes, das hier angelegt hatte, direkt neben eine weitere Fledermaus. Diese hing kopfüber.

Die Frau schob sich an Paul vorbei und beobachtete die Fledertiere genau.

Die ankommende Fledermaus schien sich aufzuplustern. Sie breitete die Flügel aus und reckte das Köpfchen in die Höhe. Paul fand die Erscheinung beeindruckend und wünschte ihr Erfolg bei der Eroberung.

Die hängende Fledermaus aber blickte stur in die andere Richtung.

Mehr und mehr sickerte in seinen Verstand, was die Fledertiere bedeuteten. Seines war zu ihm zurückgekehrt, das andere gehörte zu …

Pauls Atmung beschleunigte sich. Alles in ihm geriet in Wallung. Er musste seinen Verdacht überprüfen.

»Jagst du mittlerweile keine Fledermäuse mehr, sondern Papageien?«, raunte er.

Sie begegnete seinem Blick und stützte eine Hand in die Hüfte. »Der arme Ara kann nicht mehr fliegen, weil ihr ihn zu lange in einen Käfig gesperrt habt. Ich finde das unmöglich.«

Paul hatte nie aufgehört, von Taya zu träumen. Oft war er sich dumm vorgekommen, aber nun nicht mehr.

Taya stand leibhaftig vor ihm, und es erwischte ihn mit voller Wucht.

»Hast du Heribert etwa heimlich freilassen wollen, Taya?«, fragte Paul leise.

»Warum sollte ich ihn freilassen und anschließend wieder einfangen?«

Sie war es.

Paul schwor sich umgehend, sie zu erobern. Ein nie dagewesenes Feuerwerk explodierte in seinem Körper. Er reagierte mit voller Wucht auf Taya. Seine wachsende Begierde war ihm furchtbar unangenehm. Er nestelte peinlich berührt an seiner Kleidung, um die Ausbuchtung zu verstecken.

»Vielleicht hat Diego dich erwischt und dir gesagt, was ihm blüht, dass Heribert freigelassen wurde.« Paul hatte Taya zwar nur einen Tag in seinem Leben gehabt, aber ihr ungezähmtes Wesen nie vergessen.

»Schon da sein. Wir denken, später kommen.« Emefa eilte auf sie zu. Sie trug ihre typische weiße Schürze, und ihr Portugiesisch schien sie auch nicht verbessert zu haben.

Paul grinste.

Er war zu Hause, und das Leben, das ihn hier erwartete, war besser als jeder Traum, den er gehegt hatte.

»Wir freuen. Paul«, stieß die Haushälterin hervor und presste ihn an ihren üppigen Busen. Während er noch nach Luft rang, löste Emefa sich und tat das Gleiche mit Karl.

Nachdem auch Karl sich aus den leidenschaftlichen Armen befreit hatte, trat er zu Taya.

»Es ist gefährlich, in den Rio Negro zu springen. Die Piranhas machen auch vor einer schönen Frau nicht halt.«

Entgeistert drehte Paul sich zu seinem Bruder. Umgarnte er Taya etwa mit Komplimenten?

»Karl Lorenz.« Taya musterte ihn von oben bis unten. »Du übernimmst die Geschäfte deines Vaters?«

Paul spannte sich an.

»Wer bist du überhaupt?«, erwiderte Karl.

»Ich bin Taya und werde als Zofe bei euch angelernt.«

Karl ließ einen Pfiff entgleiten. »Das ist nicht dein Ernst. Die kleine Taya von früher?« Er wies auf ihre Erscheinung. »Du bist eine schöne Frau geworden.«

Tayas Kleid war nass und klebte an ihrem Körper. Paul konnte ihre Rundungen sehen und spürte den Drang, sie vor den Blicken seines Bruders zu beschützen. War das ehrenwert? Schließlich war Pauls Ansinnen egoistisch. Er wollte Taya für sich allein, war ihr verfallen. Früher wie heute.

Paul schob sich zwischen die beiden und wies zur Rampe. »Du solltest dich um deine Verlobte kümmern.«

Karl verzog das Gesicht, tat aber genau das. Er steuerte Charlotte an. »Willkommen in deinem neuen Zuhause«, sagte er übermäßig freundlich.

Taya setzte sich in Bewegung. Paul folgte ihr.

»Du bist die neue Zofe?«, fragte er, weil ihm nichts Besseres auf die Schnelle einfiel.

»Seit ein paar Wochen lernt deine Mutter mich ein. Heute habe ich für den Rest des Tages frei und muss erst übermorgen wiederkommen. Ich wollte längst weg sein, aber dann hat Heribert unglücklich geschrien, und das Drama nahm seinen Lauf.« Taya beschleunigte ihre Schritte.

Paul beeilte sich, Schritt zu halten. »Bleib doch noch.« Oh Mann, das Balzen musste er lernen. Wie sollte er Tayas Interesse wecken? Sie wollte sich von ihm lösen, zeigte keinerlei Annäherungsversuche.

Während er grübelte und Tayas Tempo hielt, bemerkte er das Tier in der Wiese zu spät. Ein schwarzes Viech hockte dort, und damit er nicht drauftrat, wich er im letzten Moment aus und stolperte.

Unsanft landete er im Orchideenbeet.

Was für ein Desaster.

Taya lachte herzhaft auf. Sie hielt ihm die Hand hin, um ihm beim Aufstehen zu helfen. »Du benimmst dich wie ein Zuwanderer.«

Paul nahm ihre Hand und genoss ihre weiche Haut an seiner. Ihre Finger fühlten sich perfekt in seinen an.

Taya entzog ihm die Hand und trat einen Schritt nach hinten. Sie schaffte damit Distanz.

Paul kontrollierte die Wiese. »Da war ein Skorpion«, verteidigte er sich.

»Ich weiß, deswegen bin ich ausgewichen.« Sie gluckste.

Paul fluchte. »Die sind gefährlich.«

»Die Stiche eines Skorpions schmerzen, aber das geht vorüber. Außerdem war das ein Männchen. Die sind nicht so aggressiv wie die Weibchen«, klärte Taya ihn auf und lief weiter.

Paul holte interessiert neben ihr auf. »Die Männchen sind also umgänglicher, ja?«

Taya drehte sich schmunzelnd zu ihm. »Du hast dich kein bisschen verändert. Erst wirfst du mir den Ring ins Wasser, anstatt selbst reinzuspringen, und nun fällst du vor lauter Schreck ins Blumenbeet, weil ein Skorpion in der Wiese sitzt.«

Paul verlor sich in ihren braunen Augen, die amüsiert funkelten. Sofort brodelten seine romantischen Gefühle auf. Heute war er kein Junge mehr. Er war als Mann nach Manaus zurückgekehrt.

Taya schien zu merken, dass er hungrig war.

Die Beule war zurück. Er atmete schwer und seine Augen fixierten ihre Lippen.

Taya räusperte sich und stahl sich im nächsten Moment davon.

Paul ließ angespannt die Luft entweichen.

Was war mit seiner guten Erziehung geschehen?

In ihm erwachten Triebe, die er nicht kannte.

»Wow, das ist verrückt. Taya arbeitet für uns?«, rief Karl und näherte sich.

Paul versuchte, sich in den Griff zu bekommen, bevor Karl seine heftige Reaktion auf Taya bemerkte. Die unerwartete Begegnung überrollte ihn.

Sein Leben hatte eine rasante Wendung genommen, und es war genau jene Fügung, auf die er gehofft hatte.

»Verdammt, ein Skorpion.« Karl hüpfte zur Seite und verfluchte das Tier.

»Das ist ein Männchen, die sind nicht so aggressiv wie die Weibchen«, murmelte Paul, mit den Gedanken weit weg.

»Seit wann kennst du dich mit diesen Viechern aus?«

»Taya«, murmelte Paul.

Nachdenklich hob er den Blick und entdeckte die beiden Fledermäuse. Sie stritten offensichtlich miteinander. Während seine Fledermaus balzte, wehrte das Weibchen sich vehement.

Paul hoffte inständig, dass das kein schlechtes Omen war.

6

Paul folgte seinem Bruder ins Innere des Hauses. Dort begrüßten seine Eltern die Familie Thomson.

»Wie beruhigend, dass Charlotte die deutsche Sprache beherrscht«, erklärte Papa.

Paul sah, wie seine Mutter rot anlief. Das überhebliche Auftreten von Papa war ihr oft unangenehm. So auch jetzt.

»Charlotte, ich freue mich, deine Bekanntschaft zu machen. Ich bin Luise, die Mutter von Karl und Paul.« Mama stellte sich vor.

Sobald sich ihre Blicke begegneten, strahlte sie. »Da seid ihr endlich.« Sie hielt ihre überschwängliche Freude nicht zurück und eilte auf ihre Söhne zu.

Karl und Paul, die nebeneinanderstanden, fanden sich in einer Umarmung zu dritt wieder.

»Ihr habt mir gefehlt. Meine Schätze.«

»Mama, bitte, wir sind keine kleinen Jungs mehr«, tadelte Karl leise. Er löste sich zuerst und räusperte sich.

»Luise, Liebling, die Etikette«, erinnerte Papa.

Mr Thomson winkte ab. »Ich bitte Sie. Es ist verständlich, dass Ihre Frau sich freut. Wir danken Ihnen für die Gastfreundschaft. Wir möchten Charlotte in guten Händen wissen.«

Papa stolzierte um Charlotte herum und unterzog sie seiner Musterung.

»Teresa soll unseren Gästen die Zimmer zeigen.« Papa wedelte mit einer Hand.

»Ich habe ihr freigegeben. Katharina kann das übernehmen«, mischte sich Mama ein.

Verärgert zog Papa die Stirn kraus. »Wir haben Besuch, und du gibst der Zofe frei?«

Paul presste die Lippen aufeinander. Hatte Papa Taya etwa einen neuen Namen gegeben? Wenn er sich Taya so ätzend präsentiert hatte, wie er sein konnte, würde sie vielleicht annehmen, dass Paul genauso war. Angespannt dachte er an die streitenden Fledermäuse.

Es war seltsam genug, dass Taya und er von Fledermäusen verfolgt wurden, aber dass seine auf ihre flog, war in diesem verrückten Zirkus keine Überraschung mehr.

Mama löste sich von ihm und erklärte Katharina, welche Zimmer sie für die Gäste vorgesehen hatte.

»Hat Charlotte keine Zofe dabei?«, erkundigte sich Papa.

»Sie ist während der atlantischen Reise krank geworden«, erklärte Mr Thomson seufzend. »Die Ärzte konnten nichts mehr für sie tun. Es war Scharlach. Charlotte hatte die Erkrankung bereits als Kind und hat sich glücklicherweise nicht angesteckt.«

»Wir werden eine neue Zofe für Charlotte finden. Bis dahin werden Katharina und Teresa ihr zur Seite stehen«, erwiderte Papa.

Diego und Cristobal brachten das Gepäck auf die Zimmer. Die Familie Thomson folgte Katharina nach oben.

Karl und Paul blieben mit ihren Eltern allein.

»Zuerst war ich besorgt. Eine Britin. Nun gut, wenn sie wie eine Preußin aussieht, soll es mir recht sein.« Papa klopfte Karl auf die Schulter.

»Heinrich«, stieß Mama aus. »Was, wenn Charlotte dich hört?«

»Ist doch wahr«, tadelte Papa. »Nun zu dir, Paul.« Er kam zu ihm herüber und führte ihn an den Esstisch. »Gefallen dir die Preußinnen nicht? Ich habe lukrative Bewerbungen für dich erhalten.«

»Ich denke, wir sollten uns zuerst auf Karl konzentrieren. Seine Hochzeit steht an und verdient alle Aufmerksamkeit«, antwortete Paul. Er lächelte Mama zu, die neben ihm Platz nahm.

Hatte sie Taya absichtlich an dieses Haus gebunden? Er traute es ihr zu. Schließlich wusste seine Mutter von seinen Schwärmereien.

»Erzählt von der Reise. Wie ist es euch ergangen? Habt ihr den deutschen Kaiser getroffen?«, fragte Mama und wechselte das Thema.

»Wir waren auf einen Ball geladen, auf dem wir Baronin Brandner begegneten«, warf Karl ein und lachte laut auf.

Paul stöhnte genervt bei der Erinnerung.

»Sie ist eine reiche Witwe um die 40. Sie wollte mit Paul ihren zweiten Frühling erleben.« Prustend klopfte Karl seine Hand auf den Tisch.

Paul schauderte bei der Erinnerung an diese Person. Ihre Anzüglichkeit hatte ihn entsetzt.

»Da finden wir sicher eine passendere Frau«, mischte Mama sich ein.

»Die neue Zofe?«, fragte Karl frei heraus.

Pauls Herz überschlug sich bei dem Gedanken an Taya.

»Sei nicht albern.« Papa schnalzte mit der Zunge. »Teresa ist eine wilde Busch…«

»Sie ist eine Einheimische, dazu äußerst sympathisch«, sagte Mama laut. »Nach 20 Jahren, in denen wir in Brasilien leben, solltest du endlich damit aufhören, nach Schimpfwörtern für die Menschen zu suchen, die dieses Land zuerst bewohnt haben.«

»Sie hat Diego eine Trommel geschenkt. Dieses primitive Schlagen auf Tierhaut nennen die Wilden Musik. Apropos Musik. Karl, hast du schon gehört, dass die Oper demnächst eingeweiht wird?«

Mama rang um Fassung. Sie schnappte nach Luft.

Paul beobachtete seinen Vater aus den Augenwinkeln. Er reagierte nicht überrascht, schließlich war er mit dessen Ansichten aufgewachsen. Tayas unerwartetes Auftauchen warf Paul aus der Bahn. Er musste darüber nachdenken und nach Lösungen suchen.

Würde Papa ihn verjagen, wenn er eine Einheimische heiraten wollte?

Das wäre Paul egal. Solange er nur den Kontakt zu Karl und Mama nicht verlor.

Paul schluckte nervös. Er war als Mann aus Europa zurückgekehrt. Dann sollte er sich nicht in naive Träume verrennen. Papa war mächtig und konnte dafür sorgen, dass Paul alles verlor, wenn er nicht spurte.

»Natürlich. Manaus ist in aller Munde. Die Europäer nennen es das ›Paris der Tropen‹. Als Sohn eines Kautschukbarons konnte ich mich vor Angeboten aller Art kaum retten.« Karl nippte an seinem Gin.

»Womit wir beim richtigen Thema sind. Ich möchte dich in die Geschäftsführung einarbeiten. Wir beginnen mit der Theorie. Sobald die Regenzeit vorüber ist, fahren wir in den Dschungel, und ich zeige dir die Arbeit vor Ort.« Papa nickte Karl zu. Danach wandte er sich an Paul. »Euch beide. Du bist das Mathe-Ass der Familie. Fernando wird dir alles beibringen und dich zum besten Buchhalter des Landes machen.«

Diese Informationen waren nicht neu. Die Brüder waren mit den Wünschen ihres Vaters aufgewachsen.

»Ich möchte vorher eine Dschungel-Safari unternehmen und bald aufbrechen«, erklärte Karl.

Mama schnappte nach Luft. »Schatz, das ist … wie kommst du denn auf diese Idee?«

»Paul wird mich begleiten. Er kennt sich sogar mit Skorpionen aus«, fuhr Karl fort.

Paul warf seinem Bruder einen strengen Blick zu. Schließlich hatte er keine Ahnung vom Urwald. Er hatte nur Tayas Worte nachgeplappert. Er war nicht scharf auf diese Safari.

»Wenn ich euch die weitläufigen Kautschuk-Plantagen zeige, habt ihr genug Abenteuer.« Papa winkte ab. »Bringt euch nicht unnötig in Gefahr. Diese grüne Hölle da draußen ist gefährlich. Dauernd sterben mir die Arbeiter weg. Schlangen- und Spinnenbisse, Jaguar-Angriffe und Krankheiten erschweren meine Ernte.«

»Dann brauchen wir einen Einheimischen, der uns herumführt«, hielt Karl dagegen.

»Du kannst diesem Pack nicht vertrauen. Sie sind verschlagen, sie stehlen. Sie sind hässlich«, brauste Papa auf.

Mama keuchte auf. »Heinrich!«, schrie sie.

Sie saßen kaum fünf Minuten als Familie am Tisch, und schon lag die wahre Hässlichkeit offen vor ihnen. Mama verabscheute Papa. Papa war ein egozentrischer und ignoranter Mann. Karl nippte an seinem Gin und wollte den Anschein erwecken, als wenn nichts wäre.

Und Paul?

Wie sollte er empfinden?

Papa erhob sich und umfasste mit beiden Händen die Tischkante. »Luise.« Er zischte. »Du hast doch mit eigenen Augen gesehen, wie die Wilden sind, als Paul angeschwemmt wurde. Eine Hure hat ihn ausgetragen und den Piranhas hingeworfen.«

»Hör auf«, schrie Luise. »Wage es nicht, meinen Sohn mit deiner bösen Zunge zu verletzen.«

»Er soll wissen, wer ihn gerettet und ihm ein Leben im Reichtum ermöglicht hat«, tobte Papa.

Paul starrte ins Leere. Hatte Mama ihn belogen? Sie hatte gesagt, dass sie ihn als Waisenjungen adoptiert hatten.

Er hatte angenommen, sie wären in ein Heim gegangen und hätten ihn ausgesucht.

Hatte seine leibliche Mutter ihn in den Rio Negro geworfen?

Ein unbekannter Schmerz erfasste ihn.

Paul rückte seinen Stuhl nach hinten und erhob sich. Er musste allein sein.

»Paul, nein, nicht.« Mama umfasste seine Schultern und stierte ihm in die Augen. Einen Moment verlor er sich in dem leuchtenden Blau ihrer Iriden. »Ich bin deine Mutter. Ich habe dich an meiner Brust genährt und vom ersten Moment an geliebt. Alles an dir ist wundervoll. Zweifle nicht an dir.«

Nun kam auch Karl um den Tisch herum und legte seinen Arm um Paul. »Du gehörst zu uns, nicht zu denen.«

Zu denen? Paul wusste nicht, ob Karls gut gemeinte Worte seine Lage verbesserten.

»Papa gibt den Menschen Arbeit. Trotzdem machen sie Probleme. Das hat nichts mit dir zu tun. Okay?« Karl klopfte Paul auf den Rücken. »Sei nicht immer so dramatisch, Mama«, mahnte Karl leise.

Papa setzte sich zurück auf seinen Stuhl und rief nach Emefa. »Die Briten sollen zum Essen kommen, und schick Diego zu Teresa. Sie muss morgen wieder arbeiten«, herrschte er die Haushälterin an.

Karl ging zur Tür, vermutlich, um Charlotte zu empfangen und zu ihrem Platz zu geleiten.

Mama nahm eine Serviette und tupfte ihre Augen.

Paul stand unbeholfen dort. Er hatte früh gelernt, dass seine emotionalen Ausbrüche eine aggressive Handlung seines Vaters nach sich zogen. Karl blieb ebenfalls ruhig, passte sich geschickt den Situationen an und reagierte trickreich. Mama hingegen schaffte es oft nicht und weinte stundenlang in ihrem Bett, wenn einer der Bediensteten wegen ihres Ausbruchs verprügelt worden war.

Paul fühlte sich oft taub. Er flüchtete sich in Traumwelten, in denen er frei war. Außerdem hatte er hart an seinem Schulabschluss gearbeitet und sogar besser abgeschlossen als Karl. Paul hatte sich beweisen müssen, kein Versager zu sein.

»Setz dich, Junge. Mach dir keine Sorgen. Du bist ein Preuße. Du siehst zwar nicht aus wie einer, bist aber einer. Trink einen Gin mit deinem Vater.« Papa hob sein Glas und deutete Paul, es ihm nachzutun.

In dem Moment erschien die Familie Thomson. Karl geleitete Charlotte zu ihrem Platz an seiner Seite.

Paul wollte nicht derjenige sein, der die schlechte Stimmung offenlegte, daher setzte er sich zurück auf seinen Stuhl. Mama tätschelte seine Hand.

Sie beugte sich an sein Ohr. »Wenn ich dich ansehe, fühle ich Liebe und Stolz. Du solltest das Gleiche fühlen, wenn du in den Spiegel siehst.«

Mama wandte sich an die Gäste. »Sind Sie zufrieden mit Ihrer Unterkunft?«

Paul bemerkte aus dem Augenwinkel das freundliche Lächeln, das seine Mutter aufgesetzt hatte.

»Die Zimmer sind luxuriös und sauber. Wir sind begeistert«, antwortete Mrs Thomson. »Stammen die Samtbezüge aus England?«

Papa verzog das Gesicht.

»Aus Preußen«, warf Mama eilig ein.

Paul bedankte sich bei Emefa, die ihm die Vorspeise brachte und offensichtlich im Stress war, allein so viele Leute zu bedienen. Katharina eilte umgehend zu ihr in die Küche.

Warum hatte Mama Taya freigegeben? Seinetwegen?

Hatte sie ihn vorbereiten wollen?

Bei dem Gedanken an Taya wärmte sich sein Herz. Allerdings kühlte es im nächsten Moment wieder ab, denn er malte sich aus, wie Taya ihn bediente.

»Wie schmeckt Ihnen der Gin?« Papa hob sein Glas.

Mr Thomson probierte und lobte den Geschmack.

»Morgen nehme ich Sie mit nach Manaus. Wir treffen uns mit Gouverneur Petit. Er ist in Trauer«, berichtete Papa.

»Was ist geschehen?« Karl mischte sich ins Gespräch ein.

»Seine Frau und sein ungeborenes Kind sind kürzlich an Malaria verstorben. Nun steht Emmanuel ohne einen legitimen Erben da. Er hat zu lange an Camille festgehalten. Wieder und wieder hat sie die Kinder verloren. Sie war verflucht.« Papa deutete Emefa, mehr Gin zu bringen. »Er hat nach französischen Heiratskandidatinnen schicken lassen, um schnellstens für einen Erben zu sorgen.«

Paul sah zu Mama, die viel Zeit mit Camille verbracht hatte. Traurigkeit lag in ihrem Gesicht. »Mein Beileid, Mama«, sagte er leise.

»Danke, mein Schatz.«

Katharina beeilte sich, die Vorspeisenteller abzuräumen und sie in die Küche zu bringen.

»Was gibt es Neues in Preußen?«, erkundigte Papa sich bei Mr Thomson.

»Der Kaiser kämpft gegen die gottlosen Sozialdemokraten und versucht, seinen Platz unter den bestehenden Weltmächten zu sichern«, erwiderte Mr Thomson.

»Der Kaiser wechselt seine Berater zu oft. Dadurch bleiben er und seine Politik unberechenbar«, erklärte Papa.

»Er lehnt die Demokratisierung der Verfassung strikt ab. Somit sehe ich eine klare Linie«, hielt Mr Thomson dagegen.

Paul konnte sich Mr Thomsons Meinung nicht anschließen. Er hatte die Stimmungen in Preußen mitbekommen. Der Kaiser verstand sich nie lange mit seinem Kanzler. So konnte seit Bismarcks Absetzung kein Kanzler sein Amt länger ausüben. Der Kaiser wollte politisch aktiv sein.

Gesetze wurden zwar im Deutschen Reichstag beschlossen. Die Regierung wurde allerdings vom Kaiser zusammengesetzt.

Die Probleme waren vorprogrammiert. Kaiser Wilhelm II. ließ sich von spontanen Stimmungen leiten. So war es zu ungeplanten und unvorteilhaften Reden in der Öffentlichkeit gekommen.

In dieser Diskussion hielt Paul sich zurück.

Karl und er hatten im Schulunterricht geächzt, wenn die Themen Preußen, Militär und Bismarck aufgekommen waren. Dennoch hatte Paul die Inhalte studiert und sie auswendig vorgetragen.

Heute aber waren seine Gedanken woanders.

Er war frisch daheim und hatte Taya wiedergesehen.

Dazu dieser schockierende Ausbruch seines Vaters über Pauls leibliche Mutter, die ihn angeblich den Piranhas vorgeworfen hatte.

Paul saß aus Höflichkeit an diesem Tisch. Eigentlich wollte er allein sein, nachdenken und dabei an seinem Zimmerfenster sitzen. Er wollte auf den Rio Negro schauen und die Heimatluft einatmen.

Seine Fledermaus war zu ihm zurückgekehrt.

Er hatte vor Jahren damit aufgehört, mit ihr zu sprechen. Das hatte nie funktioniert. Als er Manaus vor einem Jahr verlassen hatte und die Fledermaus zurückgeblieben war, hatte er sie nicht vermisst.

Paul zog das gemeinsame Essen höflich durch, atmete auf, als es vorüber war und er sich zurückziehen konnte. Seine Eltern unterhielten sich weiter mit den Gästen.

Karl hingegen folgte ihm aus dem Raum.

»Suchst du Taya?« Grinsend stieg Karl die Treppen nach oben.

»Das geht dich nichts an«, wich Paul aus.

Karl schüttelte den Kopf. »Zwischen uns gibt es keine Geheimnisse. Hast du selbst gesagt.«

Das entsprach der Wahrheit. Allerdings war das, bevor Taya als erwachsene Frau aufgetaucht war und Paul den Kopf verdreht hatte. Aktuell wollte Paul seine Gefühle allein sortieren und einen Plan fassen, wie er sein Glück schmieden konnte.

»Willst du immer noch bei ihr landen?«, bohrte Karl und folgte Paul in dessen Zimmer.

»Sei keine Nervensäge. Ich habe sie nur fünf Minuten gesehen und …« Paul suchte nach Worten. »Können wir ein anderes Mal über Taya sprechen? Ich bin nicht in der Stimmung.«

Karl legte sich auf Pauls Bett und streckte sich aus.

Sein Bruder wollte nicht weichen. Paul wollte nicht streiten. Es war die Mentalität, die er von klein auf gelernt hatte: Bleib ruhig, wenn Papa tobt. Provoziere ihn nicht. Halte nicht dagegen.

Paul biss die Zähne zusammen. Er entschied, Karls Verhör zu umgehen und sich zu waschen. Im Nebenzimmer stand die Wanne. Paul zog sich aus und begann mit der Körperhygiene.

»Vergiss, was Papa gesagt hat. Es spielt keine Rolle, welche Frau dich geboren hat. Mama hat dich zu uns geholt, und du gehörst zu uns.« Karl stand vom Bett auf und lehnte sich an den Türrahmen. »Papa sieht das genauso. Er kann nur die Einheimischen nicht leiden.«

Paul wollte auch darüber nicht sprechen.

»Karl, lass mich doch in Ruhe baden«, schimpfte er.

»Okay, dann suche ich allein nach Taya.« Karl zwinkerte ihm zu.

Paul weitete die Augen. »Das machst du nicht!«

Als er sah, dass Karl grinsend den Raum verließ, sprang Paul aus der Wanne.

Was für eine Nervensäge sein Bruder sein konnte!

Schnell wickelte er sich ein Handtuch um die Hüften und stürzte Karl nach. Er wollte ihn aufhalten und verhindern, dass er Taya schöne Augen machte.

Auf dem Flur sah er, wie Karl die Zimmer kontrollierte.

»Hey«, rief er, »komm zurück.« Paul zischte, wagte sich nicht weiter vor.

Taya sollte ihn nicht halb nackt und tropfend im Flur entdecken.

Nachdem Karl nicht fündig geworden war, huschte er die Treppen nach unten.

Der konnte was erleben.

Während Paul seine freie Hand zur Faust ballte, kam Charlotte die Treppen nach oben.

Was für ein Mist.

»Oh«, sagte sie.

Karls Verlobte musterte ihn überrascht. Ihr Blick verweilte auf seiner Brust.

»Ähm …« Er drehte sich um, schlüpfte in sein Zimmer und verschloss die Tür. Dort fluchte er vor sich hin.

Paul trocknete sich ab und stieg in eine frische Hose. Er wollte Karl nicht zu viel Vorsprung lassen. Nachdem er auch sein Hemd angezogen und zugeknöpft hatte, eilte er zur Tür. Gerade als er sie öffnen wollte, hörte er das Klopfen.

Er entdeckte Mama.

»Ich muss etwas Wichtiges mit dir besprechen«, sagte sie leise.

Oh nein! Ausgerechnet jetzt?

»Ich muss zuerst etwas mit Karl klären«, hielt er dagegen und wollte sich an ihr vorbeischieben.

»Dein Bruder kann warten.« Bestimmt versperrte Mama den Durchgang und deutete Paul zurückzutreten.

Murrend tat er es. Er konnte dabei nicht stillstehen, sondern lief auf und ab.

Mama verschloss die Tür und holte auffällig tief Luft. »Nun, es ist so.« Sie suchte seinen Blick. »Also …«

»Mama, bitte rede nicht um den heißen Brei herum«, entfuhr es Paul. Wahrscheinlich hatte Karl Taya längst gefunden und schäkerte mit ihr.

»Erinnerst du dich an Taya? Du hast sie als Siebenjähriger in unserem Garten getroffen. Sie …«

»Ich habe Taya sofort erkannt, Mama. Sie ist unsere neue Zofe«, brauste Paul dazwischen.

»Du hast sie schon gesehen?«, fragte Mama überrascht. »Ich hatte ihr extra freigegeben, um mit dir in Ruhe über sie sprechen zu können.«

Abwartend musterte Paul seine Mutter. Sie wirkte so entsetzlich müde und erschöpft. Es war gut, dass Karl und er zurück waren, um ihr gegen Papa beizustehen.

Nun war da Taya.

»Ich habe sie zufällig in der Stadt getroffen und sie erkannt. Da ich weiß, wie viel dir eure Begegnung bedeutet hat, wollte ich den Kontakt erhalten und habe sie gebeten, unsere neue Zofe zu werden. Heinrich hat dafür gesorgt, dass sie zustimmt.« Mama hob beschwichtigend die Hände. »Seit sie hier ist, ist vieles anders geworden. Taya lebt in einer völlig anderen Welt.«

Mama ließ die Luft entweichen und ging zum Fenster.

»Oft stehe ich hier oben und beobachte sie draußen im Garten. Sie jagt die Vögel, meistens einen Tukan und ein schwarzes fledermausähnliches Tier. Sie ist voller Energie. Sie ist stolz.«

Paul trat neben Mama ans Fenster und schaute auf die Wiese, die mithilfe von elektrischen Lichtern beleuchtet wurde. Es war bereits dunkel geworden. Er konnte sich Taya auf der Wiese sehr gut vorstellen.

»Warum nennt Papa sie Teresa? Taya kann man leicht aussprechen«, wunderte er sich.

»Weil er ihr die Wildheit absprechen will. In seinen Augen braucht sie einen zivilisierten Namen. Ich arbeite intensiv mit Taya, damit sie und Heinrich nicht aneinandergeraten.«

Paul nickte gedankenverloren. »Sie hat einen wunderschönen Namen«, murmelte er.

»Bring sie mit deinen Avancen bitte nicht in Schwierigkeiten. Sie ist bezaubernd, und ich verstehe den Reiz, den sie auf dich hat, aber Taya ist stolz.« Mama mahnte ihn eindringlich.

Paul verschränkte die Arme vor der Brust. »Wieso betonst du es dauernd?«

»Sie ist in einem Lager der Seringueiros aufgewachsen. Die Männer ihrer Familie arbeiten auf den Kautschuk-Plantagen. Dein Vater ist für deren Leid verantwortlich. Denk nicht, dass Taya das jemals vergessen könnte.«

Paul dachte an die streitenden Fledermäuse. Würde Taya ihm die Taten seines Vaters vorwerfen? Paul schluckte. Er würde bald in das Unternehmen einsteigen und damit aktiv am Kautschuk-Gewinn mitarbeiten.

»Dieser verdammte Kautschuk«, murmelte er.

»Alles dreht sich um den Kautschuk. Der Wert des Gummis steigt von Jahr zu Jahr, und trotzdem ist es Heinrich nie genug. Er bezahlt Söldner dafür, in den Dschungel zu gehen und die Stämme der Waldbewohner zu überfallen, um Erntesammler zu finden.« Mama hatte ihre Stimme gesenkt. »Meine Bemühungen, auf freiwillige Arbeiter zu setzen und sie anständig zu bezahlen, sind gescheitert. Das ist ihm zu teuer.«

»Der Sklavenhandel ist abgeschafft«, erwiderte Paul.

Mama warf ihm einen vielsagenden Blick zu. »Dafür interessiert sich im tiefsten Dschungel niemand. Die Großgrundbesitzer haben Macht in der Politik, und den Einheimischen fehlen die Mittel, um sich zu wehren. Sie fliehen tiefer in die Wälder, in der Hoffnung, nicht gefunden zu werden.«

Paul hörte diese Dinge nicht zum ersten Mal. Sein Vater hatte oft vor ihm über die Arbeit gesprochen. Paul würde nicht die Macht haben, etwas zu verändern. »Karl wird die Geschäfte übernehmen und die Arbeitsbedingungen verbessern.«

Mama nickte nachdenklich. »Karls zukünftige Position ist hart. Er wird Zeit brauchen, in seine Aufgaben hineinzuwachsen und die Verantwortung zu tragen. Da sind nicht nur die Lager und die Arbeiter. Auch die Aufseher oder der Umgang mit den anderen Baronen erschweren Veränderungen. Das Kautschuk-Imperium eures Vaters ist komplex. Wenn Heinrich glaubt, dass Karl zu weich oder lasch agiert, wird er sich einmischen.«

Paul verstand, was Mama ihm sagen wollte. Karl brauchte seinen Rückhalt. Sie sollten gemeinsam um bessere Bedingungen für die Arbeiter ringen.

»Ich unterstütze euch, so gut ich kann.« Mama lehnte ihren Kopf an Pauls Schulter. »Ich habe euch vermisst.«

Sie löste sich kurz darauf und verließ ohne ein weiteres Wort den Raum.

Kaum war sie gegangen, spähte er auf den Flur. Schließlich hatte er nicht vergessen, dass Karl Taya gesucht hatte, um sich beliebt bei ihr zu machen. Tat Karl das nur, um ihn zu ärgern? Oder interessierte er sich wirklich für sie?

Das wäre eine Katastrophe.

Paul beschwichtigte sich selbst. Karl hatte Charlotte ausgesucht und sich mit ihr verlobt. Papa würde eine Beziehung zwischen Karl und Taya unter keinen Umständen dulden.

Für Karl war es bestimmt ein Spiel, weil er schnell gemerkt hatte, dass Paul verliebt war.

Unten angekommen, hörte er Papa und Mr Thomson miteinander sprechen. Es ging um den Kautschuk. Worum auch sonst?

Paul schlich weiter und betrat die Küche. Emefa war dort noch mit Aufräumarbeiten beschäftigt.

»Emefa?« Er näherte sich ihr. »Hast du Taya gesehen?«

Die Haushälterin durchbohrte ihn neugierig mit ihren Blicken. Paul fühlte sich auf frischer Tat ertappt. Er hob beschwichtigend die Hände, als er sah, wie Emefa streng die Augenbrauen hob.

»Du nix schwanger machen Taya«, schimpfte sie.

Himmel. Das war peinlich.

»Emefa«, setzte er mit der Absicht an, sich herauszureden. Schließlich würde er zuerst heiraten, bevor er Nachwuchs plante.

»Ich wissen schon. Junge Mann mit *caralho* nix denken, was passieren.«

Paul ahnte, dass er rot anlief. Er war noch nie mit einer Frau intim gewesen, und Emefas offene Warnung überforderte ihn.

»Ich habe nur gefragt, wo sie ist«, sagte er und stellte sich aufrecht, um seine Scham zu verstecken.

Außerdem war er aufgeklärt und wusste, wie es zu einer Schwangerschaft kam.

»Erst Karl wollen wissen. Du wollen wissen. Taya nix wohnen diese Haus. Taya kommen früh, gehen Abend zu Lager.«

Taya lebte weiterhin im Lager?

Überrascht nickte er. Warum wollte sie freiwillig an diesem Ort bleiben? Paul wusste zwar, dass die Lager existierten, aber er hatte nie eines betreten.

Er stellte es sich als ein Dorf voller Hütten vor, die mehr schlecht als recht dem Regen standhielten.

»Hat Taya hier kein Zimmer bekommen?«, fragte er, immer noch perplex.

Emefa winkte ab. »Senhora geben alles für Taya. Taya nix wollen. Sie lieben *família*. Wollen gehen zu Hause.«

»Taya lebt in einer völlig anderen Welt.«

Die Worte seiner Mutter hallten in ihm wider.

Paul wollte Tayas Welt kennenlernen. Er lächelte bei der Vorstellung, wie glücklich sie zusammen sein könnten.

Emefa schnaubte nur und hängte die Tücher auf, die sie verwendet hatte. Sie bedeutete Paul sehr viel. Emefa kannte ihn seit seiner Geburt und hatte sich aufopferungsvoll um Karl und ihn gekümmert.

Für Paul waren die Angestellten Familie.

Von diesem Gedanken angetrieben, verabschiedete er sich von Emefa und schlüpfte in den Trakt der Angestellten, um Diego zu suchen. Der hatte hier sein Zimmer.

Paul klopfte. »Diego? Kann ich reinkommen?«, rief er.

Kurze Zeit später erschien Diego im Türrahmen. »Sehen wilde Tier?«, fragte er sofort.

Das war schließlich der häufigste Grund, wenn ihn jemand nach Feierabend störte. Diego und Cristobal arbeiteten als Gärtner. Für die Sicherheit des Anwesens waren die Wächter zuständig. Diego aber kannte sich am besten mit gefährlichen Tieren aus.

Wenn Papa den Skorpion im Garten entdeckt hätte, hätte er Diego sicherlich bestraft.

»Ich habe einen Skorpion auf der Wiese gesehen, aber den kannst du morgen suchen«, erklärte Paul. »Wie geht es dir?«

Diego eilte sofort zu seinen Schuhen.

Es tat Paul leid, ihn aufgeschreckt zu haben.

»Ich finden. Besser.« Diego zog sich die Schuhe an und schob sich an Paul vorbei.

Seufzend folgte er dem Gärtner nach draußen. Der Garten war zwar beleuchtet, aber spärlich.

»Niemand geht heute mehr in den Garten. Du kannst ihn morgen suchen«, mahnte Paul.

Diego sah sich besorgt um. Nach einer Weile des vergeblichen Suchens gab er auf.

Sie liefen gemeinsam zurück in Diegos Zimmer.

»Du sehen andere Welt?«, fragte Diego. »Schön sein?«

Paul schüttelte den Kopf. »Hier ist es besser. Die Menschen dort lachen wenig, und viele sind kalt.« Paul zuckte mit den Schultern. »Hat Taya heute Heribert freigelassen?«

Diego stöhnte auf.

Paul konnte sich das Grinsen nicht verkneifen.

»Ich sagen Taya: Heribert nix fliegen. Heribert escravo.«

Pauls Grinsen erstarb. So hatte er den Papagei nie betrachtet.

Diego seufzte und schüttelte den Kopf. »Ich Schmerzen, Taya sehen. Sie wie Tucano-Stamm Frauen. Früher. Augen wie Sonnenschein. Taya wie Feuer sein.«

Diego bot Paul einen freien Stuhl an. Der Gärtner bewohnte ein spärlich eingerichtetes Zimmer. Wenigstens hatte er ein bequemes Bett, frische Wäsche, einen Kleiderschrank und Sitzgelegenheiten.

Paul setzte sich, Diego nahm gegenüber Platz und mischte die Karten. Er liebte Skat. Paul war oft zum Spielen hergekommen. Wenn sie beide allein waren, redete Diego mehr. Vor den anderen blieb er wortkarg.

»Meine Fledermaus ist wieder da«, murmelte Paul, während er seine Karten nahm und inspizierte. Wenigstens hatte er einen Buben auf der Hand.

»Gut sein. Andyrá auf dich warten«, entgegnete Diego.

Paul wechselte von Kreuz zu Herz, indem er die gleiche Zahl legte. »Meine Fledermaus hat mit Tayas gestritten.«

Diegos Mundwinkel hoben sich. »Tayas Andyrá wach. Sie lieben Taya. Ich sehen. Andyrá helfen wollen. Du kommen, machen Probleme für Taya.«

Paul verzog das Gesicht. »Wieso mache ich Probleme? Ich bin ein Mann, sie ist eine Frau. Das ist der Lauf der Natur.«

Diego lachte auf. »Ich wünschen Glück dir.«

Als Paul eine Stunde später sein Zimmer betrat, hatten sich die anderen Bewohner schon schlafen gelegt. Das Haus lag ruhig da.

Es verwunderte ihn nicht, dass er zwar hundemüde, aber zu aufgewühlt war, um zu schlafen. Der Tag war lang gewesen und hatte sein Innerstes aufgewirbelt.

Paul öffnete das Fenster und setzte sich auf den Sims, wie er es früher oft getan hatte. Es erdete ihn, machte ihn ruhiger und klarer.

Ein Gewitter zog auf. Paul hörte die schweren Donner, die noch weit entfernt klangen. Bald würde es regnen und regnen.

Eine Weile blieb Paul sitzen. So lange, bis das Gewitter Manaus erreicht hatte.

Das laute Prasseln des Wassers ließ ihn zur Ruhe kommen. Er legte sich aufs Bett, schloss die Augen und lauschte dem Regen.

Er war zu Hause. Endlich.

7

Taya fiel es heute besonders schwer, sich von Tallulah zu verabschieden. Senhora Luise hatte ihr den freien Tag versprochen. Gestern Abend war Diego gekommen und hatte ihr ausgerichtet, dass sie arbeiten müsse.

Enttäuscht wartete Taya in der Schlange, um das Lager verlassen zu können.

Tula und sie hatten Pläne gehabt. Sie wollten zusammen schwimmen gehen und einen unbeschwerten Nachmittag erleben. Stattdessen würde Tula wieder den anderen Frauen im Lager bei der Arbeit helfen und Taya den Baron bedienen.

Sie spazierte den Weg entlang, der zum Anwesen der Familie Lorenz führte. Es hatte geregnet, und der Boden war noch aufgeweicht und matschig.

Sie zählte mittlerweile die Tage, bis der Monat vorüber war. Nachdem Senhora Lorenz sie den Kalender gelehrt hatte, wusste Taya ganz genau, wann die Männer aus den Wäldern zurückkommen würden.

Die Sorge, dass *papai* den Tod gefunden hatte, schob sich wie so oft in Tayas Gedanken. Die Wächter gaben ihnen keine direkte Rückmeldung, wie es den Männern erging.

Es war eher so, dass die Lagerbewohner es indirekt durch die Konsequenzen merkten, wenn jemand verstarb.

Würde Yumah etwas zustoßen, würden die Wächter Tallulah nicht länger im Lager dulden, sondern ans Hurenhaus verkaufen.

Als Taya die quietschenden Töne ihrer Andyrá hörte, suchte sie sie in der Umgebung. Wie schon gestern war die andere Fledermaus bei ihr. Die beiden schienen zu streiten. Taya hatte die zweite Fledermaus gestern zum ersten Mal bemerkt. Sie war zeitgleich mit dem Schiff angekommen.

Worum es bei der Auseinandersetzung wohl ging?

Taya erreichte das Tor. Sie wurde von den Wächtern kontrolliert und auf Waffen abgetastet. Es war verboten, welche mitzuführen. Offensichtlich wurde Senhor Lorenz bedroht. Es wunderte Taya nicht, dass seine Peiniger ihm an die Gurgel wollten.

Kaum betrat sie das Gelände, erschien Paul vor ihrer Nase.

»Guten Morgen, Taya.« Er lächelte ihr zu, nahm ihre Hand und brachte sie an seinen Mund.

Taya erkannte, was er vorhatte. Er wollte ihre Hand küssen. Ruckartig entzog sie sie ihm.

»Was tust du denn da? Macht ihr das in der anderen Welt?«, fragte sie.

»Wenn ich das richtig verstanden habe, sind wir beide in der gleichen Stadt geboren worden«, erklärte er und beobachtete sie aufmerksam.

Taya tat das Gleiche. Als Kind war es ihr nicht aufgefallen. Natürlich hatte sie sofort gesehen, dass er ein Kind des Waldes gewesen war. Heute aber erinnerte Paul sie an Yumah. Sie schienen nahezu identische Augen zu haben. Auch die Züge …

Stirnrunzelnd verwarf sie den Gedanken.

Eine Verwandtschaft war ausgeschlossen. Moema war eine liebevolle und aufopfernde Mutter gewesen. Nie hätte sie eines ihrer Kinder weggegeben, auch nicht, wenn eine weiße Frau ihr Geld dafür geboten hätte.

Taya lief um Paul herum. »Ich muss arbeiten.« Sie steuerte den Eingang der Angestellten an und schlüpfte durch die Tür. Paul folgte ihr.

Sie betrat den Wäscheraum und wunderte sich, dass Paul immer noch da war. »Was machst du denn? Ich muss mich umziehen und das Frühstück herrichten. Darf man als Sohn des Kautschukbarons den ganzen Tag herumlungern?«

Paul missfiel offensichtlich, was sie sagte. Schatten fuhren über sein Gesicht. »So nimmst du mich wahr? Als Sohn des Kautschukbarons?«

Taya nickte. »Wie soll ich dich sonst sehen? Ich arbeite für deine Eltern, und das nicht mal freiwillig. Ich komme gern gut mit dir aus, aber nur weil wir einmal als Kinder miteinander gespielt haben, sind wir doch keine Freunde.«

Als Paul nichts sagte und nur dastand, wurde Taya ungeduldig. Sie wollte keinen Ärger mit Heinrich Lorenz, weil sie ihm den Kaffee zu spät brachte.

»Ich muss mich umziehen und würde das gern allein tun«, sagte sie und war froh, als er sich zurückzog und die Tür schloss.

Taya wechselte ihre Kleidung. War sie unfreundlich gewesen?

Pauls Verhalten ihr gegenüber kam ihr seltsam vor. Er tat so, als wären sie sich vertraut. Dabei waren sie das nicht.

Taya kontrollierte ihr Erscheinungsbild im Spiegel. Sie band ihre Haare in einen Dutt und verließ den Wäscheraum. Emefa stand wie jeden Morgen in der Küche und bereitete das Frühstück vor.

Taya trat zu ihr und umarmte sie kurz. Emefa erwiderte die Zuneigung, prüfte anschließend Tayas Dutt und nickte zufrieden.

Emefa brabbelte vor sich hin, während Taya das bereitstehende Tablett an sich nahm und ins Esszimmer trug.

Bis auf Paul war niemand hier. Er stand am Fenster und schaute hinaus. Als Taya den Tisch deckte, bemerkte sie, dass er zu ihr sah.

»Du hast doch bestimmt eine Mittagspause, oder?«, fragte er.

Taya runzelte die Stirn.

»Treffen wir uns um 12 Uhr unten am Steg? Ich würde gern mit dir reden.« Er lächelte ihr zu, schien nicht wütend auf sie zu sein, weil sie unfreundlich gewesen war.

Taya wusste nicht, was sie erwidern sollte. Wozu sollte sie verweigern, mit ihm zu sprechen? Sie wünschte sich ein gutes Verhältnis zu den Söhnen von Heinrich Lorenz.

Aber sie wollte auch Distanz, denn die Welt dieser Leute war nicht ihre. Taya wollte woanders sein. In Freiheit mit ihrem Stamm bei den Wasserfällen.

Paul trat neben sie an den Tisch heran und half ihr, die Teller zu verteilen.

Erst jetzt bemerkte Taya, dass sie nur dagestanden und gegrübelt hatte.

»*Ich* mache das. Wenn dein Vater …«, begann Taya aufgeregt.

»Um 12 Uhr am Steg?« Paul unterbrach sie und sah ihr aus nächster Nähe in die Augen.

Er war nur einen halben Kopf größer als sie. Karl überragte ihn. Taya blinzelte, weil es sich so seltsam anfühlte, Paul nah zu sein. Sie trat einen Schritt nach hinten.

»In Ordnung.« Sie nahm das leere Tablett an sich und nickte ihm kurz angebunden zu.

Sein siegessicheres Grinsen entging ihr nicht.

Sie ahnte, was das zu bedeuten hatte. Er wollte sie als interessierter Mann treffen. Sie musste ihm klarmachen, dass sie dem Treffen nur zugestimmt hatte, um die Fronten zu klären.

Sie wünschte sich ein gutes Arbeitsverhältnis. Sonst nichts.

In der Küche traf sie nicht nur auf Emefa, sondern auch auf Karl. »Guten Morgen«, sagte sie und widmete sich dem zweiten Tablett.

»Hallo, Taya, unsere Gäste wollen nachher in die Stadt. Würdest du als Charlottes Begleitung mitkommen?«, fragte Karl sie mit einem seltsamen Grinsen auf den Lippen.

Warum sollte sie das machen? Hatte diese Engländerin keine eigene Zofe?

»Wenn Senhora Lorenz das möchte. Sie verteilt meine Aufgaben.« Taya brachte das zweite Tablett ins Esszimmer.

Karl folgte ihr. »Paul, du bist früh wach. Wie ungewöhnlich«, kommentierte er.

»Hat Mama nicht bestimmt, dass Katharina euch begleitet?«, erkundigte sich Paul.

Taya deckte den Tisch und vermied es, einem der beiden Brüder in die Augen zu sehen. Sie hatte längst begriffen, was hier ablief, und es ging ihr gegen den Strich.

»Ich habe aber lieber unsere schöne Taya dabei.« Karl setzte sich an den Tisch. Als Taya ihm ein Messer hinlegte, raunte er ihr ein »Danke, Süße« zu.

Sie kehrte schnell in die Küche zurück und atmete tief durch.

»Diese Männer jung sein. Blut schießen in caralho. Du nix Beine aufmachen. Nix dumm sein«, mahnte Emefa sie leise.

Taya fluchte innerlich. Emefa hatte ihre Vermutung bestätigt. Taya war im Lager oft von Männern bedrängt worden, sich zu ihnen zu legen.

Bisher hatte jeder ihr entschiedenes Nein akzeptiert. Sie hoffte, dass Paul und Karl das ebenfalls taten.

Emefa nahm selbst das fertig belegte Tablett. »Du Küche bleiben.«

Taya nickte dankbar und kümmerte sich um das Schneiden der Früchte. Die Senhora wünschte täglich frisches Obst auf dem Frühstückstisch.

Nach einer Weile kehrte Emefa zurück. Sie nahm die Kaffeekanne und verließ die Küche umgehend. Das war das Zeichen, dass der Senhor und die Senhora Platz genommen hatten.

Taya stellte sich aufrecht. Es war ihre Aufgabe, Kaffee zu verteilen und am Rand zu warten, falls jemand Nachschub benötigte.

Vor den Eltern und Gästen würden Karl und Paul sich bestimmt mit ihren Annäherungsversuchen zurückhalten.

Taya schob sich durch die offen stehende Tür und entdeckte nicht nur die Familie Lorenz, sondern auch die Gäste aus England.

»Guten Morgen, Taya«, sagte Senhora Luise freundlich und lächelte ihr zu.

Taya nickte höflich. Sie verteilte den Kaffee und nahm ihren Platz am Rand direkt neben Heribert ein.

Normalerweise stand der Käfig des Papageis draußen auf der Veranda. Heute war es anders.

Taya schielte zu Heribert. Er hatte gestern jämmerlich gekrächzt. Taya verstand ihn und hatte ihm erklärt, dass dieser Baron Heinrich ein Idiot war. Der arme Heribert konnte seinetwegen nicht mehr fliegen. Was dachten sich diese Fremden? Dass sie das Recht dazu hatten, wilde Tiere zu fangen und sie einzusperren?

Heribert sah Taya offen an.

»Idiota«, plapperte er.

Ach, du Schreck. Taya schüttelte kaum merklich den Kopf. »Pst«, machte sie leise. Das durfte nicht wahr sein. Hatte Heribert sich etwa ihre Beleidigungen gemerkt? So schnell?

»Idiota, idiota«, fuhr Heribert lautstark fort.

Alle Augenpaare richteten sich auf sie. Vielmehr auf Heribert.

Taya trat unauffällig einen Schritt nach links, um nicht in den Mittelpunkt des Geschehens zu geraten.

»Heinrich, idiota!«, schrie der Ara unmissverständlich.

Taya gab sich unschuldig. Es war ein Desaster, nicht ihr erstes, aber diesmal bekam der Kautschukbaron es mit.

Mit hochrotem Kopf erhob er sich von seinem Platz.

»Wie kann er es wagen?«, polterte der Baron.

»Heinrich, das ist doch nur ein dummer Vogel«, beschwichtigte Luise.

Taya schielte zu den anderen am Tisch.

Die Engländer wirkten sichtlich irritiert. Karl aß einfach weiter, als wäre nichts. Paul aber sah sie wissend an. Seine Mundwinkel zuckten.

Sie beide kannten sich nicht. Warum durchschaute er sie wiederholt? Wenigstens hatte er sie gestern nicht verraten, obwohl er herausgefunden hatte, dass sie Heriberts Fluchtversuch unterstützt hatte. Auch jetzt schien er zu schweigen.

»Idiota«, krächzte Heribert unentwegt.

»Soll ich den verwirrten Vogel auf die Veranda bringen?«, fragte Taya. Vielleicht konnte sie die Situation damit entschärfen.

»Sofort«, befahl Baron Lorenz harsch.

Taya hielt noch das Tablett in den Händen, auf dem die Kaffeetassen gestanden hatten. Sie legte es auf dem Boden ab und fasste an die Gitterstäbe. Der Käfig stand auf Rollen und ließ sich vorwärtsschieben.

Sofort sprang Paul auf, öffnete die Tür zur Veranda und half Taya dabei, den Käfig nach draußen zu bringen.

Nun stand er auf seinem üblichen Platz. Taya räusperte sich.

»Du machst mir Spaß«, raunte Paul ihr zu. »Was kommt als Nächstes?«

Taya biss sich auf die Lippen.

»12 Uhr am Steg. Vergiss es nicht«, murmelte er und ließ sie stehen.

Sie atmete angestrengt aus.

Ihr Leben war immer schwierig gewesen. Schließlich war sie in einem Sklavenlager zur Welt gekommen, und es war ihr in den letzten 20 Jahren nicht gelungen, etwas an ihrem Zustand zu verändern.

Die Arbeit in diesem Haus aber stresste Taya mehr, als ein Außenstehender glauben würde. Sie wollte weder für den Teufel arbeiten noch umgezogen werden.

Taya zwang sich zu funktionieren.

Sie ging zurück ins Esszimmer, hob das Tablett auf und nahm ihre Position wieder ein. Die Senhora berichtete von Manaus und hatte es offensichtlich geschafft, ihren Mann zu beruhigen.

»Brechen wir gegen 11 Uhr auf? Den Vormittag nutze ich aktuell, um meine neue Zofe einzulernen. Charlotte kann uns gern Gesellschaft leisten«, schlug Luise vor.

Charlotte bedankte sich und stimmte zu.

Taya hatte keine Lust auf den Unterricht. Je näher die Regenzeit rückte, desto weniger konnte sie sich konzentrieren. Sie wollte die Zeit vordrehen.

Ehe der Baron mit der Tasse wedeln konnte, eilte Taya in die Küche und holte Nachschub. Sie brachte frischen Kaffee und räumte die benutzte Tasse weg.

Nach dem Essen fing die Senhora sie sofort ab. »Komm bitte gleich mit auf Charlottes Zimmer.«

Taya nickte. Sie hatte keine Wahl und folgte der jungen Engländerin nach oben.

»Ich möchte dir Charlotte offiziell vorstellen. Sie ist Karls Verlobte. Die beiden werden noch diesen Winter heiraten.«

Taya freute sich aufrichtig für die beiden. Das bedeutete wohl, dass Karl keine Absichten hatte, sie zu bedrängen. Zumindest wollte sie das annehmen. »Meinen Glückwunsch«, sagte sie freundlich.

»Taya arbeitet erst seit wenigen Wochen für uns. Deine Eltern haben bereits eine neue Zofe für dich aus England angefordert. Bis dahin werden Katharina und Taya dich unterstützen. Zögere nicht, sie anzusprechen.« Die Senhora lächelte und begann mit den Schilderungen, die für Taya relevant waren.

Taya sah sich die Garderobe an. Luise wollte Termine mit der Schneiderin vereinbaren, um Charlotte neu einzukleiden.

Charlotte schien die Senhora auf Anhieb zu mögen.

»Katharina wird uns später in die Stadt begleiten. So kannst du die Zeit nutzen und deine Fertigkeiten im Lesen und Schreiben verbessern. Ich stelle dir nachher eine Aufgabe, die ich mir ansehe, wenn ich zurück bin.« Luise lächelte Taya zu.

Taya nickte nur.

»Kannst du aufwendige Frisuren binden?«, erkundigte Charlotte sich.

Taya stellte sich Charlotte mit geflochtenen Zöpfen und Federn in den Haaren vor. Das wirkte lächerlich.

»Das soll Katharina übernehmen. Ich lerne Taya noch an. Ich bitte dich inständig, Taya mit größtem Respekt zu behandeln.« Luise winkte Taya mit sich und stoppte erst, als sie die Schreibmaschine erreicht hatten.

Wie so oft in den letzten Wochen setzte Taya sich neben die Senhora und lauschte ihren Worten. Sie hatte vor einigen Tagen begonnen, Shakespeares *Romeo und Julia* vorzulesen.

Luise schwärmte von der Geschichte in den höchsten Tönen.

Taya aber ahnte, dass die Liebe von Romeo und Julia kein gutes Ende nehmen konnte. Zu viele waren gegen sie.

Nach einem gelesenen Kapitel stoppte die Senhora und drückte Taya das Buch in die Hand. »Du hast die Aufgabe, ein Kapitel zu lesen und mir später wiederzugeben, wie die Geschichte sich entwickelt.«

Taya schüttelte entsetzt den Kopf. Das war viel zu schwierig. Sie konnte nur stockend lesen und würde Ewigkeiten brauchen.

»Du schaffst das schon.« Die Senhora widmete sich dem Alphabet und fragte Taya die verschiedenen Buchstaben ab.

Nach einer Weile klappte Luise das Lernheft zu. »Wir brechen gleich auf. Bravo, Taya. Du hast heute sehr gut mitgearbeitet.«

Taya warf dem Buch einen unglücklichen Blick zu. Es half nichts. Sie nahm es an sich und verabschiedete die Senhora.

Zuerst steuerte Taya die Küche an, um eine Banane zu holen und sie mit ihrer Andyrá zu teilen. Sie hatte herausgefunden, dass ihr Fledertier Bananen liebte.

Prompt kam die Andyrá angeflogen, als Taya mit der Banane winkend den Garten betreten hatte. Sie lockte ihr Tier mit an den Steg, setzte sich nieder und genoss es, die Andyrá zu füttern. Dazu warf Taya ein Stückchen Banane in die Luft und beobachtete, wie die Andyrá sie rasant fing und auffraß.

Schließlich nahm die Fledermaus an der Reling des neuen Schiffes ihren Platz ein.

Taya schlug das Buch auf und quälte sich durch die Sätze. Es war mühsam, die Buchstaben zusammenzufügen und obendrein den Sinn zu erfassen.

Immer wieder legte sie ächzend das Buch zur Seite.

»Du bist früh dran«, rief Paul ihr zu.

Taya drehte sich und sah ihn auf sich zukommen. Im nächsten Moment setzte er sich neben sie und grinste sie an.

Verdutzt wusste sie nicht, was sie sagen sollte. Er ging so natürlich mit ihr um.

Er saß neben ihr auf dem Steg, ließ die Beine in der Luft baumeln und freute sich.

Während sie ihn musterte und ihre Blicke sich begegneten, musste Taya sich eingestehen, dass sie sich getäuscht hatte. Ja, sie kannte rehbraune Augen zur Genüge, aber Pauls waren schöner. Wärmer. Funkelnder.

Sie zwang sich wegzusehen, um die entstehende Nähe

zu unterbrechen. Stattdessen deutete sie auf das Buch, das neben ihr lag. Sie reichte es Paul und verzog dabei unglücklich das Gesicht.

»Die Senhora sagt, ich soll ein Kapitel lesen, aber es ist so schwer.«

Paul öffnete das Buch an der Stelle, an der das Lesezeichen steckte, und schmunzelte.

»Liest du mir das Kapitel vor?«, bettelte Taya. Damit wäre ihr Problem innerhalb weniger Minuten gelöst.

»Du willst schummeln?« Paul hob beide Augenbrauen. Aus seinem Grinsen wurde ein Lachen.

Taya knirschte mit den Zähnen. Schon bei ihrer ersten Begegnung hatte sie sich über ihn gewundert, weil er so komisch war.

»Wenn ich dir das Kapitel vorlese, lernst du nichts, außer, dass man mit Betrug weiterkommt, und das wäre nicht richtig.«

Was redete er denn da? Seine Familie war durch Betrug reich geworden. Das Blut von Tausenden klebte an den Händen des Barons.

Taya wollte eine solche Diskussion nicht beginnen. Sie würde zu nichts führen. Paul sah zwar aus wie zu Hause, aber er war einer der Fremden.

Sie nahm ihm das Buch ab.

»Was wolltest du mit mir besprechen?«, fragte sie kalt.

Er schluckte auffallend. »Natürlich lese ich dir das Kapitel vor«, mahnte er leise. »Ich wollte nur Spaß machen.« Er griff nach dem Buch und berührte dabei ihre Hand.

Anstatt die Hand wegzuziehen, verharrte er einige Sekunden.

Taya starrte auf seine Finger.

Im nächsten Moment nahm er das Buch und öffnete es. Er las ihr vor.

Taya wagte kaum zu atmen. Pauls Stimme schien wie dafür

geschaffen, Geschichten zu erzählen, und lud zum Träumen ein. Er las flüssig, und seine Betonungen schienen an den richtigen Stellen zu liegen.

Taya wurde von seinen Worten ergriffen.

Sie verlor jegliches Zeitgefühl. Ihr Herz schlug schnell, aber es fühlte sich angenehm an. Ihr Blick glitt in die Ferne. Der Rio Negro war zu einer riesigen Wasserstraße geworden. Ein Schiff folgte dem anderen. An den Ufern ragten riesige Bäume aus dem Wasser hervor.

Taya träumte davon, frei durch die Wälder zu streifen und mit einem eigenen Einbaum an die Stelle zu fahren, an der der Rio Negro den Amazonas küsste. Dort sollte es rosafarbene Delfine geben.

Paul las stetig weiter. Romeo und Julia nahmen kein gutes Ende, so wie Taya es geahnt hatte.

Sie musterte Paul und verstand, dass er ihr die komplette Geschichte vorlas.

Sie konnte sich das Lächeln nicht verkneifen, denn es erweichte sie. Als eine Bewegung das Wasser aufscheuchte, erschreckte Paul sich und sprang auf die Füße. Er wollte Tayas Hand greifen und sie mitziehen. Taya aber wehrte sich und kicherte.

»Keine Angst. Die Kaimane sind nachtaktiv.« Sie zog ihn auf, weil sie wusste, dass er Angst vor den Tieren des Dschungels hatte. »Oder befürchtest du, dass die Piranhas aus dem Wasser springen, um dich aufzufressen?«

Paul suchte das Wasser ab, bevor er sich wieder neben sie setzte. »Eine gesunde Vorsicht ist in dieser Stadt angemessen.« Er lächelte ihr dabei zu und fuhr mit dem Lesen fort.

Taya hörte entsetzt, wie Romeo von Julias vermeintlichem Tod erfuhr und sich selbst töten wollte.

Sie starrte Paul an, der unverblümt die grausigen Ereignisse wiedergab.

»Warum schreibt jemand so traurige Dinge? Ist die Realität nicht entsetzlich genug?«, fragte sie, sobald Romeo das Gift geschluckt hatte und klar war, dass er das nicht überleben konnte.

Paul unterbrach das Lesen und musterte Taya nachdenklich. »Es ist ein Drama, eine Tragödie. Es werden Konflikte aufgezeigt, die den Leser nachdenklich zurücklassen. Würdest du die Geschichte nicht weniger intensiv erleben, wenn sie glücklich enden würde?«

Taya schüttelte den Kopf. »In meinem Leben gibt es bereits genug Konflikte, die mich nachdenklich stimmen. Es wäre viel schöner, wenn die beiden sich am Ende kriegen würden. Das würde mich dazu verleiten, die Geschichte ein zweites Mal zu lesen. So habe ich dazu keine Lust.«

Paul blickte in die Ferne.

Sein Schweigen verführte auch sie, still zu sein.

Gemeinsam saßen sie auf dem Steg und ließen den Moment auf sich wirken.

Als sie Emefas und Diegos Stimmen vernahm, drehte Taya sich und entdeckte die beiden auf der Veranda. Erst jetzt wurde ihr bewusst, wie unpassend es aussehen musste, dass Paul und sie hier zusammensaßen.

»Worüber wolltest du mit mir sprechen?«, fragte sie. Er hatte schließlich um das Treffen gebeten, und sie wollte zurück an die Arbeit.

»Ich wollte dir sagen, wie sehr ich mich freue, dass sich unsere Wege wieder gekreuzt haben. Vielleicht war unser Treffen, als wir Kinder waren, für dich nicht so intensiv wie für mich. Ich habe oft an dich gedacht. Du warst das erste Kind – außerhalb der feinen, weißen Gesellschaft – mit dem ich gespielt habe.«

Taya hatte keine genauen Erwartungen an dieses Gespräch gehabt. Da war lediglich die Vermutung gewesen, dass Paul und Karl sich miteinander messen würden, um sie zu beeindrucken.

Mamãe hatte ihr erzählt, wie die Männer früher im Stamm um die Frauen gebuhlt hatten. Sie hatten sich gegenseitig beim Jagen überboten und sich bei den Tänzen angestrengt.

Taya schmunzelte bei der Vorstellung, wie Tohon sich derart benahm. Er tanzte grundsätzlich nicht, sondern trommelte, bis er vor Müdigkeit umfiel.

Bei ihm hatten die Mädchen so verzweifelt reagiert, dass sie sich tanzend vor die Trommel geschoben hatten, was auch nicht viel nützte, da er die meiste Zeit die Augen geschlossen hielt, wenn er in der Musik gefangen war.

Wehmütig dachte Taya an ihren Bruder, bevor sie emotional zu Paul zurückkehrte.

Durfte sie ihm persönliche Fragen stellen? Wollte sie das überhaupt? Wollte sie, dass eine Nähe entstand?

Während sie schwieg, fuhr er fort: »Ich bin als Säugling adoptiert worden und kenne meine leiblichen Eltern nicht. Für mich gab es immer nur Luise, meine Mama, und Karl, meinen Bruder. Und dann kamst du, und ich hatte das Gefühl, jemanden zu treffen, der so war wie ich.«

Paul hob sogleich beschwichtigend die Arme. »Du findest, ich benehme mich komisch, das weiß ich. Ich meine auch eher unsere Wurzeln.«

Taya lächelte. Sie würde sich hüten, ihn zu ärgern, wenn er so ehrlich und offen von seinen Gefühlen erzählte.

Sie hatte ihn wohl falsch eingeschätzt. Er wirkte nicht aufdringlich und auch nicht so, als wolle er sie verführen.

»Diego hat auch indigene Wurzeln. Hast du ihn nie über unser Volk ausgefragt?«, fragte Taya.

Paul nickte. »Doch. Sein Portugiesisch ist eine Katastrophe.« Er zwinkerte ihr zu. »Diego bedeutet mir sehr viel, und ich bin froh, dass er bei uns arbeitet.«

Taya biss sich auf die Lippen. Sie konnte sich vorstellen, dass es für Paul nicht leicht war, adoptiert zu sein und äußerlich stark von seiner Familie abzuweichen. »Es überrascht mich, dass der Baron die Adoption unterstützt hat. Seine Abneigung gegen unser Volk ist allgegenwärtig.«

»Er sagt, ich sehe zwar nicht aus wie ein Preuße, benehme mich aber wie einer.« Paul zuckte mit den Schultern.

Taya räusperte sich, bevor sie kicherte. »Wenn dein Bruder wegen eines Skorpions erschrocken wegspringen würde, würde mich das nicht zum Lachen bringen. Bei dir sieht es bescheuert aus.« Sie erhob sich. Es wurde Zeit, ihre Arbeit zu erledigen. Emefa sollte nicht alles allein verrichten müssen.

»Na, vielen Dank«, erwiderte er und schmunzelte. »Ich nehme es gelassen, wenn du über mich lachst, weil ich dich mag. Ich würde mich sehr freuen, wenn wir öfters solche Gespräche führen.« Paul stellte sich ebenfalls aufrecht und sah sie dabei abwartend an.

Taya wusste nicht so recht, was sie darauf antworten sollte. Sie verstand, dass Paul sich für seine Wurzeln interessierte.

»Morgen wieder hier um die gleiche Zeit?«, fragte er.

Taya wusste nicht, was sie entgegnen sollte. Sie knabberte unentschlossen auf ihrer Lippe und floh aus der Situation.

Es war nicht sonderlich erwachsen wegzulaufen, anstatt eine vernünftige Antwort zu geben, aber sie war zu unbeholfen im Umgang mit Paul.

»Besser nix Beine aufmachen«, mahnte Emefa, sobald Taya sie erreicht hatte.

»Was gibt es zu tun?« Taya ging nicht auf die Aussage der Haushälterin ein. Sie wusste das selbst. Zu oft hatte sie das Drama im Lager mitbekommen, wenn eines der Mädchen sich verliebt hatte und schwach geworden war. Der Liebste musste zum Kautschuksammeln, und sie blieb mit rundem Bauch zurück.

Das kam für Taya nicht infrage.

Paul müsste zwar nicht Monate fortbleiben, dafür war er der Sohn des Teufels.

Taya würde die Ihren niemals verraten.

Als Taya am Abend ihre Arbeit erledigt hatte, zog sie sich um und machte sich auf den Weg zum Tor.

Dort warf sie ihren Blick auf ein seltsames Gefährt. Paul sprach mit einem der Angestellten über dieses Ding. Taya konnte es hören.

Sie blieb verwundert stehen und musterte die fremdartige Kutsche.

Paul winkte ihr. »Hast du Feierabend?« Er kam auf sie zugelaufen.

Taya deutete auf das Gefährt. »Was ist das?«, fragte sie, ohne ihm eine Antwort zu geben.

»Das ist eine motorisierte Kutsche. Karl hat sie aus Frankreich mitgebracht.« Paul zeigte ihr das Gefährt. »Diese Kutsche fährt ohne die Hilfe von Pferden. Du kannst es ausprobieren. Ich bringe dich nach Hause.«

Taya runzelte die Stirn. Diese seltsame Kutsche war ihr nicht geheuer. War es ein Zauberwerk?

Sie ging näher heran.

Es musste eine ähnlich seltsame Erfindung sein wie die metallenen Rohre, die die Fremden mitgebracht hatten. Damit waren sie den Stämmen im Urwald überlegen gewesen.

Tayas Angehörige hatten Blasrohre verwendet. *Papai* hatte Tohon gelehrt, wie man die Pfeile schnitzte, mit Lianengift tränkte und in ein Bambusrohr steckte. So konnten sie im Urwald auf die Jagd gehen, um sich zu ernähren.

»Taya?« Pauls Stimme klang weit entfernt.

Taya starrte auf das Gefährt, während ihre Gedanken um die gefährlichen Erfindungen der Fremden kreisten. Mithilfe der andersartigen Waffen hatten sie ihr Volk zerstört und versklavt.

»Taya?« Diesmal schnippte Paul mit dem Finger vor ihrem Gesicht.

Taya blinzelte und erwiderte nachdenklich seinen Blick.

»Ich sage Diego Bescheid, dass ich dich heute bringe.«

Taya wunderte sich über Pauls Aussage, schließlich ging sie allein nach Hause. »Diego hat wichtigere Dinge zu tun, als mich stundenlang zu begleiten«, erklärte sie. »Ich komme morgens selbst her und gehe abends heim.«

Paul entglitten die Gesichtszüge.

Taya runzelte bei seiner Reaktion die Stirn. »Ich brauche nur eine gute halbe Stunde zu Fuß. Das ist nicht so weit. Früher bin ich bis zum großen Markt in Manaus gelaufen. Das war weiter.«

Paul ballte seine Hände zu Fäusten. Überrascht nahm Taya sein Verhalten zur Kenntnis. »Das ist viel zu gefährlich! Warum bewohnst du nicht dein Zimmer oben im Haus?«

Nun verstand Taya seine Sorgen. Sie lachte auf. »Ich hüpfe rechtzeitig zur Seite, wenn ein Skorpion meinen Weg kreuzt.« Sie zwinkerte ihm zu.

»Hast du schon mal darüber nachgedacht, dass dir ein Mann mit niederen Absichten auf dem Weg begegnet? Oder gleich mehrere? Die Gewalt in Manaus nimmt von Tag zu Tag zu.« Paul fixierte sie eindringlich. »Du wirst nicht mehr allein den Weg zurücklegen.«

Taya wusste, dass diese Verbrechen passierten. Nur hatte sie solche Gedanken vermieden und ihren Weg so frei wie möglich zurückgelegt. Einen Aufpasser konnte sie sich nicht leisten und sie wollte unbedingt bei ihren Liebsten wohnen.

»Meine Familie lebt in dem Sklavenlager deines Vaters«, entgegnete Taya zischend.

Sein betroffener Gesichtsausdruck erweichte sie nicht.

»Ich kenne meinen Platz. Der ist bei meiner Familie. Es ist nett, dass du dir Sorgen machst, aber tue nicht so, als würdest du mehr wissen als ich. Ich kenne die Gefahren um mich herum.«

Paul ließ angespannt die Luft entweichen. »Steig auf, ich bringe dich nach Hause und hole dich morgen früh wieder ab.«

Taya rollte mit den Augen. Er wollte nicht nachgeben. »Willst du das nun jeden Tag machen? Hast du nichts Wichtigeres zu tun?«

»Ich werde Buchhalter. Als solcher kann ich es mir problemlos einrichten, dich vom Lager abzuholen. Steig auf.«

Taya musterte die seltsamen Reifen an der Kutsche. »Die sehen anders aus.« Sie tastete das Material ab.

»Das sind Gummireifen. Dafür wird unter anderem der Kautschuk verwendet«, informierte Paul sie.

Taya riss ihre Hand zurück, als hätte sie sich verbrannt. Wütend trat sie einen Schritt nach hinten und steuerte den Ausgang an.

»Du findest *mich* seltsam? Schau mal *dich* an!«, rief Paul ihr nach.

Die Wächter ließen Taya raus. Sie bemerkte schnell, dass Paul ihr folgte. Sie stapfte stocksauer weiter.

Er holte neben ihr auf. »Was ist los? Warum rennst du dauernd weg, anstatt mir klare Antworten zu geben?«

Er wollte klare Antworten?

Taya atmete tief durch, bevor sie zu ihm herumfuhr und ihre Augen zu Schlitzen verengte.

»An diesen Reifen klebt Blut. Ich verrecke lieber, als dass ich mich auf dieses Gefährt setze und mich herumkutschieren lasse, als wäre ich Gott«, schnauzte sie aufgebracht.

»Findest du das nicht ein wenig dramatisch?« Paul hob beschwichtigend die Arme.

Taya brachte es nur noch mehr in Rage. »Wie kannst du bei dieser Bosheit mitmachen? Dein Vater tötet unser Volk! Es gab viele von uns, nur wenige sind übrig geblieben. Für was? Dafür, dass ihr auf motorisierten Kutschen sitzen könnt? Möget ihr an eurer Gier ersticken.« Sie war so sauer und traurig zugleich, dass ihr die Tränen in die Augen stiegen.

»Taya«, mahnte Paul mit sanfter Stimme.

Sie aber konnte die ersten Tränen nicht zurückhalten und wiederholte leise das, was ihre *mamãe* gesagt hatte.

»Die Fremden zerstören die Wälder, vergiften mit ihren riesigen Schiffen die Flüsse und töten Tiere, obwohl sie längst gesättigt sind. Sie haben keine Ehrfurcht vor der Schöpfung und dem Leben. Sie sind gierig und neidisch. Sie werden erst merken, dass man Geld nicht essen kann, wenn sie Mutter Erde zerstört haben.«

8

Paul konnte den Blick nicht von Taya abwenden.

Während sie dort stand, Tränen in ihren Augen glitzerten und sie ihn mit Vorwürfen bombardierte, konnte er nicht anders, als sie noch inniger in sein Herz zu schließen.

Alle Stimmen der Vernunft, die ihm zuflüsterten, dass Taya und er wie Romeo und Julia enden würden, wies er zurück. Der Sog zu ihr war stärker.

Plötzlich beschleunigte sich sein Puls. Jeder würde ihn für verrückt erklären, aber er sah es mit eigenen Augen:

Eine Fledermaus flog heran und setzte sich auf Tayas Schulter. Sie streckte sich und rieb ihr Köpfchen an Tayas Wange.

Paul wagte es nicht zu atmen. Er hielt die Luft an, erlebte diesen magischen Moment fasziniert und ergriffen.

Nie hatte er es geschafft, eine Beziehung zu seiner Fledermaus aufzubauen, geschweige denn sie zu berühren.

Taya schloss die Augen. Ein Lächeln erschien auf ihrem Gesicht, sobald sich die Fledermaus löste und über ihr kreiste.

Taya sah Paul nun freundlicher an.

»Ich muss nicht allein laufen«, sagte sie und setzte sich in Bewegung.

Taya war das Mädchen mit der Fledermaus. Sie war besonders.

Paul folgte ihr. Der Drang, bei ihr zu sein, war zu übermächtig.

»Das war magisch«, murmelte er. »Du bist mit ihr verbunden.« Er holte sie ein und spazierte neben ihr.

»Früher waren wir verbunden. Es ist wie ein Fluch. Wir haben den Zugang zu unseren Tieren verloren.« Tayas Blicke folgten dem Fledertier, das sie begleitete. »Manche von unseren Leuten bemerken nicht einmal, dass ihre Tiere noch da sind. Meine beste Freundin Tallulah ist so verwundet, dass sie ihre Fledermaus davonjagt, wenn sie auftaucht.«

Paul lauschte Tayas Worten, dankbar, dass sie ihm diese Dinge erzählte. Auch er hatte eine Fledermaus an seiner Seite bemerkt. Er fragte sich, ob seine leibliche Mutter Tayas Stamm angehört hatte. Gleichzeitig hatte er Sorge, dieser Frage nachzugehen, denn die Wahrheit seiner Abstammung könnte alles verändern.

Er existierte zwischen den Welten, gehörte nirgends richtig hin.

Er hatte Angst vor dem Dschungel, wurde Buchhalter und war der Sohn eines Kautschukbarons. Wie sollte er einen Zugang zu einem Volk finden, das unterdrückt und ausgerottet wurde?

Die Furcht vor den Konsequenzen seines Interesses an Taya und ihrem – vermutlich gemeinsamen – Volk schoss durch jede Faser seines Körpers.

»Du musst diesen Weg später zurücklaufen. Du solltest umkehren.« Taya wechselte das Thema.

»Ich bringe dich nach Hause«, beharrte er.

»Überlege dir, was du tust. Bilder können einen verfolgen«, mahnte Taya.

Paul schnaubte lautstark. Hielt sie ihn für verweichlicht? Er war im Reichtum aufgewachsen, aber heil war seine Welt nie gewesen. Dafür hatte sein Vater gesorgt.

Im nächsten Moment krallte Taya sich in sein Hemd. Ihre Augen waren schreckgeweitet. »Hast du das gesehen?«, fragte sie und versteckte sich hinter seinem Rücken.

Alarmiert sah Paul sich um. Er konnte nicht feststellen, was Taya so verängstigt hatte.

»Ein Jaguar! Dort hinter den Bäumen. Wieso kommt er

so nah an die Stadt?« Tayas Stimme hatte einen schrillen Ton angenommen.

Paul geriet sofort in Panik. Wie reagierte er richtig?

»Lauf!«, schrie er und rannte los. Er drehte sich dabei nach hinten, um sicherzugehen, dass Taya ihm folgte.

Die überholte ihn gerade.

Verbissen versuchte er mitzuhalten. Vergebens, er fiel hinter Taya zurück.

Wenigstens wäre der Jaguar mit ihm bedient, und Taya konnte fliehen.

Als Taya mit etwas Abstand vorne stehen blieb und laut lachte, fluchte er. Dieses freche Ding hatte ihn reingelegt. Sie hielt sich die Seiten und prustete.

Er erreichte sie und machte sich nicht noch mehr zum Affen, indem er einen prüfenden Blick nach hinten warf. Natürlich war da kein Jaguar, der ihn ansprang.

Taya sah wunderschön aus, wenn sie lachte, und ja, er war davon berauscht.

Er kämpfte darum, seinen Ärger aufrechtzuerhalten und ihr diese Gemeinheit nicht so leicht zu verzeihen. »Das war kindisch«, schimpfte er.

Ihm war auf die Schnelle kein besseres Wort eingefallen.

»Ich bin immer noch schneller als du.« Sie wackelte mit den Augenbrauen und strahlte dabei schöner als alles, was Paul je gesehen hatte.

Musste der Mann, für den sie schwärmen konnte, schneller und wendiger sein als sie? Musste er stark und beschützend erscheinen? Paul fragte sich verzweifelt, wie er Taya beeindrucken konnte.

Die Vorstellung, die er eben abgeliefert hatte, war alles andere als männlich gewesen.

»Bist du jetzt gekränkt?«, fragte sie. Das Grinsen war noch nicht komplett aus ihrem Gesicht verschwunden.

»Das kommt darauf an. Wenn du mir für morgen 12 Uhr am Steg zusagst, verzeihe ich dir«, schlug er vor.

Taya rollte mit den Augen und setzte den Weg nach Hause fort.

»Du bist weggelaufen und mir eine Antwort schuldig geblieben«, erinnerte er sie.

»Ich verabrede mich nicht mit Jungen«, erklärte Taya und deutete nach vorn. »Wenn wir um diese Kurve gelaufen sind, haben wir es fast geschafft.«

Paul dachte über ihre Worte nach. Grundsätzlich war er froh, wenn sie nicht mit Männern ausging, aber hieß das im Umkehrschluss, dass sie schon vergeben war? Durfte er danach fragen?

»Ähm …«, machte er. Die Frage wollte ihm nicht über die Lippen kommen. Sie war ihm peinlich, verriet sie doch zu viel über seine romantischen Gefühle für sie.

Taya beschleunigte ihre Schritte. »Oh nein, es dämmert längst«, schimpfte Taya, die offensichtlich an völlig andere Dinge dachte als er. »Tallulah und ich wollten im Rio Negro schwimmen gehen, aber in der Dunkelheit ist es zu gefährlich.«

Paul schüttelte entschieden den Kopf. Er schluckte seinen Kommentar herunter. Taya würde ihn nur wieder auslachen, wenn er Bedenken wegen gefährlicher Tiere äußerte.

Wenige Minuten später erreichten sie das Lager.

Neugierig sah Paul sich um. Sie liefen an einem hohen Zaun entlang, der aus Stacheldraht bestand. Sein Vater investierte viel Geld, damit die Sklaven nicht flohen.

Wie Paul sich schon gedacht hatte, erinnerte das Lager an ein Dorf. Viele Hütten standen auf dem Gelände. Zahlreiche schienen baufällig zu sein. Kinder rannten umher. Die Frauen gingen verschiedenen Arbeiten nach. Paul nahm keine erwachsenen Männer wahr.

Den Rio Negro konnte Paul von hier aus nicht sehen. Das Lager musste gewaltig sein. Wie viele Bewohner lebten hier?

»Ich muss vorne bei den Wächtern vorbei und mich anmelden. Dann lassen sie mich rein und morgen früh wieder raus.« Taya zeigte auf eine Gruppe bewaffneter Männer, die vor einem Tor herumlungerte.

»Wie wohnst du da drin? Ich meine, hast du ein Bett oder …« Paul fluchte innerlich, weil er sich mit seiner naiven Frage so dämlich vorkam. Es war doch auf den ersten Blick offensichtlich, dass die Menschen in diesem Lager in Armut lebten.

»Ich teile mir die Hütte mit meiner Familie. Wir haben dort ein Schlaflager und lagern Vorräte, die nicht nass werden dürfen. Ansonsten gibt es nicht viel«, erzählte sie, ohne dabei verzweifelt zu wirken.

Paul verlangsamte seine Schritte. Sollte er bis zu den Wächtern heranlaufen?

Taya bemerkte seine Verunsicherung.

Sie hob winkend eine Hand und verabschiedete sich von ihm. Sie nahm ihm damit die Entscheidung ab.

Paul starrte ihr nach. Die Szene war abscheulich. Taya wurde in ihr Gefängnis eingelassen. So kam es Paul vor.

Während er sich nicht vorstellen konnte, diesen trostlos wirkenden Ort zu betreten, sah er, wie Taya ihre Schritte beschleunigte und durch das Lager rannte.

Offensichtlich freute sie sich auf das Wiedersehen mit ihren Liebsten.

Er verlor Taya aus seinem Sichtfeld. Sie war zwischen den Hütten verschwunden.

Paul trat den Rückweg an.

Wie sollte er das in Zukunft regeln? Taya verweigerte die Fahrt mit der motorisierten Kutsche, und mittlerweile bezweifelte er auch, dass sie in eine herkömmliche steigen würde.

Es würde im Lager Aufsehen erregen, wenn sie hofiert werden würde.

Fluchend marschierte er weiter, beschleunigte dabei das Tempo. Er musste an seiner Kondition arbeiten. Das stand fest.

Den Heimweg zu Fuß zurückzulegen, tat ihm nun gut.

Er war aufgewühlt, und der Anblick des Lagers hing ihm nach. Dabei hatte er es nicht einmal betreten. Auch Tayas Worte hinterließen Spuren.

Paul würde gern mit seinem Vater über die Vorwürfe sprechen, dass sie die Wälder zerstörten, zu viele Fische fingen und die Erde darunter litt. Papa würde ihn auslachen. Für ihn stand der Fortschritt über allem.

»Ohne Kautschuk kein Fortschritt«, hatte Papa oft betont.

Auf dem europäischen Kontinent hatte Paul einige Diskussionen über die sogenannten Kolonialmächte mitbekommen. Die Abschaffung der Sklaverei wurde von demokratischeren Bewegungen als Errungenschaft angesehen.

Brasilien hatte sich dem Druck der westlichen Welt beugen müssen, aber keine Strategien entwickelt, die ehemaligen Sklaven in die Gesellschaft zu integrieren.

Und es waren viele.

Paul hatte gehört, dass die Mehrheit der brasilianischen Bevölkerung ursprünglich aus Afrika eingeschleppt worden war. Die Ureinwohner Brasiliens waren seit Jahrhunderten dezimiert worden. Sie starben jung und mit ihnen ganze Völker.

Paul blieb in einiger Entfernung vor dem Tor seines Elternhauses stehen. Er brauchte einen Moment, bevor er hineingehen konnte.

Er hatte vieles über die Geschichte seines Landes im Schulunterricht gelernt. Obwohl er mittendrin lebte, hatte es ihn bis heute nie derart berührt. Alles war weit weg erschienen.

Er war ein abgeschirmter Jugendlicher gewesen. Seine Europareise hatte ihn erwachsener werden lassen.

Heute stand er hier in Manaus und begriff, dass die Sklaverei nur auf dem Papier abgeschafft war und die Großgrundbesitzer sich nicht daran hielten und offensichtlich keine nennenswerten Konsequenzen zu befürchten hatten.

Im Wohnzimmer traf er auf Papa und Karl, die gemütlich zusammensaßen und Zigarre rauchten. Mamas Stimme hatte er aus dem oberen Stockwerk vernommen. Sie war offensichtlich mit den Gästen beschäftigt.

»Paul, Junge, setz dich zu uns. Es wird Zeit, dass du lernst, eine vernünftige Zigarre zu rauchen«, sagte Papa und winkte ihn heran.

Karl zog an seiner und schaffte es, nur das Gesicht zu verziehen.

Paul setzte sich dazu und nahm eine Zigarre in die Hand. »Wozu muss man rauchen?«

»Weil wir das in der hohen Gesellschaft tun und es ein Ausdruck unseres Reichtums ist«, behauptete Papa. »Wo warst du denn?«

Paul wog seine Antwort ab. Einen Streit mit Papa zu beginnen, brachte ihn nicht weiter. Er würde den Kürzeren ziehen. Das war immer so gewesen.

Das Vermeiden von Konflikten hatte er schon als Junge gelernt.

»Ich habe mir dir Beine vertreten. Das stundenlange Sitzen im Büro mit Fernando bin ich nicht gewohnt.«

Papa nickte. »Fernando war sehr zufrieden mit dir. Du lernst schnell, sagt er.«

Paul wusste, dass Papa seinem langjährigen Buchhalter vertraute. Fernando lebte ruhig und zurückgezogen in diesem Haus und hatte sich nie ein anderes Leben aufgebaut.

»Der Wert des Kautschuks steigt von Jahr zu Jahr.« Paul hatte die Zahlen kaum glauben können.

Papa zündete die Zigarre an, und Paul zog verunsichert daran. Ein Hustenanfall folgte.

Das schmeckte abscheulich. Paul verzog das Gesicht.

Papa aber deutete ihm weiterzurauchen. »Das vergeht. Werde ein Mann«, murmelte er.

»Papa und ich haben das Verladen des Kautschuks heute überwacht«, erzählte Karl. »Wir standen am Hafen, und es war beeindruckend. Alle folgen, wenn Papa was sagt.«

Paul konnte sich das gut vorstellen. Anders würde das Geschäft wohl nicht laufen.

»Manche Stimmen sagen, dass Blut an diesem Gummi klebt«, wandte Paul vorsichtig ein.

Papa zog genüsslich an seiner Zigarre. »Das rote Gummi.« Er zuckte mit den Schultern. »So wird es oft genannt. Weißt du, Paul, du darfst die Arbeiter nicht aus deinen zivilisierten Augen betrachten. Die sind nicht wie wir. Als Baron ist es meine Aufgabe, den Handel am Laufen zu halten. Wenn einer von denen Prügel kassiert, hat er sie verdient. Dazu dienen seine Prügel der Disziplin der anderen.«

»Du meinst, es dient der Abschreckung.« Paul schluckte bei der Erinnerung an das Lager.

»Zu lasch darfst du in diesem Geschäft nicht sein. Ich habe ein Imperium errichtet und mache den Fortschritt der westlichen Welt erst möglich. Weichlinge werden immer unbedeutsam im Nichts verschwinden.« Papa lehnte sich in seinem Sessel nach hinten und streckte die Beine aus. »Brasilien hält seit über 50 Jahren das Kautschukmonopol, und die Welt muss es bezahlen.«

Paul hielt zwar die Zigarre in der Hand, sog aber nicht mehr daran. Karl wollte Papa wohl beweisen, dass er seine zu Ende rauchen konnte. »Ich habe die Zahlen gesehen, und sie haben eine Höhe erreicht, die du in deinem Leben nicht ausgeben kannst.«

Papas Mundwinkel hoben sich.

Paul musterte Papa kritisch. Er fuhr fort: »Brasilien wird sein Monopol nicht halten können. Die Käufer wollen die horrenden und dauernd steigenden Preise für Kautschuk nicht akzeptieren. Sie werden sich nach Alternativen umsehen.«

Papa hob den Daumen. »Du bist klug, und das schätze ich. Wir müssen unser Monopol verteidigen und bestrafen jene, die unsere Kautschuk-Samen stehlen wollen, hart.«

»Vielleicht ist es jemandem längst gelungen? Es braucht sicher einige Jahre, den Samen zu ziehen und gedeihen zu lassen, aber ich kann mir vorstellen, dass die westliche Welt längst daran gearbeitet hat, dem brasilianischen Monopol entgegenzuwirken.« Paul hatte von Fernando einiges erklärt bekommen. Die Kautschukbarone zogen seit Jahren die Preise an, weil es keine Konkurrenz gab. Es war ein gefährliches Spiel mit der Macht.

»Die armseligen Versuche, den *Hevea Brasiliensis* erfolgreich in Afrika anzubauen, sind gescheitert. Er gedeiht hier am Amazonas am besten. Qualität hat ihren Preis. Wir sollten uns vielmehr mit dem Problem beschäftigen, Arbeiter zu finden. Ich habe mehr Bäume als Leute, die ich einsetzen kann.« Papa beugte sich in seinem Sessel nach vorne und adressierte Karl. »Es wird deine Aufgabe sein, dieses Malheur zu lösen.«

»Wie? Woher soll ich die Leute nehmen? Die Arbeit will keiner freiwillig machen.« Karl verzog das Gesicht.

»Ich habe kürzlich eine kostspielige Expedition von Söldnern genehmigt, die bisher unbekannte Stämme ausfindig machen sollen. Die Buschleute arbeiten am effektivsten. Sie kennen die Tücken des Urwalds und überleben länger. Meine Lager sind ausgedünnt. Das muss besser werden.« Papa drückte die Zigarre aus und erhob sich aus seinem Ses-

sel. »Feierabend für heute. Morgen liegt viel Arbeit vor uns.«
Er verließ den Raum und rief nach Mama.

Paul wurde sofort seine Zigarre los.

»Sei froh, dass du als Buchhalter arbeiten darfst. Da hast
du zwar Verantwortung, aber musst nicht dauernd mit allen
reden und als Gewinner hervorgehen«, maulte Karl.

Paul konnte seinen Bruder verstehen. Es war sicherlich
schwer, Verhandlungen zu führen und dafür Sorge zu tragen,
dass das Unternehmen lief.

»Ich unterstütze dich, wo ich kann, Bruder. Allerdings bin
ich dagegen, dass die Stämme des Waldes wie Wildpferde einge-
fangen und brutal zur Arbeit gezwungen werden.« Paul fixierte
seinen Bruder. Er wollte nicht mit ihm tauschen. Karl trug die
Bürde, und es würde ihn viel kosten, die Methoden zu ändern.

»Du hast Papa gehört. Die Bewohner des Waldes können
besser ernten, weil sie länger leben als solche, die bei dem
Anblick einer Spinne schreiend davonrennen.« Karl ließ angespannt die Luft entweichen.

»Das sind Menschen wie du und ich. Sie haben Gefühle«,
hielt Paul dagegen.

»So wie Taya?« Karl hob fragend die Augenbrauen. »Ich
finde sie auch verlockend, und dass sie in einem der Lager
aufgewachsen ist, ist schade. Sie kann diesem Leben aber entfliehen, weil sie eine gute Anstellung bei uns hat. Mama sagt,
Taya weigert sich, hier zu wohnen.«

Paul schüttelte entschieden den Kopf. »Hier geht es nicht
nur um Taya. Ich habe Kinder dort im Lager gesehen, die in
Armut leben und …«

»Ich bitte dich.« Karl lachte auf. »Bist du nun der neue
Weltretter? Die Welt ist, wie sie ist. Du kannst sie nicht ändern.
Wir haben durch Papa die Chance, ein gutes Leben zu führen.
Das ist Glück, und wir sollten es nicht vermasseln, indem wir
das Imperium gegen die Wand fahren.«

Karl streckte sich in seinem Sessel aus. »Es ist mir zu anstrengend, gegen jede Mücke anzukämpfen. Ich heirate Charlotte, die allen in den Kram passt, und habe meinen Frieden zu Hause. Trotzdem werde ich offen sein, wenn Taya mir signalisiert …«

»Wage es nicht«, brauste Paul ungehalten auf. Er sprang vom Sessel und ballte seine Hände zu Fäusten.

Überrascht lachte Karl auf. »So schlimm steht es um dich?«

»Sie gehört zu mir. Ich fühle es deutlich. Lass Taya in Ruhe.« Pauls Brustkorb hob und senkte sich in schnellen Zügen. Seine Gefühle für Taya loderten in ihm auf. Es war kein Strohfeuer. Es würde von Dauer sein. Er wusste das sicher.

»Du kannst keine ernsthafte Zukunft mit ihr aufbauen«, sagte Karl leise und blickte vorsichtig zur Tür. »Sie ist nicht weiß. Papa duldet das nicht.«

»Du wirst das neue Oberhaupt sein und kannst diese Missstände beenden. Mensch ist Mensch. Sind wir vor Gott nicht alle gleich?« Paul verschränkte die Arme vor der Brust.

»Du erhoffst dir zu viel von mir. Ich muss das Imperium übernehmen und versuchen zu überleben.« Karl stellte sich aufrecht und sah seinem Bruder in die Augen. Er war etwas größer als Paul. »Wenn du so verrückt nach ihr bist, genieße ein paar Monate mit ihr, bevor du nach einer passenden Ehefrau Ausschau hältst. Ich habe damit kein Problem, ob Papa das genauso sehen wird, glaube ich hingegen nicht. Mach es lieber heimlich.« Karl klopfte ihm auf die Schulter. »Ich verrate es nicht, versprochen.«

Sein Bruder ließ ihn stehen.

Paul stand unverändert mitten im Wohnzimmer mit geballten Händen und atmete laut.

Hatte er den Mut, sich für Veränderungen einzusetzen? Den würde er nämlich brauchen.

Sein Leben wäre einfach, wenn er seine Arbeit als Buchhalter gewissenhaft erledigen und sich eine passende Frau suchen würde.

Vermeintlich einfach.

Denn glücklich würde er mit diesem Leben nicht sein.

*

Am nächsten Morgen wartete Paul pünktlich auf Taya hinter der Kurve, nahe dort, wo sie sich gestern verabschiedet hatten.

Er wollte sein Wort halten und sie beschützen. Außerdem freute er sich darauf, sie zu sehen und Zeit mit ihr allein zu verbringen.

So stahl sich umgehend ein Lächeln auf seine Lippen, als er Taya entdeckte. Sie war ebenfalls pünktlich.

»Guten Morgen«, rief er ihr zu, um auf sich aufmerksam zu machen.

Taya runzelte die Stirn, als sie ihn entdeckte, und beschleunigte ihre Schritte. Bald erreichte sie ihn und hob fragend die Arme. »Was machst du denn hier?«

»Ich habe dir doch gesagt, dass ich dich auf deinem Weg zur Arbeit begleiten möchte, weil ich mir Sorgen um deine Sicherheit mache.« Hatte sie ihm seine Worte nicht geglaubt? Es war ihm ernst gewesen.

Taya musterte ihn neugierig. »Findest du deine Fürsorge nicht übertrieben?«

Paul setzte sich in Bewegung, damit sie nicht zu spät zu Hause ankommen würden. Papa legte Wert auf ein gemeinsames Frühstück und ließ es nur selten ausfallen. Anschließend verließ er das Haus, um sein Unternehmen zu leiten.

Taya lief neben Paul und blieb stumm, während er nach einer Antwort suchte, die nicht peinlich klang.

Er wies auf Helmut, um Taya von ihrer Frage abzulenken. »Kannst du reiten?«, fragte er.

Paul hatte Helmuts Zügel an einen Baum gebunden, um mit dem Pferd keine unnötige Aufmerksamkeit auf sich zu ziehen. Er war die letzten Meter zu Fuß gelaufen.

Mit dem Pferd war er schneller unterwegs. Es war die beste Lösung. Schließlich wollte Taya die motorisierte Kutsche nicht fahren.

»Sehe ich so aus, als könnte ich mir ein Pferd leisten?« Taya stieß die Luft aus. »Paul, ernsthaft? Du holst mich mit einem Pferd ab?«

Paul musste grinsen, weil Taya Helmut mit großen Augen musterte. Sie würde weich werden, das wusste er.

Taya liebte Tiere, und sie würde Helmut kennenlernen wollen.

»Darf ich vorstellen? Das ist Helmut.«

»Heinrich, Heribert, Helmut. Warum habt ihr in Preußen so seltsam klingende Namen?« Taya verzog das Gesicht, näherte sich aber wie erwartet dem Pferd. Sie streckte eine Hand aus und flüsterte etwas in einer fremden Sprache.

»Du findest unsere Namen komisch? Wie hieß deine Freundin noch mal?«

»Tallulah«, murmelte Taya, ohne ihn anzusehen. Ihre Zuwendung galt Helmut. Sie strich ihm sanft über den Hals.

Als Helmut zufrieden wieherte, stieg Taya in den Sattel. »Oh, das fühlt sich herrlich an.«

Paul wusste nicht, ob Tayas kühne Reaktion auf das Pferd ihn überraschen sollte. Dafür, dass sie noch nie geritten war, verhielt sie sich mutig. Er löste den Knoten und führte Helmut den Weg entlang.

Am liebsten würde er zu Taya in den Sattel steigen, sie auf den Schoß nehmen und mit ihr zusammen reiten. Er wagte es nicht, ihr seine Nähe aufzudrängen.

»Musstest du gestern das gelesene Kapitel wiedergeben?«, erkundigte Paul sich.

»Deine *mamãe* hatte keine Zeit mehr. Sie ist mit euren Gästen sehr beschäftigt. Gibt es schon ein Datum für die Hochzeit?«

Paul beobachtete, wie begeistert Taya auf dem Pferderücken saß. Ihre Augen strahlten Freude aus. Immer wieder strich sie durch Helmuts Mähne.

Sie schien sich für die Antwort auf ihre Frage nicht zu interessieren. Weder bohrte sie nach, noch warf sie ihm einen Blick zu.

Stattdessen murmelte sie Worte in der fremden Sprache.

»Was bedeutet das?« Neugierig sah er sie an.

Erst jetzt wandte sie sich ihm zu. Auffallend presste Taya die Lippen zusammen. »Wir dürfen die alte Sprache unseres Stammes nicht benutzen.«

Paul wunderte sich. Das hatte er nicht gewusst und überlegte, warum das so war.

»Die Fremden zwingen uns ihre Kultur auf. Sie geben uns andere Namen, verbieten uns unsere Sprache und schicken ihre Missionare zu uns. Wir sollen den Kreuz-Gott anbeten. Ich habe oft darüber nachgedacht. Also, ob euer Gott besser ist als unsere Götter.« Taya strich über Helmuts Mähne, während sie seufzte.

Paul schluckte bei Tayas Worten. Sie war zweifelsfrei ein Geschenk des Himmels. Er konnte nichts antworten. Ihre Worte machten ihn sprachlos, taten weh und gleichzeitig fühlte sich jeder gutgemeinte Zuspruch dämlich an.

Das tut mir leid für dich?

Das ist ungerecht?

Es kommen bestimmt bessere Zeiten?

Alles klang falsch. Die Wahrheit war hässlich, und Paul scheute sich, sie auszusprechen.

Niemand würde die westliche Welt davon abhalten können, die indigene Bevölkerung auszubeuten, bis es sie nicht mehr gab.

Dass die Europäer das Kreuz hochhielten, während sie dabei keines der Zehn Gebote befolgten, die Gott ihnen gegeben hatte, war ein armseliges Bild.

»Du sollst nicht töten, heißt eines der Gebote, die Gott den Christen gegeben hat.«

Taya lachte daraufhin auf. »Ich kenne eure Gebote. Der Missionar, der zu uns kam, hat sie uns gelehrt. Warum bestraft euer Gott euch nicht, wenn ihr sie brecht?«

»Ich weiß es nicht«, murmelte Paul. »Der Geistliche, der Karl und mich unterrichtet hat, hat uns zwar gelehrt, aber nie eine Liebe zu diesem Gott in mir erwecken können.«

Sie erreichten jeden Moment das Anwesen. Paul hätte gern weiter mit Taya gesprochen. Ihre Sicht auf das Leben interessierte ihn.

Er wünschte sich, dass sie um 12 Uhr an den Steg kam. Da sie ihm eine Antwort schuldig geblieben war, würde er warten und sich überraschen lassen.

Als er Taya helfen wollte, vom Pferd zu steigen, hielt er einen Moment inne. Sie schien in Gedanken weit weg zu sein.

Einen Augenblick später öffnete sie die Augen und stieg aus dem Sattel. »Danke, dass ich ihn reiten durfte. Der Name Helmut passt nicht zu ihm.«

»Wie würdest du ihn nennen?«

»Gomda, das bedeutet: der Wind. Ich glaube, er liebt es genauso sehr, die Brise im Gesicht zu spüren, wie ich. Wenn der Wind meine Haare aufwirbelt, fühlt es sich fast so an, als könnte er mich forttragen, irgendwohin, wo es keinen Kautschuk gibt.« Taya strich Helmut lächelnd über das Maul und trat schließlich auf die Wächter zu.

Paul beobachtete, wie sie sie auf Waffen abtasteten und durchwinkten.

Taya drehte sich nicht mehr zu ihm um.

Sie eilte nach drinnen, um Papa pünktlich seinen Kaffee zu servieren.

Paul passierte mit Helmut das Tor. Ihn ließen die Wächter in Ruhe. Er brachte Helmut zu den anderen Pferden in den Stall. Dort übergab er das Tier dem Stallburschen.

Nachdenklich sah Paul Helmut nach.

Gomda.

Paul musste sich eingestehen, dass dieser Name perfekt in seinen Ohren klang.

Papa würde es jedoch nicht erlauben, Helmut umzubenennen.

Nachdem der Gouverneur seinen Pferden einen Palast hatte bauen lassen, weil er nicht wusste, wohin mit seinem Geld, hatte auch Papa nach Architekten gerufen.

Die Angebote lagen Fernando bereits vor.

Paul drängte die aufkommenden Gedanken an Romeo und Julia zurück.

Warum hatte er ausgerechnet diese Tragödie Taya vorgelesen?

Sie fühlte sich wie ein furchtbares Omen für ihn an.

9

Taya und die vielen anderen Bewohner des Lagers der Seringueiros drängten sich dicht an dicht. Alle waren aufgeregt, voller Vorfreude, gleichzeitig voller Angst.

Die Männer kehrten aus den Wäldern zurück.

Die Regenzeit hatte begonnen. In den letzten Tagen hatte
es fast durchgeregnet, und Taya war bangend am Fenster ihres
Arbeitgebers gestanden und hatte hinausgestarrt.

Der Rückweg war sicherlich beschwerlich für die Kautschuksammler gewesen.

Die Aufseher waren für ihre Härte bekannt. Hatten
papai, Tohon und die anderen genug zu essen auf den Booten bekommen?

Taya streckte sich, um besser sehen zu können. Sie warteten vor dem Tor, wollten ihre Liebsten in die Arme schließen
und einen Moment der Dankbarkeit erleben, weil sie zusammen waren, bis hierher überlebt hatten.

Die Angst aber schwelte unter ihnen.

Noch nie waren die Männer vollzählig zurückgekehrt.

Das würden sie auch diesmal nicht.

Taya drehte sich suchend nach *mamãe* um. Sie hatte Stock-
brot vorbereitet, dazu Fleisch gegrillt. Senhora Luise hatte
Taya einen Korb mit bester Ware geschenkt und ihr einen
Tag freigegeben.

Mamãe stand abseits der Menge und umarmte sich selbst.
Heute Vormittag war sie stark erschienen und hatte gewis-

senhaft das gemeinsame Essen vorbereitet. Nun aber konnte Taya ihr ansehen, dass die Nerven nicht mehr standhielten.

Mamães Angst, dass *papai* es nicht geschafft hatte, schwelte und fand nun ihren Höhepunkt.

Tränen rannen *mamãe* offen aus den Augen. Sie hatte sich monatelang an eine gute Hoffnung geklammert.

Taya zögerte. Sie wollte *mamãe* trösten, aber auch Tula, die neben Taya stand, ihre Hand zerdrückte und schniefte. Sie würde Yumah sagen müssen, dass ihre *mamãe* gestorben war, dass sie keine Eltern mehr hatten.

»Gehen wir zu *mamãe*«, schlug Taya vor. Sie deutete mit einem Finger in ihre Richtung.

Tula wimmerte. »Yumah lebt, oder? Ich meine, sonst wäre ich doch längst ans Hurenhaus verkauft worden.«

Sanft zog Taya ihre Freundin mit sich.

Sie hasste die Fremden für alles, was sie ihrem Volk antaten.

»Yumah lebt«, versicherte Taya. Sie musste die Starke sein. Tallulah war es schon lange nicht mehr.

Taya umarmte *mamãe*. Sie wusste nicht, was sie sagen sollte. Ihre eigene Angst, dass *papai* nie wieder durch das Tor zu ihnen kommen würde, raubte ihr den Atem.

Sie hielten sich zu dritt. Die Anspannung war zu groß, die Schluchzer wurden lauter. »Er ist mir der beste Mann gewesen. Schon als Mädchen war ich ihm verfallen.« *Mamãe* erinnerte sich ergriffen zurück.

Ihre Tränen schnitten tief in Tayas Herz. So sehr hatten sie diesen Moment herbeigesehnt, und nun, wo er gekommen war, war er nicht zu ertragen.

Das Geschrei wurde ohrenbetäubend. Freude und Trauer lagen so nah beieinander, dass Taya den Unterschied nicht zu erkennen vermochte.

Die Frauen schlossen ihre Männer, ihre Söhne, ihre Väter

in die Arme und weinten. Manche suchten weiterhin vergeblich nach ihren Angehörigen.

Mamãe konnte ihre Anspannung nicht mehr ertragen. Sie japste verzweifelt nach Luft.

Taya blickte sich ängstlich um. Ihre Augen glitten suchend über die Menschen. Sie konnte *papai*, Tohon oder Yumah nicht entdecken.

Einige Bewohner lösten sich bereits von den anderen, um mit ihren Angehörigen in ihre Hütten zu gehen.

Taya hielt es nicht länger aus. Sie drängte nach vorne, schob sich an einigen vorbei und suchte mit ihren Augen den Eingang ab.

Warum kam Tohon so spät? Er musste doch wissen, wie sehr sie seine Ankunft herbeisehnten.

Mittlerweile lichtete sich der Platz. Taya geriet mehr und mehr in Panik.

Eine Gruppe Männer kam durch das Tor, und hinter ihnen folgte niemand.

Taya schob sich bis nach vorn durch und schrie die Wächter an. »Wo ist der Rest? Da fehlen noch welche.«

War ein Unglück auf den letzten Metern geschehen?

»Der Fußmarsch vom Hafen hierher dauert über eine Stunde. Nicht alle können ihn flink zurücklegen.«

Taya konnte sich Tohon beim besten Willen nicht als zu schwach für den Fußmarsch vorstellen. *Papai* aber …

»Ich will ihnen entgegenlaufen«, antwortete Taya.

»Vergiss es.«

Taya ballte ihre Hände zu Fäusten. Wie gern würde sie diesem herzlosen Monster ins Gesicht brüllen, was sie von ihm hielt, aber das würde nicht zu ihren Gunsten ausgehen.

»Waren das alle? Da scheinen noch welche zu fehlen.« Taya hörte den Wächter, mit dem sie gesprochen hatte, mit einem anderen reden.

Sie drehte sich nach hinten.

Mamãe und Tula waren nicht die Einzigen, die weinend auf dem Boden knieten.

Tayas Atmung wurde von Sekunde zu Sekunde hektischer. Es war unerträglich.

Mein Volk leidet. Es stirbt.

Sie suchte den Stacheldrahtzaun ab und entdeckte, was sie suchte: ihre Andyrá.

Ihre Fledermaus saß zwischen den Drähten und beobachtete sie. Taya näherte sich ihr und blickte in die dunklen Knopfaugen. »Flieg zu Tohon, bring ihn nach Hause«, wisperte sie.

Tränen schossen nun auch Taya in die Augen. Sie wagte es nicht, in der Nähe der Wächter die alte Sprache zu benutzen.

Nicht dass ihre Andyrá deswegen auf sie hören würde.

Die Reaktionen ihrer Fledermaus schwankten, und Taya konnte nicht begreifen, wann ihr Schutzgeist reagierte und warum.

»Tohon.« Sie wiederholte den Namen ihres Bruders eindringlich.

Ihre Andyrá breitete die Flügel aus und erhob sich schreiend in den Himmel.

Tayas Herz stolperte, als sie ihrem Schutzgeist nachsah. Die Geräusche, die das Tier ausstieß, schmerzten entsetzlich in Tayas Inneren.

Es dauerte nicht lange und sie kehrten zu zweit zurück. Laut kreischend umkreisten sich die beiden Fledertiere in der Luft.

Taya lief aufgeregt am Tor auf und ab.

Sie verharrte und riss die Augen auf.

Dankbarkeit und Liebe spülten sie fort, als sie begriff, dass das Schicksal Mitleid mit ihnen gehabt hatte.

Sie kamen nach Hause. Tohon und Yumah hatten *papai* in die Mitte genommen und stützten ihn.

Langsam setzte *papai* einen Schritt vor den anderen.

Taya fuhr herum. »*Mamãe*, sie kommen! *Papai* auch.« Ihre Stimme versagte, so ergriffen war sie.

Mamãe schluchzte laut auf, raffte ihr Kleid und stolperte zum Tor.

»Tohon!«, rief Taya und drängte so weit vor, wie der Wächter sie ließ. Ihr Bruder hatte *papai* nach Hause gebracht.

Ihre Blicke trafen sich, und obwohl ihm der Schweiß auf der Stirn stand, lächelte er ihr zu.

»Nicht über diese Linie«, schalt der Wächter Taya, denn sie konnte sich kaum halten. Sie wollte den Männern entgegenstürmen und sie umarmen.

Taya bemerkte Tohons Schlucken und den Blick, den er Yumah zuwarf.

Ihre eigene Erleichterung darüber, dass *papai* lebte, hatte sie kurz verdrängen lassen, dass Moema gestorben war.

Yumahs starrer Ausdruck verriet, dass ihn die Erkenntnis und die erste Schockwelle erfasst hatten.

Sie erreichten einander und fielen sich in die Arme. Tohon zog Taya an sich und drückte sie. Es war ein erlösendes Gefühl, eines, das Taya viele Monate herbeigesehnt hatte.

»Da bist du endlich, kleine Fledermaus«, flüsterte er ihr ins Ohr.

Taya wollte ihn nie wieder loslassen.

Ihr Volk hatte alles verloren. Nur die Liebe war ihnen geblieben, und dieses Gefühl konnten die Fremden ihnen nicht wegnehmen.

Papai begrüßte Taya mit zahlreichen Küssen, die er auf ihren Wangen verteilte. Lächelnd umrahmte er ihr Gesicht mit seinen Händen. »Meine geliebten Kinder«, murmelte er.

Papai stand auf wackeligen Beinen. Die letzten Monate hatten ihm zu viel abverlangt. Erschrocken registrierte Taya die zahlreichen Brandverletzungen auf seinen Armen.

»Für diesen Moment haben sich meine Anstrengungen gelohnt.« *Papai* strich sanft über Tayas Wange, danach über *mamães* und schließlich über Tulas. »Möge der Wind Moemas Seele zu unseren Vorfahren getragen haben, wo sie diese starke Frau mit Liebe empfangen und ihre Wunden heilen. Irgendwann sehen wir uns alle dort wieder. Im Frieden.«

Tallulah weinte. Sie hatte in den vergangenen Wochen viele Tränen vergossen. *Papai* drückte Yumah an sich. Auch ihm entwichen erste Schluchzer.

»Wir gehen unseren Weg, so schwer er auch sein mag, zusammmen, und im Jenseits sehen wir uns wieder.« *Papai* küsste Yumahs Stirn.

Taya schmiegte sich an Tohon, während sie traurig den Schmerz von Moemas Kindern beobachtete.

Ihren *papai* hatten sie schon im Kleinkindalter verloren. Nun war auch ihre *mamãe* fort.

»Gehen wir. Ich habe gekocht, damit ihr zu Kräften kommt.« *Mamãe* lächelte zaghaft und nahm Tallulah und Yumah an die Hände.

Taya liebte ihre Eltern dafür, dass sie ihren Freunden Trost und Halt spendeten. *Papai* hatte Yumah im Kautschukwald unter seine Fittiche genommen und war ihm ein Vater gewesen.

Papai humpelte so stark, dass Tohon und Taya sofort an seine Seite eilten, um ihn zu stützen.

»Taya, mein Liebling, du wirst diejenige sein, die unsere Schutzgeister ins Leben zurückruft. Ich wünsche mir, das noch erleben zu dürfen, aber ich halte nicht mehr lange durch.« *Papai* strengte sich an mitzulaufen. Das Auftreten verursachte ihm offensichtlich Schmerzen.

Taya presste entsetzt die Lippen aufeinander. *Papai* zählte weniger Regenzeiten als der Baron und wirkte um Jahre älter.

Baron Lorenz war wohlgenährt und schien noch immer in seiner Blüte zu stehen, während *papai* völlig ausgemergelt war.

Es tat Taya in der Seele weh, das zu sehen.

»Ich habe meine Andyrá nicht aufgegeben, und manchmal reagiert sie auf mich, aber nicht immer.« Taya würde weiter um ihren Schutzgeist ringen. Dennoch verzweifelte sie daran, dass nicht mehr passierte.

»Deine Andyrá war bei uns. Wir haben sie gesehen, und sie hat uns Mut und Durchhaltevermögen gespendet.« *Papai* lächelte Taya zu.

Taya konnte sich an den Moment erinnern, als sie ihre Andyrá losgeschickt hatte.

War sie tatsächlich im Dschungel gewesen? Hatte sie die Männer gefunden und sich ihnen gezeigt?

Liebe füllte ihr Herz. »Sie mag Bananen«, erzählte sie leise.

Papai hob die Augenbrauen. »Das will ich gern sehen.«

Taya würde es ihm zeigen.

Zuerst sollte er sich stärken.

Sie erreichten die Hütten. Yumah blieb vor dem Eingang stehen und starrte ins Leere. Tula schmiegte sich an seine Seite.

»Es war die Malaria«, flüsterte Tula. »Es war schrecklich, ihr beim Sterben zuzusehen.«

Taya half *papai*, sich auf eine der Holzkisten zu setzen. Der Boden war durch den vielen Regen aufgeweicht und matschig.

Mamãe holte das Essen aus der Hütte und wies Tohon an, das Lagerfeuer anzuzünden.

Taya ging zu den trauernden Geschwistern und umarmte sie. »Es tut mir so leid. *Mamãe* hatte die Idee, dass wir eine kleine Zeremonie am Flussufer für Moema abhalten und ihr unsere Liebe schicken.«

Yumah nickte gequält.

Taya selbst war hin- und hergerissen zwischen dem Mitgefühl und der Trauer um die gutherzige Moema und der Freude und Dankbarkeit, dass die Männer daheim waren.

Sie löste sich von den Geschwistern und sah zu Tohon, der das Lagerfeuer angezündet hatte und nun vor *papai* kniete und ihm dabei half, Wasser aus einem Beutel zu trinken.

Aufopferungsvoll kümmerte Tohon sich um ihn.

Taya wusste, dass er im Dschungel das Gleiche tat. Tohon hatte ihr oft gestanden, wie sehr er *papai* brauchte.

»Das duftet wunderbar. Woher hast du so viel Fleisch?« Tohon riss die Augen auf, als *mamãe* die Schüssel brachte.

»Wir werden frisches Stockbrot dazu essen. Ein Festmahl«, sagte *mamãe*. Ihre Augen leuchteten.

»Wie konntet ihr das bezahlen? Das Geld müssen wir sparen«, erklärte Tohon besorgt.

Mamãe warf Taya einen verunsicherten Blick zu. Die Frauen waren besorgt, wie die Männer auf Tayas neue Anstellung reagieren würden. Schließlich bekam sie den Baron selbst zu Gesicht.

»Setzt euch. Ich erkläre in Ruhe, warum wir uns heute dieses gute Essen leisten können.« Taya verteilte die restlichen Holzkisten um das Feuer, damit alle einen Platz hatten.

Mamãe reichte jedem einen Stock. Sie wickelten den Teig darum und hielten ihn über das Feuer.

»Raus damit, kleine Fledermaus. Warum können wir so viel Fleisch essen?« Tohon drängte nach der Wahrheit. Er war nicht der Einzige. Auch *papai* musterte sie neugierig.

»Ich habe eine Arbeitsstelle gefunden, bei der ich fair bezahlt werde«, erklärte Taya.

Es war wohl untertrieben. Schließlich durfte Taya kostenfrei in einem eigenen Zimmer wohnen – auch wenn sie es ausschlug. Sie durfte mitessen, bekam Kleidung gestellt, hatte geregelte Arbeitszeiten und bekam obendrein Geld.

Die Senhora behandelte Taya gut.

»Wenn du dieses Fleisch damit bezahlt hast, dass andere Männer ihren Spaß mit dir haben, werde ich es nicht anrühren«, brauste Tohon auf.

»Ich arbeite als Haushälterin«, entgegnete Taya scharf. Tohon würde mit dem Begriff *Zofe* nichts anfangen können. »Die Senhora, für die ich arbeite, ist eine der Fremden und sie ist freundlich zu mir. Ich gehe der afrikanischen Haushälterin zur Hand und lerne, den Haushalt zu führen. Ich kann damit auch für *mamãe* und Tula sorgen.«

»Du bedienst die Fremden?« Tohon verzog das Gesicht.

Taya ebenfalls. »Du etwa nicht? Wir werden beide dazu gezwungen. Ich habe versucht zu kündigen, aber es wurde mir nicht gestattet. Mittlerweile habe ich mich daran gewöhnt und fühle mich halbwegs wohl.«

Taya schluckte. Zu Beginn hatte sie nicht für die Senhora arbeiten wollen. Mittlerweile aber wusste sie die Vorzüge zu schätzen. Sie liebte Emefa, die sich wie eine Oma für sie anfühlte. Außerdem hatte sie Diego ins Herz geschlossen. Die Arbeit machte Spaß, wenn der Baron nicht im Haus war. Das Lesen und Schreiben zu erlernen, war hart gewesen, aber Taya hatte gute Fortschritte erzielt und es zu beherrschen, bereitete ihr doch Freude.

Und dann war da Paul. Er hatte ihr das Reiten beigebracht und ihr seine Freundschaft angeboten.

»Vorher musste ich allein auf den Markt und unsere Körbe anbieten. Es war härter und gefährlicher für mich, außerdem beschwerlich, und es kam kaum etwas dabei herum. Heute kann ich *mamãe* und Tula jeden Abend etwas von dem leckeren Essen mitbringen, das Emefa und ich gekocht haben.« Sie verschwieg, dass es sich um den Haushalt der Familie Lorenz handelte. Das würde die Stimmung ruinieren.

Die Männer musterten Taya aufmerksam. *Papai* lächelte

zuerst. »Das freut mich, mein Schatz. Es beruhigt mich zu wissen, dass du eine Anstellung hast. Falls Tohon mal etwas zustößt und die weiße Senhora sich für dich einsetzt, wird es dich vor einem schlimmen Schicksal bewahren.«

»*Papai*«, stieß Taya aus, »Tohon wird nichts zustoßen.« Instinktiv fasste sie nach der Hand ihres Bruders. »Ich bin Tayana aus dem Andyrá-Stamm und das bleibe ich. Macht euch keine Sorgen um mich.«

»Ich bin froh, dass ich dieses Fleisch ruhigen Gewissens essen darf. Ich bin furchtbar hungrig.« Tohon drückte ihre Hand und lachte auf.

»Greift zu«, sagte *mamãe*. »Ich bin stolz auf Taya, auf euch alle. Wir sind in Trauer um Moema, aber auch voller Glück, weil wir zusammen sind und uns gegenseitig halten.«

Yumah und Tallulah blieben stumm. Tula trauerte seit Wochen, Yumah schien noch unter Schock zu stehen. Tohon nahm ihm den Stock aus der Hand, weil sein Brot verkohlte.

»Ich mache das, Bruder«, sagte er.

»Kajika und ich sind für euch da«, versprach *mamãe* sanft. Papai nickte zustimmend.

Sie widmeten sich dem gemeinsamen Essen. Tohon reichte Yumah das gegrillte Brot und wickelte neuen Teig um den Stock.

»Wie ist es euch ergangen? Woher stammen diese entsetzlichen Narben?«, fragte *mamãe*.

Taya schielte unglücklich auf *papais* Unterarme. Die Kautschukgewinnung war ein Knochenjob.

»Yumah und Tohon haben die weißen Tränen gesammelt und sie mir ans Feuer gebracht. Ich habe sie erhitzt und die Ballen gerollt. Es ist kaum möglich, sich nicht zu verbrennen. Uns fehlt die Schutzkleidung. Außerdem sitze ich Stunde um Stunde am Feuer und werde müde und unkonzentriert.« *Papai* stieß erschöpft die Luft aus. »Es hilft nichts. Wir müssen die Sammelquote erfüllen, sonst werden wir bestraft. Die Wächter waren so frustriert, nachdem sich die Frauen erhängt hatten, dass sie aggressiver auftraten.«

Während Taya befürchtete, ihr Stockbrot zu erbrechen, ließ Tohon sich nicht beim Essen stören. Er war so ausgehungert, dass er sich kaum zügeln konnte.

»Die Wächter halten sich Sklavinnen?« Taya war speiübel.

»Die Wächter haben die neuartigen Waffen und bewohnen Hütten an den Plantagen. Wir müssen die Kautschukbälle jeden Abend abgeben und hoffen, dass sie sie einfach nehmen und uns wegschicken. Bei ihren Hütten sehen wir die Frauen. Die Boote, die die Ballen abholen, kommen regelmäßig vorbei. Manchmal haben sie Frauen an Bord, die sie den Wächtern übergeben.« Tohon erzählte diese Abscheulichkeiten mit vollem Mund.

Wie konnte Taya es ihm verübeln? Musste man sich nicht einen Schutzmantel um sein Herz legen, um die Gräuel der Fremden zu überleben?

»Einmal haben wir mitbekommen, wie sich eine Frau erhängt hat. Wir haben die Ballen abgegeben, und das Geschrei der anderen hat die Selbsttötung offenbart. Mögen die Geister ihrer Seele gnädig sein und sie aufnehmen«, murmelte *papai* den letzten Satz.

»Wir werden alle wegen des *caucho* sterben«, wisperte Tallulah. »Die Andyrá sterben aus.«

Yumah bekam kaum einen Bissen herunter. Besorgt nahm Taya es zur Kenntnis. Tohon hatte schon das Dreifache in sich hineingeschaufelt. Er wirkte belastbarer als die beiden anderen.

Als sie das Essen beendet hatten, kümmerten Taya und Tohon sich um den Abwasch. Dazu nahmen sie die Schüsseln und liefen zum Flussufer.

»Yumah hätte mehr essen sollen«, sagte Taya, sobald sie etwas Abstand zu den anderen hatten.

»Die körperlichen Strapazen bei der Ernte und die Strafen der Aufseher sind das eine«, erklärte Tohon ernst. »Die seelische Belastung etwas völlig anderes.«

Taya kniete sich ans Wasser und wusch die Schüsseln aus. Einige andere Bewohner taten das Gleiche. Sie erwiderte die Begrüßungen und lächelte einigen zu.

Tohon nahm ihr die sauberen Schüsseln ab und beobachtete seine Umgebung.

Es war Nachmittag. Sie hatten noch etwas Zeit zum Ausruhen. Am Abend würde ein kleines Fest für die Rückkehrer stattfinden. Das machten sie jedes Jahr.

Dabei trafen sich alle, die Lust hatten, zum Singen und Tanzen.

Während Taya darüber nachdachte, stellte sie fest, dass Tohon recht hatte. Es gab jene, die trotz ihres schlimmen Schicksals in diesem Lager tanzten, und solche, die ihren eigenen Tod herbeisehnten.

»Tula ist auch seelisch am Boden«, berichtete Taya leise. »Wahrscheinlich würde es uns beiden genauso gehen, wenn unsere Eltern tot wären.«

Tohon nickte. »Ich weiß. *Papai* hat mich das Überleben im Dschungel gelehrt, und solange er bei mir ist und mich in den Arm nehmen kann, bin ich mental stark.«

Taya musterte ihn eindringlich. »Was ist mit deiner Andyrá? Suchst du weiterhin den Kontakt zu ihr?«

»*Papai* drängt mich dazu, wenn ich aufgebe. Ist es nicht unvorstellbar, dass er die Magie der Schutzgeister früher erlebt hat?«

Mit dem Überfall der Fremden auf den Andyrá-Stamm war der Schutz und die Magie der Tiere gebrochen worden. Taya konnte sich das nicht erklären. Schließlich hätten die Fledermäuse doch für den Stamm kämpfen müssen.

Stattdessen waren sie besiegt worden.

Nachdenklich beobachtete Taya ihre Fledermaus, die neben ihr am Ufer hockte und badete.

Sie sah so süß dabei aus.

»Seit ein paar Wochen ist sie wacher«, murmelte Taya bei der Erkenntnis.

Tohon hockte sich neben Taya und lächelte beim Anblick des badenden Fledertieres. »Woran könnte es liegen? Was hat sich seitdem verändert? Außer deiner neuen Arbeitsstelle?«

Taya zuckte mit den Schultern. »Ich habe keine Ahnung. Vielleicht kann sie mich besser leiden, seit ich ihre Leidenschaft für Bananen herausgefunden habe.« Sie gluckste.

»Morgen bringe ich Bananen mit und führe euch vor, wie verrückt sie danach ist.«

»Du musst morgen arbeiten?«, fragte Tohon.

»So ist es mit der Senhora vereinbart. Du wirst doch hoffentlich ein paar Tage freibekommen, bevor ihr als Zeitarbeiter in der Stadt eingesetzt werdet?« Taya presste besorgt die Lippen aufeinander. *Papai* brauchte unbedingt Ruhe, um zu Kräften zu kommen.

»Der Baron bekommt unsere Arbeit täglich bezahlt. Darauf wird er nicht lange verzichten wollen. Wahrscheinlich treiben die Wächter uns morgen raus.« Tohon brummte und stapelte die Schüsseln.

»Ich bringe euch gutes Essen mit und versuche, *papai* ein paar Tage freizukaufen.« Taya musste mit der Senhora sprechen und sie fragen, wie teuer das für sie wäre. Vielleicht konnte sie für *papai* Überstunden machen.

»Ob die Wächter das entscheiden dürfen?« Tohon zweifelte offen.

»Ich probiere es. *Papai* ist dem Baron so keine Hilfe.« Taya folgte Tohon zu den Hütten.

Am Feuer war niemand mehr. Die anderen schienen sich zurückgezogen zu haben. »Lass uns *papai* und *mamãe* nicht

stören. Bestimmt schläft er, und *mamãe* kuschelt sich an ihn.«
Taya stellte die Schüsseln ab. »Oder möchtest du dich auch
etwas ausruhen und schlafen?«

Tohon schüttelte den Kopf. »Lieber verbringe ich Zeit
mit dir. Monatelang habe ich davon geträumt.« Er legte seinen Arm um Taya. »Drehen wir eine Runde und sagen den
anderen Andyrá hallo?«

Taya war einverstanden. So konnte sie herausfinden, welche Familien Grund zur Freude hatten und wer um Angehörige trauerte.

Am nächsten Morgen beeilte Taya sich, pünktlich den Treffpunkt zur Arbeit zu erreichen. Heute fiel es ihr schwer, weil
die Männer da waren und sie am liebsten bei ihnen geblieben wäre.

Normalerweise verbrachte sie die Abende mit Tula und
mamãe. Gestern aber war niemand mehr herausgekommen.
Taya und Tohon hatten allein mit den Rückkehrern gefeiert.
Yumah und Tallulah hatten geschlafen oder es zumindest vor-
gegeben. Taya hatte mehrfach nach ihnen gesehen.

Papai war so erschöpft gewesen. *Mamãe* hatte ihn durchgehend gestreichelt und umsorgt.

In der Nacht hatte Taya in Tohons Armen geschlafen.

Bei der Feier hatte er stundenlang mit geschlossenen
Augen getrommelt. Einige Mädchen hatten auf seine Rückkehr gewartet. Taya wusste, wie begehrt er bei den Frauen war.

Wie sie selbst hatte er Angst vor den Konsequenzen der
Liebe. Für Tohon war es schwer genug zu wissen, dass Tayas
Sicherheit von seiner Arbeitskraft abhing.

Umgekehrt hofften die Töchter der Stämme, die keine Brüder hatten, dass sie einen Mann fanden, der sie durchbrachte,
wenn die Väter nicht mehr waren.

Es war ein Teufelskreis.

Taya entdeckte Paul und die beiden Pferde hinter der Kurve, wo er täglich auf sie wartete.

Er lächelte ihr zu.

Taya liebte die Pferde, und es war unglaublich, dass sie jeden Tag auf einem reiten durfte. Anfangs hatte Paul sie geführt und ihr Tipps gegeben, wie man ein Pferd leitete.

Sie schwang sich freudig auf Helmuts Rücken und strich durch seine Mähne.

»Wie war dein freier Tag?«, fragte Paul.

Taya strahlte ihn an. »*Papai* lebt. Das ist im Moment das Wichtigste für mich.«

Paul lächelte ihr zu. »Das freut mich für dich. Du wirkst heute viel gelöster als noch vor ein paar Tagen.«

Da hatte er recht. Die Mischung aus Vorfreude und Angst war unerträglich gewesen. Sie wollte positiv denken, es wenigstens versuchen.

»Ich muss mit deiner *mamãe* sprechen und sie bitten, mir zu erlauben, *papai* ein paar freie Tage zu erkaufen. Er ist sehr geschwächt, und wir müssen ihn aufpäppeln.« Die Senhora hatte ihr zwar erklärt, dass sie keine Macht auf das hatte, was im Lager vor sich ging, aber Taya musste für ihren *papai* kämpfen.

Paul seufzte. »Mein Vater ist streng und duldet die Einmischung meiner Mutter in seine Geschäfte nicht. Wir helfen dir gern, Taya, aber besser hast du nicht zu hohe Erwartungen.«

»Dann frage ich den Baron selbst?« Taya ließ angespannt die Luft entweichen. Sie hatte ihn noch nie um etwas gebeten, es nicht gewagt. Er wirkte zu bedrohlich und herzlos.

»Ich spreche mit Karl. Er hat die besten Chancen, bei Papa einen berufsbezogenen Gefallen zu erwirken«, schlug Paul vor.

»Danke«, erwiderte Taya. »Du bist immer so nett zu mir, obwohl ich kein Teil deiner Welt bin.«

Paul schüttelte sanft den Kopf. »Sag das nicht.«

Taya trieb Helmut an. Sie mochte Paul und kam gut mit ihm aus. Allerdings wand sie sich wie ein Aal aus Situationen, die zu viel Nähe schaffen konnten. Solange sie im weiteren Sinne Freunde waren, genoss Taya den Kontakt zu ihm.

Paul war der höflichste Mann, den sie kannte. Er war sanft, freundlich und zuvorkommend. Anfangs hatte sie sich über ihn gewundert. Nun, wo sie ihn etwas besser kannte, verstand sie sein Verhalten. Seine Mutter hatte ihn so erzogen, damit der Baron keinen Anstoß an ihm nahm.

Paul war ein sicherer Reiter. Er folgte ihr ohne Probleme.

Taya genoss den Wind in ihren Haaren. Auf dem Rücken des Pferdes fühlte sie ein trügerisches Gefühl von Freiheit. Es würde nur kurz anhalten.

Danach musste sie absteigen und dem Baron seinen Kaffee bringen.

Am Tor kontrollierten die Wächter sie auf Waffen, bevor sie sie einließen und der Stallbursche ihr Helmut abnahm.

Paul raunte ihr ein »Ich spreche mit Karl« zu und eilte nach drinnen.

Taya sah ihm einen Moment nach. Ohne Paul wäre dieser Ort ganz anders. Schlechter.

Sie schüttelte den Gedanken ab und schlüpfte durch den Dienstboteneingang. Sie zog ihre Arbeitskleidung an und band ihren Dutt.

In der Küche traf sie auf Emefa, die sie neugierig begrüßte. »*Papai* kommen?«, fragte sie, und als sie Tayas Strahlen sah, klatschte Emefa in die Hände. »Ich freuen. Família gesund sein.«

Taya ließ sich von Emefa an den üppigen Busen drücken. »*Papai* hat keine Kraft.«

Emefa tätschelte Tayas Wange. »Ich kochen Suppe für *papai*. Stark machen.«

»Du bist die Beste.« Taya lächelte und nahm das Tablett. Wie jeden Morgen brachte sie es ins Esszimmer. Dort traf sie auf Karl und Paul.

Karls Mundwinkel hoben sich. »Hey, Kleine, ich soll dir einen Gefallen tun? Was kriege ich dafür?«

»Karl!«, tadelte Paul.

Taya konnte Karl nicht gut einschätzen. Manchmal wusste sie nicht, ob er etwas lustig oder ernst meinte. »Ich habe nichts anzubieten«, erwiderte Taya.

»Kannst du massieren?« Karl grinste.

»Karl, hör damit auf«, schimpfte Paul.

»Was meinst du mit massieren?« Taya wunderte sich. Sie hatte dieses Wort noch nie gebraucht.

»Ich zeige es dir.« Karl trat viel zu nah von hinten an sie heran, legte seine Hände an ihren Nacken und übte sanften Druck mit seinen Fingern aus.

Es wäre ein angenehmes Gefühl für Taya, wenn Tohon das machen würde. Einem anderen Mann gestattete sie eine derartige Nähe nicht.

Taya wich zur Seite.

Sie bemerkte, dass Paul seine Hände zu Fäusten geballt hatte.

Er würde sein Temperament zügeln. Das tat er immer. Während der Baron schnell an die Decke ging, blieb Paul in jeder Situation ruhig.

»Das ist mir zu nah.« Taya räusperte sich und floh in die Küche.

Dort angekommen, holte sie tief Luft.

»Du nix Beine aufmachen«, erinnerte Emefa.

Taya verzog das Gesicht. Sie hatte zuerst beiden Männern eine sexuelle Annäherung unterstellt. Bei Paul hatte sie sich längst korrigiert. Er suchte die Nähe zu seinen Wurzeln.

Karl aber war verlobt und machte öfters Andeutungen in Tayas Nähe, die ihr unangenehm waren.

Emefa deutete Taya, den Kaffee zu kochen. Sie selbst deckte den Tisch.

Taya hörte die Haushälterin schimpfen. »Du heiraten Karott. Du nix schöne Augen andere Frau.«

Taya liebte Emefa für ihre fürsorgliche Art, aber ihre Einmischung war ihr peinlich.

»Ich mache doch nur Spaß«, verteidigte Karl sein Verhalten. War das so?

Taya wusste es nicht. Für sie waren Karls »Späße« unangenehm, weil er ihr überlegen war. Als Angestellte musste sie ein demütiges Verhalten zeigen und durfte nicht auf Augenhöhe agieren. Das machte es so schwer.

Nach dem Frühstück räumte Taya den Tisch ab.

»Wenn du hier fertig bist, komm bitte rauf. Wir probieren einige Frisuren für Charlottes Hochzeit aus. Ich werde dir zeigen, wie wir hohe Damen herrichten.« Katharina stand im Türrahmen und wartete Tayas Nicken ab.

Das Herrichten von Charlotte gehörte nicht zu Tayas Lieblingsbeschäftigungen, aber es half nichts. Sie würde die neue Herrin im Haus werden, und als solche musste Taya versuchen, sich mit ihr gutzustellen.

Das Geschirr hatte sie abgeräumt. Nun kam sie mit einem feuchten Tuch und wischte die Platte ab.

»Taya?« Karl erschien im Esszimmer.

Sie richtete sich zur vollen Größe auf und sah ihn möglichst neutral an.

»Ich habe deinem Vater sieben freie Tage erkauft. Er soll die Zeit nutzen, um zu Kräften zu kommen.«

Taya weitete die Augen. Es war ein Wunder. Sie schluckte ergriffen, hatte alle Mühe, Karl nicht um den Hals zu fallen.

Es würde falsche Signale senden, aber sie konnte ihre Freude kaum zügeln.

»Danke. Wie viel schulde ich dir?«

»50 Reis pro Tag und das mal sieben. Dein Bruder ist 100 Reis wert, falls du planst …« Karl schluckte den Rest seines Satzes hinunter und räusperte sich.

Wahrscheinlich hatte er gesehen, wie Tayas Miene sich verdunkelt hatte.

Was für Barbaren diese Fremden sein konnten.

»Wir sind Menschen, Karl Lorenz.« Sie hob stolz ihr Kinn, hatte sich bewusst mit eingeschlossen. Sie war Taya aus dem Andyrá-Stamm und das würde sie nicht vergessen, weil sie eine gute Anstellung gefunden hatte. »Ich danke dir für deine Hilfe und werde meine Schulden abarbeiten. Hat dein Vater dir eigentlich erklärt, woher er seine Arbeitskräfte stiehlt?«

»Spar mir den Vortrag, Taya. Die Welt ist ungerecht. Das war sie immer und wird es immer sein.« Karl stierte sie nieder.

Tayas Herz schlug schneller. Sie sollte einfach still sein, dankbar sein, weil *papai* sieben Tage Zeit bekommen hatte, um zu Kräften zu kommen.

»Egal, was ihr uns antut … Wir bleiben Menschen«, wiederholte Taya. Sie konnte dem Drang, das letzte Wort zu haben, nicht widerstehen. »Ich mache ab sofort Überstunden, um die Schulden zu begleichen.« Sie nahm das Tuch vom Tisch und wandte sich ab.

Emefa war nicht mehr in der Küche. Taya spülte das Tuch unter laufendem Wasser sauber. Es war verrückt, dass die Fremden das Wasser durch Rohre schießen konnten.

Karl folgte ihr in die Küche.

Sie würde wohl doch nicht das letzte Wort bekommen.

Sie spürte ihn wieder viel zu nah hinter sich. Er positionierte seine Hände rechts und links von ihr und kesselte sie damit ein.

Angespannt überlegte sie, wie sie aus seiner Nähe fliehen konnte.

Karl führte seinen Mund an Tayas Ohr. »Ich schenke dir das Geld. Du musst keine Überstunden machen. Ich weiß, dass du ein Mensch bist, Taya. Ein wunderschöner Mensch, innen und außen.«

Tayas Brustkorb hob und senkte sich in schnellen Zügen. Er schenkte ihr das Geld? Wo war der Haken?

Überfordert verharrte sie.

Karl war immer noch da. Nah hinter ihr.

»Du schuldest mir nichts. Es ist ein Geschenk.« Er löste sich von ihr und verließ die Küche.

Taya atmete auf.

Hatte sie sich in Karl getäuscht? Er hatte ihr geholfen und verlangte keine Gegenleistung.

Sie zwang sich, ihren Fokus auf ihre Arbeit zu legen. Katharina hatte ihr gesagt, dass Taya bei den Frisuren helfen sollte.

Taya atmete tief durch und machte sich auf den Weg in den ersten Stock. Oben auf dem Treppenabsatz kam ihr Paul entgegen. Taya zog ihn an die Seite. »Karl hat *papai* sieben Tage erkauft und verlangt keine Gegenleistung von mir«, raunte sie aufgeregt.

Pauls warmes Lächeln sendete ein wohliges Gefühl in Tayas Bauch. »Karl hat ein gutes Herz. Er muss zu oft die Fassade wahren. Es freut mich, dass es geklappt hat.«

Taya würde Paul am liebsten um den Hals fallen. Sie mahnte sich, ihre Distanz zu halten, was bei ihm schwieriger war als bei Karl.

»Treffen wir uns um 12 Uhr am Steg?«, fragte er wie jeden Tag.

Taya grinste. »Kommt darauf an. Hilfst du mir bei den Hausaufgaben?«

Paul lachte leise. »Tue ich das nicht immer, du Schummle-rin?« Er warf einen auffälligen Blick auf die Wanduhr. »Ich muss runter zu Fernando.«

Taya sah ihm lächelnd nach.

Ohne Paul wäre dieser Ort ganz anders. Schlechter.

10

»Es gibt mehr Nachfrage an Kautschuk als Angebot. Das treibt die Preise nach oben«, erklärte Fernando zum wiederholten Mal.

Paul saß mit seinem Ausbilder im Büro und versuchte, sich zu konzentrieren.

Es fiel ihm schwer. Seine Gedanken kreisten wie so oft um Taya. Würde Karl nun ihr Held sein, weil er die freien Tage für ihren *papai* erkauft hatte?

Paul tat es in der Seele weh, aber er hatte nicht anders handeln dürfen. Schließlich wollte er Taya glücklich sehen, auch wenn es bedeutete, dass Karl vor ihr glänzen konnte.

Karl hatte die besten Chancen, Papa davon zu überzeugen, seinem Arbeiter die Schonzeit zu geben, um wieder funktionieren zu können. Damit die anderen Sklaven keine falschen Schlüsse zogen, musste der Ausfall von der betroffenen Familie bezahlt werden.

Natürlich würden sie von Taya keine Überstunden erwarten.

Sie hatte sich so sehr gefreut. Paul wärmte es das Herz.

»Paul?«

Er schreckte aus seinen Gedanken. »Fernando, entschuldige. Angebot und Nachfrage. Ich weiß«, plapperte Paul hastig.

»Wir liefern aktuell rund 20.000 Tonnen Wildkautschuk aus Brasilien an die Welt. Es gibt keine Konkurrenz. Im Kongo findet sich etwas Kautschuk mit schlechterer Qualität. Der Kongo liefert aber nur rund eine Tonne jährlich. Das ist ein Witz«, fuhr Fernando fort.

»20.000 Tonnen«, wiederholte Paul. Die Menge konnte er sich kaum vorstellen.

»Viel zu wenig. Der Bedarf ist höher, seit die Industrie ihren Aufschwung vorantreibt. Dein Vater drängt auf höhere Ernten, aber Land und Leute sind ausgeraubt. Die leicht zugänglichen Kautschukgebiete sind ausgenommen. Je tiefer die Seringueiros in den Dschungel müssen, umso schwieriger wird das Überleben und der Transport des Kautschuks.«

Paul starrte auf die Notizen, die auf dem Schreibtisch vor ihm ausgebreitet lagen.

Er konnte verschiedene Namen lesen, dazu zahlreiche Bestellungen.

Gleichzeitig bereiteten ihm Fernandos Worte Kopfzerbrechen. »Land und Leute sind ausgeraubt.«

»Die Kautschukgewinnung ist schwieriger geworden, seit die Sklaverei abgeschafft wurde und keine Schiffe mehr mit Afrikanern ankommen«, erklärte Fernando unverblümt.

»Warum ist es so viel teurer, wenn wir die Arbeiter bezahlen und ihre Gesundheit erhalten?«, fragte Paul angespannt. »Ich meine, wenn wir einem erschöpften und kranken Arbeiter die Pause gönnen, kommt er erstarkt zurück. Das ist doch besser, als ihn sterben zu lassen und ganz zu verlieren.«

Fernando seufzte. »Diese Entscheidungen trifft dein Vater allein. Ich bin für die Zahlungen, die Bestellungen und die Organisationen der Lieferungen zuständig. Es ist aber so, dass die Härte der Aufseher die Disziplin der Arbeiter steigert. Sonst wäre wohl dauernd jemand krank, und freiwillig will die Arbeit keiner machen.«

Paul runzelte die Stirn, während er fieberhaft nach Lösungen suchte. »Was ist so schlimm daran, wenn wir am Ende weniger Gewinn erwirtschaften, weil wir bessere Arbeitsbedingungen geschaffen haben? Unser Monopol sorgt doch dafür, dass wir mehr als genug Geld haben.«

Fernando schüttelte den Kopf. »Dein Vater wäre entsetzt über dich. Er ist einer der mächtigsten und reichsten Männer der Welt. Ihm geht es schon lange nicht mehr ums Geld. Macht ist eine Sucht, Paul. Wenn du ihr verfällst, gibt es kein Zurück.«

Paul verzog das Gesicht. Die Machtgier weniger Männer durfte doch nicht den Ausschlag über Leben und Tod zahlreicher anderer geben?

Offenbar funktionierte die Welt aber genau so.

»Du wirst zu Beginn der Trockenzeit die Kautschukbäume selbst sehen und verstehen, warum die Ernte so schwierig ist. Die Bedingungen, die der Urwald schafft, bilden das größte Problem. Auf einem Hektar finden sich durchschnittlich nur acht Kautschukbäume. Der Sammler muss ein großes Feld ablaufen und seine Erlöse weite Strecken zur Sammelstelle tragen. Auch das Erhitzen des Saftes wird den Seringueiros aufgetragen, damit die Milch schnell zu Bällen verarbeitet wird.«

Paul hörte interessiert zu. Ein halbes Jahr lang im Dschungel ausgesetzt zu werden und Tag für Tag zu ernten, war hart.

»Ich nehme an, die Sammler müssen selbst für ihre Ernährung sorgen.« Paul ließ angespannt die Luft entweichen, als ihm mehr und mehr die Tragweite bewusst wurde.

»Selbstredend. Dazu die Sammelquoten, die erfüllt werden müssen. Paul, die unmenschlichen Bedingungen zur Kautschukgewinnung sind hässlich, und das Zeitalter, in dem wir leben, auch. Wenn dein Vater seine Arbeit als Kautschukbaron niederlegt, kommen andere. Dadurch ändert sich nichts. Der Mensch ist verdorben. Mach deine Arbeit und mach sie richtig. So wird ein gutes Leben vor dir liegen.« Fernando nickte ihm zu und holte eine Mappe aus der Schublade. »Ich zeige dir nun unsere wichtigsten Abnehmer. Sie stammen aus der ganzen Welt.«

Stunden später rauchte Paul der Schädel. Er konnte gut mit Zahlen umgehen, aber der Vormittag mit Fernando hatte ihn geschlaucht. Er huschte zu Emefa in die Küche, um zwei Limettengetränke zu besorgen.

Er konnte die Stunde am Steg mit Taya kaum erwarten.

Emefa war mit den Vorbereitungen zum Essen beschäftigt.

Paul bedankte sich, weil die Haushälterin die Getränke schon bereitgestellt hatte.

Er lief zur Terrasse und fühlte das Glück, als er Taya auf dem Steg sitzen sah. Sie warf Stücke einer Banane in die Luft, und beide Fledermäuse jagten das Obst.

Taya lachte laut, als die beiden Fledertiere miteinander stritten.

Es wundert mich nicht, dass meine Fledermaus lieber bei Taya ist als bei mir. Ich würde auch gern dauernd bei ihr sein, dachte er sehnsüchtig.

Taya bemerkte ihn und strahlte.

Dieses Bild brannte sich in sein Inneres.

Taya auf dem Steg, hinter ihr der Rio Negro und dahinter die Urwaldriesen.

Es war schwer, sich zurückzuhalten, weil nicht nur sein Herz nach Nähe zu ihr schrie, auch sein Körper tat es.

Auch jetzt wuchs seine körperliche Begierde, und er spürte die Scham, weil es ihm unangenehm war, wenn Taya seine Reaktion bemerken würde.

Absichtlich bewegte er die Gläser hin und her, um sie damit abzulenken. »Möchtest du Limettenlimonade?«, fragte er.

»Unbedingt«, erwiderte Taya. Sie nahm beide Gläser an sich, damit Paul sich neben sie setzen konnte.

»Du hast die Fledermäuse im Griff.« Paul wies auf die beiden Zwerge, die auf der Reling hockten und die Köpfe reckten.

»Sie wissen, dass ich noch Banane habe.« Taya zwinkerte ihm verschwörerisch zu.

»Ich hatte keine Ahnung, dass sie gern gefüttert wird. Ich habe meine Kommunikationsversuche längst aufgegeben.« Paul warf seiner Fledermaus einen tadelnden Blick zu. Schließlich hatte er es immer wieder probiert und war freundlich zu ihr gewesen.

Taya beugte sich vor, um ihn genau zu mustern. Sie runzelte die Stirn.

Paul ebenfalls.

»Habe ich was Falsches gesagt?«

Taya weitete die Augen. »Das ist *deine* Fledermaus?«

Er kratzte sich nervös am Kopf. Sie hatte das nicht gewusst. Woher auch? Diego würde sich nicht einmischen.

Tayas Blick wanderte zu seiner Brust.

Paul ahnte, warum. Dort trug er eine Tätowierung, eine kleine Fledermaus. Das konnte Taya eigentlich nicht wissen, weil sie ihn nur bekleidet kannte.

»Paul, hast du … ich meine …« Taya suchte nach Worten, während sie auf die Stelle starrte, wo sich seine Körperbemalung befand.

Er stellte seine Limo ab und fuhr an seine Hemdknöpfe. Er öffnete die oberen und zeigte Taya die kleine Fledermaus oberhalb seiner rechten Brust.

Paul schluckte, weil dieser Moment sich unglaublich intensiv für ihn anfühlte.

Taya streckte tatsächlich die Hand aus und strich mit einem Finger über seine Bemalung. In ihrem Kopf ratterte es, das konnte er ihr ansehen.

»Ich habe diese Tätowierung schon immer gehabt«, erklärte er leise. »Diego hat mich irgendwann darauf hingewiesen, dass die Fledermaus mir folgt.«

Taya hob den Blick in seine Augen.

Am liebsten wollte Paul sie küssen. Diesmal nicht auf die Wange, sondern auf den Mund. Allerdings durfte er bei Taya keinen falschen Schritt setzen. Die Vorstellung, sie durch sein Drängen zu verlieren, war entsetzlich. Also träumte er nur heimlich von ihr und einer gemeinsamen Zukunft.

Er hatte nicht damit gerechnet, aber Tayas Hände glitten nun ebenfalls an ihre Bluse, und sie öffnete die oberen Knöpfe.

An der gleichen Stelle, oberhalb der rechten Brust, zeigte sie ihm ihre Bemalung.

Im Gegensatz zu ihr wagte er es nicht, sie dort zu berühren, obwohl sie keine unzüchtige Stelle entblößt hatte.

Während sie ihre Bluse wieder zuknöpfte, sah sie ihm in die Augen.

Hatte sie eine Ahnung, wie erotisch das auf ihn wirkte?

Er glühte, und das würde sie sicherlich in seinen Iriden erkennen können.

»Wir bekommen diese Bemalung als Babys. Du wurdest von einer *mamãe* unseres Stammes geboren«, wisperte Taya. »Möchtest du sie finden?«

Paul schüttelte den Kopf. »Ich habe eine Mutter und möchte keine andere.«

Taya presste die Lippen aufeinander, so als wägte sie ihre Antwort ab. »Vielleicht sucht deine leibliche *mamãe* dich oder leidet, weil sie dich verloren hat.«

»Das ist unwahrscheinlich. Ich habe kaum Informationen, aber sie war wohl eine Hure, die mich loswerden wollte«, gestand er leise.

Taya legte ihre Hand auf seine. »Paul, wenn sie wirklich eine Hure war, dann nur, weil man sie verkauft hat. Nicht, weil sie eine sein wollte. Vergiss das nicht. Dass deine leibliche *mamãe* dafür gesorgt hat, dass du die Bemalung erhältst, zeigt, dass sie dich aufgenommen und nicht ausgestoßen hat.«

Tayas Worte spendeten ihm mehr Trost, als er erwartet hatte. Dennoch …

»Ich bin froh über die Mutter, die ich habe. Sie ist perfekt für mich.«

»Ich weiß.« Taya löste ihre Hand von seiner. »Ich verstehe dich. Ich muss an die Arbeit.«

Paul wollte Taya noch nicht ziehen lassen. Sie trafen sich zwar fast täglich zur Mittagspause, und er konnte auch die Wege in der Früh und am Abend mit ihr verbringen, aber er sehnte sich nach so viel mehr.

»Was ist mit deinen Lernarbeiten?« Paul wies auf das Heft, das Taya neben sich liegen hatte.

Sie stöhnte auf. »Ich muss fünf Sätze über meine liebsten Orte schreiben, die ich sehen möchte.«

Paul lehnte sich vor und fasste nach ihrem Heft. »Wie viele Sätze hast du schon verfasst?«

»Einen.« Taya brummte.

Paul öffnete das Heft und las: »Ich mak die Rosa Dälfine sen.« Er grinste. »Da sind aber ein paar Rechtschreibfehler drin.«

Taya verzog das Gesicht. »Wie viele?«

»Ich zähle sechs«, erklärte er schmunzelnd.

»Porcaria«, fluchte Taya.

»Na, na.« Er lachte auf. »Du sollst nicht fluchen.«

»Kannst du mir buchstabieren?« Taya nahm ihren Stift und das Heft.

Paul half Taya, den Satz fehlerfrei zu schreiben.

»Ich zeige dir die Delfine, wenn du möchtest«, schlug er anschließend vor. »Der Zusammenfluss von Rio Negro und Amazonas ist nicht weit von hier.«

»Du meinst, in der Mittagspause?« Taya runzelte die Stirn.

»In einer Stunde schaffen wir es nicht, aber vielleicht in

drei Stunden. Ich spreche mit Mama, wann sie dich nicht braucht, und …«

»Das geht nicht.« Taya stieß die Luft aus und widmete sich ihrem Heft. »Wie schreibt man Helmut?«, fragte sie.

»Du möchtest einen Reitausflug machen?« Pauls Drang, Taya darin zu unterstützen, ihre Träume zu erreichen, tobte in ihm.

»Das würde ich gern«, räumte Taya ein.

Gerade wollte er ihr vorschlagen, dass sie sich den Nachmittag freinehmen konnten, als er Tayas ertappten Gesichtsausdruck bemerkte.

Er verstand schnell, warum. Mama war auf der Veranda erschienen und schaute zu ihnen runter.

»Porcaria«, fluchte Taya erneut und versteckte ihr Heft.

»Ich gehe sie ablenken, und bevor du deine Aufgabe abgibst, klopfst du bei mir im Büro«, schlug er vor.

Tayas Grinsen machte ihn fix und fertig. Sie war das schönste Mädchen auf der ganzen Welt.

Wie gern würde er ihr das sagen, wenn er sich nur trauen würde und annehmen könnte, dass sie es mochte, wenn er das gestand.

Stattdessen schluckte er seine unausgesprochenen Worte herunter und erhob sich, um seine Mutter abzulenken.

Paul nahm die leeren Gläser mit und steuerte Mama an. Sie erwartete ihn lächelnd. »Ihr verbringt eure Mittagspause oft zusammen«, sagte sie.

»Taya ist mir wichtig«, erwiderte er. Das war untertrieben. Er war verrückt nach seinem Fledermaus-Mädchen.

»Das sehe ich.« Mama schaute zum Steg. »Du hast ihr nicht zufällig bei ihren Aufgaben geholfen?«

Pauls Mundwinkel hoben sich. »Höre ja nicht auf, ihr schwierige Aufgaben zu stellen.« Er setzte sich auf einen der Stühle und streckte sich aus.

Mama nahm gegenüber Platz. »Wir haben Karls Hochzeit auf den 3. Januar festgelegt. Die Oper wird kurz vorher eingeweiht, und es werden zahlreiche Gäste in Manaus weilen. Heinrich erhält damit die gewünschte Aufmerksamkeit. Anschließend werden Mrs und Mr Thomson abreisen«, erklärte Mama.

Paul beobachtete Taya gedankenverloren. »Glaubst du, Karl tut damit das Richtige?«

»Charlotte ist eine gute Wahl. Er könnte sich stärker um sie bemühen, aber die Wahrheit ist wohl, dass Karl nicht reif für die Ehe ist. Es bringt aber nichts, Heinrich darauf hinzuweisen.« Mama seufzte.

»Oder Charlotte ist einfach nur die Falsche«, mahnte Paul leise. »Karl braucht eine Frau, die das Abenteuer liebt.«

»Du kennst deinen Bruder besser als alle anderen.« Mama musterte Paul. »Er liebt dich sehr. Ich hoffe, dass ihr euch nie entfremdet.«

»Warum betonst du das?«, fragte er. Mama schien ihm etwas sagen zu wollen. Er merkte es ihr an. Es war ihre Art, den Blick zu senken und mit ihren Fingern zu spielen. Paul hatte Mama immer studiert.

»Ich habe Sorge, dass Taya … nun ja … anscheinend überfordert es deinen Bruder, dass er eine Vernunftehe eingehen muss, während du an einer Liebesheirat arbeitest.« Mama drehte sich ein wenig, um Taya am Steg zu beobachten.

Sie lag auf dem Bauch und schrieb ihre Sätze.

Paul war es auch aufgefallen, dass Karl sich in Tayas Nähe seltsam benahm. Er plusterte sich auf wie ein Vogel. Dabei hatte er sich nicht einmal für sie und ihre Gefühle interessiert.

Nicht so wie Paul.

»Du machst das sehr gut. Du lernst Taya besser kennen und überstürzt nichts. Vielleicht gewöhnt Karl sich an den neuen Paul.«

»Ich bin doch nicht neu«, hielt er dagegen und lachte auf.

Mama warf ihm einen vielsagenden Blick zu. »Du strahlst und träumst. Vergiss deinen Bruder darüber nicht. Verbringe Zeit mit ihm, wenn er von der Arbeit kommt.«

Paul schluckte, denn sie hatte recht. Er hatte sich die letzten Wochen abends oft zurückgezogen und zu wenig um Karl bemüht.

»Das mache ich«, versicherte er.

Mama nickte und erhob sich. »Taya«, rief sie, »zeigst du mir deine Sätze?«

Paul schmunzelte, weil Taya fluchte. Er konnte es von ihren Lippen ablesen.

»Warum liegt sie denn auf dem Steg? Wir haben Stühle. Ist es in ihrer Welt unhöflich, wenn ich sie darauf hinweise, dass sie ihr Kleid schmutzig macht?« Mama wunderte sich.

Paul musste zurück an die Arbeit. Er trat zu Mama und legte einen Arm um sie. »Entspann dich«, raunte er ihr zu.

»Ich möchte nicht, dass Heinrich Anstoß an ihr nimmt. Wenn sie die Ausbildung zur Zofe beendet hat, kannst du einen ersten Vorstoß bei deinem Vater wagen«, mahnte Mama. »Ich würde sie schneller und intensiver ausbilden, aber damit erreiche ich bei Taya nur das Gegenteil.«

Paul erinnerte sich daran, wie Taya auf seine Versuche reagiert hatte, sie an die neue Welt zu gewöhnen. Bis heute weigerte sie sich, mit der motorisierten Kutsche zu fahren.

»Sie ist bereits perfekt«, murmelte Paul.

Mama lächelte. »Ich weiß. Ich bewundere ihr Wesen. Ich möchte euch helfen, Schatz. Ich meine es nur gut.«

Paul gab Mama einen Kuss auf die Wange und wandte sich ab. Er ging nach drinnen, brachte Emefa die leeren Gläser und suchte nach Fernando. Er saß im Büro über den Zahlen.

»Hast du denn keine Pause gemacht?«, fragte er den Buchhalter.

Der schüttelte den Kopf, ohne aufzusehen. »Ein Bote war eben hier. Ein Neukunde aus Preußen hat einen Großauftrag für uns. Ich prüfe, ob und wann wir das leisten können.«

Paul setzte sich zu Fernando und begleitete ihn bei der Arbeit. Fernando war äußerst penibel, prüfte jeden Eintrag dreifach und heftete alles ordnungsbewusst ab.

Paul sehnte den Feierabend herbei.

Fernando beendete um Punkt 18 Uhr die Arbeit. »Es ist Mittwoch, ich muss pünktlich in die Stadt.«

Paul wusste, dass Fernando einmal in der Woche abends nach Manaus ging, meist hielt er den Mittwoch ein. Ansonsten verbrachte der Buchhalter die meiste Zeit zurückgezogen auf seinem Zimmer.

»Triffst du einen Freund?«, fragte Paul beiläufig, weil sie sich durch die enge Zusammenarbeit nähergekommen waren.

»Das nicht«, murmelte Fernando. »Eher eine Freundin, wenn man das so nennen kann.«

Fernando traf eine Frau?

Paul hob die Augenbrauen. »Du kannst deine Freundin gern mit zu uns bringen«, schlug er vor.

Fernando hustete peinlich berührt. »Ich bin ein ewiger Junggeselle. Es ist eine Geschäftsbeziehung, ich kaufe mir ein wenig Liebe.«

Paul versuchte, sich seinen Schrecken nicht anmerken zu lassen. Er hatte das von Fernando nicht erwartet.

»Ich wusste nicht … also …« Paul stotterte und fühlte sich dabei wie ein Idiot.

»Die meisten Herren besuchen ein Bordell heimlich und prahlen nicht damit. Das gilt auch für mich.« Fernando räusperte sich. »Ist es nicht anständiger, Geld in einem Etablissement zu hinterlassen, um dem Druck eines Mannes gerecht zu werden? Würden die Frauen sonst nicht auf der Straße angefallen werden?«

Paul stieß die Luft aus. »Ich nahm an, dafür gibt es die Ehe.«

»Die Ehe ist nicht für jeden bestimmt. Für mich ist sie es nicht. Ich liebte einmal, aber sie wurde mir genommen, und nun lebe ich für die Arbeit.« Fernando deutete ein Lächeln an.

Paul erwiderte es zögerlich. Er fühlte sich überrollt. Vielleicht lag es daran, dass seine leibliche Mutter eine Hure gewesen war. Vielleicht reagierte er deswegen getroffen.

Vermutlich wusste diese Frau nicht einmal, wer ihr den Sohn beschert hatte.

»Ich bin deine Mutter. Ich habe dich an meiner Brust genährt und vom ersten Moment an geliebt. Alles an dir ist wundervoll. Zweifle nicht an dir.« Mamas Stimme hallte in seinem Inneren wider.

Was wäre aus ihm geworden, wenn Luise Lorenz sich nicht für ihn entschieden hätte?

»Geht Papa auch dorthin?«, platzte es unvermittelt aus ihm heraus. Würde er Mama so offen verachten?

Fernando runzelte die Stirn. »Ich begleite deinen Vater doch nicht auf Schritt und Tritt. Manch ein Baron besucht derartige Etablissements, aber niemand erwähnte deinen Vater. Da Heinrichs Appetit auf Luise nie abgenommen hat und er jeden Abend nach Hause kommt, sehe ich keinen Grund zu der Annahme, er würde sich anderweitig vergnügen.«

Fernando klopfte Paul auf den Rücken. »Komme erst mal in mein Alter, Junge. Bis dahin wirst du die Welt mit anderen Augen betrachten. Es sei denn …«, Fernando lächelte ihm zu, »du darfst deine Liebe behalten und Vater eurer Kinder werden.«

Paul blieb allein im Büro zurück.

Es dauerte nicht lange, da eilte Papa herein.

»Fernando ist schon weg?« Er sah murrend auf die Uhr.

»Es ist Mittwoch«, erwiderte Paul und sah seinen Vater prüfend an.

»Stimmt.« Papa nahm den tagesaktuellen Ordner und blätterte durch die Notizen.

»Findest du den Besuch eines Bordells verwerflich?«, bohrte Paul misstrauisch.

Papa hob irritiert die Augenbrauen. »Fernando hat dir von dem Skandal erzählt? Sie haben seine Freundin damals aufgehängt, weil ihr Bruder Kautschuksamen aus dem Land schmuggeln wollte und erwischt worden ist. Die ganze Familie musste dafür bezahlen.« Papa musterte ihn. »Fernando war damals schon als mein Buchhalter tätig, und ich habe ihn natürlich rausgeworfen. Später stellte ich ihn wieder ein, weil er der Beste auf dem Gebiet ist und nichts mit dem Diebstahl zu tun hatte.«

Paul schluckte ergriffen. Das musste eine schreckliche Zeit für Fernando gewesen sein. Offensichtlich hatte er sich nie ganz erholt.

»Wenn Luise mich so schändlich verraten würde, würde ich meine Not auch in Bordellen befriedigen müssen.« Papa setzte sich auf Fernandos Stuhl und blätterte weiter. »Ein neuer Großkunde«, murmelte er.

»Du würdest doch Mama nicht hintergehen und ein solches Etablissement …« Paul hustete peinlich berührt.

Papa schüttelte nur den Kopf. »Mein Vater war ein verarmter Adeliger, der nicht zu wirtschaften wusste. Ich wollte kein Versager werden, wie er einer war. Ich habe die richtigen Investitionen getätigt und mir meine Macht hart erarbeitet.«

»Was hat das mit Mama zu tun?« Paul verstand die Zusammenhänge nicht.

»Egal, wohin ich gehe, jeder dreht sich nach Luise um. Aber ich bin der Einzige, der sie haben darf. Warum sollte ich mich in einer Hure vergraben, in der sich vor mir und nach mir Hunderte Männer versenken. Diese Männer sind Versager, haben keinen Stolz. Oder sie sind wie Fernando … verraten worden.«

Paul musste darüber nachdenken.

»Du hast in Preußen bisher keine Frau gefunden, die dich erregt. Ich verstehe das. Ich war schon 25, als ich Luise entdeckt habe, und ich wusste sofort, dass ich sie haben muss. Sie war begehrt auf dem Markt. Ich musste ihrem Vater eine überdimensionale Summe zahlen, um sie zu bekommen.« Papa erinnerte sich zurück. »Du bist ein guter Junge, intelligent und gebildet, aber, was Frauen betrifft, zu schüchtern. Du bist ein Lorenz. Wenn du sie siehst, nimmst du sie. Geld spielt keine Rolle, verstanden?«

Papa klopfte auf dem Tisch auf, um seine kleine Ansprache zu untermauern.

Paul erstarrte peinlich berührt. Die Vorstellung, Tayas Familie Geld anzubieten, um sie ihr abzukaufen, war gruselig. Andererseits lief es so ab. Mr Thomson und Papa verhandelten ebenfalls, weil Charlotte in die Familie einheiratete. Sie waren sich uneinig, ob Papa Geld für Charlotte zahlen oder Mr Thomson froh über den Aufstieg seiner Tochter sein sollte.

»Wir reden morgen über den neuen Großkunden. Gehen wir essen.« Papa legte die Notizen von Fernando zurück und verließ den Raum.

Paul folgte ihm. Im Esszimmer erwarteten sie bereits Mama, Karl und die Familie Thomson.

»Luise, mein Liebling«, tönte Papa und presste seine Lippen überschwänglich auf ihre.

Karl verzog das Gesicht.

»Ich habe unserem Sohn erzählt, wie ich dich erobert habe.« Papas Blicke glitten lüstern über Mama.

»Für die Geschichte interessieren wir uns auch, nicht wahr?« Mr Thomson rückte seiner Frau den Stuhl zurecht.

»Ist sie denn romantisch?«, erkundigte Mrs Thomson sich.

»Außerordentlich«, behauptete Papa. »Ich habe das Versagen meines Vaters wettgemacht und kehrte als neureicher Kautschukbaron nach Preußen zurück. Der Kaiser persönlich hatte mich eingeladen. Auf dem großen Ball, der anschließend stattfand, entdeckte ich Luise.«

Paul warf Mama einen prüfenden Blick zu. Sie wirkte nicht so begeistert wie Papa.

»Ich musste zwei Tage später bereits abreisen und drängte zur Eile. Es war eine Stange Geld nötig, um ihren Vater zu überzeugen, sie mir zu geben.«

Paul schielte zu Taya, die mit ihrem Tablett am Rand stand und die Augen aufriss.

»Sehr romantisch, Papa«, murmelte Paul, um Taya zu zeigen, dass er nicht so grob agieren würde.

»Luise hat mit mir das große Los gezogen, nicht wahr, mein Liebling?«

»Gewiss«, sagte sie und setzte ein Lächeln auf.

»Ich bin ein ausdauernder Liebhaber«, tönte Papa.

»Heinrich!«, stieß Mama hervor.

»Ich kaufe ihr alles, was sie begehrt. Ah …« Papa schob seinen Stuhl nach hinten und eilte zu einem Korb. »Da fällt es mir glatt ein. Sieh mal, mein Herz.«

Paul sah, wie Papa eine funkelnde Kette aus dem Korb fischte und zu Mama ging, um sie ihr umzulegen. »Ein Händler aus Preußen erreichte heute die Stadt. Ich traf ihn am Hafen und kaufte ihm die teuerste Kette ab, die er besaß. Echtes Gold.«

Mr Thomson strahlte mehr als Mama. »Was für ein edles Geschenk. Charlotte, sieh mal. Das würde dir auch gefallen, nicht wahr?«

»Ich kaufe ihr morgen eine«, warf Karl ein. »Äh, Paul«, fuhr er fort, »ich komme auf jeden Fall mit. Gute Idee.«

Paul hatte keine Ahnung, wovon sein Bruder redete.

»Ich habe Karl eben erzählt, dass du morgen früh einen Stadtbummel machen wolltest und dich diesbezüglich nach ihm erkundigt hast.« Mama lächelte ihm auffordernd zu.

Sie hatte wohl umgehend dafür gesorgt, dass er sich mehr Zeit für seinen Bruder nahm.

»Das freut mich«, erklärte Paul ehrlich.

Paul atmete auf, als das gemeinsame Essen vorüber war. Mr Thomson war ein Schleimer, und Paul reagierte zunehmend genervt auf ihn. Charlotte hingegen wurde von Tag zu Tag zurückhaltender.

Er würde das Gespräch mit Karl suchen. Vielleicht entschied sein Bruder sich doch noch gegen die Vernunftehe?

Paul hatte kein gutes Gefühl bei den beiden.

Er stand mittlerweile auf dem Hof und hielt die Zügel der beiden Pferde fest, während er auf Taya wartete. Sie hatte Feierabend, und er brachte sie nach Hause wie jeden Abend.

Sobald sie aus dem Dienstboteneingang trat, hoben sich seine Mundwinkel. Es war, als ginge die Sonne auf und flutete ihn mit Wärme.

Er würde Taya auch gern etwas schenken. Vielleicht fand er eine kleine Aufmerksamkeit für sie in der Stadt, die ihr nicht zu aufdringlich war.

Paul nahm es sich vor.

Taya lächelte ihn an und stieg aufs Pferd. Sie nahm die Zügel und wartete, bis auch er aufsaß.

»Die Liebesgeschichte deiner Eltern ist ja wirklich romantisch«, spottete Taya leise. »Vielleicht ist die Tragödie von *Romeo und Julia* doch nicht so schlecht, wie ich dachte. Es ist doch alles eine Frage der Perspektive.«

Paul musterte Taya neugierig. »Ich bevorzuge eine Liebesheirat«, gestand er vorsichtig.

Taya lächelte. »Das passt zu dir.« Sie wandte sich Helmut zu und trieb ihn an.

Paul folgte ihr mit seinem Pferd aus dem Anwesen.

Am nächsten Vormittag machten Paul und Karl den vereinbarten Stadtbummel. Sie waren mit der Kutsche nach Manaus gefahren und hatten mehrere Wächter dabei. Sobald Karl einen Fuß in die Öffentlichkeit setzte, brauchte er wie Papa Sicherheitsschutz.

Paul konnte sich aufgrund seiner Hautfarbe etwas freier bewegen, wenn er schlichte Kleidung trug. Oft hielt man ihn für einen Arbeiter in guter Anstellung.

Der Kutscher machte auf dem Platz des *Teatro Amazonas* halt.

Paul war seit über einem Jahr nicht hier gewesen und staunte über die Baufortschritte. Papa hatte bereits erzählt, dass die Einweihung kurz bevorstand.

»Ich finde die Oper öde und hätte gut auf das Theater verzichten können.« Karl drehte sich von dem imposanten Bau weg und inspizierte den Rest der Gegend.

Paul hatte in Europa seine erste Oper besucht und sie ebenso wenig genossen wie Karl. Katharina hingegen war vor Verzückung dahingeschmolzen. Auch Mama schwärmte in höchsten Tönen von den Opernbesuchen, die sie in ihrer Jugendzeit erlebt hatte.

Bei dem Gedanken an ihre »Verschleppung« nach Brasilien seufzte Paul auf.

»Hast du gewusst, wie Mama und Papa sich kennengelernt haben? Ich glaube, sie war von Papas aufdringlicher Annäherung nicht begeistert, und dann musste sie ihre Heimat innerhalb weniger Tage aufgeben.« Paul wollte das Gespräch auf Charlotte lenken.

Karl zuckte mit den Schultern. »Wäre Papa nicht gekommen, wäre es ein anderer gewesen. Ob der sie glücklicher gemacht hätte, weißt du nicht. Papa hat keinen leichten Charakter, aber er ist stark und hat ein Imperium erschaffen. Ich weiß, dass er unsere Mutter liebt und ihr ein gutes Leben ermöglicht.«

Das Gespräch über Charlotte würde nichts bringen. Paul biss die Zähne zusammen. Hatte er das Recht, seinem Bruder dreinzureden?

Nur weil Paul selbst bis über beide Ohren verliebt war und von einer Liebesheirat träumte, galt es nicht für jeden.

Karl setzte sich in Richtung Einkaufsstraße in Bewegung. Paul lief neben ihm.

»Bist du nervös wegen deiner bevorstehenden Hochzeit?«, fragte er.

Karl runzelte die Stirn. »Warum sollte ich?«

»Spiel mal nicht alles herunter.« Paul ärgerte sich offen. »Ich bin dein Bruder. Wir wollten ehrlich miteinander sein, und du mimst seit deiner Verlobung den Mann, der keine Probleme hat.«

»Was willst du von mir hören? Ein Mann wie ich kann sich keine Träume leisten. Ich muss da draußen bestehen«, antwortete Karl ähnlich verärgert. »Warum gehen wir nicht einkaufen, trinken Kaffee und verbringen ein paar schöne Stunden, bevor ich wieder zum abgebrühten Baron heranreifen muss?«

»Niemand zwingt dich, Charlotte zu heiraten. Du kannst dir mehr Zeit nehmen«, schlug Paul vor. Er wollte nicht in Karls Haut stecken. Er verstand den Druck, unter dem er stand.

»Das ist doch völlig egal. Sie ist hübsch und angepasst und damit die passende Frau für einen Kautschukbaron«, schimpfte Karl.

»Und wenn du deinem Herzen folgen könntest: Welche Art Frau würdest du wollen?«, bohrte Paul.

Ihre Blicke trafen sich.

Es war ein schmerzhafter Moment.

Paul wünschte, er hätte diese Frage nicht gestellt, und doch wusste er, dass es wichtig war, denn er wollte Karl nicht verlieren. Taya stand unausgesprochen zwischen ihnen.

»Ich weiß nicht, ob ich damit klarkomme, wenn du und Taya … Du bist der wichtigste Mensch für mich … Vielleicht steigern wir uns in etwas hinein. Ich meine, Papa würde es weder dir noch mir erlauben, eine Sklavin zu heiraten.« Karl wies auf ein Café. »Lass uns einen Kaffee trinken.«

Als sich wenige Minuten später der nächste Regenguss ankündigte, setzten sich die jungen Männer nach drinnen und bestellten ihren Kaffee.

Die Bedienung lächelte freundlich und notierte ihre Wünsche.

Karl sah der Einheimischen interessiert nach.

»Ich weiß nicht einmal, ob es wirklich Taya ist, die mir gefällt. Die Kellnerin gefällt mir nämlich auch, mehr als Charlotte. Wahrscheinlich ist es deine Schuld.« Karl beugte sich nach vorne.

Paul tat instinktiv das Gleiche.

Sie steckten die Köpfe zusammen.

»Ich stehe auf Rehaugen und schwarze Haare.« Karl verzog das Gesicht. »Wenn Papa jemals herausfindet, dass ich die einheimischen Frauen schöner finde als die preußischen, wird er mich enterben.«

11

»Wie hast du das geschafft?«, bohrte Tohon.

Sie liefen zum Ausgang des Lagers, denn sie mussten zur Arbeit. Tohon war als Leiharbeiter für den Bau der Straßenbahn in Manaus verkauft worden. Senhor Lorenz achtete darauf, auch außerhalb der Erntezeit, Geld mit seinen Sklaven zu verdienen.

»Das habe ich doch schon erzählt. Ich arbeite für eine wohlhabende Familie, und sie haben mir das Geld geschenkt«, erwiderte Taya. Sie hatte Tohon noch nicht gestanden, dass ihr Arbeitgeber der Baron persönlich war.

»Die Leute müssen dich sehr mögen.« Tohon schüttelte den Kopf. »Ich habe noch nie gehört, dass die Fremden uns Einheimischen Geld schenken.«

Sie reihten sich in die Schlange der Wartenden ein. Yumah stand schweigend neben ihnen. Taya nahm seine Hand und drückte sie tröstend. Seit er von dem Tod seiner Mutter erfahren hatte, wirkte er völlig verändert. Er schien sich tief in sein Innerstes zurückgezogen zu haben.

»Die Suppe dieser Emefa hat bei *papai* Wunder bewirkt.« Tohon lächelte Taya zu. Kurz. Dann verzog er das Gesicht.

Taya folgte seinem Blick.

Peshewa und Avani näherten sich tuschelnd den Wartenden.

Sie kamen direkt auf sie zu.

»Hey, Taya, kommt ihr heute Abend zum großen Lagerfeuer, also, wenn es nicht zu sehr regnet?« Peshewa schielte zu Tohon, der absichtlich in die entgegengesetzte Richtung sah.

»Mal sehen, wie hart der Tag wird«, entgegnete Taya. Die beiden Mädchen waren etwas jünger als sie und schwärmten schon länger für Tohon.

Der ignorierte sie. Auch Yumah blickte stur geradeaus und machte deutlich, dass er nicht angesprochen werden wollte.

»Vielleicht bis später«, sagte Taya freundlich und deutete den Mädchen zu gehen.

Enttäuscht stapften sie davon.

»Ich habe so oft erklärt, dass ich keine Frau nehmen werde. Warum verstehen sie es nicht?«, schimpfte Tohon und trat ein paar Schritte nach vorne. Die Schlange löste sich langsam auf.

»Weil du ein toller Mann bist«, raunte Taya ihm zu.

»Was ist mit dir? Enkoodabaoo fragt mich dauernd, wie es meiner Schwester geht.« Tohon zwinkerte ihr zu.

Taya kommentierte das nicht weiter. Enkoo war ein guter Freund, und es tat ihr leid, dass er bei ihr nichts erreichen konnte. Sein *papai* hatte lange Jahre Seite an Seite mit Tayas *papai* im Kautschukwald gearbeitet.

Sie fanden sich bei den Wächtern ein.

Der Fremde kontrollierte seine Liste und schüttelte den Kopf. »Bruder und Schwester. Ich kann euch nicht zusammen rauslassen.«

Tohon hob abwehrend die Arme. »Ich muss pünktlich am Treffpunkt erscheinen. Ich bin für die Straßenbahn eingeteilt.«

Man würde ihn sonst bestrafen.

Taya schluckte. Wie sollte das in Zukunft funktionieren? »Unsere Eltern sind im Lager. Wir laufen nicht davon.«

»Viele Eltern haben sich für die Kinder geopfert. Ihr beide verlasst das Lager nicht zusammen.« Der Wächter blieb unnachgiebig.

»Geh du«, mahnte Taya. Sie wollte nicht, dass Tohon Ärger bekam. Die Senhora würde eine Lösung für sie finden.

Bei dem Gedanken, dass sie gezwungen wäre, auf dem Anwesen der Familie Lorenz zu wohnen, schluckte Taya unglücklich.

Tohon umarmte Taya und küsste ihre Wangen. »Bis heute Abend, kleine Fledermaus.«

Der Regen setzte ein. Die Arbeitsbedingungen waren schrecklich. Taya sah ihrem Bruder und Yumah mit schwerem Herzen nach.

Sobald die beiden aus ihrer Sichtweite verschwanden, wandte sie sich erneut an den Wächter.

»Ich arbeite im Anwesen des Barons«, mahnte sie eindringlich.

»Das weiß ich. Der Baron wird mir dankbar sein, dass ich verhindere, dass du mit deinem Bruder wegläufst. Geh jetzt ins Lager.« Eine Drohung schwang in seiner Stimme mit.

Taya stapfte fluchend zurück. Würde Paul die Wächter aufsuchen und zur Rede stellen? Paul wartete sicherlich wie jeden Tag hinter der Kurve auf sie. Bisher hatte er es vermieden, sich den anderen zu zeigen. Das war auch besser so. Taya wollte den Bewohnern nicht erklären, warum dieser gut angezogene Mann sie tagtäglich mit einem Pferd abholte.

Sie wusste selbst, dass es kein angemessenes Verhalten gegenüber einer Sklavin war.

Bei dem Gedanken an Paul lächelte Taya.

Seufzend lief sie durch den Regen. Sie war schnell völlig durchnässt. Ihre Eltern hatten sich in die Hütte zurückgezogen. Bei dem Regen taten das die meisten.

Taya schlüpfte zu Tula rein. »Hey, sie lassen mich nicht raus. Was machst du?«

Tula sah überrascht auf. »Ich flechte Körbe für Nashota. Sie hat doch erst entbunden.«

»Ich helfe dir. Ihr Sohn ist so niedlich.« Taya nahm sich von dem Bast. »Es ist nicht schlimm, dass ich heute das Anwesen auslasse. So können wir beide etwas Zeit verbringen.«

Tallulah lächelte. Es tat Taya gut, das zu sehen. Sie genoss den Anblick. Tula sah so schön aus, wenn sie Freude ausstrahlte.

»Wann wirst du Tohon sagen, dass du im Anwesen des Barons arbeitest?«, fragte Tallulah.

»Ich weiß es nicht. Er wird das nicht mögen.«

»Du musst es ihm sagen. Tohon vertraut dir.«

Tallulah hatte recht, und Taya wusste das. Sie wollte es nicht länger verschweigen. »Ich rede heute Abend mit ihm. Die Senhora wird eine Lösung für mich finden müssen. Die Wächter lassen Tohon und mich nicht gleichzeitig raus. Ich habe Sorge, dass die Senhora mich zwingt, während der Regenzeit im Anwesen zu wohnen.«

Ihre Freundin weitete entsetzt die Augen. »Dann sehen wir dich nicht mehr.«

Taya biss sich auf die Lippen. Der Gedanke ängstigte sie.

Nach einer Weile hörten sie eine Männerstimme nach Taya rufen.

Sie legte ihren Bastkorb zur Seite und öffnete die Hüttentür. Einer der Wächter kam in Sicht.

»Der Baron lässt dich abholen.«

Taya nickte und sah entschuldigend zu Tallulah. Die presste die Lippen aufeinander. Ihre Sorge, dass Taya nicht ins Lager zurückkehren durfte, stand ihr offen ins Gesicht geschrieben.

Taya hatte keine Wahl. Sie folgte dem Fremden. Der Regen hielt weiter an. Ihre Kleidung klebte an ihrem Körper.

Vorne am Tor standen zwei Männer, die normalerweise das Anwesen der Familie Lorenz bewachten. Sie nickten, als sie Taya sahen.

»Das ist sie. Der Baron war außer sich, weil sie nicht pünktlich erschienen ist«, erklärte einer der beiden.

Der Wächter des Lagers hob beschwichtigend die Arme. »Ich habe unsere Gründe bereits erläutert. Ihr Bruder arbeitet für ihre Unversehrtheit, und die beiden gemeinsam rauszulassen, verstößt gegen die Gesetze, die der Baron aufgestellt hat.«

»Wir besprechen das mit dem Baron.«

Die beiden Wächter des Anwesens stiegen auf ihre Pferde. Der eine deutete Taya, zu ihm zu kommen.

Sie sollte auf seinem Schoß sitzen?

Sie weitete die Augen.

»Ich laufe hinter euch her«, sagte sie schnell.

»Du kommst sofort hierher«, brauste er auf. Sein vor Wut verzerrtes Gesicht ließ Taya zurückweichen. »Du hast jede Menge Ärger verursacht.«

Am liebsten hätte Taya diesem Idioten erklärt, dass es unfair war, ihr die Schuld zu geben, aber das würde nichts nützen. Sie überwand den Drang wegzulaufen und näherte sich dem Reiter.

Der Wächter vom Lager packte sie und hob sie zu dem Mann aufs Pferd.

Sie musste auf seinem Schoß sitzen.

Die beiden Reiter trieben die Pferde an.

Taya konnte nur hoffen, dass der Weg bald zurückgelegt war. Sie hatte noch nie auf dem Schoß eines fremden Mannes gesessen und wollte es auch nicht.

Wenigstens machte er keine Andeutungen, die Situation auszunutzen.

Sie erreichten das Anwesen ohne weitere Zwischenfälle.

Der Stallbursche eilte herbei und half Taya abzusteigen.

Anschließend nahm er die Zügel der Pferde.

Der Wächter, auf dessen Schoß sie hatte sitzen müssen, brachte sie ins Anwesen.

Taya bemerkte die angespannte Stimmung im Haus sofort. Es war, als läge eine bittere Note in der Luft.

Der Wächter klopfte an die Tür des Wohnzimmers.

»Herein«, erklang die Stimme der Senhora.

Als Taya die Senhora sah, schluckte sie. Ihre Augen wirkten blutunterlaufen, als hätte sie stark geweint. Gleichzeitig schien Luise aufzuatmen.

»Wo warst du?«, fragte sie.

Bevor Taya antworten konnte, tat es der Wächter für sie. »Man hat ihr verboten, das Lager zu verlassen, weil ihr Bruder während der Regenzeit in der Stadt arbeitet. Offenbar sehen die Wächter eine Gefahr, dass die beiden zusammen weglaufen.«

Luise nickte verstehend. »Warum wurde diese Thematik nicht früher von den Wächtern des Lagers an meinen Mann herangetragen?«

»Das entzieht sich meiner Kenntnis«, erwiderte der Wächter.

»Gut, mein Mann ist bereits unterwegs. Ich werde heute Abend mit ihm sprechen. Sie können zurück an die Arbeit.« Die Senhora schickte den Wächter davon.

Taya stand tropfend im Raum.

»Zieh dich um und übernimm heute die Arbeiten von Emefa. Sie fällt aus.«

Taya spürte ihr Herz schneller schlagen. Was hatte das zu bedeuten? Was war mit Emefa geschehen?

Sie konnte keine Sekunde länger stillstehen, sondern lief in den Trakt der Angestellten. Taya riss die Tür zu Emefas Zimmer auf, hatte vor lauter Sorge jede Höflichkeit vergessen und entdeckte die Haushälterin im Bett.

Diego hockte bei ihr und kühlte mit einem nassen Tuch ihre Wunden.

Taya verkürzte die Distanz und kniete an der Kopfseite nieder. »Emefa?«, wisperte sie. »Was ist passiert?«

Emefas Gesicht war aufgequollen. Taya konnte zwei Platzwunden ausmachen, wovon eine immer noch blutete. Außerdem hielt sich Emefa keuchend den Bauch.

»Senhor böse sein. Du kein Kaffee geben. Senhor nix ruhig bleiben«, flüsterte Diego.

Tränen stießen Taya in die Augen. Der Baron hatte Emefa zusammengeschlagen, weil Taya nicht zur Arbeit erschienen war?

Sie schlug sich die Hand auf den Mund.

»Es tut mir so leid.« Taya strich zitternd über Emefas Kopf. »Die Wächter haben mich nicht rausgelassen. Warum bestraft der Baron Emefa? Sie kann doch nichts dafür.«

»Zorn wie Urwaldregen kommen. Da sein, nix langsam kommen. Senhor schlagen, treten, schreien.« Diego reinigte das Tuch in der Wasserschüssel und kühlte die Beulen an der Stirn.

Taya drehte sich der Magen um. Die Vorstellung, wie der Baron die Fassung verlor und seine treue und gutherzige Haushälterin angriff, spielte sich lebendig vor Tayas inneren Augen ab.

Deswegen hatte die Senhora geweint.

Taya strich unentwegt über Emefas Kopf. »Ich koche dir eine Suppe.«

»Du kochen Essen Senhor. Abend kommen, böse sein. Du gut kochen.« Emefa krächzte angestrengt. »Ich helfen, wenn kann stehen.«

Tayas Gefühle überschlugen sich. Es war schrecklich, Emefa so geschunden und verwundet zu sehen. Sie hatte nichts Unrechtes getan, um das zu verdienen.

Aber Taya zwang sich zu funktionieren. Sie musste Schlimmeres verhindern. Dazu gehörte, Emefas Arbeiten ordentlich zu erledigen, damit der Baron bei seiner Rückkehr keinen weiteren Wutanfall bekam.

Sie hatte von seiner Bosheit gehört, erlebte sie tagtäglich, und doch fühlte es sich heute schwerer an, weil sie das Leid so deutlich vor Augen geführt bekam.

Taya wechselte in den Waschraum, schälte sich aus ihrem nassen Kleid und hängte es über die Leine. Sie trocknete sich ab und zog ihre Arbeitskleidung an.

Anschließend kämmte sie ihre Haare und band ihren Dutt.

Taya eilte in die Küche und fand Katharina, die das Aufräumen und Vorbereiten übernommen hatte.

»Da bist du endlich«, mahnte sie.

»Es tut mir leid, was passiert ist«, sagte Taya, »aber ich bin nicht absichtlich ferngeblieben. Die Wächter haben mich festgehalten.«

»Luise hat es mir gesagt. Du wirst hier einziehen müssen, um das Problem zu lösen.« Katharina warf ihr einen vielsagenden Blick zu.

»Das werde ich nicht! Dann sehe ich meinen *papai* und meinen Bruder nie wieder.« Tayas Atmung ging hektischer. Sie hatte geahnt, dass es die einfachste Lösung für die Fremden war.

Einfach bedeutete aber deswegen nicht richtig.

»Schäle die Süßkartoffeln für das Abendessen. Heinrich soll keinen Grund zur Klage am Abend haben«, instruierte Katharina.

Heinrich, Heinrich, Heinrich.

Dieser Mann war der Teufel. Alle sorgten sich um seine Launen.

Taya machte sich schweigend an die Arbeit. Sie mochte Katharina, auch wenn sie aus verschiedenen Welten stammten, aber heute fiel es Taya schwer, mit der Zofe zusammen zu sein. Katharina lebte nur für ihre Anstellung. Sie hatte keine eigene Familie und schien Tayas Ängste nicht nachfühlen zu können.

Taya aber liebte ihren Stamm, zumindest, was von ihm übrig war. Ohne ihre Eltern, Tohon, Yumah und Tula wäre sie gebrochen und krank.

Nach einer Weile ließ Katharina sie allein, um sich anderen Arbeiten zu widmen. Diego und Cristobal arbeiteten im Garten. Taya brachte ihnen Erfrischungsgetränke. Anschließend sah sie nach Emefa, die unruhig schlief.

Eine Mittagspause konnte Taya sich heute nicht leisten.

Paul würde ohne sie am Steg sitzen müssen.

Während Taya in der Suppe rührte, fluteten sie die Bilder, wie der Baron Emefa schlug. Tayas Augen füllten sich mit Tränen.

Sie hörte hinter sich die Tür aufgehen.

Taya drehte sich, um zu sehen, wer kam.

Sie konnte es nicht genau begründen, aber heute, an diesem schweren und aufwühlenden Tag, brachte Pauls Anblick sie endgültig zum Weinen. Kein Wort sagten sie zueinander.

Stattdessen umarmten sie sich, spendeten sich Trost.

Seine Arme fühlten sich warm und gut an. Taya schniefte. Die Nähe zu Paul kam so unerwartet und wirkte doch so natürlich auf sie.

»Ich wollte das nicht«, raunte sie und schmiegte sich enger an ihn. Am liebsten wäre sie in ihn hineingekrochen.

»Es ist nicht deine Schuld. Wir waren alle erschrocken. Er wütete kurz, aber heftig.« Paul drückte sie fest an sich.

Taya sah Charlotte im Türrahmen stehen. Ihre Mimik machte deutlich, wie unangemessen sie es fand, dass Taya und Paul so innig zusammenstanden.

Taya löste sich und wollte zurück an die Arbeit huschen, so als wäre dieser nahe Moment mit Paul nicht passiert.

Er aber ließ nur wenig Abstand zu. Sein Arm war noch um ihre Taille geschlungen. Mit der freien Hand wischte er sanft ihre Tränen fort.

Wie musste seine liebevolle Geste auf Charlotte wirken?

Taya geriet wegen seiner Zärtlichkeit völlig aus dem Takt.

»Charlotte«, stieß sie aus, um Paul aufzuzeigen, dass sie nicht länger allein waren. »Möchtest du etwas?«

Paul löste sich umgehend von Taya und kratzte sich am Kopf. Er drehte den Rücken zu Charlotte, wohl damit die sein Grinsen nicht sehen konnte.

Taya bemerkte es sehr wohl. Es war kein siegessicheres oder überhebliches Grinsen, eher ein glückliches.

»Ich nehme einen Kaffee, danke. Paul, möchtest du dich zu mir auf die Veranda setzen?«

Taya stand neben sich. Dieser Tag barg nur schlechte Überraschungen, oder war es gut, dass Paul und sie sich umarmt hatten?

War das freundschaftlich oder anders?

Taya, schalt sie sich selbst. Warum stelle ich mich dumm?

»Ich bringe euch den Kaffee raus«, antwortete Taya und drängte Paul damit zu Charlotte auf die Veranda.

Allein konnte Taya ihre Verwirrung besser sortieren.

Sobald die beiden die Küche verlassen hatten, schloss Taya die Tür hinter ihnen und atmete tief durch.

Paul und ich haben eine Grenze übertreten.

Zweifelsfrei besaß er warme und herzliche Arme, die sich wunderschön angefühlt hatten.

Sie bereitete den Kaffee zu und biss sich dabei auf die Lippen.

Viel lieber würde sie Limettenlimonade in zwei Gläser füllen und mit Paul am Steg sitzen.

Hatte er sich etwa seit Wochen ihre Zuneigung erschlichen, indem er ihr bei den Hausaufgaben half und sie mit dem Pferd nach Hause brachte?

Taya holte tief Luft.

Emefa lag verwundet im Bett, und sie konnte sich vor

Arbeit heute nicht retten. Die Gedanken an Paul und seine tollen Arme sollten keine Rolle spielen.

Taya verfluchte den nahen Moment, der sie durcheinanderbrachte. Sie goss den Kaffee in zwei Tassen und bereitete das Tablett vor.

Charlotte und Paul saßen auf der Veranda. Es hatte aufgehört zu regnen. Die Veranda war überdacht, somit konnten die Hausherren zu jeder Zeit draußen sitzen.

Taya stellte den Kaffee ab.

»Danke, Teresa«, sagte Charlotte übermäßig freundlich. »Wie geht es denn der Schwarzen?«

»Emefa schläft.« Taya zwang sich zu einem Lächeln. Charlottes Kühle ihr gegenüber war offensichtlich. Die Verwendung des Namens *Teresa* war ein deutliches Zeichen dafür, dass Charlotte Taya an ihren niederen Status erinnerte. Nur Heinrich nannte Taya Teresa, und er hatte es hingenommen, dass alle anderen es nicht taten.

Taya schlüpfte zurück ins Wohnzimmer, wo sie innehielt und nervös ein- und ausatmete.

»Charlotte, ich erwarte, dass du Taya höflich behandelst. Das Gleiche gilt für Emefa. Papas Verhalten heute war furchtbar, und weder Karl, meine Mutter noch ich sind damit einverstanden, das Personal zu schlagen.« Paul fand deutliche Worte.

Taya war ihm dankbar dafür. Es täte ihr weh, wenn er Emefas Leid abtun würde.

»Nun, die vertraute Umarmung, in die ich geplatzt bin, hat mich irritiert«, erwiderte Charlotte.

Taya hörte Paul leise lachen. »Wen ich umarme, muss dich nicht kümmern. Du bist mit meinem Bruder verlobt, und ich weiß, dass dieser Umstand für euch beide nicht leicht ist. Ich habe dafür Verständnis.«

Paul konnte sich unglaublich höflich ausdrücken. Taya ertappte sich dabei, wie sehr es ihr Herz wärmte, dass er die

Umarmung nicht herunterspielte. Er hatte sie weder verleugnet noch verharmlost und sogar gefordert, dass Taya mit Respekt behandelt werden sollte.

Sie eilte in die Küche und bereitete das Essen zu. Glücklicherweise hatte Emefa sie gut eingewiesen, sodass Taya sich nicht gänzlich überfordert fühlte.

Am Nachmittag brachte Taya der Geschundenen die frische Suppe. Sie setzte sich zu ihr ans Bett und sah ihr beim Essen zu. Emefa konnte aufrecht sitzen und die Suppe löffeln.

»Gut kochen, ich stolz sein auf mein Mädchen.«

Taya lächelte traurig. Schließlich war sie der Anstoß gewesen, weswegen Emefa geschlagen worden war.

»Ich viel lieben meine Taya.« Emefa schlürfte ihre Suppe. Dass sie stolz auf Taya war, weil sie das Kochen gelernt hatte, ließ ihr die Tränen in die Augen schießen. »Du bringen andere Suppe *papai*.«

Taya wusste nicht, wann sie zurück zu ihrer Familie durfte. Vielleicht würde der Baron es verbieten.

Sie bereitete bald darauf den Nachtisch vor. Ohne Emefa musste Taya besonders konzentriert vorgehen. Sie deckte den Tisch und dankte Diego, der ihr einen Strauß Orchideen brachte, damit sie den Beistelltisch dekorieren konnte.

Allein war die Arbeit furchtbar anstrengend. Schließlich hatte die Familie Lorenz Gäste, und Emefa verköstigte auch das Personal, das auf dem Anwesen lebte, beispielsweise die Gärtner, den Buchhalter und Katharina.

Schließlich schlüpfte Taya mit einer Banane auf die Veranda. Sie hatte ihre Andyrá den ganzen Tag nicht gesehen und vermisste sie.

»Idiota«, krähte Heribert, sobald Taya in Sicht kam.

In Zukunft würde sie besser aufpassen, was sie Heribert erzählte. Taya ging zu ihm und schob die geschälte Banane durch die Stäbe. »Magst du das?«, fragte sie.

Heribert stürzte sich sofort auf den Leckerbissen. Er schien keine Grenzen zu kennen und zerrupfte die Banane.

Tayas Andyrá landete auf ihrer Schulter und stieß schrille Töne aus.

Überrascht von der Berührung ihrer Fledermaus lächelte Taya selig. Früher hatte die Andyrá sich nicht anfassen lassen. Die Verbindung wurde inniger.

Es war, als würde eine Phase des Umbruchs einsetzen.

Taya hielt ihrer Andyrá die Banane hin und schmunzelte, als das Fledertier ungeniert hineinbiss.

»Wo steckt Teresa? Ich erwarte sie umgehend in meinem Büro«, schallte es laut von drinnen.

Der Baron war zurückgekehrt. Offenbar wollte er Taya noch vor dem Essen sprechen. Sie zuckte zusammen, denn sie musste sich eingestehen, dass sie Angst hatte, ebenfalls verprügelt zu werden.

Bisher hatte sie eine solche Erfahrung nicht machen müssen, obwohl sie in einem Sklavenlager zur Welt gekommen war. Dafür aber *papai* und Tohon.

Taya hielt noch die Bananenschale in der Hand und stand überfordert vor dem Papageienkäfig.

»Ich habe Angst«, wisperte sie in der alten Sprache ihrer Andyrá zu.

Sie durfte den Baron nicht warten lassen. Es würde ihre Lage verschlimmern.

Taya schluckte schwer, während sie zur Tür ging.

»Flieg davon«, flüsterte sie ihrer Andyrá zu, die noch auf ihrer Schulter saß. »Der Baron sperrt dich nachher in einen Käfig und gibt dir einen seltsam klingenden Namen.«

Taya hielt der Andyrá einen Finger vor den Bauch und drängte sie darauf zu steigen. Sofort flog die Fledermaus davon.

Ihr Geschrei brannte in Tayas Ohren.

Sie öffnete die Tür und eilte nach drinnen. Schnell räumte sie die Bananenschale in den Abfall und klopfte schließlich an die Bürotür des Barons.

»Herein«, rief er.

Taya erschien im Türrahmen und senkte höflich den Blick, wie die Senhora es sie gelehrt hatte.

Aus dem Augenwinkel bemerkte sie, dass Karl ebenfalls im Raum war.

»Teresa, ich habe von dem Problem deines Wohnortes erfahren«, sagte der Baron.

Taya fühlte ihr Herz brechen.

»Nun, José mit der Nummer 119 ist einer meiner besten Kautschuk-Ernter, und ich muss befürchten, dass er nicht mehr so funktioniert wie bisher, wenn ich dich aus dem Lager entferne.«

Taya bemerkte den Blick, den der Baron Karl zuwarf.

Hatte Karl ihr wieder geholfen?

Verunsichert sah sie Karl in die Augen.

»Du wirst ab sofort von unserem Sicherheitspersonal abends zum Lager gebracht und morgens abgeholt«, mischte Karl sich ein.

Taya schluckte erschrocken. Meinte er das ernst?

Das wäre ein Wunder, auf das sie nicht zu hoffen gewagt hatte.

»So wird es laufen. Sollte ich von einem Fluchtversuch erfahren, werdet ihr euch wünschen, nie geboren worden zu sein.« Der Baron erhob sich von seinem Platz und schritt ohne einen weiteren Blick an Taya vorbei.

Sie blieb mit Karl allein im Raum zurück.

»Wird das nun zur Gewohnheit, dass ich dir einen Gefallen tun muss?« Karl näherte sich ihr.

Taya wollte nicht wieder in eine nahe Situation mit ihm geraten. Sie konnte Karl nicht einschätzen.

Er lief um Taya herum.

»Hat es dir gefallen, dass Paul dich nach Hause gebracht hat?«, fragte er.

Taya blieb Karl die Antwort schuldig. Sie sah auf den Boden und hoffte, dass sie den Raum verlassen durfte oder von dem Baron gerufen wurde.

»Ich habe dafür gesorgt, dass du weiterhin Kontakt zu deiner Familie haben darfst. Ich habe ein wenig Dankbarkeit erwartet.« Er blieb genau vor ihr stehen, legte einen Finger unter ihr Kinn und hob es an.

Taya zwang sich, still zu bleiben und ihm in die Augen zu sehen. Am liebsten hätte sie seine Hand weggeschlagen.

»Danke«, sagte sie.

Seinem Blick standzuhalten, fiel ihr schwer. Karl hatte ein unangemessenes Interesse an ihr. Sie konnte diese Begierde in seinen Augen lesen.

Er löste die Berührung abrupt. »Du wirst vermutlich in der Küche gebraucht.«

Taya fasste es als Erlaubnis zu gehen auf. Sofort wandte sie sich ab und floh aus dem Raum. Sie eilte in die Küche und blickte auf die Uhr.

Noch zwei Stunden, dann darf ich nach Hause.

Wahrscheinlich würden die Männer erschöpft in den Hütten liegen und schlafen, weil die Arbeit hart gewesen war. Aber Taya würde sich an ihren Bruder kuscheln und seinen Duft einatmen.

Katharina kam zu ihr in die Küche und half bei der Bedienung der Herrschaft.

Taya servierte das Essen und verhinderte penibel jeden Augenkontakt. Weder wollte sie in die schönen Rehaugen von Paul noch in die gierigen von Karl blicken.

Sie war angespannt und wollte diesen Tag hinter sich bringen.

Eine Stunde später beeilte sie sich mit dem Abwasch, damit sie pünktlich gehen konnte. Emefas Versuch, ihr zu helfen, wies sie vehement zurück und schickte die Haushälterin ins Bett.

Morgen würde Emefa sich hoffentlich besser fühlen. Sie sah fürchterlich aus. Ein Auge war komplett zugeschwollen und machte jedem deutlich, wie entsetzlich sie behandelt worden war.

Taya bedankte sich bei Katharina für die Hilfe, bevor sie in den Wäscheraum eilte und sich umzog.

Am Tor erwartete sie der Wächter, auf dessen Schoß sie hatte sitzen müssen, mit einem Pferd.

Erst jetzt realisierte sie, dass ihre Ritte mit Paul vorbei waren. Traurigkeit erfasste sie.

Taya lief mit hängenden Schultern zu dem Wächter. Sie würde wohl wieder auf seinem Schoß sitzen müssen, obwohl sie es nicht wollte.

In dem Moment, in dem sie ihn erreichte, deutete er ihr aufzusteigen. Sie folgte der Anweisung und schwang sich in den Sattel.

Hinter sich hörte sie das Klappern von Hufen. Sie entdeckte den Stallburschen, der ein zweites Pferd brachte.

»Paul Lorenz bestand darauf, dass du selbst reitest«, erklärte der Wächter. »Solltest du versuchen zu fliehen …« Er wies auf die andersartige Waffe, die an seinem Gürtel befestigt war.

»Ich verstehe«, sagte sie kalt. Sie war eine Gefangene, und das seit ihrer Geburt.

Sobald Helmut sich in Bewegung setzte und Taya den Wind in ihren Haaren spürte, beruhigte sich ihr aufgescheuchtes Herz ein wenig.

»Können wir galoppieren?«, fragte sie den Wächter, denn sie wollte sich für ein paar Minuten frei fühlen.

Er nickte.

Taya trieb ihren Hengst an und ritt mit ihm davon.

Die Mähne des Tieres flatterte im Wind, und ihre Andyrá flog lautlos vor ihnen.

Für wenige Minuten war Taya frei.

Am Lager der Seringueiros besprachen sich die Wächter miteinander. Taya erfuhr, dass der Wächter des Anwesens Santiago hieß und er die Verantwortung für ihren Arbeitsweg übertragen bekommen hatte.

Damit war es amtlich, dass Paul und sie nicht mehr miteinander reiten würden.

Vielleicht war es besser so.

Taya wollte keinen Mann. Bisher war es leicht für sie gewesen, Annäherungsversuche abzuweisen. Das lag zweifelsfrei daran, dass sie sich nicht verliebt hatte. Das sollte besser auch so bleiben.

Sie huschte ins Lager und eilte zu den vertrauten Hütten. *Mamãe* und Tallulah saßen am Feuer und bereiteten das Essen zu.

Mamãe winkte strahlend in ihre Richtung. »Da bist du, mein Schatz.«

Taya legte ihre Umhängetasche an die Seite und umarmte die beiden Frauen. »Wo sind die anderen?«, fragte sie.

»*Papai* schläft. Ich habe das Gefühl, er muss Wochen Schlaf nachholen.« *Mamãe* seufzte.

»Yumah und Tohon sind noch nicht zurück«, mischte Tallulah sich ein.

Taya verzog das Gesicht. Auch ihre Tage waren lang. Sie musste schon um 7 Uhr im Anwesen erscheinen und durfte erst 13 Stunden später Feierabend machen.

Dafür konnte sie mittags pausieren, durfte den ganzen Tag essen und trinken. Sie musste nicht nur körperlich arbeiten, sondern bekam Unterricht.

»Ich habe etwas warme Suppe für *papai* dabei.« Taya holte den verschlossenen Behälter aus der Tasche.

»Höre ich die Stimme meiner geliebten Tochter?« *Papai* steckte den Kopf aus der Hütte. Er lächelte und kam heraus zu ihnen. »Wie war dein Tag?«

»Gut«, log sie. Sie wollte nicht die Stimmung verderben und von dem Ausbruch des Barons erzählen.

»Schatz, ich habe *papai* gesagt, für wen du arbeitest«, sagte *mamãe*. »Tohon kannst du es selbst sagen, aber dein *papai* und ich möchten offen miteinander sprechen, vor allem, wenn es um unsere Kinder geht.«

Taya nickte. *Papai* würde ruhiger reagieren als Tohon.

»Ich kenne den Baron nicht gut«, erklärte *papai*. »Er kommt selten in die Wälder und schickt nur seine Handlanger. Ich habe ihn aber einmal gesehen. Er ist ein riesiger Mann mit goldenem Haar.«

»Er ist gefährlich, und ich bin froh, dass er den ganzen Tag nicht daheim ist. Ich bin seiner Frau unterstellt, und sie ist viel netter«, berichtete Taya ehrlich.

Papai löffelte seine Suppe. Er sah so viel besser aus als noch bei seiner Ankunft im Lager. Taya wünschte, sie hätte ihm mehr Zeit erkaufen können.

»Ich habe gehört, dass der Baron Söhne hat, die das Geschäft übernehmen sollen«, fuhr *papai* fort.

»Er hat zwei Söhne, einen leiblichen und einen adoptierten«, erwiderte Taya.

Mamãe reagierte überrascht. Sie rührte einen Brei aus Bohnen und Süßkartoffeln, hielt aber in der Arbeit inne. »Adoptiert?«

Taya hatte es nicht geplant, aber sie erzählte ihren Eltern und Tula von Paul. »Seine leibliche Mutter hat unserem Stamm angehört. Er hat eine Andyrá tätowiert und ist genauso alt wie ich. Sie war wohl eine Hure. Erinnert ihr euch an eine

Frau, die damals ans Hurenhaus verkauft wurde?« Taya musterte ihre Eltern neugierig.

Die beiden sahen sich betroffen an.

»Wer?«, stieß Taya aus. Vermutlich kannte sie die Frau nicht, da sie selbst ein Baby gewesen war, aber vielleicht gab es noch andere Familienmitglieder.

»Möchte Paul seine Wurzeln kennenlernen?«, fragte *papai*.

Taya biss sich auf die Lippe.

Papai warf ihr einen strengen Blick zu. »Warum wühlst du in seiner Vergangenheit, wenn er das nicht möchte? Das solltest du nicht tun.«

»Er benimmt sich nicht wie wir«, murmelte Taya.

»Natürlich nicht. Er ist von den Fremden erzogen und geformt worden«, warf Tallulah ein. »Warum sollte er sich für uns interessieren? Er hat doch ein gutes Leben.«

Tohon und Yumah kamen in Sicht. Ihre Ankunft ließ das Gespräch über Paul abrupt enden.

Die beiden Männer lächelten erschöpft. Taya konnte sich nicht halten. Tohon war für sie das Wichtigste.

Sie sprang auf und fiel in seine Arme.

Es war ein überraschend seltsamer Moment für Taya.

Tohon hatte die besten Arme der Welt. Daran würde sich nie etwas ändern. Aber Paul … seine Arme waren auf gänzlich andere Weise besonders gewesen, und genau jetzt schoben sich diese Gedanken in ihren Kopf.

»Schön, dich zu sehen, kleine Fledermaus«, raunte Tohon ihr ins Ohr.

Taya wollte die Gedanken an Paul abschütteln.

Sie war ein Mädchen des Waldes und würde es bleiben.

12

Einige Wochen später, Silvesternacht 1896

Paul stand in seinem Zimmer am Fenster und schaute nach draußen. Es regnete und regnete.

Das Jahr neigte sich dem Ende zu.

In wenigen Stunden wurde das *Teatro Amazonas* eingeweiht. Seit Tagen reisten reiche Leute aus der ganzen Welt an, um das Spektakel mitzuerleben: eine Oper mitten im Dschungel.

Paul war das Event egal, er könnte genauso gut zu Hause bleiben und mit Diego Karten spielen. Es wäre wohl der schönere Abend für ihn.

So musste er sich in seinen edelsten Anzug zwängen, die interessierten und abwertenden Blicke der Europäer ertragen, die sich wunderten, dass er ein Lorenz war, obwohl er nicht wie einer aussah.

In drei Tagen stand obendrein die Hochzeit von Karl und Charlotte an.

Pauls Versuche, Karl beizustehen, waren gescheitert. Zumindest empfand Paul es so. Sein Bruder konnte mit Charlotte nichts anfangen, und sie hasste ihr neues Leben.

Wozu sollten zwei Menschen, die sich nicht nahestanden, heiraten und Kinder miteinander bekommen?

Als hinter Paul die Tür aufflog, wusste er, dass es sich nur um Karl handeln konnte. Niemand sonst platzte derart ungestüm in seine Privaträume hinein.

»Wieso klopfst du nicht an?« Paul drehte sich um und warf Karl einen mahnenden Blick zu.

»Kannst du mir mit dem Schlips helfen? Was für ein blödes Teil. Ich habe nach Taya gerufen, aber ich glaube, sie hört mit Absicht weg.« Karl trat breit grinsend ins Zimmer.

Paul sah ihn tadelnd an. »Du weißt genau, dass Taya keine Krawatten binden kann. Du solltest dich vertrauensvoll an Katharina wenden.«

Karl stellte sich seinem Bruder genau gegenüber, und Paul versuchte sich daran, diesen Knoten ordentlich hinzubekommen.

Im nächsten Moment kam Taya keuchend im Flur zum Stehen. Sie drehte sich im Kreis.

»Ich bin hier.« Karl winkte.

Taya hob fragend die Arme. »Du hast gerufen, als ginge es um Leben und Tod. Ist ein Skorpion in deinem Zimmer?«

Karl schob Paul ein Stück nach hinten und wies auf seinen Schlips. »Du musst mir helfen, meine Krawatte zu binden.«

Taya entglitten die Gesichtszüge. »Ausgerechnet ich? Ich kann dich mit Federn schmücken«, schlug sie vor.

Paul lachte belustigt auf.

»Sehr witzig. Gehört das Krawattenbinden nicht zu deiner Ausbildung?« Karl winkte Taya herein.

Sie näherte sich den beiden Brüdern und seufzte auf.

Paul liebte seinen Bruder, aber in diesem Fall konnte er ihm nicht den Vortritt lassen. Er griff nach seiner Krawatte und schob sich direkt vor Taya. »Lieber übst du zuerst bei mir. Ich bin nicht so streng, wenn es schiefgeht.«

Taya nahm ihm lächelnd den Schlips aus der Hand und runzelte die Stirn.

Paul ahnte, dass das ihr erster Versuch sein würde, eine Krawatte zu binden.

Sie legte ihm den seidigen Stoff um den Nacken und besah sich konzentriert die beiden Enden.

So nah bei ihr zu sein, ließ Pauls Herz höher fliegen. Er

hatte es nie gewagt, ihr seine Gefühle zu gestehen. Stattdessen begnügte er sich mit einem Zustand, der einer Freundschaft ähnelte. Die Sorge, dass er sie verlor, wenn sie wusste, wie tief seine Sehnsüchte gingen, überwog.

Mama war der Auffassung, dass Pauls Chancen auf Taya stiegen, wenn sie ihre Ausbildung beendet hatte. Papa hatte Taya als Angestellte zu schätzen gelernt und sie gestern sogar Taya statt Teresa genannt.

Mama hatte daraufhin strahlend Pauls Hand gedrückt.

»Gut, dann fange ich mal an«, murmelte Taya.

Als sie die beiden Stränge umeinanderwickelte, presste er die Lippen zusammen, um nicht loszulachen.

»Ich brauche etwas Bast«, sagte sie und schien es ernst zu meinen.

Paul lachte auf. »Du sollst mir einen Knoten in die Krawatte binden und keinen Mädchenzopf.«

»Mit meiner Variante wärst du wenigstens ein Hingucker und kein Popanz.«

Nun konnte er sich nicht mehr halten und warf lachend den Kopf in den Nacken.

»Popanz? Woher hast du denn dieses Wort?«, erkundigte er sich, immer noch amüsiert.

Tayas Augen glänzten so wunderschön, dass er sich verzweifelt fragte, wie lange er sich noch zurückhalten konnte. Er wollte sie in seine Arme ziehen und an sich drücken.

So wie er es getan hatte, als er Taya weinend in der Küche entdeckt hatte, nachdem Papa Emefa zusammengeschlagen hatte.

Es war so natürlich erschienen, Nähe herzustellen und Trost zu spenden.

Aber jetzt?

Er konnte sie doch nicht aus heiterem Himmel an sich ziehen.

Taya ließ die Krawatte los und trat einen Schritt nach hinten. »Emefa hat es mir beigebracht.« Sie schmunzelte und zuckte dann mit den Schultern. »Ihr müsst Katharina fragen. Ich kann so was nicht.«

Sie lächelte Paul zu, bevor sie aus dem Raum schlüpfte und die Tür hinter sich schloss.

Karl stieß frustriert die Luft aus. »Sie mag dich viel lieber als mich.«

Paul nahm die Krawatte und versuchte sich daran, sie Karl zu binden. »Das sollte dir egal sein. Du heiratest in drei Tagen.«

»Taya ist viel aufregender als Charlotte.« Karl brummte verärgert.

»Du hast dir deine Braut selbst ausgesucht. Außerdem ist Charlotte sehr nett. Ich habe mich schon einige Male gut mit ihr unterhalten.« Paul verteidigte Charlotte. Karls Ablehnung war nicht ihre Schuld. Er ging ihr aus dem Weg.

Pauls Rat, Karl solle die Hochzeit absagen und eine Braut nach seinem Geschmack suchen, war ebenfalls auf taube Ohren gestoßen.

»Unterhalten … Ich sorge mich eher um die Hochzeitsnacht. Findest du es nicht komisch, mit einer Fremden zu … du weißt schon.«

Ach du Schreck. Paul schluckte peinlich berührt. »Ich kann dir dazu nichts raten, außer, dass du dich erst mal emotional annäherst.«

Karl musterte ihn kritisch. »Bei deinem Tempo ist Taya längst mit einem anderen verheiratet.«

Paul öffnete den Mund, nur um ihn wieder zu schließen. Hatte Karl damit recht?

»Vielleicht fragst du Mama wegen der Hochzeitsnacht? Sie weiß bestimmt, wie Charlotte sich fühlt, und …«

»Bist du des Wahnsinns?«, brauste Karl dazwischen. »Ich

frage doch nicht Mama! Wir sind erwachsen. Ich frage Fernando. Vielleicht nimmt er mich morgen mit zu seiner Dirne, und sie bringt mir noch was bei.«

Paul entglitten die Gesichtszüge. »Das ist schändlich.«

»Ich zahle doch dafür.«

Paul wies überfordert auf die Krawatte. »Katharina soll das noch mal prüfen, aber ich glaube, der Knoten ist gut so.«

Karl nickte und eilte aus dem Raum. Paul hörte ihn nach Fernando rufen.

Warum nur befürchtete Paul, dass diese Hochzeit der Beginn eines großen Desasters war?

Gedankenverloren kämpfte er mit seiner eigenen Krawatte.

»Lass mich das machen.«

Charlotte trat zu ihm.

Sie war wohl durch die offen stehende Tür gekommen.

Paul reagierte überrascht. Sie hatte in seinem Zimmer nichts verloren.

Sie band ihm mit sicheren Bewegungen den Knoten und sah ihm dabei durchgehend in die Augen.

Irritiert trat er einen Schritt nach hinten. »Danke«, murmelte er.

Warum stand sie denn noch hier? Wie würde das auf andere wirken?

Paul wollte sie nicht hinauswerfen und damit treffen. Also floh er selbst. Er lächelte zögerlich und steuerte anschließend die Treppe an.

Taya durfte heute früher Feierabend machen, weil das Abendessen im Anwesen ausfiel. Sie würden in der Stadt dinieren. Das *Teatro Amazonas* wurde eingeweiht und im Anschluss sollte eine große Feier mit den besten Speisen für die feine Gesellschaft stattfinden.

Unten suchte er nach seinem Fledermaus-Mädchen. Karls

Worte hingen ihm nach. Vielleicht sollte Paul endlich seine Absichten deutlicher machen?

In der Küche war niemand, auch Wohn- und Esszimmer waren leer.

»Ähm, Emefa, hast du Taya gesehen?«, fragte er die Haushälterin. Sie saß auf der Veranda und blickte in die Ferne.

»Popanz, Popanz«, krähte Heribert.

Pauls Mundwinkel hoben sich. Offensichtlich war Taya eben noch hier gewesen und hatte Heribert Bericht erstattet.

»Taya gehen família. Nix da sein.«

Er würde seinen Annäherungsversuch verschieben müssen. Wahrscheinlich hätte er sich sowieso nicht getraut.

Er ließ angespannt die Luft entweichen.

»Paul? Wo steckst du?« Er hörte Mama rufen.

»Luise!«, schallte Papas Stimme durch das Anwesen.

Es ging los. Paul straffte die Schultern. Er würde ins *Teatro* gehen und es überstehen.

»Ich wünsche dir einen schönen Abend«, sagte er zu Emefa.

Sie lächelte ihm zu. »Meine Paul, gute Herz. Ich wissen.«

Er traf die anderen vor dem Anwesen. Papa diskutierte mit Karl über die Motorkutsche. Beide wollten sie fahren. Papa aber schien der Auffassung zu sein, dass Mama ihn begleiten sollte. Karl weigerte sich, sein Spielzeug aus der Hand zu geben.

Mama winkte die Familie Thomson in die klassische Kutsche. Paul setzte sich neben den Kutscher. Mama ließ es unkommentiert.

»Paul und ich fahren das Automobil.« Karl wollte nicht nachgeben.

Mama stieg zu den anderen in die Kutsche.

Paul schüttelte nur den Kopf, als Karl und Papa letztlich zu zweit das Gefährt steuerten. Einige Reiter patrouillierten um die Herrschaften herum.

Paul hörte, wie Mama eine höfliche Unterhaltung in der Kutsche führte. Er selbst genoss die Ruhe auf dem Kutschbock. Es war schwül, und sein Hemd klebte bereits an seiner Haut.

Während Paul sich umsah, bemerkte er die Fledermaus, die schräg hinter ihm hing. Er reagierte überrascht, dass sie ihn begleitete. Schließlich interessierte sie sich mehr für Tayas Fledermaus als für ihn.

Zaghaft näherte er sich, indem er einen Finger nach ihr ausstreckte. Sofort flog das Tier davon.

Frustriert faltete er seine Hände zusammen und starrte ins Leere. Vor ihm diskutierten Karl und Papa lautstark miteinander. Hinten unterhielt Mama die feine Gesellschaft aus England.

Er fühlte sich seltsam fehl am Platz. Als gehörte er nirgendwohin.

Anscheinend hatte die Fledermaus dieses Gefühl der Nicht-Zugehörigkeit in Paul verstärkt.

Niemandem in seiner Familie folgte ein Tier.

Warum begleitete ihn die Fledermaus, wenn ihr seine Zuwendung offensichtlich zuwider war?

Paul verwarf seine Gedanken, als er die Menschenmenge rund um das *Teatro* sah. Papa hatte bereits erwähnt, dass rund 700 Besucher hineinpassten, aber nun mit eigenen Augen die chic gekleidete Menge zu sehen, ließ Paul schlucken.

Papa genoss das Staunen der Leute offen. Das Automobil war eine dekadente Zurschaustellung seines Reichtums.

Erhobenen Hauptes stieg er von der motorisierten Kutsche und schritt zu Mama, die sich bei ihm einhakte.

Karl holte Charlotte ab.

Das Ehepaar Thomson folgte.

Am liebsten wäre Paul sitzen geblieben und hätte so getan, als würde ihn diese Veranstaltung nichts angehen.

Da drehte sich Karl nach hinten. »Paul? Wo bleibst du?«

Er stieg vom Kutschbock. Sein Bruder erwartete ihn.

Es war eine wertschätzende Geste, ihn einzubeziehen.

»Dein Kopf raucht, Bruder«, raunte Karl ihm ins Ohr. »Wenn dich jemand blöd anredet …«

»Ich kriege das hin«, warf Paul schnell ein, denn er wollte nicht darüber sprechen, während alle sie anstarrten.

»Senhor Lorenz, Junior. Es freut mich, Sie zu sehen.« Ein Mann, den Paul nicht kannte, begrüßte seinen Bruder.

»Mr Salves, darf ich Ihnen meine Verlobte, Charlotte Thomson, vorstellen?«, erwiderte Karl höflich. »Das ist mein Bruder Paul.«

»Ich hörte von dem adoptierten Buschjungen.« Mr Salves musterte Paul interessiert.

So lief es meistens ab. Entweder kam Paul sich wie ein Paradiesvogel vor oder er wurde mit der Dienerschaft verwechselt.

Taya hatte wohl recht. Er war ein Popanz.

Würde ein Popanz Chancen bei dem Mädchen mit der Fledermaus haben?

Paul musste schmunzeln.

»Sie wollen mit Kautschuk handeln?«, erkundigte Karl sich.

»So ist es.« Mr Salves stellte sich aufrecht und hob das Kinn.

»Dann lernen Sie erst mal, meinen Bruder nicht blöd anzureden.« Karl ließ den verdatterten Mr Salves stehen. »Was für ein Idiot«, schimpfte Karl und schob Charlotte zu Mama. Er legte seinen Arm um Pauls Schultern. »Komm, wir suchen die Bar.«

Paul sah Charlottes verzweifelten Blick.

»Was ist mit deiner Verlobten?«, fragte er, weil er sich schuldig fühlte. Schließlich wollte Karl ihn nicht allein lassen, weil Paul sich – seiner Meinung nach – zu wenig gegen die Anfeindungen wehrte.

Sie erreichten die Bar. Noch bevor Paul sich auf einen

Hocker setzen konnte, drückte ihm der Mann hinter dem Tresen ein Tablett mit Getränken in die Hände. »Verteile das unter den Gästen.«

Ehe Paul reagieren konnte, hatte Karl ihm das Tablett abgenommen und es auf den Tresen gestellt. »Wage das nicht noch einmal«, drohte er dem Barmann.

Der erkannte seine Verwechslung und entschuldigte sich wieder und wieder.

»Was willst du trinken?« Karl deutete Paul, zu sprechen.

»Ich nehme Cachaça«, erwiderte er.

»Gute Wahl. Mach uns zwei.« Karl haute mit einer Faust auf den Tresen. Als der Barmann hektisch den Wunsch erfüllte, grunzte Karl. Er wandte sich an Paul: »Du musst den anderen die Grenzen aufzeigen. Du bist zu nett.«

Ich bin zu nett.

Paul fiel es tatsächlich schwer, sich selbstbewusst durch die weiße Oberschicht zu bewegen.

»Auf uns.« Karl prostete ihm zu. »Hast du den verdatterten Blick von diesem Salves gesehen?«

Paul schmunzelte. »Allerdings. Du wirst von Tag zu Tag selbstbewusster. Wenn ich da an den Jungen im Schrank denke …« Den letzten Satz murmelte er, denn das ging sonst niemanden etwas an.

»Dass Papa unsere Mutter geschlagen hat, werde ich ihm nie verzeihen«, erwiderte Karl leise. »Aber ich komme in ein Alter, wo ich manches differenzierter betrachten kann. Unser Vater hat sich sein Imperium selbst aufgebaut, und er steht stark und stolz unter diesen Aasgeiern und muss sich nicht verstecken. Ich zolle ihm dafür Respekt.«

Paul dachte über Karls Worte nach. »Ich glaube, dass wir Papa nur differenziert betrachten können, weil Mama, Emefa und Katharina für uns sorgten. Sie haben unsere Welt immer wieder repariert.«

Während sie anstießen und Cachaça tranken, näherten sich zwei junge Damen. Sie tuschelten miteinander, standen aber so dicht, dass Paul das Gespräch nicht fortsetzen wollte.

Erst als Karl in ihre Richtung prostete, traten die Frauen offen zu ihnen. »Was trinken Sie denn da? Das sieht köstlich aus.« Die Frau mit den braunen Haaren adressierte Karl direkt. Sie hatte eine helle Haut und blaue Augen.

»Ich bestelle Ihnen eine Cachaça. Sie werden begeistert sein.« Karl winkte dem Barmann und orderte zwei weitere Getränke.

Paul wusste nicht so recht, ob er es höflich fand, mit zwei Damen zusammenzustehen, während Charlotte ihnen unglückliche Blicke zuwarf. Auf der anderen Seite wollte Paul sich nicht dauernd verantwortlich fühlen, denn er hatte Charlotte nicht angeschleppt. Sein Blick schweifte zu Papa, der von zahlreichen Aasgeiern, wie Karl sie nannte, umringt stand. Als Paul die Frauen bemerkte, die sich offen in Papas Blickfeld schoben, schluckte er.

Papa erhielt bestimmt zahlreiche Angebote.

»Luise, Liebling!«, rief er.

Im nächsten Moment zog er Mama an seine Seite und machte damit deutlich, dass er die Avancen der Damen als belästigend empfand.

Paul musste Papa offensichtlich selbst differenzierter betrachten. Die Welt war komplex und der Mann, der ihn aufgezogen hatte, ebenfalls.

Das Fest war mittlerweile in vollem Gange. Es gab das beste Essen, Musik, Tanz und Gelächter.

Paul stand am Rand und leerte seinen Cachaça. Er hatte mittlerweile mehrere getrunken und bemerkte seinen kleinen Schwips.

Er war nicht der Einzige. Die meisten Besucher wirkten

stark alkoholisiert. Papa hielt Mama auf seinem Schoß und fasste ihr ungeniert in den Ausschnitt.

Der Gouverneur war mit einer einheimischen Bediensteten verschwunden und hatte sie auf dem Weg nach draußen unsittlich berührt.

Karl konnte sich vor Angeboten nicht retten. Er glich einem Hahn, um den ein Haufen Hühner gackerte.

Paul beobachtete ihn und überlegte einzugreifen. War Karl noch bei klarem Verstand?

Paul bezweifelte es, bemerkte aber, dass er selbst eher torkelte als zu gehen.

Charlotte kam zu ihm. »Tanzt du mit mir?«, fragte sie.

Paul reagierte überrascht. Sie musste doch wissen, dass es nicht angemessen wäre. »Karl ist mein Bruder und du seine Verlobte. Es wäre unpassend.«

»Er hat mehrere Frauen auf seinem Schoß sitzen, obwohl wir kurz vor der Heirat stehen. Ist das nicht ebenfalls unpassend?« Tränen schimmerten in ihren Augen.

Paul tat es leid. Dennoch … »Ihr beide müsst eure Probleme selbst lösen.«

»Wenn du mir nicht helfen willst, löse ich mein Problem eben selbst«, schimpfte sie und eilte aus dem Saal.

Paul sah ihr mit ungutem Gefühl nach. Was hatte sie damit gemeint?

Er drängte vorwärts zu Karl. »Bruder, komm, amüsiere dich mit mir«, forderte der ihn auf.

Paul beugte sich an sein Ohr. »Charlotte hat aufgelöst den Saal verlassen. Bitte geh ihr nach.«

Karl schüttelte den Kopf. »Kannst du das für mich machen? Ich bin zu betrunken, um mich um das Frauenzimmer zu kümmern.«

Paul fluchte, denn er hätte Karl am liebsten zurechtgestutzt. Hier war zu viel Publikum. Wäre Charlotte nur traurig, würde Paul sich nicht einmischen, aber da war die Sorge, sie könnte sich etwas antun oder weglaufen und den Tod finden.

Was würde das bei seiner Familie anrichten?

Paul eilte Charlotte nach. Er fand sie im Foyer, wo sie versuchte, das *Teatro* zu verlassen. Der Wächter erkundigte sich nach ihrem Sicherheitsschutz.

Sie wirkte aufgelöst und herrschte den Mann an, er solle sie hinauslassen.

Paul zeigte sich Charlotte und legte tröstend den Arm um ihre Taille. »Komm, ich kümmere mich darum, dass du sicher nach Hause geleitet wirst.« Er wollte Mama bitten, den Kutscher und die Wachmänner anzuweisen. Anschließend könnten die Bediensteten zurückkehren.

Paul führte Charlotte an einen ruhigeren Ort, um ihr seinen Plan erklären zu können.

Charlotte ließ es geschehen.

Als Paul eine unscheinbare Ecke gefunden hatte, blieb er stehen und wendete sich Charlotte zu.

Sie schlang ihre Arme um seinen Nacken und presste ihre Lippen auf seinen Mund.

Paul war schockiert. Was tat sie denn?

Ihr Verhalten glich einem Überfall. Sie machte sich an seiner Hose zu schaffen und bedrängte ihn mit ihren Küssen.

»Charlotte«, stieß er aus und umfasste ihre beiden Handgelenke. »Du bist nicht bei Sinnen.«

Tränen standen in ihren Augen. »Ich will lieber dich als ihn. Wenn du mich entehrt hast, werden sie uns in eine Ehe drängen«, wisperte Charlotte.

Paul erstarrte. Ihre Worte wirkten ehrlich, und sie schien nicht das erste Mal darüber nachgedacht zu haben, denn sie stierte ihn entschieden an. Ihre Entschlossenheit stresste ihn noch mehr.

»Ich werde dir eine gute Frau sein. Ich verspreche es. Bitte, Paul.« Ihr Betteln verschlimmerte die Lage.

Er ließ ihre Handgelenke los und schloss seine Hose.

»Paul, dein Bruder will mich doch nicht. Er würde es dir nicht nachtragen.« Charlotte bedrängte ihn weiter. »Was also spricht dagegen?«

Paul fasste sich instinktiv an die Stelle, an der seine Fledermaus tätowiert worden war. Wie sollte er Taya aufgeben? Möglicherweise hatte Charlotte recht, und ihre Eltern würden einem neuen Arrangement zustimmen.

Aber Paul ertrug die Vorstellung nicht. Er wollte Charlotte nicht ehelichen.

»Ich habe mein Herz bereits verschenkt.« Er sah Charlotte entschuldigend an.

»Sie ist nur eine Sklavin. Dein Vater würde das nie erlauben«, entgegnete Charlotte. Sie schüttelte den Kopf. »Paul, bitte.«

Offensichtlich hatte sie kombiniert, um wen es sich handelte. Es war nicht allzu schwierig. Paul traf sich mit niemandem außer Taya.

»Paul, eine Sklavin bringt dir das Verderben. Lass uns unser Schicksal lenken, bevor es zu spät ist.« Charlotte gab nicht auf. Sie löste einen Knoten vorne an ihrem Kleid und entblößte ihre Brüste vor ihm.

Sie bedrängte ihn, klammerte sich an ihn und bettelte.

Paul erstarrte komplett, als Mr Thomson in seinem Blickfeld erschien. Er weitete die Augen.

Paul ebenfalls.

Er befreite sich ruppig von Charlotte und eilte an Mr Thomson vorbei. Paul erkannte erschrocken, in welche Lage Charlotte ihn getrieben hatte.

Mit Absicht.

Er drehte sich zu Mr Thomson, musste klarstellen, dass er sich gegen eine Ehe mit Charlotte wehren würde.

»Ich werde den Platz meines Bruders nicht einnehmen.«

»Du hast meine Tochter entehrt«, brauste Mr Thomson auf.

Paul ballte wütend die Hände zu Fäusten.

Charlotte stand dort, entblößt. Sie tat so, als würde sie auch jene Stellen ordnungsgemäß bedecken wollen, die er nie berührt hatte.

Ich habe sie nicht berührt.

»Sie näherte sich mir, und ich verneinte«, erklärte Paul wahrheitsgemäß.

Mr Thomson zeigte seine Verärgerung offen.

»Ich mache dich fertig«, drohte er.

Paul wandte sich ab. Sein Puls raste. Wohin hatte ihn seine Freundlichkeit gebracht?

Aufgelöst und angetrunken, wie er war, floh er aus dem *Teatro*. Wo sollte er hin? Wem sich anvertrauen? Mama und Papa waren umringt von Proleten. Karl war derart betrunken, dass Paul seinen Rat aktuell vergessen konnte.

Paul atmete schwer.

Er lief zu den Pferden seiner Familie. Dort saß der Kutscher auf dem Bock und wartete. »Ich brauche eines der Pferde«, sagte Paul.

Der Kutscher nickte überrascht und kümmerte sich darum.

»Nun, es ist nicht gesattelt«, gab der Kutscher zu bedenken.

»Das macht nichts«, murmelte Paul. Er war ein guter Reiter.

Er schwang sich auf den Pferderücken und ritt davon.

Er war aufgebracht, fühlte sich betrogen und er war angetrunken.

Letzteres führte wohl dazu, dass er den Mut fand, das Lager der Seringueiros anzusteuern.

Als er das Lager erreichte, traten zwei Wächter auf ihn zu. »Ich bin Paul Lorenz«, erklärte er.

»Wir wissen, wer Sie sind«, erwiderte einer der Wächter.

Paul stieg vom Pferd und achtete auf eine aufrechte Haltung.

»Bringt mir Taya oder Teresa, ich weiß nicht, unter welchem Namen ihr sie führt. Sie arbeitet in unserem Anwesen.«

»Wir kennen die Frau mit dem Abholservice.« Der Wächter brummte.

Paul machte eine wedelnde Handbewegung. Der Mann sollte sich beeilen, bevor Paul der Mut verließ.

Nervös drehte er sich von dem wartenden Wächter weg. Paul hatte seinen Plan nicht zu Ende gedacht. Wie sollte er mit Taya sprechen, vor allem, wo?

Die Wächter wunderten sich bestimmt, warum er so spät am Abend aufkreuzte und Taya mit einem Pferd abholte.

Paul sog tief frische Luft in seine Lungen. Er stieg aufs Pferd und beobachtete das Tor. Er würde den Wächtern keine Show liefern, sondern mit Taya verschwinden.

Warum dauerte es denn so lange?

Als er den Wächter und eine – ihm folgende – Taya entdeckte, spürte Paul sein Herz schneller schlagen. Der Wind wirbelte Tayas Haare durcheinander. Er liebte sie mit offenen Haaren besonders. Vielleicht weil er wusste, dass sie ihren Zofen-Dutt nicht mochte.

Taya trat durch das Tor und sah ihn fragend an.

Paul streckte eine Hand nach ihr aus. »Komm«, sagte er.

Sie zögerte nicht. Taya ging auf ihn zu, nahm seine Hand und ließ sich von ihm aufs Pferd ziehen, direkt auf seinen Schoß.

Paul nickte den Wächtern zu und trieb das Pferd an. Er trabte den Weg in Richtung des Anwesens und ließ das Pferd erst langsamer gehen, als sie weit genug vom Lager entfernt waren.

Nun waren sie keinen neugierigen Blicken mehr ausgesetzt. Paul genoss Tayas Nähe. Sie fühlte sich so gut auf seinem Schoß an. Seit er sie in der Küche umarmt hatte, waren sie sich nicht mehr körperlich nahe gewesen.

Bei dem wohligen Gefühl, Taya bei sich zu haben, wirkte Charlottes Belästigung noch bedrohlicher auf ihn.

Welche Konsequenzen würden sich für Paul ergeben?

Würde er in einen Skandal geraten?

»Was ist passiert?«, fragte Taya ihn mit sanfter Stimme.

Er begegnete ihrem Blick. Aus nächster Nähe.

Der Mond und die Sterne waren das einzige Licht, das sich ihm bot. Tayas Augen funkelten. Sie schnupperte in die Luft und warf ihm einen vielsagenden Blick zu.

»Wieviel Cachaça hast du getrunken?«

»Zu viel, fürchte ich«, entgegnete er. »Aber ich bin bei Sinnen.«

»Warum holst du mich kurz vor Mitternacht aus dem Lager, Paul?«

»Hattest du schon geschlafen?«

»Das nicht. Es ist doch der Jahreswechsel, und wir wollten das Feuerwerk sehen.«

Paul biss die Zähne zusammen. Er war ein Idiot. »Es tut mir leid. Du wolltest bestimmt mit deiner Familie feiern. Heute mache ich alles falsch. Du hast recht, ich bin ein Popanz.«

Taya kicherte.

»Soll ich dich zurückbringen?« Er wollte es nicht. Paul wollte ihr sein Herz ausschütten, von Charlottes Verrat an ihm erzählen und Taya sagen, wie gern er sie hatte.

Er bezweifelte allerdings mehr und mehr, dass sein Vorgehen richtig war. Tayas Leben war noch schwerer als seines, er durfte ihr die kostbaren Momente mit ihrer Familie nicht rauben.

»Warum hast du mich denn abgeholt?« Sie musterte ihn neugierig.

Paul wies auf das Anwesen, das in Sicht kam. Die elektrische Beleuchtung sorgte nun für ein helleres Licht, und er konnte jeden Gesichtszug von Taya erkennen. »Entscheide dich, ob ich dich zurückbringen soll.«

Taya schüttelte sanft den Kopf. »Haben die Fremden dich auf ihrer Feier ausgeschlossen?«

»Das tun sie doch immer. Ich bin wie so ein Zwitter. Nichts bin ich richtig.« Paul stieß die Luft aus.

»Kann man vom Garten das Feuerwerk sehen?«

Paul lächelte. War das ihre Zusage?

Taya rutschte von seinem Schoß und sprang vom Pferd. Sie ging zu den beiden Wachmännern und hob die Arme, als Zeichen dafür, dass sie sie auf Waffen untersuchen sollten.

Paul mochte das Bild nicht. Er verstand es auch nicht. Taya hatte Zugriff auf verschiedenste scharfe Messer in der Küche, wenn sie einen Angriff planen würde, gäbe es genügend Möglichkeiten.

Wahrscheinlich wollte Papa ihr ihren Status vor Augen halten.

Paul stieg vom Pferd und führte es zu Fuß die Meter bis zum Tor. Der Stallbursche hatte längst Feierabend. Paul brachte den Gaul selbst in seine Box.

Taya folgte ihm in den Stall und streichelte Helmut, ihren Liebling.

Paul könnte sie stundenlang beobachten. Am liebsten würde er ihr Helmut schenken, damit sie ihn Gomda taufen konnte. Er würde mit ihr ausreiten und Limettenlimonade für ein Picknick mitnehmen.

Taya liebte Limettenlimo.

Ihretwegen war er in der Stadt gewesen, um den besten Limettenhändler zu finden. Er hatte sich allerdings geschämt, ihr seine Fürsorge zu gestehen, und nur heimlich bessere Limetten geordert.

»Ich besorge uns Limo, und wir treffen uns im Garten«, schlug er vor. Er hatte Sorge, dass Emefa oder Diego Taya entdeckten und ablenkten.

Taya löste sich von Helmut und kam auf ihn zu.

»Ich soll mich heimlich in den Garten schleichen?«

»Das dürfte doch für die Frau mit der Fledermaus kein Problem sein, oder?« Grinsend trat er einen Schritt nach hinten.

Taya wackelte mit den Augenbrauen. »Meine leichteste Übung.«

Paul schüttelte lächelnd den Kopf. Taya schlich an ihm vorbei. Schmunzelnd sah er ihr nach.

Er beeilte sich, die Limo zu besorgen. In der Küche durchsuchte er den Eisschrank in der Hoffnung, dass sie Limetten vorrätig hatten und er nicht erst welche pressen musste.

Auf Emefa war Verlass. Paul nahm die Limo heraus und goss die Flüssigkeit in zwei Gläser.

Er lauschte in den Trakt der Bediensteten. Dort hörte er die Stimmen von Diego und Cristobal.

Im Ess- und Wohnzimmer war es dunkel. Paul beließ es dabei. Er wollte keine unnötige Aufmerksamkeit auf sich ziehen, sondern allein Zeit mit Taya verbringen.

Taya saß auf den Stufen zur Veranda. Sie drehte sich um, als er die Tür öffnete und damit ein Geräusch verursachte.

Der Sog zu ihr wurde immer stärker. Es war verrückt, dass sie ihn schon als Kind verzaubert hatte und nun als Mann.

Paul reichte ihr die Limo und hockte sich neben sie.

Er spürte Tayas Blicke.

Sie wollte bestimmt wissen, warum er sie abgeholt hatte.

Er drehte nervös das Glas in seinen Händen und suchte nach Worten.

Da tobten so viele Gefühle in ihm.

Allen voran die Angst, dass Taya ihn abwies.

13

Taya nippte an ihrer Limo. Sie war süchtig nach Limetten-limonade geworden.

Sie arbeitete seit Monaten auf dem Anwesen und kannte die Abläufe mittlerweile auswendig.

Auch hatte sie ein besseres Gespür für die Herrschaften entwickelt.

Paul wirkte bedrückt. Sie konnte es nicht genau begründen, aber eine Schwere lastete auf ihm. Eine, die vor dem Besuch der Feier nicht dagewesen war.

»Was ist im *Teatro* geschehen?«, fragte sie.

Paul drückte das Glas in seinen Händen. Wenn er so wei-termachte, würde es noch platzen und er sich schneiden.

Taya stellte ihr Glas neben sich und nahm Paul seines ab.

»Du bist immer komisch, aber heute ganz besonders.« Sie zog ihn absichtlich auf, um ihm deutlich zu machen, dass es okay für sie war. Er hatte sie an ihrem freien Abend abgeholt, ihre Silvesternacht mit ihrer Familie ruiniert und druckste herum.

All das machte Taya seltsamerweise nichts aus, weil es Paul war.

Und sie mochte Paul.

»Charlotte und Karl … sie lieben sich nicht.« Paul ließ angespannt die Luft entweichen.

Taya musterte ihn neugierig. Sie hatte keine bestimmten Erwartungen an das Gespräch gehabt, aber wenn, dann eher in die Richtung seiner indigenen Abstammung und die dar-aus resultierenden Probleme in der weißen Oberschicht.

»Das ist offensichtlich.«

Paul vergrub das Gesicht in seinen Händen. »Karl hat sich mit anderen Frauen auf dem Fest amüsiert.«

Taya nippte an ihrer Limettenlimonade. Karl war ein schwieriger Charakter, und sie für ihren Teil war froh, wenn er Distanz zu ihr hielt.

»Warum belastet es dich derart?«, fragte Taya.

Paul richtete sich auf und lief vor ihr hin und her.

Überrascht runzelte Taya die Stirn.

Schließlich blieb er stehen und fluchte. »Porcaria!«

Taya prustete. Das hatte sie ihm so nicht zugetraut. »Na, na«, sagte sie und ahmte ihn nach. Er hatte sie stets getadelt, wenn sie geflucht hatte.

»Charlotte reagierte aufgelöst auf Karls offene Brüskierung und ich wollte sie beruhigen. Trösten. Also …« Paul hob beschwichtigend die Arme. »Nicht anstößig. Ich bin ein harmonischer Mensch. Ich …«

Taya schmunzelte, weil er sich wand wie ein Aal und nicht zum Punkt kam. Offensichtlich war etwas vorgefallen, das ihm peinlich war. »Gefällt dir Charlotte?« Taya ärgerte ihn absichtlich. Es war nicht nett, aber sie konnte nicht anders.

Paul war ein seltsamer Mann.

Diesen Gedanken hatte sie oft.

Dabei gefiel ihr seine Seltsamkeit. Er war nicht im negativen Sinne verschroben, sondern außergewöhnlich.

»Wie kannst ausgerechnet du mich das fragen?« Paul schüttelte den Kopf. »Charlotte hat meine Freundlichkeit ausgenutzt und mich belästigt.«

Taya entglitten die Gesichtszüge. Belästigt? Was meinte er damit?

Wenn ein Mann eine Frau belästigte, wusste Taya, was passiert war. Umgekehrt hatte sie noch nie davon gehört. »Hat sie dich angefasst, oder wie hat sie…« Taya suchte nach Worten.

»Sie hat mich geküsst und unsittlich berührt. Außerdem
entblößte sie sich vor mir. Es ging so schnell, ich war vor den
Kopf gestoßen, habe sie höflich abgewiesen. Auf einmal stand
ihr Vater da und hat die Situation völlig falsch interpretiert
und mir unterstellt, ich hätte Charlotte entehrt.« Nun platzte
alles aus ihm heraus.

Taya stellte erschrocken ihre Limo zur Seite und musterte
Paul überfordert. Sie kannte sich in seiner Welt zu wenig aus,
um die Konsequenzen vorherzusehen. Aber eines verstand
sie deutlich: »Charlotte hat dich hintergangen.«

Verrat gab es überall, auch in Tayas Welt. Er war scheuß-
lich und brachte die Hässlichkeit des Charakters zum Ausdruck, den ein Mensch haben konnte.

Paul raufte sich die Haare. »Sie hat mich angebettelt, sie zu
heiraten, damit sie nicht Karls Frau werden muss.«

Taya schluckte. Überrascht bemerkte sie eigene Gefühle
aufkommen, die sich gegen eine Heirat von Paul und Charlotte sträubten.

Sie hatte sich gegen die Liebe entschieden, weil sie keine
Kinder wollte, die als Sklaven geboren wurden.

Paul wirbelte ihre Welt durcheinander. Nie hatte sie das
so klar gesehen wie jetzt.

Sie wollte nicht mit dem Sohn des Kautschukbarons
zusammen sein.

Sie wollte sich nicht von ihrem Volk abwenden.

Taya begegnete Pauls Blick.

Dieser Moment offenbarte eine Zuneigung, die weit über
eine freundschaftliche Zuwendung hinausging.

Ihr Puls beschleunigte sich. Warum hatte sie das zuge-
lassen?

Taya sprang auf. Sie musste Distanz schaffen.

Paul schlang einen Arm um ihre Taille und verhinderte ihre
Flucht. Er strich mit einem Finger über ihre Lippen.

Wollte er sie etwa küssen?

»Du musst mich loslassen und vergessen«, stieß sie hervor.

In dem Moment knallte es, und der Himmel wurde hell.

Es war Mitternacht, und das Feuerwerk kündigte das neue Jahr an.

Taya hob den Blick gen Himmel. Die Lichter leuchteten in der Ferne.

»Komm, wir klettern auf einen Baum. Von dort können wir besser sehen.« Paul ließ sie los und rannte davon.

Taya kämpfte mit sich. Sollte sie ihm folgen und die bunten Farben sehen?

Als sie bemerkte, dass im Wohnzimmer das Licht anging, huschte sie Paul hinterher. Sie kletterte hinter ihm den Baum nach oben.

Die Bediensteten kamen auf die Veranda und riefen durcheinander. Sie wollten das Feuerwerk sehen und verteilten sich im Garten.

Taya machte keinen Mucks, sondern stieg leise hinter Paul nach oben und verbarg sich mit ihm im Kleid des Baumes. Sie waren so hoch, dass sie die Farbexplosionen über Manaus bestaunen konnten.

Es war unbeschreiblich. Taya riss die Augen auf.

Paul setzte sich auf einen breiten Ast direkt hinter Taya und wies mit einem Finger in die Luft.

Der Krach war ohrenbetäubend, und die Lichter waren ein Hexenwerk. Die Stämme im Dschungel würden sich bestimmt furchtbar erschrecken.

Taya blickte seufzend in die Ferne. Sie ließ sich ebenfalls auf den Ast sinken und spürte ihr Herz schneller schlagen.

Paul war so nah, und er zog sie noch näher heran. Tayas Rücken berührte seine Brust.

Er wirkte so wach und entschlossen. Charlotte hatte ihn verletzt und nun … kämpfte er um seine Träume?

Tayas Emotionen gingen mit ihr durch. Paul war ihr wichtig, es brachte nichts, das zu leugnen.

Aber was sollte sie machen, wenn ihm ihre Freundschaft nicht länger genügte, wenn er auf mehr drängte?

Unsicher drehte sie den Kopf zu ihm und sah ihm in die Augen. Seine Rehaugen erinnerten sie noch immer an Yumahs, nur lösten Pauls andere Gefühle in Taya aus.

Bei dem nächsten Knall zuckten sie beide zusammen und unterdrückten das Lachen. Paul schaute nach unten und wies auf die Bediensteten, die sich lautstark gute Wünsche für das neue Jahr zuriefen.

»Wir schreiben das Jahr 1897«, raunte er. »Was wünschst du dir für dieses Jahr? Außer die rosa Delfine und den Reitausflug.«

Taya musste darüber nicht nachdenken. »Ich wünsche mir Freiheit und Frieden für uns alle. Ich möchte die Wasserfälle der Andyrá sehen. Die Vorstellung, dass wir dorthin fahren und die anderen treffen, die noch dort sind … Ich wünschte, *papai* dürfte es erleben, aber … keiner entkommt lebend der Plantage.« Sie starrte in den bunt leuchtenden Himmel.

»Erzähl mir von den Andyrá«, bat Paul.

Taya lehnte seufzend an seiner Brust und genoss die Nähe zu ihm viel zu sehr.

»Unsere Vorfahren lebten in Harmonie mit den Fledermäusen. Jeder hatte seine eigene Andyrá und war mit ihr verbunden, konnte mit ihr kommunizieren. Man verehrte sie als Schutzgeister. Bei den Wasserfällen gab es Höhlen, in die sich die Fledermäuse zurückzogen. Unsere Stammesmitglieder glaubten, dass der Ort heilig wäre, und gingen nicht hinein.« Taya erinnerte sich an die Erzählungen ihrer Eltern, die mit den Jahren mehr und mehr verblassten.

»Ich nehme an, dass der Stamm von weißen Eroberern überfallen wurde.« Paul streichelte ihre Oberarme.

Sie schaute unentwegt in den Himmel.

»*Mamãe* war schwanger, als die Fremden kamen. Sie erzählte, dass ein Teil des Stammes unterwegs war, weil sie einen anderen Stamm besuchten. Das taten sie wohl, um auch außerhalb des Stammes heiraten zu können. Wir wissen nicht, was aus ihnen geworden ist.« Als Taya Emefas Lachen hörte, beugte sie sich nach vorne, um sie sehen zu können. »Sollen wir nicht zu ihnen gehen und mit ihnen das neue Jahr begrüßen?«

Sie drehte sich zu ihm, weil er nicht antwortete.

Bei seinem Anblick schluckte sie.

Paul saß mitten in diesem Baum, lehnte mit dem Rücken am Stamm und fuhr sich durch die dunklen Haare. Nie war ihr sein gutes Aussehen so nahegegangen wie jetzt.

Was sollte sie nur machen?

Diese Nacht veränderte alles zwischen ihnen.

Als er sie anlächelte, drehte sie ertappt den Kopf zur Seite. Hatte er sie beim Starren erwischt?

»Ich würde lieber mit dir allein sein«, sagte er.

Taya biss die Zähne zusammen. »Du solltest weniger Cachaça trinken.« Normalerweise umgarnte er sie nicht so eindeutig. Was wollte er denn heute noch alles durcheinanderwirbeln?

Paul schmunzelte. »Tu doch nicht so überrascht. Ich träume von dir, seit ich sieben Jahre alt war.«

»Paul!« Taya schlug sich die Hand vor den Mund. Dabei sollte *er* diese Dinge nicht laut aussprechen.

Sie beide konnten keine Zukunft haben, und das musste er einsehen. »Wir leben in verschiedenen Welten, und sie harmonieren nicht.«

Paul verzog das Gesicht. »Warum glaubst du das? Wir haben unzählige Gemeinsamkeiten, und ich liebe deine Andersartigkeit. Wir beide sind wie füreinander geschaffen. Du bist der Inbegriff an Schönheit und Herzenswärme …«

Taya ergriff die Flucht. Sie konnte ihm nicht in die Augen sehen, sondern kletterte in Windeseile vom Baum.

»Taya«, mahnte er.

Ihr Herz schlug ihr bis zum Hals. Sie war überfordert.

Er folgte ihr, aber konnte sie nicht einholen. Taya war schneller als er, das war immer so gewesen.

Sie rannte zu den anderen und setzte eine fröhliche Miene auf.

»Kommen hier?« Emefa freute sich und drückte Taya an ihren üppigen Busen.

»Neue Jahr gut sein, ich wollen für dich«, sagte Diego und umarmte Taya ebenfalls.

Taya schielte zu Paul, der sich ihnen näherte.

Er war bestimmt sauer auf sie. So grimmig wie er schaute, war es offensichtlich.

Er hatte recht. Sie war ein Feigling.

Einen Mann wie ihn gab es nur einmal auf dieser Welt. Was konnte es Romantischeres geben, als mit Paul in der Krone eines Baumes zu sitzen, dem Feuerwerk zuzusehen und eine Liebeserklärung zu bekommen?

Taya biss sich auf die Lippe.

Er ist der Sohn des Kautschukbarons, mahnte Taya sich. Wie stellte Paul sich das vor? Sollten sie heimlich ineinander verliebt sein, während Taya seinem Vater den Kaffee brachte und darüber schweigen musste, dass er ihre Familie, ihr ganzes Volk ausrottete?

Vielleicht hätte sie Paul offener ihre Gründe erklären sollen, die sie von ihm abhielten, aber er hatte sie überrollt.

Das Feuerwerk war zu Ende.

Taya würde hier übernachten müssen. Paul sollte sie nicht nach Hause bringen. Heute Nacht war es genug. Sie brauchte Distanz.

Emefa legte einen Arm um sie und führte sie zum Haus.

»Du mit Paul gehen Versteck? Ich viel lieben dir. Ich viel lieben meine Paul. Aber du nix Beine aufmachen.«

Taya schüttelte hektisch den Kopf. Es war ihr furchtbar unangenehm. Sie schielte nach hinten, um zu prüfen, ob jemand Emefa gehört hatte.

»Paul gut sein. Herz gut. Ich wissen. Aber Paul filho Heinrich. Heinrich böse sein. Stehlen Afrika Menschen, stehlen Menschen von Wald. Heinrich wollen weiße Frau für Paul. Kinder mehr weiß kommen. Deine Herz schmerzen. Besser nix.«

Taya stiegen die Tränen in die Augen. Warum drängten sie an die Oberfläche? Sie kämpfte dagegen an.

Emefa war ihre Vertraute, sie lebte lange in diesem Haus und kannte sich aus. Sie hatte recht.

Der Baron würde Paul nicht für Taya freigeben.

Emefa nahm Tayas Hand und führte sie nach drinnen. In der Küche entdeckte Taya die beiden Gläser. Emefa deutete darauf. »Ich sehen Limätt und wissen.«

»Wir haben nur geredet«, versicherte Taya.

Emefa warf ihr einen vielsagenden Blick zu.

»Ich gehe schlafen. Gute Nacht.« Taya floh.

Sie flitzte die Treppen nach oben in ihr Zimmer und verschloss die Tür von innen. Mit laut pochendem Herzen lehnte sie ihre Stirn an das Holz.

Bilder von Paul fluteten sie.

Heute Nacht war etwas anders geworden.

Ihre Zuneigung war schon länger da, aber nun war ihr Körper aufgewacht.

Taya trat einen Schritt von der Tür zurück.

Das war eine Katastrophe.

Zuerst hatte er sie auf seinen Schoß gesetzt und sie auf seinem Pferd mitgenommen. Danach hatte er sie auf dem Baum in seinen Armen gehalten und mit ihr gekuschelt.

Wie konnte sie das frisch entfachte Feuer löschen?

Sie entkleidete und wusch sich. Anschließend warf sie ein Nachtkleid über. Der Komfort in diesem Zimmer war gefährlich. Hier gaukelte man ihr vor, dass ihr Leben mit all diesem Reichtum besser sein könnte.

Taya aber hasste den Kautschukhandel und alle, die sich an ihm bereicherten.

Ihre Entscheidung gegen Paul war richtig.

Obwohl es wehtat.

Sie gestand sich ein, dass ihr Herz und ihr Körper sich für den Mann interessierten.

Normalerweise folgte Taya dem Weg des Herzens, denn die Liebe war das Einzige, was einer Sklavin wie ihr geblieben war. In diesem Fall aber durfte sie es nicht.

Taya breitete ihr Lager auf dem Boden aus und legte sich hin. Sie schloss die Augen.

Es war schwer, in den Schlaf zu finden.

Nach einer Weile zuckte Taya erschrocken zusammen. Ein lautes Knallen und Geschrei weckte sie.

Taya setzte sich aufrecht und lauschte.

Sie hörte das Poltern des Barons. Außerdem brüllte Mr Thomson.

Sofort fühlte Taya sich unwohl. Sie stand auf und legte sich einen Morgenmantel um.

Sie würde das Zimmer nicht verlassen und warten, bis der Streit vorüber war. Hoffentlich zog der Baron keinen Angestellten mit in die Sache hinein.

Sie hörte, dass jemand die Treppen hochstampfte.

»Paul!«, rief der Baron.

Erst schlug eine andere Tür auf. Im nächsten Moment krachte es bei Taya, und der Baron stand im Zimmer. Er knipste das Licht an und fixierte Taya.

Sein Auftreten machte ihr Angst. Sein Kopf war rot gefärbt, und der Zorn in seinen Augen brodelte gefährlich.

»Wo versteckst du ihn?«, brüllte er.

Taya schüttelte hektisch den Kopf. Sie hielt sich den Morgenmantel zu und bereute, nicht das Anwesen verlassen zu haben, als sie es noch gekonnt hatte.

Der Baron stapfte zu ihrem Schrank, riss die Türen auf und kontrollierte die schweren Vorhänge.

Taya wusste nicht, wie sie reagieren sollte. Weglaufen wäre ein Zeichen der Schwäche. Vielleicht würde es seinen Ärger nur verschärfen.

Der Baron trat an sie heran und umfasste ihren Hals. Er drückte zu.

Taya blieb die Luft weg.

Er war stark und brutal. Seine blauen Augen bohrten sich drohend in ihre. »Meine Frau hat dich als auszubildende Zofe eingestellt und nicht als Hure für meinen Sohn!«

»Heinrich! Großer Gott.« Die Senhora stürzte herein und drängte sich zwischen sie beide.

Taya japste nach Luft, nachdem der Baron sie losgelassen hatte. Sie hustete und fasste sich instinktiv an ihren Hals. Taya war schwindelig.

Keuchend stemmte Luise sich gegen den Baron. »Du bist vollkommen betrunken. Geh ins Bett. Wir sprechen morgen über die Vorwürfe von Mr Thomson.«

Taya stützte sich am Schreibtisch ab, während sie ihren Atem zu regulieren versuchte. Sie schielte dabei zu den Herrschaften.

Für den Baron war es ein Leichtes, Luise wegzuschieben. Er stapfte erneut auf Taya zu, umfasste grob ihren Arm und wirbelte sie gegen die Wand.

»Karl!«, schrie Luise.

Taya sah die geballte Faust auf sich zufliegen, konnte aber nicht ausweichen. Mit voller Wucht schlug der Baron sie ins Gesicht. Der Schmerz schoss in sie hinein. Ihr Kopf prallte gegen die Wand.

Luises Schreie klangen schrill.

Taya hörte polternde Geräusche auf der Treppe.

Sie schmeckte Blut in ihrem Mund, fühlte eine warme Flüssigkeit an ihrem Hinterkopf hinablaufen und sackte zusammen. Ihre Beine fühlten sich weich an. Das Flimmern vor ihren Augen verhinderte eine klare Sicht.

Taya ging zu Boden und krampfte sich zusammen. Der Schmerz war grauenvoll.

Irgendetwas Spitzes musste an der Wand gewesen sein. Ihr Hinterkopf tat entsetzlich weh und brannte.

»Himmel, wir brauchen einen Arzt.«

Taya vernahm Karls Stimme. Er klang weit entfernt. Ihre Lider flatterten.

»Diego soll sie sofort ins Lager bringen. Ich will sie nicht mehr sehen«, donnerte der Baron. Er stieß seinen Fuß gegen Taya und drehte sie damit auf den Rücken. »Sei froh, dass dein Bruder einer meiner besten Zapfer ist. Sonst hätte ich dich noch heute ans Hurenhaus verkauft.«

Taya spürte die Übelkeit in sich aufsteigen. Das war schlimm und demütigend. Sie würde ihren Mageninhalt nicht aufhalten können.

Sie rappelte sich auf, wollte es bis zum Toilettentisch schaffen.

Luises Schluchzen, das Gebrüll des Barons und die hektischen Schläge ihres Herzens fühlten sich so entsetzlich laut an. Taya ertrug die Töne nicht.

Nun kam der schrille Lärm ihrer Andyrá dazu. Taya vernahm die gequälten Laute des Tieres.

Taya zog sich auf alle viere und würgte.

Ein Schlag war es gewesen. Sie hatte nicht für möglich gehalten, wie heftig die Wirkung war.

Tayas Kopf schien zu explodieren.

Karl stellte die Waschschüssel vor sie. »Du hast eine

Gehirnerschütterung.« Als Nächstes drückte er ein nasses Tuch gegen ihren Hinterkopf.

Taya erbrach sich.

Noch nie hatte sie sich so wertlos gefühlt wie in diesem Moment. Geschlagen und gedemütigt.

Sie hatte nichts verbrochen, wurde nicht einmal angehört.

Die Senhora reichte die Schüssel an Katharina weiter und kniete sich zu Taya. »Trink einen Schluck Wasser.« Sie hielt ihr ein Glas an den Mund.

Taya schüttelte den Kopf. Sie wollte weg von hier.

Hoffentlich brachte man sie ins Lager und kündigte ihr. Sie wollte dem Baron nie wieder begegnen müssen.

»Diego, schaff die Hure ins Lager. Sofort!«, brüllte der Baron.

Taya realisierte erst jetzt, dass er nicht mehr im Raum war. Offensichtlich war sie nicht klar bei Sinnen, denn sie hatte sein Rausgehen nicht bemerkt.

Karl befestigte das Tuch wie einen Verband um ihren Kopf. Anschließend hob er Taya auf seine Arme. »Ich lasse dir einen Arzt schicken«, sagte er leise. »Wo ist Paul?«

Taya ächzte mehr, als dass sie sprach. »Charlotte hat ihn hintergangen.« Es war keine Antwort auf seine Frage, aber Charlotte war die Ursache für all das hier. Wo Paul steckte, wusste sie nicht. Anscheinend hatte er nach ihrer unausgesprochenen Abfuhr das Anwesen verlassen.

Karl trug Taya die Treppen nach unten.

Der Baron wütete lautstark draußen. In der Diele bemerkte Taya Charlotte. Sie stand neben ihrer Mutter. Ihre Miene spiegelte ihre Verzweiflung wider. Allerdings verhärtete sie sich in dem Moment, in dem sich ihre Blicke begegneten.

Taya hatte Charlotte nicht einzuschätzen gewusst. Nun aber verstand sie, dass die Frau aus der anderen Welt einen hässlichen Charakter besaß. Bei Tayas geschundenem Anblick hätte Charlotte sich mitfühlend oder bestürzt zeigen können, stattdessen reagierte sie kalt.

Draußen wehte Taya die kühle Nachtluft entgegen.

Der Baron stand neben dem Pferd und rauchte Zigarre, offenbar, um sich zu beruhigen.

»Wo ist Paul?«, brauste er auf.

»Sie weiß es nicht.« Karl zischte. Er hob Taya aufs Pferd zu Diego auf den Schoß.

Der drückte Taya an sich und trieb das Pferd an. Sie ritten aus dem Anwesen. »Herz schmerzen. Senhor böse. Wir hassen«, murmelte Diego und stieß auf einmal aufgeregt die Luft aus. »Andyrá kommen. Dir lieben.«

Taya bemerkte das kleine Tier, das sich auf ihren Schoß legte und schwer atmete.

»Andyrá wach. Du schaffen.«

Taya war so schwindelig, dass sie kaum die Augen offen halten konnte. Sie befürchtete, dass sie sich bald wieder übergeben musste.

Diegos Nähe spendete ihr Trost.

»Du kommen zurück? Wir lieben dir.«

Taya bekam kaum einen Ton heraus. Sie litt an den Wunden, die der Baron ihr körperlich und seelisch zugefügt hatte.

War die Vorstellung, dass Paul sie berühren könnte, so entsetzlich für den Baron?

Der Weg zum Lager war nicht weit, und doch nickte Taya mehrfach kurz ein. Sie war erschöpft und verletzt.

Als sie Diegos Stimme vernahm, regte Taya sich.

Sie waren am Lager angekommen.

»Kann nix laufen. Muss bringen. Ich tragen«, sagte Diego. Er schwang sich hinter ihr vom Pferd und zog sie behutsam auf die Füße. Taya stand auf wackeligen Beinen.

Schon hob Diego sie in die Arme und lief mit ihr durch das Tor. »Du mir sagen, wo ich gehen.«

Bald darauf erreichten sie die Hütte ihrer Familie. Diego klopfte ans Holz, und Tohon steckte den Kopf heraus. Es war dunkel, nur der beleuchtete Stacheldrahtzaun spendete etwas Licht.

»Was ist passiert?« Tohon kam sofort zu ihnen und nahm Taya in seine Arme. Er drückte sie an sich. »Du bist voller Blut.«

Taya bemerkte ihre Eltern. Sie bildeten einen Kreis um sie. *Papai* wandte sich ab. Taya hörte ihn nach Luft schnappen.

Mamãe strich ihr liebevoll mit einer Hand übers Gesicht. Prüfend wanderte *mamães* Blick an Tayas Körper herunter und blieb an ihren Beinen hängen.

»Der Baron hat Taya geschlagen, weil er angenommen hat, sie wäre die Geliebte seines Sohnes.« Diego sprach flüssig in der Sprache seines Stammes.

Taya konnte ihn verstehen, auch wenn sich der Dialekt unterschied.

Tohon verkrampfte seine Haltung bei Diegos Worten. »Der Sohn des Barons?« Ungläubig musterte er Taya.

Sie hatte Tohon gestanden, dass sie für den Baron persönlich arbeiten musste, und er hatte es unglücklich akzeptiert.

Nie hatte Taya vor Tohon von Paul oder Karl gesprochen.

»Es stimmt nicht.« Sie schloss gequält die Augen, denn ihr Kopf schmerzte entsetzlich.

»Komm«, murmelte *papai*. Er trat direkt zu ihr, nahm sie Tohon aus den Armen und brachte sie in die Hütte.

Papai legte sie behutsam auf der Matte ab. Das gute Essen, das Taya ihm seit Monaten brachte, dazu die besseren Arbeitsbedingungen in der Regenzeit hatten *papai* geholfen.

Er funktionierte weiter.

»Mein Baby«, raunte er und strich ihr sanft über den Kopf. »Ich ertrage nicht, wenn dir jemand wehtut.«

Taya rollte sich auf die Seite. Normalerweise machte ihr

der harte Untergrund nichts aus. Jetzt aber schmerzte ihr Schädel entsetzlich, und sie wünschte, sie hätte ein weiches Kissen, worauf sie ihren Kopf legen könnte.

»Tabby, bring mir Licht«, rief er *mamãe* zu.

Bald kam sie mit einer Fackel zu ihnen und reichte sie *papai*. Sie löste das Tuch von Tayas Stirn und untersuchte die Wunde. *Papai* hielt ihr das Licht hin.

Mamãe keuchte auf. »Wir brauchen einen Heiler. Er muss das nähen. So kommt Schmutz in die Wunde. Sie verliert zu viel Blut. Kajika, ich laufe zu den Wächtern.« Sie huschte aus der Hütte.

Taya hielt die Augen geschlossen. Sie war unendlich müde und versank bald in der Dunkelheit.

Sie erwachte schreiend.

»Wir sind bei dir«, sagte *mamãe* in beruhigendem Ton. »Es ist gleich vorbei.«

Taya wollte sich aufbäumen. Es fühlte sich an, als stach jemand mit Nadeln in ihren Kopf.

Papai und *mamãe* hielten sie fest, verhinderten, dass Taya sich aufrichtete.

Da war noch jemand bei ihnen. Ein fremder Geruch wehte Taya in die Nase, dazu waren die Stiche real.

»Der Heiler näht deine Wunde zusammen. Halte noch durch«, erklärte *mamãe*.

Taya blinzelte und realisierte, dass Licht in die Hütte fiel. Der Morgen war angebrochen?

Tränen füllten ihre Augen. Die Nacht war vorüber, aber sie war nicht aus einem Albtraum erwacht. Sie befand sich in einem neuen, schlechteren Leben.

Der Baron hatte Taya an ihren Platz zurückgewiesen.

Sie weinte, während der Heiler ein weiteres Mal in ihren Kopf stach.

»Das war es. Der Faden muss eine Weile im Kopf verbleiben. Ende des Monats werde ich ihn wahrscheinlich entfernen können.«

»Ich danke Ihnen.« *Papai* klang aufgelöst. Er hielt Tayas Hand und strich unentwegt darüber.

»Senhor Karl Lorenz hat meinen Besuch veranlasst und trägt die Kosten. Danken Sie ihm.«

Taya hielt ihre Augen geschlossen, veratmete den Schmerz und beruhigte ihren Atem, so gut sie konnte.

Das hereinscheinende Licht strengte sie entsetzlich an. Die Dunkelheit war eine Wohltat für ihren Kopf.

Ihre Eltern brachten den Heiler hinaus. Sie hörte die Stimmen draußen vor der Hütte.

Dennoch fühlte sie sich beobachtet.

Taya öffnete die Augen und entdeckte Tohon. Sofort beschleunigte sich ihr Herzschlag. Er wirkte vollkommen verändert. So wie er aussah, hatte er in den letzten Stunden unzählige Tränen ihretwegen vergossen.

»Tu nichts Dummes«, krächzte Taya.

Angst fuhr in sie.

Seine geballten Fäuste, sein entschlossener Blick, dazu die Gedanken in weiter Ferne …

»Tohon.« Tayas Hals schmerzte bei jedem Redeversuch.

»Ich töte den König der Fremden.« Mit diesen Worten stürmte er aus der Hütte und ließ Taya mit ihrer Verzweiflung allein.

»Ich töte den König der Fremden.«

Sie würde ihm bei diesem ehrenhaften Versuch, ihr Volk zu befreien, helfen, wenn es nur etwas bringen würde.

Tohon käme nicht einmal in die Nähe von Heinrich Lorenz. Vorher tötete der Sicherheitsschutz Tohon.

Außerdem hatten die Fremden viele Könige.

»Tohon!« Taya ächzte bei dem Versuch, ihm nachzu-

schreien. Ihre Stimme gehorchte ihr nicht, und ihr trocke-
ner Hals bereitete ihr obendrein Schmerzen.

Sie stemmte sich hoch. Tohon durfte nicht in seinen Tod
rennen. Er war doch die einzige Zukunft, die ihr etwas bedeutete.

Tränen schossen in ihre Augen. Zu schrecklich war der
Gedanke, Tohon zu verlieren.

Yumah trat an die Hüttentür heran. »Taya?« Er verkürzte
die Distanz und drückte sie sanft nach unten auf die Matte.
»Bitte bleib liegen. Der Heiler sagte, dass du dich in der Dunkelheit schonen sollst. Es ist, als ob ein Erdbeben deinen
Kopf heimgesucht hat. Du musst ruhen.« Yumah mahnte sie.

»Wenn du einen Jaguar in deinem Gebiet hast und ihn
tötest: Bist du dann frei von Jaguaren?«, fragte Taya keuchend und krallte sich dabei in sein Hemd.

Er runzelte die Stirn. »Andere Jaguare würden um das
freie Gebiet kämpfen. Wahrscheinlich würde es durch neue
Revierkämpfe noch gefährlicher werden.«

Taya hustete, weil das Reden sie anstrengte.

Yumah nahm den Wasserbeutel und half Taya beim Trinken. Sobald sie mehrere Schlucke genommen hatte, erhob
sie ihre Stimme erneut. »Du musst Tohon aufhalten. Baron
Lorenz zu töten, ändert nichts, aber Tohon wird es bezahlen.«

Yumah fluchte und rannte aus der Hütte.

Taya ließ sich erschöpft nach hinten sinken und rollte sich
auf die Seite. Sie atmete schwer. Ein Schlag war es gewesen.
Warum kam sie nicht auf die Beine? Sie fasste vorsichtig an
ihren Hinterkopf.

Der Schmerz begleitete sie in den Schlaf. Taya blieb den
ganzen Tag in der Hütte liegen und dämmerte dauernd weg.

Abwechselnd sahen ihre Eltern und Tula nach ihr.

Am ersten Tag des Jahres mussten die Männer nicht arbeiten. Tohon und Yumah hatten das Lager verlassen.

Taya kämpfte mit ihren Ängsten. Yumah würde seinen besten Freund mit allen Mitteln von Dummheiten abhalten. Daran musste sie glauben, um nicht verrückt vor Angst zu werden.

Tallulah hatte sich ihre Materialien mit in Tayas Hütte genommen und flocht Körbe.

Es war schön, wenn Taya aus ihren unruhigen Schlafstunden schreckte, zu sehen, dass Tula über sie wachte.

Am Abend fühlte Taya sich körperlich etwas besser. Ihre Kopfschmerzen waren noch da, aber pochten nicht mehr ganz so entsetzlich.

Mamãe hatte gekocht. Gemeinsam mit ihr, *papai* und Tula saßen sie in der Hütte beim Essen. Draußen regnete es.

»Ich mache mir Sorgen um Tohon«, gestand *mamãe* nach einer Weile des Schweigens. »Unser Volk wird ausgestoßen und verachtet. Kajika und ich kannten ein anderes Leben, eines, in dem wir wertvoll waren. Aber ihr, unsere Kinder, müsst von Geburt an mit der Schikane, dem Hunger und dem Hass umgehen, der euch – uns widerfährt.«

Tula schloss die Augen und weinte stumme Tränen.

»Wenn Tohon das Leid seiner Schwester rächt und sich damit umbringt, wird er in dem Land unserer Vorfahren aufgenommen werden und auf uns warten.« *Mamãe* rang nach Luft.

Papai berührte ihre Hand. »Kinder dürfen nicht vor ihren Eltern sterben.«

Taya hielt es nicht länger aus. Sie rappelte sich auf und lief auf wackeligen Beinen nach draußen.

Die Nacht brach an. Wenn Tohon morgen nicht bei der Arbeit erschien, nahm das noch größere Unglück seinen Lauf.

Taya suchte ihre Andyrá, konnte sie aber nirgends sehen. Sie schloss die Augen und rief nach ihrem Schutzgeist. Das Tier hörte, wie es wollte. Es gab nur Ungereimtheiten.

Aber Taya liebte ihre Andyrá und zog Kraft aus dem Wissen, dass sie da war.

Finde Tohon. Zeig ihm den Weg.

Tayas Herz schlug schnell und voller Angst.

Sie stand dort eine Weile, hörte dabei das leise Schluchzen in der Hütte und starrte in den Himmel.

Sie hatte den Globus gesehen und sich ausmalen können, wie riesig die Welt war.

Dass es nur eine Welt gab.

Warum waren die Fremden über das große Wasser gekommen?

Taya spürte die liebenden Arme, die sich um sie legten.

Papai war hinter sie getreten und küsste zärtlich die Wunde an ihrem Hinterkopf.

»Tabby und ich wollten nach Tohon kein weiteres Kind mehr, weil wir mit unserer Liebe zu ihm schon so verwundbar waren. Es war ein unendlicher Schmerz für mich, Tabby mit unserem Baby zurückzulassen und im Kautschukwald schikaniert zu werden. Ich habe die beiden vermisst und in der Regenzeit jeden Moment mit ihnen genossen. Es war eine entsetzliche Last, Tabby nicht körperlich lieben zu dürfen, aus Angst vor weiteren Schwangerschaften. Wir versuchten es, aber hielten nicht stand. So wurde sie mit dir schwanger, und wir verloren unser Herz erneut.« *Papai* seufzte.

Taya drehte sich in *papais* Armen und schmiegte sich eng an ihn. Sie hatte die besten Eltern auf dieser Welt und den besten Bruder.

Wenn Tohon nur endlich nach Hause kommen würde.

Dann könnte Taya wieder atmen.

14

Paul kam erst nach Hause, als die Sonne bereits am Himmel stand. Taya war vor seiner Liebeserklärung davongelaufen, und Charlotte hatte ihn zutiefst verraten.

Also hatte er sein Pferd genommen und war zurück in die Stadt geritten. Dort war die ganze Nacht Silvester gefeiert worden.

Paul hatte sich in eine Bar gesetzt und mit weiteren Cachaça seinen Kummer ertränkt.

Wieder und wieder hatte er sich gefragt, warum Taya sich gegen das Band zwischen ihnen wehrte.

Schließlich hatte er sein Grübeln aufgegeben und war in der Morgendämmerung ausgeritten, um den Kopf freizubekommen.

Sobald er vom Pferd stieg, es dem Stallburschen übergab und die betretenen Blicke der Dienerschaft bemerkte, wusste er, dass etwas Schlimmes vorgefallen sein musste.

»Deine Mutter erwartet dich im Garten. Ich soll es ausrichten«, sagte der Stallbursche leise.

Hatte Mr Thomson sich öffentlich geäußert?

Paul hatte auch darüber gegrübelt.

Er nickte und betrat das Haus. Es war ruhig. Nach der ausschweifenden Feier im *Teatro* würden Papa, Karl und die Gäste schlafen. Mama aber machte sich anscheinend Sorgen, weil er vom Fest verschwunden war, oder hatte Mr Thomson seinen Ärger kundgetan?

Auch Paul war müde, aber er würde zuerst mit Mama sprechen.

Er trat auf die Veranda und entdeckte sie auf dem Steg, dort, wo er oft mit Taya saß.

Mamas Gesicht konnte er nicht sehen. Sie war dem Rio Negro zugewandt.

Paul marschierte in den Garten und warf dem Baum, auf den Taya und er vor einigen Stunden geklettert waren, einen sehnsüchtigen Blick zu. Mit ihr gemeinsam das neue Jahr zu begrüßen, war wundervoll gewesen.

Wenn sie mehr Zeit brauchte, würde er sie ihr geben.

Mama bewegte sich und schielte in seine Richtung. Sie bemerkte ihn.

Paul ging zu ihr und setzte sich neben sie. Aufmerksam studierte er ihr Gesicht. Er hatte schon oft in ihre verweinten Augen blicken müssen. So auch jetzt.

»Bitte erkläre mir, was zwischen Charlotte und dir vorgefallen ist«, wisperte Mama.

Paul stieß zornig die Luft aus. Offensichtlich hatte Mr Thomson den Vorfall angesprochen. »Sie war verletzt, weil Karl sich offen mit anderen Frauen amüsiert hat, und bat mich, mit ihr zu tanzen. Ich wies sie ab, um keine falschen Gerüchte aufkommen zu lassen, machte mir aber Sorgen, weil sie allein das Fest verlassen wollte. Charlotte hat meine Hilfe missbraucht und mich bedrängt, sie zu heiraten.«

Mama schloss gequält die Augen.

»Ich weiß nicht, ob es ein abgekartetes Spiel war oder ob Mr Thomson zufällig auftauchte. Er unterstellte mir, Charlotte entehrt zu haben. Sie hatte kurz vorher ihr Dekolleté entblößt«, fuhr Paul fort.

»Hast du Charlotte gestanden, dass du Taya … nun ja, ihr vorziehst?« Mama sah ihn so unglücklich an, dass Paul sich instinktiv zum Haus drehte. Er hatte über mögliche Konsequenzen, die ihn betrafen, nachgedacht. Aber Taya?

»Ich liebe Taya.« Er sprach es zum ersten Mal aus, fühlen tat er es schon lange.

»Du bist erwachsen und musst nun wie ein verantwortungsbewusster Mann handeln. Wenn du Taya liebst, musst du sie vor Charlottes Eifersucht und deinem jähzornigen Vater beschützen.« Eindringlich fixierte Mama ihn.

Pauls Puls raste. Er musste sich überzeugen, dass es Taya gut ging. Die Wendung dieses Gespräches behagte ihm nicht. Er hatte mit anderem gerechnet.

Er erhob sich. Mama legte ihre Hand auf seinen Unterarm und schüttelte den Kopf.

»Mr Thomson hat Heinrich auf dem Fest gedroht, dich öffentlich für die Vergewaltigung seiner Tochter zur Verantwortung zu ziehen. Er ließ keinen Zweifel aufkommen, dass man einer weißen Engländerin mehr glaubt als dir.«

Paul schluckte bei ihren Worten. Das war also Mr Thomsons wahres Gesicht.

»Heinrich war sehr betrunken und völlig außer sich. Karl wollte dich verteidigen und sagte, du wärst nie mit einer Frau intim gewesen. Daraufhin behauptete Mr Thomson, dass Taya sich um deine Belange kümmere und du sie dafür bezahlst.«

Paul entglitten die Gesichtszüge. Charlotte war eifersüchtig auf Taya und ruinierte sie? Er stieß erschrocken die Luft aus.

»Er hat geschickt Tayas – bisher tadellosen – Ruf ruiniert und deinen Vater gegen sie aufgebracht.«

Nun konnte Paul sich nicht mehr zurückhalten. Er riss sich von seiner Mutter los und stürmte zurück zum Haus.

Wenn Taya seinem betrunkenen Vater unter die Augen getreten war … Er konnte den Gedanken nicht zu Ende denken. Es war zu schmerzhaft.

»Paul!«, rief Mama.

Sie folgte ihm.

Er nutzte den Vorsprung und schlüpfte ins Haus. Leise schlich er die Treppen nach oben und drückte die Klinke zu Tayas Zimmer nach unten. Er spähte in den Raum.

Taya war fort.

Mama holte ihn ein, umfasste seinen Oberarm und zog ihn weg. Sie deutete ihm, die Treppen wieder nach unten zu steigen.

Wo war Taya? Hatte sie darauf bestanden, zurück ins Lager gebracht zu werden? Er wollte das glauben und atmete auf. Diego hatte sie sicherlich begleitet.

Deutlich beruhigter folgte er seiner Mutter nach draußen.

»Papa wird einsehen, dass ich Charlotte nie angerührt habe. Wir werden diese Intrige aufdecken.« Paul hob beschwichtigend die Arme. »Auch werden wir Tayas Ruf wiederherstellen, und wenn sie ihre Ausbildung beendet hat …«

»Paul«, stieß Mama aus. »Du musst dich von Taya fernhalten. Wenn du nicht von ihr ablässt, wird Heinrich sie umbringen.«

Paul berührte Mama an den Schultern und begegnete drängend ihrem Blick. »Was redest du denn da?«

Ihre Tränen brachen etwas in ihm. Er ließ die Hände sinken und hielt die Luft an.

»Heinrich hat Taya gewürgt und sie geschlagen.« Keuchend schlug Mama die Hände vors Gesicht. »Da war ein Nagel in der Wand.«

Paul erstarrte komplett. Albtraumhafte Bilder erwachten in ihm zum Leben. Sein wunderschönes Mädchen, mit ihrer Fledermaus im Schlepptau, hatte seine Welt verzaubert.

Ein Nagel.

Gewürgt.

Geschlagen.

Er ertrug das nicht. Diesmal war Heinrich zu weit gegangen. Paul konnte ihn keinen Moment länger als Vater betrachten. Hatte er es je?

Wie oft hatte dieser Mann den Schrecken nach Hause gebracht!

»Karl war großartig«, murmelte Mama. Sie nahm Pauls Hände und drückte sie. »Er hat sich um einen Arzt gekümmert.«

Paul litt.

Seine Mutter wusste am besten mit ihrem Tyrannen von Ehemann umzugehen. Sie hatte Taya geschickt eingearbeitet und stetig ihren Ruf und ihr Ansehen aufgebaut.

Warum hatte er Charlotte nicht ebenso wie Karl die kalte Schulter gezeigt?

Sie hatte sich auf seine Freundlichkeit etwas eingebildet.

Paul fühlte sich entsetzlich, weil Taya seinetwegen durch die Hölle ging. Sein Herz ertrug es nicht.

»Du musst mit Charlotte sprechen und eine Lösung mit ihr finden. Vielleicht nimmst du Karl zu dem Gespräch dazu«, schlug Mama vor.

»Weil Karl ihr besser die Meinung geigen kann? Weil ich zu weich bin?« Paul ballte seine Hände zu Fäusten. Er fühlte sich wie ein Versager.

Wie immer war er das schwarze Schaf der Familie.

Er war der, den man mit dem Personal verwechselte.

Ihm würde das Gericht nicht glauben, weil er nicht weiß war – im Gegensatz zu Mr Thomson.

Mama presste die Lippen aufeinander und bestätigte damit seine Gedanken über sich selbst.

»Bitte halte dich von Taya fern. Tu es für sie. Heinrich soll sie in Ruhe lassen. Was auf diesem Anwesen vor wenigen Stunden geschehen ist, hat Konsequenzen.« Mama umarmte sich selbst. »Das Personal verachtet uns.«

Paul fühlte einen dumpfen Schmerz. Er hatte Taya verloren.

»Eines Tages kommst du über sie hinweg«, flüsterte Mama.

»So wie Fernando?«, erwiderte Paul kalt.

»Taya wird Heinrichs Angriff überleben. Sie ist stark. Sie kann ihr Glück noch finden. Ich bin mir sicher, dass es genug Männer in ihrem Stamm gibt, die sich über ihre Hand sehr freuen würden. Auch du bist jung. Ich vertraue darauf, dass …«

Paul wandte sich ab. Was seine Mutter da redete, war ein jämmerlicher Versuch, ihn zu trösten. Sie entfachte nur stärker seinen Hass auf jene, die seine Träume zerstörten.

Als er das Wohnzimmer betrat, deckte Emefa den Tisch. Sie zitterte am ganzen Leib.

Paul fühlte sich hundeelend. »Emefa, ich … es tut mir so leid, was geschehen ist.«

Emefa hob stolz ihr Kinn. Gleichzeitig lief eine Träne aus ihrem rechten Augenwinkel. »Karott Schlange. Ich hassen. Du Problem machen Taya. Immer du schöne Augen machen. Du lassen.«

Paul wich betroffen zurück. Emefa bedeutete ihm viel, und ihre Wut auf ihn schmerzte.

»Taya andere Welt. Nix Preußen-Welt. Du lassen.«

Emefa wandte sich ab.

Paul ließ den Kopf hängen. Er gehörte nirgends dazu.

Als Einheimischer galt er nicht, weil er ein Lorenz war.

Aber kein richtiger Lorenz. Nur ein halber.

Paul steuerte schwer atmend sein Zimmer an. Dort entkleidete er sich und betrachtete sein Spiegelbild. Sein Blick fiel auf die Tätowierung oberhalb seiner Brust.

Er fühlte sich einsam und fremd.

Er fühlte sich schuldig.

Wenn er Taya in Ruhe gelassen hätte, wäre sie unverletzt und hätte ihre Anstellung noch.

In Paul starb etwas. Es war, als müsste er seine Träume,

seine Sehnsüchte, seine Ideale begraben. Instinktiv drehte er sich zum Fenster. Sie saß dort. Seine Fledermaus war zusammengekrümmt. Von dem einst balzenden Tier schien nichts mehr übrig zu sein.

Traurig wusch er sich und zog frische Kleidung an. Er legte sich aufs Bett und schloss die Augen.

Man würde ihn wecken, anschreien und nach Lösungen suchen, um den Skandal abzuwenden.

Was wollte Mr Thomson denn erreichen?

Würde er Geld als Entschädigung fordern?

Davon hatte Heinrich mehr als genug und würde es nicht mal merken.

Paul würde den Frust zu spüren bekommen. Karl würde sich eine neue Frau suchen müssen. Nun, Charlotte und er hatten nie zusammengepasst.

Paul driftete in einen unruhigen Halbschlaf. Tayas Bild dominierte seine Träume. Das aufgeweckte siebenjährige Mädchen, das ihn offen als seltsam betitelt hatte. Jahre später war sie mit Heribert in den Rio Negro gefallen und hatte Pauls Herz innerhalb von Sekunden neu erobert.

»Paul, aufstehen, sofort!«

Der harsche Befehl riss ihn aus seinen Träumen.

Heinrich stand in der Tür. Sein Blick war streng und unnachgiebig.

»Ich erwarte dich unten.«

Paul setzte sich aufrecht und kam schnell auf die Beine. Tief war sein Schlaf nicht gewesen.

Er musste sich dem stellen, was nun passierte.

Das Wichtigste war, dass Taya aus dieser Sache herausgehalten wurde und niemand ihr Schlimmeres antat.

Heinrich stieg die Treppe nach unten. Paul hörte seine Schritte.

Die Tür stand noch offen.

Paul überprüfte seine Kleidung, ob er sein Hemd wechseln musste, aber es war in Ordnung.

Prompt bemerkte er Charlotte, die in sein Zimmer trat und die Tür verschloss.

Paul wollte sie anschreien, ihr klarmachen, was sie angerichtet hatte, aber es würde nichts mehr ändern.

Charlottes Blick bewies ihm bereits, dass sie uneinsichtig war.

»Ich habe eine Lösung für unser Problem«, sagte sie leise.

»Und das wäre?«, blaffte er.

»Wir beide heiraten. Dich mag ich viel lieber als Karl und ich werde dir eine gute Frau sein.«

Paul entglitten die Gesichtszüge. Das konnte sie unmöglich ernst meinen. Nicht nach dem, was sie angerichtet hatte.

»Dein Vater bezichtigt mich der Vergewaltigung, und du lässt das zu. Du musst Karl nicht heiraten. Geh mit deiner Familie zurück nach England und lass uns in Ruhe.«

Paul schob sich an Charlotte vorbei aus dem Raum. Lieber vermied er Momente, in denen sie allein waren, bevor man ihm weitere Belästigungsversuche unterstellte.

Er eilte die Treppe nach unten und fand Heinrich, Karl und Mr Thomson im Wohnzimmer.

»Setzen wir uns«, sagte Heinrich und wies zum Frühstückstisch.

Paul vermied es, jemandem in die Augen zu sehen. Selbst vor Karl schämte er sich.

Er war als Vergewaltiger an den Pranger gestellt worden.

Pauls Brustkorb hob und senkte sich in schnellen Zügen.

»Ich möchte den gestrigen Vorfall bereinigen. Bei welcher Summe treffen wir uns?« Heinrich setzte sich auf einen Stuhl und faltete die Hände. Abwartend musterte er Mr Thomson.

»Charlotte könnte nach dem Übergriff deines Sohnes

schwanger geworden sein. Wie soll ich in England eine passende Partie für sie finden?« Mr Thomson grollte.

Paul schüttelte wütend den Kopf. »Ich habe Charlotte nicht entehrt!«, rief er aus. Sein Puls schoss weiter in die Höhe.

»Ich glaube meiner Tochter mehr als einem Hochstapler aus dem Busch«, erwiderte Mr Thomson laut.

»Schlagen Sie eine Lösung vor, damit wir dieses hässliche Gespräch schneller hinter uns bringen«, mischte Karl sich ein.

»Ich habe mit Charlotte gesprochen und erfahren, dass sie die unangemessene Annäherung von Paul mehr genossen hat, als sie je vermutet hätte. Sie ist bereit, die Ehe mit ihm einzugehen.«

Während Paul bei der unerwarteten Wendung des Gespräches schockiert die Augen aufriss, lachte Karl herzhaft auf.

»Das ist nicht Ihr Ernst, Mr Thomson. Charlotte steht auf Paul? Das tut sie doch schon seit Monaten!« Nachdem er zuerst gelacht hatte, schlug er nun erbost mit der Hand auf den Tisch. »Das ist lächerlich. Wir haben zwei Versionen der Geschichte, und Ihre ist gelogen.«

»Welche Summe, Mr Thomson? Sollte Charlotte tatsächlich schwanger sein, gibt es Wege, dieses Missgeschick loszuwerden.« Heinrich nickte Mr Thomson zu.

»Sie ist auf keinen Fall von mir schwanger. Ich habe sie nicht berührt!« Paul sprang auf. Er konnte nicht länger ruhig bleiben.

»Vor Gericht hat seine Aussage keinen Wert, und das wissen Sie, Mr Lorenz. Er ist nur ein adoptierter Sklave.« Mr Thomson richtete sich ebenfalls auf. »Da eine Ehe offensichtlich nicht mehr in Betracht kommt, fordere ich eine Million Pfund.«

Nun erhob sich Heinrich. Bedrohlich baute er sich gegenüber Mr Thomson auf. »Das ist inakzeptabel.«

»Überdenken Sie Ihre Antwort, Mr Lorenz. Ich warte bis morgen und werde danach Anzeige erstatten.« Mr Thomson ging aus dem Raum. »Wir brechen auf!«, rief er.

Heinrich sorgte persönlich dafür, dass die Familie Thomson auf schnellstem Wege das Anwesen verließ.

Paul und Karl blieben unterdessen allein im Esszimmer zurück.

»Ich habe deine Anziehung auf Frauen unterschätzt«, erklärte Karl und zwinkerte Paul zu.

»Das ist nicht witzig«, polterte der. »Was sagt der Arzt? Wie geht es Taya?«

»Sie musste genäht werden. Außerdem hat sie eine schwere Gehirnerschütterung. Ich habe ihn angewiesen, ihren Genesungsprozess zu überwachen.«

»Danke«, murmelte Paul.

»Du musst Taya in Ruhe lassen. Papa hat betont, dass er nur eine preußische Schwiegertochter akzeptieren wird. Auch die Engländer sind nun komplett unten durch.« Karl warf ihm einen vielsagenden Blick zu.

Vor sich hin grollend betrat Heinrich das Esszimmer. »Was erlaubt sich dieser Brite?« Hinter ihm kamen zwei Männer des Sicherheitspersonals in Sicht. »Ihr beauftragt Carlo und sein Team. Es darf keine Spuren zu uns geben.«

Die Männer nickten und verließen den Raum.

Heinrich setzte sich an den Tisch. »Luise!«, brüllte er. »Liebling, wir essen.«

Mama kam hereingerauscht. Sie wirkte übernächtigt, hatte sich aber frisch gemacht und hübsch angezogen.

Sie setzte sich neben ihren Mann und sah ihre beiden Söhne besorgt an.

»Die Familie Thomson ist abgereist?«, fragte sie und bedankte sich bei Emefa, die den Kaffee bereitstellte.

»Seine Forderungen sind unverschämt. Carlo wird das für

uns regeln. Diese Briten haben sich mit dem Falschen angelegt«, brauste Heinrich auf.

Mama schluckte.

»Wir betrauern das tragische Unglück, das die Familie deiner Verlobten eingeholt hat, und verschieben das Thema Heirat auf nächstes Jahr.« Heinrich klopfte Karl auf den Rücken.

»Heinrich, das ist …«, Mama fehlten offenbar die Worte. Sie schnappte nach Luft, »… Mord.«

»Liebling, mach bitte keine große Sache daraus. Emefa«, schimpfte Heinrich. Empört wies er auf seine leere Tasse. »Wir brauchen eine neue Zofe. Wo ist mein Kaffee?«

»Taya ist hoffentlich bald genesen«, erwiderte Mama.

Heinrich verzog das Gesicht. »Sie kommt nicht zurück. Wir brauchen Personal, das meine Söhne nicht auf dumme Gedanken bringt.«

»Ich habe Taya nicht unsittlich berührt«, sagte Paul entschieden. »Charlottes Anschuldigungen sind gelogen.«

»Die Wächter haben mir mitgeteilt, dass du Teresa in der Nacht mit dem Pferd abgeholt hast und mit ihr auf deinem Schoß davongeritten bist.« Heinrich fixierte ihn verärgert.

Paul erkannte seinen Fehler. Warum hatte er sich nicht klüger verhalten?

Es fiel ihm schwer, Heinrichs Blick standzuhalten.

»Dein Interesse an diesem Weib ist offensichtlich, und ich dulde das nicht.«

Paul bekam keinen Happen herunter.

»Als anerkannte Zofe würde sie einen guten Ruf genießen«, mischte Karl sich ein.

»Senhor Barusco, dem das Hurenhaus gehört, hat mir eine Stange Geld für Teresa geboten.« Heinrich hielt dagegen.

Paul ertrug es nicht länger. Er stand vom Tisch auf und verließ den Raum. Hinter der Tür lehnte er sich dagegen und schloss gequält die Augen.

Karl war der Sohn, der zählte. Paul würde von Heinrich nie das bekommen, was er sich wünschte.

»Hast du von seinen romantischen Gefühlen gegenüber der Wilden gewusst?«

Paul hörte Heinrich trotz verschlossener Tür sprechen.

»Paul ist ein anständiger junger Mann. Er hat immer eine angemessene Distanz zu Taya gehalten. Sein Interesse an ihr ist völlig verständlich für mich. Sie ist eine entzückende Person«, verteidigte Mama ihn.

»Ich habe mich breitschlagen lassen, ihn als Sohn anzuerkennen. Nun ist es wichtig, seine Linie aufzuhellen. Seine Ehefrau muss mit Bedacht ausgewählt werden«, erwiderte Heinrich ungehalten.

Paul konnte es nicht weiter mit anhören. Heinrichs Vorstellungen, seine Abneigung gegen andere Völker und seine Kaltherzigkeit waren seit jeher Teil seiner Persönlichkeit. Paul war damit aufgewachsen. Es tat weh, aber es war ein alter Schmerz, der ihn seit frühester Kindheit begleitete.

Er ging ins Büro und setzte sich zu Fernando. »Du arbeitest an Neujahr?«

Der nickte. »Warum nicht? Es gibt viel zu tun, und ich habe Zeit.«

Paul nahm den Ordner, an dem er zuletzt gearbeitet hatte.

»Es tut mir leid, dass du sie verloren hast«, sagte Fernando leise. »Ich würde dir gern Mut machen, dass du darüber hinwegkommst, aber …« Er ließ angespannt die Luft entweichen.

»Ich werde nie aufhören, von Taya zu träumen«, gestand Paul.

Fernando nickte. »Ich kenne das aus eigener Erfahrung.« Er hielt einen Moment inne, bevor er weitersprach. »Das Personal ist im Schock. Das Mädchen der Andyrá war besonders. Alle mochten sie, sogar die Wächter.«

Paul hatte das auch bemerkt. Es lag an Tayas gutem Herzen, das andere anzog. Insbesondere jene, die unterdrückt wurden.

»Lass uns arbeiten.« Paul suchte die Ablenkung. Er hatte nicht erwartet, dass Fernando einmal sein Spiegel werden könnte.

Aber so fühlte Paul sich heute. Er sah eine neue Zukunft für sich, ein Leben, wie Fernando es führte.

Vielleicht konnte er sich ähnlich zurückziehen und öffentliche Feste wie das gestern vermeiden. Er passte in diese feine Gesellschaft nicht hinein, das hatte er nie und würde es auch nicht. Sein äußeres Erscheinungsbild sorgte dafür.

Nach einer Weile, in der Fernando und er schweigend nebeneinander gearbeitet hatten, hörte Paul seine Mutter nach ihm rufen.

Er tat so, als würde er sie nicht hören.

Fernandos fragenden Blick bemerkte er, aber er schüttelte nur den Kopf. »Ich will meine Ruhe«, murmelte Paul.

»Wo steckt der Junge wieder?«, schimpfte Heinrich.

Paul drückte den Stift in seinen Händen.

Die Tür ging auf, und Heinrich erschien im Rahmen. »Wie oft muss deine Mutter dich rufen? Wir machen einen Familienausflug. Beeil dich.«

Das hatte Paul gerade noch gefehlt.

Einen Familienausflug?

Sein *Vater* hatte seine Traumfrau zusammengeschlagen.

Und es war ihm egal.

»Fernando und ich haben viel Arbeit. Geht doch ohne mich.« Paul tat so, als würde er in den Unterlagen nach etwas suchen.

»Deine Mutter wünscht sich eine Bootstour, und wir tragen sie auf Händen. Du liebst Mama doch. Also mach sie nicht traurig.«

Aus seinem Mund erschienen diese Worte lächerlich.

Paul nahm seinen ganzen Mut zusammen. Es entsprach nicht dem, was man ihm von klein auf eingebläut und eingetrichtert hatte.

Verärgere deinen Vater nicht.

Bleib ruhig. Sei brav.

Er erhob sich von seinem Stuhl und drückte seine Hände auf die Tischplatte. »Du hast Taya verletzt, dabei ist sie gänzlich unschuldig. Sie hat obendrein ihre Anstellung verloren. Ich werde nicht so tun, als wäre alles in Ordnung. Das ist es nicht!«

»Das trägst du mir nach? Sie ist eine Sklavin. Die steckt das locker weg. Komm jetzt, deine Mutter wartet.«

Paul presste seine Hände stärker ins Holz. Hatte er sich tatsächlich eine Art Einsicht von seinem Vater erhofft?

Er kannte ihn doch besser.

»Ich brauche heute Abstand und widme mich der Arbeit.« Paul wies Heinrich ab und setzte sich zurück auf seinen Stuhl.

Die sollten ihren Bootsausflug ohne ihn machen.

Heinrich rauschte zum Tisch und schlug die Sachen herunter. Er beugte sich vor und fixierte Paul mit wutentbranntem Blick.

»Ich sitze am längeren Hebel. Das tue ich immer. Wenn du mich weiterhin mit der Sklavin nervst, lasse ich sie aufhängen und ihre Familie gleich mit.«

Verärgere deinen Vater nicht.

Bleib ruhig. Sei brav.

Mama hatte Paul stets vor den Auseinandersetzungen mit Heinrich gewarnt.

»Hier steckt ihr.«

Da war sie.

Heinrich drehte sich zu Mama um.

»Wir kommen, mein Herz. Nicht wahr?« Heinrich winkte Paul mit sich.

Paul stellte sich aufrecht.

Wie er es auch drehte und wendete, Mama hatte versucht, es ihm begreiflich zu machen: Er hatte Taya verloren, und wenn er sie liebte, musste er sich von ihr fernhalten.

Er hatte es verstanden.

Paul würde sie nicht in Gefahr bringen.

Er folgte seinen Eltern aus dem Raum, spürte dabei Fernandos Blick im Rücken und veratmete den Schmerz in seiner Seele.

»Popanz, Popanz«, krähte Heribert, während Paul an seinem Käfig vorbeilief und den Steg ansteuerte.

Es war das Fünkchen, das seine Augen feucht werden ließ.

Taya würde ihn nie wieder mit ihrem Versuch, ihm eine Krawatte zu binden, zum Lachen bringen. Sie würde nicht mehr hier sein, keine Limettenlimo mit ihm trinken und ihm auch nicht mehr so niedlich holprig vorlesen.

Paul blinzelte die unerwünschten Tränen fort.

Ich reiße mich zusammen, mahnte er sich.

Auf dem Boot, das Heinrich nach Mama getauft hatte, eilten die Bediensteten umher.

Paul fand Karl an Deck. Er lag in einer Hängematte und schaute in die Ferne. Als er ihn bemerkte, lächelte er.

»Komm, leiste mir Gesellschaft, Bruder. Ich finde es befreiend, dass ich doch nicht heirate. Ich sollte dir dankbar sein.« Karl streckte sich aus.

Er war so anders als Paul.

Er ließ zahlreiche Probleme abprallen, anstatt darin unterzugehen. Manchmal wünschte Paul sich, er könnte mehr wie Karl sein.

»Macht es dir nichts aus, dass Charlotte heute noch sterben wird? Vielleicht ist sie bereits ermordet worden.« Paul presste überfordert die Lippen aufeinander.

Karl zuckte mit den Schultern. »Sie hat sich diese Suppe

selbst eingebrockt. Und dann zieht sie noch Taya mit rein.«
Er setzte sich auf und beugte sich näher zu Paul. »Du hast
Taya mit dem Pferd abgeholt? Den Ritter in strahlender Rüs-
tung habe ich dir nicht zugetraut. Was habt ihr gemacht?«

Paul lehnte sich an die Reling und musterte Karl.

»Das Feuerwerk zusammen angesehen.«

Er vertraute seinem Bruder. Karl hatte keine Sekunde an
die Vorwürfe von Charlotte geglaubt.

»Hast du sie geküsst?« Ein Grinsen schlich sich auf Karls
Gesicht.

Paul schüttelte den Kopf. »Ich wollte es, aber habe mich
nicht getraut. Als ich ihr meine Gefühle gestanden habe, ist sie
davongelaufen. Danke, dass du ihr einen Arzt besorgt hast.«
Er drehte sich von Karl weg und ließ seinen Blick über den
Rio Negro schweifen. »Ich werde wie Fernando sein. Der
beste Buchhalter der Stadt.«

Karl grunzte. »Du wirst über sie hinwegkommen. Es
braucht etwas Zeit, aber andere Mütter haben auch schöne
Töchter.«

Paul musterte seinen Bruder. Der streckte sich erneut aus
und schaukelte hin und her.

Das Boot legte ab. Die vertrauten Geräusche des Wassers
und dazu der aufsteigende Wind, der Paul um die Ohren
blies, ließ ihn freier atmen.

Er löste sich von seinem Platz an der Reling und ging nach
vorne, um zu sehen, was vor ihm lag.

Die Wolken waberten am Himmel, ließen die Sonne nicht
durch. Licht suchte Paul heute vergeblich.

Es würde wieder regnen.

Es passte zu seiner Stimmung. Wenn es nur ein reinigen-
der Regen wäre, der das Böse fortspülen und der Sonne Platz
machen würde.

»Meine Güte, Papa«, jammerte Karl.

Paul konnte sehen, worüber Karl sich beschwerte.

Heinrich hatte Mama auf seinen Schoß gezogen und fummelte an ihr herum.

Pauls Blick glitt über das Ufer. Dort musste das Lager liegen, in dem Taya nun eingesperrt war. Während der Regenzeit durfte sie es nicht verlassen, wenn ihr Vater und ihr Bruder in der Stadt arbeiteten.

Er wurde von der Fledermaus abgelenkt, die neben dem Schiff herflog und dabei seltsam frei wirkte.

Paul folgte ihr mit den Augen.

Als er damals nach Belém aufgebrochen war, um nach Europa zu reisen, hatte die Fledermaus sich zusammengekrümmt und ihn schließlich verlassen.

Diesmal tat sie das Gegenteil.

Sie hatten Manaus hinter sich gelassen, fuhren tiefer in den Dschungel hinein, und das Fledertier kreiste über dem Boot und wirkte so schwerelos, wie Paul es nie gesehen hatte.

Er war vollkommen gebannt.

Das Treiben um ihn herum bekam er kaum mit, stattdessen lief er hoch zum Schiffsführer, um in die Ferne sehen zu können.

Sie erreichten die Stelle, an der der Rio Amazonas und der Rio Negro aufeinandertrafen. Der Schwarzwasserfluss und der Weißwasserfluss flossen über zehn Kilometer im gleichen Flussbett nebeneinander, ohne sich zu vermischen.

Paul hatte es oft mit eigenen Augen gesehen und es in der Schule lernen müssen.

Nie aber war ihm aufgefallen, wie sehr seine Fledermaus es liebte, tiefer in den Urwald hineinzufliegen.

Wollte sie nach Hause? Zu den Höhlen, von denen Taya erzählt hatte?

Paul konnte seinen Blick nicht von dem Tier abwenden, das höher und höher flog.

Ergriffen stand er dort.

Seine Fledermaus war wach und leidenschaftlich.

Nach einer Weile runzelte er die Stirn, weil das Tier abbog, vielmehr es wollte.

Der Rio Amazonas schlängelte sich wie eine riesige Anakonda durch den Dschungel, außerdem gab es unzählige Nebenflüsse verschiedenster Größen.

»Was liegt dort hinten?«, rief Paul dem Kapitän zu und wies in die Richtung, in die das Fledertier abgebogen war, und verharrte, weil das Schiff nicht ihm, sondern dem großen Verlauf des Flusses folgte.

»Dort sind die Nebenflüsse viel schmaler. Man braucht kleinere Boote, um diese Gegenden zu erkunden. Die Kautschukwälder deiner Familie befinden sich in der entgegengesetzten Richtung«, antwortete der Schiffsführer.

Paul sah sich neugierig um. Dass seine Fledermaus zum Schiff zurückkehrte und sich an die Reling hängte, bemerkte er sehr wohl. Ihre Freude war erloschen.

Paul trat neben den Kapitän auf die Brücke. »Gibt es Karten von dem Gebiet?«

»Natürlich. Die Kautschukbarone lassen sie dauernd aktualisieren, weil sie das Land und seine Schätze studieren. Außerdem schicken sie Expeditionen aus, um indigene Stämme zu finden.«

»Und zu überfallen«, murmelte Paul.

Während sein Kopf ratterte, rief Mama seinen Namen.

Sie ließen ihn nicht in Ruhe.

Dabei musste er nachdenken und sich sortieren.

Nun kreuzte Karl auf, legte einen Arm um Paul und zog ihn mit. »Wir wollen Karten spielen.«

Paul setzte sich wenige Augenblicke später zu den anderen und prüfte sein Blatt.

Heinrich rauchte Zigarre und murrte, weil der Regen einsetzte. Das Deck war überdacht und die Temperatur weiterhin warm.

Dennoch nervte das schlechte Wetter.

»Fahren wir zurück?«, fragte Karl.

»Nicht vor 17 Uhr. Wir brauchen das Alibi«, sagte Heinrich frei heraus. »Die Polizei wird uns vielleicht befragen, um den Mord an der Familie Thomson zu untersuchen. Wir waren auf einem Schiffsausflug, und die Besatzung kann es bestätigen.«

»Das ist widerwärtig.« Mama zischte.

»Das ist nötig, um den Blutegel loszuwerden. Eine Million Dollar wollte der. Was denkt er sich? Mehr als 50.000 Dollar war seine verzogene Tochter nicht wert.«

Mama presste die Lippen aufeinander.

»Wir besuchen regelmäßig die Oper und begutachten die Gäste aus Europa. Ich lade ein paar preußische Familien ein, die in wenigen Monaten eintreffen werden. Da wird schon was für unsere Söhne dabei sein. Eine weitere Europareise kommt derzeit nicht in Betracht. Karl muss zu Beginn der Trockenzeit in die Kautschukplantagenwirtschaft eingewiesen werden.«

Karl zog an seiner Zigarre. »Wie lange dauert es, bis dieser Mist schmeckt?«

Mama stöhnte auf.

Paul blieb stumm.

Die Ereignisse der letzten 24 Stunden machten ihn sprachlos. Was sollte er auch sagen?

Heinrich Lorenz, seinem Adoptivvater, Kautschukbaron von Beruf, gehörte die Welt.

Paul hatte es bitterböse erleben müssen.

»Ich sitze am längeren Hebel. Das tue ich immer. Wenn du mich weiterhin mit der Sklavin nervst, lasse ich sie aufhängen und ihre Familie gleich mit.« Heinrichs Worte hallten in Pauls Innerem wider.

Er schielte zur Reling, an der seine Fledermaus wie tot hing.

Die große Freiheit war nur ein Trugbild, ein schöner Traum.

Die Realität aber war anders.

Sie war gnadenlos.

15

Hinter Taya lagen entsetzliche Stunden. Zuerst hatte der Baron sie geschlagen, danach das schmerzhafte Nähen ihrer Wunde durch den Heiler und schließlich das Verschwinden von Tohon.

Letzteres hatte ihr den Rest gegeben.

Ihre Eltern und auch Tula saßen am Lagerfeuer, starrten hinein und warteten, hofften, bangten. Sie konnten nicht schlafen.

Taya lehnte an *papai* und döste immer wieder weg. Sie war so erschöpft, und ihre Kopfschmerzen hörten nicht auf.

Die anderen Bewohner hatten sich zurückgezogen. Nirgendwo brannte mehr ein Feuer.

Taya schreckte auf, als *papai* sich bewegte und aufrichtete. »Tohon, porcaria«, stieß er aus.

Schatten kamen näher. Tula sprang auf und eilte den Männern entgegen. Sie schubste Tohon und schrie ihn mit »idiota« an. Yumah umarmte seine Schwester und tröstete sie.

Taya fühlte vorsichtige Erleichterung. Noch wusste sie nicht sicher, ob Tohon eine Dummheit begangen hatte.

Sie stellte sich auf ihre wackeligen Beine, war aber zu langsam. *Papai* lief zu Tohon, umfasste bestimmt seinen Arm und führte ihn in die Hütte.

Taya verstand nicht, was die beiden redeten, obwohl sie horchte. Sie setzte sich zurück auf ihre Holzkiste, das Stehen war ihr heute noch zu anstrengend.

Mamãe drückte Yumah an sich. »Was ist geschehen?«, fragte sie.

»Der Baron hat den ganzen Tag auf dem Fluss verbracht. Tohon wollte auf seine Rückkehr warten, obwohl das Anwesen so gut bewacht ist. Er war uneinsichtig und hat sich von seinen verzweifelten Emotionen leiten lassen.« Yumah erklärte, was vorgefallen war. Er hielt Tallulahs Hand in seiner.

Mamãe drehte sich zur Hütte und schien zu überlegen, ob sie sich in das Gespräch von Vater und Sohn einmischen sollte. Taya würde ebenfalls gern Tohons Version hören, aber *papai* hatte deutlich gemacht, dass er das zuerst allein klären wollte.

»Ich habe auf ihn eingeredet, und wir sind in Richtung Stadt aufgebrochen. Habt ihr schon gehört, was passiert ist? Alle sprechen darüber.«

Taya und *mamãe* schüttelten die Köpfe.

»Einheimische sollen eine weiße Familie aus der fernen Welt in ihrer Pension ermordet haben. Die policia hat kurzen Prozess gemacht und drei Einheimische auf dem großen Platz gehängt. Tohon und ich waren dort und haben es gesehen.«

Tayas Hals wurde trocken. Sie vergrub ihr Gesicht in ihren Händen. Die Härte ihres Lebens war allgegenwärtig.

Die Vorstellung, dass man Tohon hingerichtet hätte, schoss in ihre Glieder.

»Geh schlafen«, mahnte Tallulah sanft. »Du musst morgen früh bei der Arbeit erscheinen.«

Yumah nickte. Er lächelte gequält.

Tula schob ihn zur Hütte. Sie gingen hinein und verschlossen die Tür.

Mamãe seufzte. »Wer weiß, wer diese Fremden ermordet hat. Sie schieben es immer den Afrikanern oder uns zu.«

Taya richtete sich auf. *Mamãe* stützte sie.

»Wir gehen auch schlafen. Du brauchst noch Ruhe, und euer *papai* ist seine Mahnung sicher längst losgeworden. Für heute reicht es.«

Tohon hatte sie alle in Angst und Schrecken versetzt.

Taya fühlte nur Liebe, als sie ihn mit hängenden Schultern auf dem Lager sitzen sah, während *papai* ihn leise, aber eindringlich mahnte.

Tohon drehte sein Gesicht zu ihr. »Wie geht es dir, kleine Fledermaus?«

Taya ließ sich mit *mamães* Hilfe neben Tohon sinken. »Jetzt besser.«

»Es nützt nichts, den Baron zu töten. Die Fremden haben viele Barone. Wir brauchen ein Wunder. Wir brauchen die Magie unserer Schutzgeister.« *Papai* erhob sich und ging nach draußen, um das Lagerfeuer zu löschen.

Nun war es stockdunkel in der Hütte.

Taya tastete nach Tohon und suchte sich eine angenehme Schlafposition.

»Deine Andyrá war bei mir«, raunte er ihr leise ins Ohr. »Ich habe es nicht ertragen, was der Baron dir angetan hat. Ich hasse ihn.«

Taya schmiegte sich an ihren Bruder.

»Wir finden einen Weg, ich weiß noch nicht, wie, aber ich gebe nicht auf, an unsere Freiheit zu glauben.« Sie flüsterte ihm die Worte zu. »Schlaf jetzt und lasse die schlechten Gedanken los.«

Als Taya am nächsten Morgen erwachte, war Tohon fort.

Wenigstens wusste sie, dass er zur Arbeit gegangen war und sie ihn am Abend wiedersehen würde. Ihrem Kopf ging es auch deutlich besser.

Sie hörte Geräusche von draußen. Die Tür war verschlossen. Der Heiler hatte gesagt, sie solle in der Dunkelheit bleiben, um ihren Genesungsprozess zu beschleunigen.

Durch die Schlitze schien allerdings genug Licht, sodass Taya sich leicht in der Hütte orientieren konnte.

Sie setzte sich und nahm den Wasserbeutel, um zu trinken.

Es war kein schönes Gefühl, die Arbeit verloren zu haben. Sie hatte sich an die Senhora und das Anwesen gewöhnt. Sie liebte Emefa und Diego. Die Vorstellung, Helmut nicht mehr reiten zu dürfen, tat auch weh.

Am meisten aber schmerzte sie, Paul verloren zu haben.

Wie es ihm wohl ging?

Er musste erfahren haben, was passiert war. Charlottes Lüge war die Ursache des aggressiven Ausbruchs des Barons gewesen.

Tayas Gedanken wirbelten um die Silvesternacht.

»Tu doch nicht so überrascht. Ich träume von dir, seit ich sieben Jahre alt war … Wir beide sind füreinander geschaffen. Du bist der Inbegriff an Schönheit und Herzenswärme …« Pauls Worte hallten in ihrem Inneren wider.

Sie verlor sich in der Erinnerung und lächelte. Er hatte sich in ihr Herz geschlichen und ihr Vertrauen errungen.

Ertappt zuckte sie zusammen. »Wie lange stehst du schon da?«

Tula stand in der Tür und musterte sie stirnrunzelnd. »Bist du verliebt?«

Taya riss die Augen auf. »Was? Ich?« Das war sie auf keinen Fall. Paul und sie waren Freunde.

»Du träumst und lächelst vor dich hin. Ich kenne dich gut, Tayana.«

»Ich habe ein Erdbeben im Kopf. Deswegen …« Taya suchte nach Worten, die Tula von dieser Schnapsidee wegbrachten. Verliebt? Taya war nie verliebt gewesen und würde das nicht ändern.

»Welcher der beiden ist es?« Tula verschränkte die Arme vor der Brust.

Taya fühlte sich mehr und mehr in die Ecke gedrängt. »Mein Kopf platzt. Da … lächelt man schon mal vor sich hin.«

Ach herrje, was redete sie denn da?

»Ich habe mich gefreut, dass Tohon zur Vernunft gekommen ist«, behauptete Taya.

Tallulah entglitten die Gesichtszüge. »Du lügst mir ins Gesicht? Die Zunge einer Andyrá spricht stets die Wahrheit, auch wenn sie unangenehm ist.«

Taya musste diesem Gespräch entfliehen. Sie verschloss den Wasserbeutel, legte ihn zur Seite und richtete sich auf. Tallulah kam zu ihr und stützte sie.

»Ich kann laufen«, wisperte Taya. Ihre beste Freundin half ihr dennoch und brachte sie raus. »Ich bin nicht verliebt, klar?« Taya zischte.

»Du meinst, du willst nicht in den Sohn eines Kautschuk-barons verliebt sein. Das kann ich gut verstehen. Ich würde mich vorher im Rio Negro ertränken, bevor ich dem Teufel die Hand reiche.«

Tula machte ihre Meinung deutlich. Alle hier im Lager würden so denken.

Taya dachte selbst so.

Und doch lächelte sie wieder, als sie an Pauls warme Reh-augen dachte.

Tallulah ließ sie erst los, als Taya sicher auf der Holzkiste saß.

»Wo ist denn *mamãe*?« Taya wechselte das Thema. Sie nahm dankend das Brot an, das ihre Freundin ihr reichte, und biss hinein.

Langsam kehrte der Appetit zurück. Das war wohl ein gutes Zeichen ihrer Genesung.

»Sie hat sich mit einigen anderen Stammesfrauen versammelt. Akule und Nituna heiraten nächste Woche, und es soll eine kleine Feier stattfinden.« Tallulah legte sich das Bastma-terial für ihre Körbe zurecht, während Taya aß.

Sie blieb stumm. Hochzeiten kamen im Lager vor. Jeder sehnte sich nach Liebe und Zugehörigkeit.

»Enkoodabaoo war hier und hat nach dir gefragt. Der Angriff des Barons auf dich hat sich längst herumgesprochen«, fuhr Tula fort. »Er war besorgt, wie es dir geht.«

Taya schob sich das letzte Stück Brot in den Mund. Anschließend nahm sie von dem Bast, um Tula bei der Arbeit zu helfen.

»Du sollst dich in der Dunkelheit schonen. Der Heiler hat uns beschworen, dass du Ruhe brauchst.«

Taya winkte ab. »Es geht schon. Ich helfe dir und wenn ich müde werde, nehme ich mir eine Pause.«

Seufzend zuckte Tallulah mit den Schultern. »Du lässt dir eh nichts sagen. Gestehst du mir wenigstens, für welchen der Söhne du schwärmst? Der, der deine Behandlungen bezahlt, oder der adoptierte?«

Taya widmete sich der Arbeit und verweigerte die Antwort. Offensichtlich wollte Tallulah ihr nicht glauben.

Tayas Gedanken schweiften ab, während sie den Korb flocht. Diese Umstellung war nicht leicht. Sie würde das Lager erst verlassen können, wenn die Männer zurück in den Kautschukwald mussten.

Lieber blieb Taya in diesem Lager eingesperrt, wenn sie sich wenigstens versichern konnte, dass es den Männern gut ging.

»Tayana!«

Ihre Blicke begegneten sich. Tallulah würde sich festbeißen.

»Paul, der adoptierte Sohn des Barons, hat versucht, mir seine Verliebtheit zu gestehen, aber ich bin weggelaufen«, erzählte Taya.

»Glaubst du ihm?«, frage Tallulah.

Taya schielte zu ihrer Andyrá, die schlafend an der Hütte hing. Erst jetzt begriff sie, dass Pauls Fledermaus sich für ihre interessiert hatte.

Sie knabberte auf ihrer Lippe.

»Ich glaube ihm. Wir haben uns angefreundet und das war … ehrlich.« Taya erinnerte sich an ihre zahlreichen Mittagspausen am Steg. »Er hat mir bei den Hausaufgaben geholfen und lesen mit mir geübt.« Taya verzog das Gesicht. »Er hat mich ausgelacht, wenn ich Wörter falsch ausgesprochen habe. Er kann gut rechnen. Dafür rennt er langsam.«

Tula unterbrach ihre Arbeit am Korb. Nachdenklich musterte sie sie.

»Na los, sag mir, wie falsch das ist und wie böse er als Sohn eines Kautschukbarons sein muss«, murmelte Taya.

»Ich dachte, dass ein Mann, der dich beeindrucken kann, Tohon im Wettrennen schlagen muss.« Tula grinste.

Taya lachte auf. Davon war Paul weit entfernt.

»Niemand hat Tohon besiegen können. Ich weiß aber, dass Enkoo trainiert.« Tula warf ihr einen vielsagenden Blick zu.

»Enkoo passt viel besser zu dir als zu mir«, sagte Taya.

Tallulah rollte mit den Augen. »Er ist nett, aber ich bin in niemanden verliebt.«

Sie flochten ihre Körbe und sprachen eine Weile nicht. Taya hing ihren Gedanken nach, begrüßte *mamãe*, die zwischenzeitlich nach ihr sah, und legte sich schließlich in die Hütte, um zu schlafen.

So vergingen die Tage. Einer glich dem anderen.

Tayas Kopfschmerzen verschwanden, und der Heiler war mit ihrem Genesungsprozess zufrieden.

An dem Tag der Hochzeit von Akule und Nituna wusch Taya sich das erste Mal seit ihrer Kopfverletzung die Haare. Es war eine Wohltat, die fettigen Strähnen zu reinigen.

Da der Heiler vorher davon abgeraten hatte, hatte Taya seine Erlaubnis abgewartet.

Sie schwamm im Rio Negro und genoss den Blick in die Ferne. Gleichzeitig löste genau diese Ferne ihre Sehnsucht aus.

Sie wollte unbedingt zu den Wasserfällen und ihren Stamm suchen.

Niemand entkommt lebend der Plantage.

Sie stieg seufzend aus dem Wasser und wrang ihre Haare aus. An dieser Stelle badeten die Frauen. Es war den Männern nicht gestattet herzukommen. Taya lächelte den anderen Frauen zu, die sich ebenfalls frischmachten.

»Du darfst wieder schwimmen?«, fragte Nituna, die Braut.

»Der Heiler hat es erlaubt. Es wird in Ordnung sein.«

»Wenigstens hast du einen Heiler bekommen«, erwiderte Nituna.

Sie hatte recht. Es war keine Selbstverständlichkeit, denn Heiler waren teuer. Einige Bewohner des Lagers kannten sich mit der Heilkunst noch aus, aber die Medikamente fehlten.

Karl hatte den Heiler bezahlt. Er hatte ihr nun dreimal geholfen, und sie stand in seiner Schuld.

Wobei sie bezweifelte, Karl Lorenz je wiederzusehen.

Taya schluckte und presste die Lippen aufeinander.

Sie würde auch Paul nicht mehr treffen. Ein Kloß bildete sich in ihrem Hals.

»Du solltest dir einen Mann in deinem Leben erlauben, Tayana. Ich habe mich auch gewehrt, aus den gleichen Gründen wie du, aber seit ich Akule habe, ertrage ich mein Sklavendasein viel besser.« Nituna lächelte ihr zu. »Vielleicht bereue ich es irgendwann, weil er im Kautschukwald stirbt und ich unser Kind allein großziehen muss …«

Taya sagte nichts dazu. Nituna heiratete heute, und sie hatte ihr Glück verdient, aber ihre Verliebtheit würde sie nicht dauerhaft glücklich machen. Wenn sie eine Tochter bekam und Akule im Kautschukwald starb, würde der Baron Nituna und das Kind ans Hurenhaus verkaufen. Sie würde sich spätestens in dem Moment wünschen, die Zeit zurückdrehen zu können.

»Vielleicht enden wir wie deine Eltern und können lange zusammen sein.« Nituna nickte entschlossen.

Taya war inzwischen trocken und zog sich ihr Kleid an. »Ich wünsche euch das Beste.«

Nitunas kleine Wölbung am Bauch war wohl der Grund für die Heirat. Akule erkannte sein Kind offiziell an. Seine Familiengründung wurde damit auch den Wächtern mitgeteilt und die Last ihres Vaters an Akule weitergegeben.

Taya kämmte ihre Haare mit den Fingern und flocht sich einen Zopf.

Sie lief zurück zur Hütte, dort war ihre Familie schon mit den Vorbereitungen für die Hochzeit beschäftigt. Jeder, der kommen wollte, war willkommen. Dabei brachten alle Gäste etwas zu essen mit.

Mamãe hatte Süßkartoffeln gekocht und in mundgerechte Stücke geschnitten. Tallulah hatte mittlerweile genügend Körbe geflochten, sodass sich ein Weg in die Innenstadt lohnte. Wahrscheinlich würde *mamãe* das machen müssen, weil die Wächter Taya und Tallulah nicht rausließen.

Taya winkte den Männern, die pünktlich nach Hause kamen. »Wie war die Arbeit?«, fragte sie Tohon, der sie kurz herzte und den Wasserbeutel ansteuerte. Er trank, als wäre er am Verdursten.

Yumah lachte.

Papai ebenfalls.

»Was ist los?« Taya stemmte die Hände in die Hüften.

»Tohon hat eine Verehrerin. Sie hat ihm auf dem Heimweg aufgelauert und ihm etwas zu essen geschenkt«, berichtete Yumah amüsiert.

»Mit ihren schönen Augen oder ihren schönen Kleidern kam sie seit Tagen nicht weiter. Mit Essen aber kann man ihn anlocken.« *Papai* gluckste.

»Das ist nicht witzig«, schimpfte Tohon, der den ganzen Wasserbeutel geleert hatte.

»Doch, ist es.« Yumah hielt sich den Bauch vor Lachen.

»Konnte sie nicht kochen?« *Mamãe* tätschelte Tohons Rücken.

»Offensichtlich hat sie mit scharfem Chili gekocht«, sagte *papai.*

»Du bist schärfer als mein Chili«, flötete Yumah.

Taya musste nun auch lachen. Selbst *mamãe* räusperte sich und hustete.

»Es hat gut gerochen. Ich konnte nicht ahnen, dass sie mich vergiften will.« Tohon machte seinem Ärger Luft.

»Sie meinte, ihre Wohnung wäre nicht weit. Er könnte Wasser bei ihr bekommen.« Prustend berichtete Yumah, wie die Sache weitergegangen war.

Papai begrüßte *mamãe* mit einem Kuss. »Mittlerweile tummeln sich die Mädchen an den Straßenbahnschienen«, raunte er ihr zu.

Mamãe seufzte. »Mein armer Junge, und gleich steht dir noch der Besuch der Hochzeit bevor.«

Tohon winkte ab. »Ich gehe nicht mit.« Er schlüpfte in die Hütte.

»Ein schlechtes Versteck«, rief Taya.

»Er ist längst heiratsfähig«, murmelte *papai.* »In deinem Alter hatte ich schon zwei Kinder«, rief er.

»Die Hochzeit ist eine gute Möglichkeit, um …«

»*Mamãe*, hör damit auf«, schalt Taya. »Niemand von uns will heiraten.«

Sie hatten bereits über dieses Thema gesprochen, und Taya wusste, dass ihre Eltern ihre Meinung nicht teilten.

»Wenn ich mir mein Leben als Sklave mit oder ohne Familie aussuchen dürfte, würde ich immer wieder euch wählen.« *Papai* legte seinen Arm um *mamãe* und gab ihr einen weiteren Kuss.

Yumah und Tallulah zogen sich in ihre Hütte zurück. Sie vermieden die Diskussion. Taya kannte ihren Standpunkt, der ihrem eigenen glich.

Zumindest dem glichen, was ihr Verstand wollte.

»Gehen wir«, schlug sie vor, um die Gedanken an Paul zu vertreiben. Sie nahm die Schüssel mit den Süßkartoffeln. »Tohon, komm. Sie haben bestimmt eine Atabaque für dich.«

Taya lief voran. Diese Hochzeit war eine willkommene Ablenkung für sie.

Von allen Richtungen strömten die Lagerbewohner herbei, um sich auf dem großen Platz zu treffen.

Taya stellte die Schüssel zu den anderen Speisen und begrüßte einige der Frauen, die das Büffet herrichteten.

»Wie gut, dass es heute Abend nicht regnet«, sagte eine.

»Das kann noch kommen«, warf eine andere ein.

»Wo ist denn dein Bruder?«, fragte Peshewa.

Taya öffnete den Mund und schloss ihn wieder. Was sollte sie denn antworten? Peshewa schwärmte schon lange für Tohon, aber er reagierte nicht auf sie.

»Er weiß noch nicht, ob er kommt.« Taya lächelte kurz angebunden und gesellte sich zu den verheirateten Frauen. Dort fühlte sie sich wohler, weil die sie nicht dauernd über Tohon ausfragten.

»Die jungen Leute sind da drüben«, sagte eine der Frauen zu ihr.

Taya sah in die Richtung und lächelte aufgesetzt, als Enkoo winkte.

»Da feiern wir wohl bald die nächste Hochzeit.« Die Frau wies auf Enkoo und klatschte in die Hände.

So viel dazu, dass sie sich bei den verheirateten Frauen wohler fühlen könnte.

Taya entfernte sich ein Stück von den anderen und presste die Lippen aufeinander. Warum fiel es ihr denn auf einmal so schwer, mit den Avancen umzugehen? Es war nie ein Problem für sie gewesen.

Nun aber pochte ihr Herz dumpf, und sie ertappte sich dabei, sehnsüchtig zum Stacheldrahtzaun zu blicken.

Sie setzte einen Schritt vor den anderen und hielt erst an, als sie die Grenze des Lagers erreichte.

Dort hinten um die Kurve hatte Paul sie abgepasst.

Taya umarmte sich selbst, während sie auf die Stelle starrte, an der niemand mehr auf sie wartete.

Paul Lorenz hatte eine schreckliche Leere hinterlassen, seit er fort war.

Taya schloss gequält die Augen. Wann hörten diese Gefühle auf?

Sie musste sich eingestehen, dass sie da waren, egal, wie oft sie diese Zuneigung leugnete.

Paul fehlte ihr entsetzlich.

Es tat weh, und es war furchtbar anstrengend, dauernd so zu tun, als ginge es ihr gut.

Das Schlimmste war, dass sie dieses Schauspiel sogar vor sich selbst spielte. Seit sie Paul verloren hatte, redete sie sich ein, dass es so besser wäre.

Wem nützte die Wahrheit etwas?

»Taya?«, wisperte Tula.

Wo kam sie her? Taya hatte sie nicht bemerkt, dabei war sie normalerweise nicht leicht zu erschrecken.

Diesen verletzlichen Moment am Stacheldrahtzaun wollte Taya niemandem zeigen. Sie war die Starke und Tula diejenige, die dauernd weinte.

Tayas Herz schmerzte so sehr, dass sie kein Wort herausbekam.

Tula zog sie in ihre Arme. »Du darfst weinen, wenn deine Welt zerbricht. Ich weiß, dass du immer stark bist, weil wir es oft nicht sind. Weine um deine Liebe. Ich weine mit.«

Die liebevollen Worte ihrer besten Freundin, dazu die Berührung, ließen Tayas Gerüst brechen.

Sie schluchzte heiße Tränen.

Tränen waren seit jeher der Preis für die Bewohner des Waldes gewesen.

Seit die Fremden über das große Wasser gekommen waren, weinten die Bäume, weinten die Einheimischen. Der viele Regen fühlte sich nicht mehr reinigend an. Er spülte das Böse nicht fort.

Es war, als werfe der Himmel die Tränen von Tausenden auf sie hinab.

»Erzähl mir von deinem Paul. Es wird dir guttun, über ihn zu sprechen.« Tula strich ihre eigenen Tränen fort und lächelte ihr auffordernd zu.

»Ich hätte nie gedacht, dass er mir so fehlen würde«, flüsterte Taya. »Ich habe mir die große Liebe verboten und gedacht, dass es funktioniert.«

Sie starrte wieder auf die Stelle, an der die Kurve abging.

Tula berührte ihre Hand und verschränkte ihre Finger miteinander.

»Paul weiß nicht, wo er hingehört. Der Baron akzeptiert ihn, aber Liebe habe ich keine gesehen. Nie hat er ihn in den Arm genommen oder sich für seine Wünsche interessiert.« Tula hatte recht. Es fühlte sich befreiend an, über Paul zu reden.

»Warum hat der Baron ihn adoptiert?«, fragte Tula.

»Seine Frau wollte es. Sie liebt ihre beiden Söhne über alles. Ich habe nicht den Eindruck, dass sie einen Unterschied zwischen ihnen macht. Karl ist mir fremd. Manchmal ist er unerwartet freundlich und hilfsbereit, dann wieder schrecklich ignorant. Paul ist anders. Er ist warm und gütig.«

Während Taya über Paul sprach, flossen wieder die Tränen.

»Seine Andyrá hat dauernd um meine gebalzt. Sie war mutig und leidenschaftlich, hat nie aufgegeben. Das Tier hat seine Instinkte gelebt.«

Tula drückte ihre Hand. »Es ist natürlich, dass ihr euren Emotionen nicht wie die Andyrá nachgeben könnt. Du warst dort angestellt, und der Baron hasst uns. Paul und du habt eine Liebe gefunden, die nicht sein darf.« Tula schüttelte den Kopf. »Dabei ist er ein Sohn unseres Stammes. Das ist verrückt.«

»Ich weiß, dass wir keine Zukunft haben. Vielleicht habe ich mir deswegen nie erlaubt, zu lieben und zu weinen. Es führt zu nichts. Je länger ich darüber nachdenke, desto mehr glaube ich, dass seine Mutter es gewusst hat und mich heiratstauglich machen wollte. Dabei hätte ich mich nie von meinem Stamm abgewendet.«

»Wir hätten dich verstanden und gehen lassen, Taya. Wenigstens eine, die es rausgeschafft hätte.«

Tula hatte ein Herz aus Gold. Es war gebrochen, aber es war immer noch rein und kostbar.

Taya umarmte ihre Freundin.

Tula hatte recht. Es tat gut, über Paul zu sprechen. Tayas Kummer war nicht weniger geworden, aber wenigstens hatte sie sie selbst sein dürfen. Sie musste ihre Gefühle nicht länger als Geheimnis hüten.

»Gehen wir zu den anderen. Danke«, sagte Taya.

Sie kontrollierten ihre Erscheinungen gegenseitig unter dem Licht des Stacheldrahtzaunes.

Hand in Hand steuerten sie den großen Platz an. Die Zeremonie hatten sie verpasst. Die Bewohner aßen und tanzten bereits.

Taya entdeckte Tohon an der Atabaque. Er träumte sich mit geschlossenen Augen in eine ferne Welt, tiefer in den Dschungel hinein, dahin, wo es keine Fremden gab. Taya wusste es, denn er hatte es ihr verraten. Er hatte es als Junge geträumt und er tat es als Mann.

Was blieb auch von ihnen übrig, wenn sie keine Träume mehr hatten?

Träume hielten die Seele lebendig.

»Dein Bruder hat es tatsächlich nicht leicht«, raunte Tallulah und wies auf die Mädchen, die sich tanzend vor die Trommel drängten. »Yumah unterhält sich mit einem Mädchen.« Tula runzelte die Stirn.

Taya kicherte. »Vielleicht sucht er sich doch eine Frau.«

»Er wäre ein guter Ehemann.« Tallulah seufzte.

Taya entdeckte die Braut und lief zu ihr, um zu gratulieren.

»Taya, tanzt du mit mir?«

Das war Enkoo. Sie schluckte unglücklich, weil er ihr jedes Mal leidtat, wenn sie ihn abwies.

»Als Freunde«, schob er nach.

Taya drehte sich zu ihm.

»Ich tanze mit dir«, warf Tallulah ein, nahm Enkoos Hand und zog ihn fort.

Taya schuldete ihrer Freundin etwas. Sie floh zu Tohon, setzte sich Rücken an Rücken mit ihm und lehnte dabei ihren Hinterkopf an seinen Nacken. Sie schloss die Augen und fühlte in seine rhythmischen Trommelbewegungen hinein.

Sie wollte an den gleichen Ort wie er.

In das Land ihrer Mütter und Väter.

Es war spät, als sie das Fest verließen. Die meisten waren längst in ihre Hütten zurückgekehrt, denn am nächsten Tag wartete die Arbeit.

Taya hatte vergeblich nach ihren Eltern Ausschau gehalten. *Papai* brauchte mehr Ruhe als Tohon. Er schlief wohl längst.

Das Fest war an Taya und Tohon vorbeigezogen. Wenn Tohon sich davontrommelte, brauchte ihn niemand anzusprechen. Er reagierte nicht, war in Trance.

Taya hatte seine unverwechselbare Energie aufgesogen und war erst ins Hier und Jetzt zurückgekehrt, als Tohon aufgehört hatte zu trommeln.

Sie spazierten durch das Lager und nahmen einen Umweg am Flussufer entlang.

Auf dem Rio Negro waren auch zu später Stunde zahlreiche Schiffe unterwegs. Sie konnten die Lichter sehen.

»Stell dir vor, wir könnten eines der Schiffe besteigen und in eine neue Zukunft fahren. Wir würden verstehen, was Freiheit wirklich bedeutet.« Tohon berührte Tayas Hand und wies in die Ferne. »Wenn sich dir die Gelegenheit bietet, darfst du nicht zögern.«

Taya schüttelte den Kopf. »Ich laufe nicht fort. Lieber gehe ich mit dir unter, als ohne dich frei zu sein.«

»Taya …«

»Ich träume auch, Tohon. Unsere Zeit zerrinnt wie Sand in unseren Händen. Wir haben nur den Moment. In wenigen Wochen musst du zurück in den Kautschukwald, und Augenblicke wie dieser …«, Taya schlang ihre Arme um ihren Bruder und raunte in sein Ohr, »… tragen uns durch die Hölle, bis wir den Himmel erreichen. Wo auch immer der sein mag.«

Sie löste sich und strich mit einem Finger sanft über seine rechte Wange. Der Mond und die Sterne beleuchteten Tohon und machten den Moment noch kostbarer.

Als ihre Andyrá über ihr kreiste und sich auf ihre Schulter setzte, lächelte Taya.

»Niemand ist so eng mit der Andyrá verbunden wie du.« Tohon stieß die Luft aus. »Du wirst den Weg über den Fluss finden.«

»Den Weg über den Fluss«, wiederholte Taya nachdenklich.

»Zu den Wasserfällen …«, erklärte Tohon.

»Nahel«, murmelte Taya und runzelte dabei die Stirn.

»Nahel? Das ist ein Name unseres Stammes. Der, der den Weg über den Fluss findet.«

Taya wusste das. Ihre Eltern hatten sie heimlich die alte Sprache gelehrt, obwohl es verboten war. »Moema hat diesen Namen kurz vor ihrem Tod geschrien.« Ein seltsames Gefühl beschlich Taya.

»War sie nicht im Fieber gewesen? Da redet man wirres Zeug.«

Taya nickte zustimmend, auch wenn sie glaubte, dass mehr dahintersteckte.

»Du wirst den Weg über den Fluss finden.«

Tohons Worte fühlten sich wie ein Omen für Taya an.

Sie war sich nur nicht sicher, ob es ein Gutes oder ein Schlechtes sein würde.

16

Paul arbeitete rund um die Uhr. Es war sein neues Leben, sich ins Büro zurückzuziehen, von Fernando zu lernen und den ganzen Tag mit Zahlen, Angeboten und Rechnungen zu hantieren.

Er überwand sich, täglich am Abendessen der Familie teilzunehmen. Lieber würde er sich von allen fernhalten, sogar von Karl, obwohl der ihm nichts getan hatte und nicht nur sein Bruder, sondern auch sein bester Freund war.

Paul zog sich lieber in sein Schneckenhaus zurück und leckte seine Wunden, die sich aber nicht verschlossen.

Glücklicherweise gab es genug Arbeit. Paul fragte sich, wie Fernando diesen Berg bisher allein bewältigt hatte.

Heinrich erschien im Türrahmen. Wie jeden Abend ließ er sich den aktuellen Stand erklären, bevor er sich im Esszimmer blicken ließ.

Fernando zeigte Heinrich die Papiere. Paul hörte zu. Er schwieg, sooft es ging.

»Gehen wir essen. Komm, Sohn.«

Sohn.

Paul ließ die Bezeichnung an sich abprallen. Heinrich hatte ihn schon als Jungen unverzeihlich verletzt, als er Mama geschlagen hatte. Nun hatte Heinrich ihm Taya weggenommen.

Auf ihn als Vater konnte er verzichten. Da hatte er lieber keinen.

Dennoch folgte Paul ihm und verzog dabei keine Miene.

Taya und ihre Familie würden dafür bezahlen.

Paul setzte sich auf seinen Platz.

Mama unterbrach ihr Gespräch mit der neuen Zofe, die frisch aus England angekommen war. Sie hätte Charlottes Begleiterin werden sollen. Deswegen war sie erst Anfang 20 und entsprach nicht dem neuen Profil, das Heinrich gefordert hatte.

Er hatte eine ältere Zofe aus Preußen bestellt, die Karl und Paul nicht auf »dumme Gedanken« brachte. Der Weg über den Ozean war weit, und es erforderte Geduld, wenn man etwas oder jemanden »bestellte«.

Bis die preußische Zofe ankam, sollte die englische herhalten, obwohl Heinrich sie offen anfeindete.

»Wo ist mein Kaffee?«, brauste er auf, als er sich an den Tisch setzte. »Diese Briten versagen aber auch immer.«

»Normalerweise wünschst du Zitronenwasser zum Abendessen«, sagte Mama. »Wie war denn dein Tag, und wo steckt Karl?«

Heinrich brummte und tätschelte Mamas Hand. »Der müsste jeden Moment kommen, er wollte sich waschen. Irgendein dummer Sklave hat ihn mit Blut vollgesudelt.«

Mama entzog Heinrich die Hand und schluckte sichtlich betroffen.

»Der hat zu langsam gearbeitet und dann bei Karl um Gnade gewinselt. Es wird Zeit, dass die Kautschuksaison wieder losgeht und mehr Ruhe auf den Straßen einkehrt.« Heinrich nahm den Kaffee murrend entgegen und nippte daran. »Was ist das für ein Gesöff?«, brauste er auf.

Mama sprang sofort auf die Füße und hob beschwichtigend die Arme. »Elisabeth, verlasse den Raum«, instruierte sie.

»Luise!«, brüllte er erzürnt. »Dieses britische Weibsbild verlässt sofort mein Haus.«

»Wie du wünschst. Ich ordne ihre Abreise an.« Mama deutete ihm, sich wieder zu setzen.

»Es kann doch nicht so schwer sein, eine neue Zofe zu finden, die ihre Arbeit ordentlich macht.« Wutschnaubend nahm er die Tasse und schmetterte sie gegen die Wand.

Paul beobachtete die Situation angespannt. Wenn Heinrich auf Mama losging, musste er sich einmischen. Seine Laune war heute besonders schlecht.

»Taya, Taya«, krächzte Heribert von der Veranda.

Mama eilte zur Glastür und schloss sie.

Paul spürte den Kloß in seinem Hals. Heribert rief oft nach Taya. Sie hatte diesem Anwesen einen völlig neuen Geist verliehen.

»Es ist deine Schuld, dass ich keine vernünftige Zofe mehr habe«, schimpfte Heinrich und adressierte Paul. »Nur weil sie eine Sklavin der hübscheren Sorte ist, musst du nicht gleich deinen Penis auspacken.«

»Heinrich!«, stieß Mama aus. »Das ist …«

»Ist doch wahr. Ich habe mich nie mit Sklavinnen vergnügt. Du hast die schönsten Frauen in Preußen vorgeführt bekommen und zierst dich.« Heinrich schlug mit der Faust auf den Tisch.

Die Tür ging auf, und Karl betrat den Raum. »Was ist wieder los? Ich höre dich bis oben brüllen.«

»Mein Ara schreit nach Teresa«, brauste Heinrich auf.

Karls Mundwinkel hoben sich. »Alle vermissen Taya. Du solltest über deinen Schatten springen und sie zurückholen.«

Heinrich entglitten die Gesichtszüge.

Paul vermisste Taya mit jeder Faser seines Herzens, aber er wollte sie nicht mehr hier haben. Sie war im Lager bestimmt glücklicher als hier, wo sie jederzeit mit einem aggressiven Chef rechnen musste, der sie halb tot schlug.

»Wenn Paul endlich eine Preußin heiraten würde, könnte ich meine Zofe zurückholen«, schimpfte Heinrich.

Paul hustete entsetzt.

Heinrich war durch und durch grausam.

»Du hast mir gedroht, Taya und ihre Familie aufzuhängen, wenn ich dich mit ihr nerve. Ich habe ihren Namen nie wieder in den Mund genommen. LASS SIE IN RUHE!« Paul erhob sich von seinem Platz und drückte seine Finger in die Tischplatte. Er fixierte Heinrich.

Mama schnappte nach Luft.

»Du drohst Paul?« Karl stemmte die Hände in die Hüften und wandte sich ihm zu. »Und du sagst mir nichts?«

Mama schluchzte auf. Sie umarmte sich selbst und trat mehrere Schritte nach hinten. »Ich kann das nicht mehr, Heinrich. Ich ertrage alles, aber du hast mir geschworen, unsere Söhne niemals anzurühren.«

»Ich habe Paul nicht angerührt«, fauchte Heinrich.

»Du hast ihm gedroht, Taya aufzuhängen, wenn er ihren Namen sagt?« Mama schlug die Hände vors Gesicht und weinte. »Warum bist du so grausam? Er ist unser Sohn.«

»Vielleicht sprechen wir endlich die Wahrheit aus. Karl ist euer Sohn. Ich bin der Sohn einer Hure.« Paul schloss einen kurzen Moment die Augen. »Wir können uns diese Farce sparen. Ich esse mit den Angestellten.«

Paul wollte nur noch weg. Er wollte aus dem Raum rauschen. An der Tür fing Karl ihn ab und packte ihn am Kragen. Er schubste ihn nach hinten.

»Ich habe gedacht, ich bin dein Bruder?«

Paul erkannte erst jetzt, wie sehr er Karl mit seinen Worten getroffen hatte. Sicherlich hatte er auch Mama entsetzlich verletzt.

Schon lief sie schluchzend aus dem Raum.

»Ich habe gewusst, dass es dir wegen Taya schlechtgeht. Wir sind doch trotzdem Brüder.«

Paul tat es leid. Er umarmte Karl. »Ich entschuldige mich.

Natürlich bist du mein Bruder, und ich könnte mir keinen besseren wünschen.«

Karl erwiderte die Zuneigung. »Du holst Mama, und wir essen friedlich.«

Paul verließ den Raum und atmete tief durch. Karl kehrte die Konflikte unter den Teppich, wie Heinrich es tat.

Er hörte Mama oben weinen.

Mit schwerem Herzen stieg er die Treppe ins erste Stockwerk hinauf. Die Tür zu Mamas Zimmer stand offen, dennoch klopfte er an.

Sie stand mit dem Rücken zu ihm am Fenster, umarmte sich selbst und drehte sich auch nicht um, als er sich bemerkbar machte.

»Ich wollte dich nicht verletzen. Ich entschuldige mich.«

Mama schwieg.

Paul konnte die Stille kaum ertragen. Es war kein angenehmes Schweigen.

»Luise! Wir wollen essen.« Heinrich rief energisch durchs Haus.

Mama straffte die Schultern und ging zu ihrem Toilettentisch. Dort richtete sie ihre Erscheinung. Sie wischte die Tränen fort und setzte jene Maske auf, die Paul oft auf öffentlichen Veranstaltungen an ihr beobachtet hatte.

Sie lief an ihm vorbei und kam Heinrichs Befehl nach.

Pauls Augen wurden feucht. Seine Mama war die Letzte gewesen, die er hatte treffen wollen. Wie es aussah, war sein emotionaler Ausbruch Heinrich völlig egal. Stattdessen hatte Paul jene verletzt, die er liebte.

Paul würde nicht ins Esszimmer zurückkehren. Er musste raus.

Er schlich nach unten, um sich davonzustehlen. Dabei hörte er Heinrichs Stimme.

»Wo ist der Junge? Ich erwarte, dass wir gemeinsam essen.«

Paul verzog das Gesicht.

»Gib ihm eine Pause«, erwiderte Mama.

»Alles wegen dieser Sklavin. Wahrscheinlich hat sie ihn mit einem Voodoo-Zauber belegt«, sagte Heinrich.

»Lass das Mädchen in Ruhe. Sie hat nichts Falsches getan.«

Paul schluckte getroffen. Mama stand auf seiner Seite, obwohl er sie verletzt hatte. Sie war die stärkste Frau, die er kannte. Für die Angestellten war sie zurück zum Essen gegangen. Damit niemand geschlagen wurde.

»Ich erinnere dich an dein Versprechen, Heinrich. Du legst niemals Hand an meine Söhne.«

»*Unsere* Söhne, Liebling.«

»Könnt ihr mal damit aufhören? Das hier ist das miserabelste Abendessen seit Langem«, meckerte Karl.

Paul verließ das Haus und steuerte den Stall an. Er holte Helmut aus seiner Box und legte ihm die Zügel an.

Er brauchte frische Luft und wollte ausreiten.

»Möchtest du in die Stadt?«, fragte Santiago, einer der Wächter. »Dann muss dich jemand von uns begleiten. Sobald es dämmert, darf niemand von den Herrschaften mehr allein raus.«

Es war vermehrt zu Anschlägen gekommen. Paul hatte davon gehört. Kautschukbarone hatten Feinde.

Paul winkte ab. »Ich bin kein interessantes Ziel.«

»Dein Vater hat es befohlen. Wenn du allein ausreiten willst, musst du das tagsüber machen und am besten in Bedienstetenkleidung.«

Er musste die Tatsachen akzeptieren. »Hol dir ein Pferd. Ich will eine Runde drehen.«

Paul schwang sich auf Helmuts Rücken und lenkte ihn zum Tor. Dort wartete er auf Santiago.

Der folgte zügig, und Paul konnte das Gelände verlassen. Er beschleunigte das Tempo und ritt die Strecke in Richtung des Lagers.

Nach all den Wochen überwand er zum ersten Mal seine Lethargie. Er war still geblieben, hatte sich nicht aufgebäumt und Heinrichs Drohung ernst genommen. Das tat er noch. Heinrich würde Taya umbringen. Er hatte es mit Charlotte und ihrer Familie getan, wenn auch nicht selbst. Heinrich hatte den Mord beauftragt, und sein Wort war Gesetz.

Heute spürte Paul den Wind in seinem Gesicht und sog dieses kurze Glücksgefühl auf.

Er ritt nur bis zur Kurve, nicht darüber hinaus. Taya sollte ihr Leben so glücklich wie möglich ohne ihn fortführen.

Schwer atmend hielt er Helmut an und starrte auf die Stelle, an der Taya Tag für Tag aufgetaucht war und ihn umgehauen hatte. Hier hatte er mit den Pferden gewartet und die Momente mit ihr ausgekostet.

»Hast du dem Baron erzählt, dass ich Taya abgeholt habe?«, fragte Paul in die Stille hinein.

»Niemand von uns hat ein Wort gesagt. Es müssen die Wächter am Lager gewesen sein«, antwortete Santiago.

Paul nickte. Es erklärte, warum Heinrich erst an Silvester davon erfahren hatte. Das erste Mal hatte Paul sich den Wächtern am Lager gezeigt und Taya sogar auf seinen Schoß gezogen.

Davor hatte er sich hinter der Kurve verborgen, bis Santiago das Abholen übernommen hatte.

Er warf einen letzten Blick auf die Kurve, bevor er die Zügel wendete und den Weg zurückritt. Einige Minuten später galoppierte er am Anwesen vorbei und folgte der anderen Route nach Manaus.

Paul kehrte erst nach einer Stunde nach Hause zurück. Santiago nahm ihm Helmut ab und brachte ihn zu den Ställen.

Paul ging zum Dienstboteneingang, um nicht abgefangen zu werden. Vielleicht hatte er Glück und er musste heute nicht mehr Rede und Antwort stehen.

Lieber würde er mit Diego eine Runde Karten spielen.

Diego war nicht allein. Emefa und Cristobal waren auch da.

Paul konnte ihre Stimmen hören und zog seine Hand, mit der er hatte anklopfen wollen, enttäuscht zurück. Emefa machte ihre Abneigung gegen ihn, Karl und Heinrich jedes Mal deutlich, wenn sie sich begegneten.

Sie senkte den Blick, kümmerte sich wortlos um die Belange und kam kaum noch aus der Küche heraus. Sie saß nicht mehr auf der Veranda. Ihr typischer Charme, der das Haus mit Wärme gefüllt hatte, war verschwunden.

»Ich gehen Taya. Kann nix bleiben«, sagte Emefa.

Paul presste die Lippen aufeinander.

»Senhor böse sein. Du lassen Taya.« Das war Diego.

»Meine Herz schmerzen«, stieß Emefa aus. »Weiße Leute zwingen mir kommen her. Ich nix haben Mann, nix Kinder. Ich lieben Paul und Karl, aber groß kommen, wie Papa sein. Nix aufpassen. Machen Probleme meine Taya.«

Emefa klang aufgelöst.

Paul kam wieder an den gleichen schmerzhaften Punkt zurück: Er gehörte nirgends hin.

Die Dienerschaft wollte ihn nicht. Die feinen Europäer aber auch nicht.

Heinrich duldete Paul, weil Mama es durchgesetzt hatte.

Würde Paul sich je irgendwo wohlfühlen können?

Er schlich sich vom Dienstbotentrakt in die Küche und von dort ins Büro. Dort traf er überrascht auf Fernando.

»Paul, du hast Feierabend.«

»Du doch auch.«

»Ich muss morgen nach Belém. Es ist eine Lieferung aus Europa eingetroffen, und ich soll den Bestand der Ware prüfen und bezahlen. Dein Vater hat mich eben damit beauftragt. Dazu muss ich die Verträge noch mal einsehen.«

Paul nickte entschlossen. »Ich werde dich begleiten. Es ist ein gutes Lernfeld, und ich muss dringend hier raus.«

»Ich nehme dich gern mit. Sprich es aber vorher ab«, mahnte Fernando.

Paul klärte die Randdaten mit dem Buchhalter. Morgen früh ging das Schiff.

Paul fand Mama im Wohnzimmer. Sie saß an ihrer Schreibmaschine.

»Ich bin wieder da«, murmelte er.

Mama drehte sich zu ihm und nickte.

»Ich habe mit Fernando gesprochen. Wir fahren morgen früh nach Belém, um eine Lieferung anzunehmen.« Er informierte sie so knapp wie möglich. Sie sollte Bescheid wissen. Paul wollte die Tür verschließen und sich zurückziehen.

»Kommst du zurück?«

Paul verharrte. Mama trug ihre imaginäre Maske. Sie starrte ins Leere, zitterte aber am ganzen Leib.

Er fuhr sich mit einer Hand übers Gesicht.

»Es tut mir leid, dass ich dir wehgetan habe. Ich fühle mich wie das fünfte Rad am Wagen. Das ist nichts Neues.«

»Das war keine Antwort auf meine Frage. Ich möchte wissen, ob du mit deiner Familie brechen wirst.« Mama erhob sich von ihrem Stuhl, hielt sich aber an der Lehne fest.

Es tat ihm in der Seele weh, sie so zu sehen. Er ging zu ihr und umarmte sie. Die Berührung löste ihre Tränenflut aus.

»Ich liebe dich, Mama. Natürlich komme ich zurück. Die letzten Wochen waren hart für mich. Ich kann Heinrich nicht verzeihen und Taya nicht vergessen.«

Seine Mutter löste sich ein Stück und strich mit ihren Fingern über seine Wangen.

»Bald beginnt die Trockenzeit, und Taya wird das Lager verlassen dürfen. Ich kümmere mich um eine gute Stelle für sie. Sie soll weiterhin lesen, schreiben und rechnen lernen. Ich versuche, ihr zu helfen.«

Paul lächelte gequält. »Danke.«

»Ich habe Nachforschungen über ihre Familie angestellt. Sie hat einen Bruder, der zu den besten Arbeitern des Lagers gehört und für sie bürgt.«

»Sein Name ist Tohon. Taya hat mir von ihm erzählt.«

»Ich möchte, dass Taya abgesichert ist, selbst wenn ihrem Bruder bei der Ernte etwas zustoßen sollte. Dazu braucht sie eine feste Anstellung. Ich werde mit ein paar Damen meines Vertrauens sprechen und Taya als Zofe empfehlen.«

Was sollte Paul dazu sagen? Er wünschte Taya alles Glück dieser Welt. Sie wollte aber ihren Stamm nicht hinter sich lassen.

»Es wäre besser, Taya zu fragen, welche Unterstützung sie annehmen möchte und welche Hilfe unwillkommen ist«, mahnte er. »Ich gehe ins Bett. Fernando möchte früh losfahren.«

Mama zupfte sein Hemd zurecht. »Bitte verabschiede dich von Heinrich und Karl. Lass eine größer werdende Kluft nicht zu.«

Paul nickte, um Mama entgegenzukommen. Am liebsten würde er Heinrich aus dem Weg gehen.

»Paul«, sagte Mama leise, »vielleicht sollten wir Nachforschungen über deine leibliche Mutter anstellen. Offensichtlich hat dich Heinrichs herablassendes Gerede getroffen. Niemand von uns weiß, wer dich geboren hat und warum sie dich hergab. Für mich bist du das kostbarste Geschenk. Ich habe mich hier so fremd und allein gefühlt. Du hast mich mit Brasilien verbunden und Karl auf natürliche Weise gezeigt, dass wir alle Menschen sind, egal wie wir aussehen.«

Ihre Worte trafen ihn unerwartet tief.

Mama lächelte. »Du konntest schneller krabbeln als dein Bruder. Es war so frustrierend für ihn, dass du vor ihm die

Welt entdecken konntest. Als Karl es beherrschte, folgte er dir überallhin. Für Karl war es immer normal, jemanden zu lieben, der anders aussah als er.«

Paul musste bei ihren Worten ebenfalls lächeln. An seine frühe Kindheit hatte er keine Erinnerungen, aber er wusste sehr wohl, dass es Karl und ihn nur im Doppelpack gegeben hatte.

»Heinrichs Charakter kann niemand ändern. Karl ist der Schlüssel. Es wird nicht leicht. Ich weiß, dass er härter und kälter ist als du. Er hätte mir längst gesagt, dass ich nicht dauernd nerven soll.« Mama rollte mit den Augen. Sie stieß die Luft aus. »Denk darüber nach, ob wir deine biologische Mutter suchen sollen. Ich unterstütze dich. Du … versprich mir, dass ich trotzdem deine …«

»Du bist meine Mama«, versicherte er. »Das wirst du immer sein.«

Er drückte sie ein letztes Mal an sich, bevor er sich in sein Zimmer zurückzog. Dort packte er ein paar Sachen für die Reise nach Belém zusammen.

»Luise, wann kommst du ins Bett?«, tönte Heinrich durchs Haus.

Paul ballte seine Hände zu Fäusten. Würde Mama je frei von Heinrich sein können? Würde sie eine solche Liebe erfahren, von der sie in ihren Gedichten träumte?

Nicht solange Heinrich lebt.

Heinrich würde sie überall aufspüren.

Paul zwang sich, ihm unter die Augen zu treten. Die Abreise morgen früh ließ ein gemeinsames Frühstück nicht zu. Paul trat auf den Flur und entdeckte Heinrich am Treppenabsatz. Er trug bereits seine Schlafkleidung und reckte sich.

Paul räusperte sich, um sich bemerkbar zu machen. »Ich werde Fernando nach Belém begleiten und die Abwicklung lernen.«

Heinrich drehte sich zu ihm und runzelte die Stirn. »Hast du Mama Bescheid gegeben? Sie klammert an dir, als wärest du immer noch fünf Jahre alt.«

»Sie ist einverstanden.«

»Gut.« Heinrich nickte und rief ein weiteres Mal nach Mama.

Paul wandte sich ab und klopfte bei Karl, um auch das hinter sich zu bringen. Er fand Karl beim Liegestützemachen. Paul runzelte die Stirn.

»Was machst du denn da?«, fragte er neugierig.

»Die Frauen stehen darauf, wenn ein Mann gut gebaut ist«, erklärte Karl.

»Aha. Hast du eine Bestimmte im Auge, dass du ein Training begonnen hast?« Paul schloss die Tür, damit sie ungestört waren.

»Das nicht, aber seit ich so oft in der Stadt zum Arbeiten bin, sehe ich viel und bekomme viel mit. Frauen mögen Männer mit Muskeln. Sie versammeln sich beim Straßenbahnbau, wo die Männer ohne Shirts arbeiten.« Karl warf ihm einen vielsagenden Blick zu.

Paul hob die Augenbrauen. »Die Frauen rennen dir in Scharen nach.«

Karl legte eine Pause ein. »Das sind die Falschen. Sie wissen, dass ich reich bin.«

Paul lehnte sich an die Tür und verschränkte wissend die Arme vor der Brust. »Du möchtest, dass sich einheimische Frauen für dich interessieren? Glaub mir, da hast du keine Chance, egal wie viele Muskeln du antrainierst. Die Einheimischen hassen den Kautschuk, und du erbst zig Hektar davon.«

Karl winkte ab. »Papa ist zäh, der wird es noch lange machen.«

Paul wusste nicht, ob er Heinrichs Tod herbeisehnte. Er war nur einer von vielen. Die anderen Barone würden sich auf Karl stürzen, ihn belügen und betrügen, dabei anlächeln und Freundschaft vorgaukeln. Es war ein hässliches Becken, und die Vorstellung, dass Karl darin ertrank, machte Paul Angst.

So sehr er Heinrich verabscheute: Er war eine gestandene Größe im Geschäft und er schützte die Seinen.

»Ich fahre morgen mit Fernando nach Belém. Also nur beruflich.« Paul brachte es hinter sich.

Karl entglitten die Gesichtszüge. »Ist das dein Ernst? Du haust ab?«

»Ich brauche etwas Abstand, verbinde es mit der Arbeit, und dann komme ich zurück.«

Karl nickte. »Du bist ein Verräter.«

Paul winkte ab. »Da hast du mehr Zeit für dein Training.« Er ließ Karl allein und ging auf sein Zimmer zurück.

Nachdenklich drehte er sich im Kreis.

Muskeln?

Karls Idee war nicht schlecht. Es konnte nicht schaden, sich in Form zu bringen.

Paul zog sich um und startete sein Training.

Karl würde ihn auslachen.

Aber Paul konnte sich nicht helfen. Er war verliebt, und tief in seinem Herzen würde er nicht aufhören, von ihr zu träumen.

*

In Belém fand Paul den Abstand, den er suchte. Fernando stellte ihm zahlreiche Geschäftspartner vor und zeigte ihm die Transportschiffe.

Fernando brachte ihn außerdem zu einem Boxkampf. Dieses Ereignis war einschneidend für Paul.

Seit er diese starken Männer gesehen hatte, war die Halle

der Boxer seine Zuflucht geworden. Paul verbrachte jede freie Minute hier in der Lagerhalle und trainierte wie besessen.

Fernando lehnte an der Wand und lachte auf. »Boxer sollten größer sein, du bist zu klein.«

Paul wollte kein Boxer werden. Er übte aus anderen Gründen. »Ich hätte das schon früher machen sollen. Wenn er das nächste Mal jemanden schlägt, den ich liebe, weiß ich, was ich zu tun habe.«

Fernandos Lachen erstarb. »Du darfst den Baron nicht angreifen. Das nimmt kein gutes Ende für dich.«

»Wochenlang habe ich mich zurückgezogen und gelitten. Ich will das nicht mehr. Ich muss mutiger werden und mich wehren können.«

»Paul«, mahnte Fernando, »dein Vater ist kein Kleinkrimineller. Er gehört zu den mächtigsten Männern der Welt.«

Das wusste Paul selbst. Nicht umsonst kam er sich dauernd ohnmächtig vor.

»Ich will boxen lernen«, beharrte er. Deswegen bezahlte er die besten Leute, damit sie es ihm beibrachten.

»Wir sind schon länger hier, als es nötig wäre. Ich habe die wichtigsten Geschäfte geregelt. Dein Vater braucht mich in Manaus.«

»Du kannst fahren, ich bleibe noch. Ich komme nach.« Vor gut einer Woche hatte er den Boxkampf gesehen, und seitdem war Paul wach.

Sieben Tage Intensivtraining lagen hinter ihm.

Aber es war nicht genug.

Er würde weitere Wochen – vielleicht Monate – brauchen.

»Ich möchte nicht ohne dich fahren müssen. Du kannst genauso gut in Manaus boxen lernen. Ich bin mir sicher, dass du dort einen Lehrer findest.«

Paul würde das Training in Manaus fortsetzen, sobald er

sich so weit fühlte. »Es gehen täglich Schiffe nach Manaus. Ich komme nach.«

Fernando seufzte enttäuscht auf.

»Du kannst Heinrich einen Boten schicken und länger mit mir in Belém bleiben«, schlug Paul vor.

Fernando schüttelte den Kopf. »Deinen Vater anzulügen ist eine schlechte Idee. Er kennt keine Gnade. Ich werde ihn auf keinen Fall verärgern.«

Paul nickte, denn er hatte Verständnis. An seiner eigenen Entscheidung änderte es nichts.

»Wann machst du eine Pause?«, rief sein Boxlehrer Adika. Paul winkte ihm. Adika hatte zugestimmt, ihn zu trainieren, und ließ es sich gut bezahlen.

Adika war Afrobrasilianer und verdiente mit dem Boxen sein Geld.

»Mit Pausen komme ich nicht weiter«, antwortete Paul.

Adika lief auf sie zu. »Du hast doch sicher Muskelkater. Es ist wichtig, dem Körper Pausen zu gönnen.«

Paul hielt sich die Seiten und hechelte.

Adika klopfte ihm auf den Rücken. »Schluss für heute. Sei morgen früh wieder da. Morgen Abend habe ich einen Kampf. Du kannst aus der ersten Reihe zusehen.«

Paul rieb sich kurz darauf den Schweiß mit einem Tuch ab und verließ mit Fernando die Halle. Sie kehrten in ihre Pension zurück. Paul machte sich frisch, während Fernando seine Sachen zusammenpackte. Seine Überredungsversuche scheiterten. Paul weigerte sich mitzukommen.

Er brachte Fernando zum Hafen und verabschiedete ihn.

Paul fühlte sich in Belém seltsam frei. Er hob den Blick gen Himmel. Seine Fledermaus hingegen schien diesen Ort nicht zu mögen. Sie war ihm zwar gefolgt, wirkte aber alles andere als zufrieden. Wie tot hing sie am Pensionsfenster. Oft sah er sie stundenlang nicht.

Den Abend verbrachte Paul in einer Bar und unterhielt sich mit anderen Besuchern. Die beiden Brüder Ambrosio und Simao waren aus Portugal angereist und suchten nach Abenteuern in der fernen Welt.

Paul erzählte ihnen von Manaus und dem Leben dort.

»Ist es dort so entsetzlich schwül, wie die Leute behaupten?«, fragte Ambrosio.

Paul bejahte. »Es ist schwül und es regnet viel.«

»Wie sind die Frauen?«, erkundigte sich Simao und grinste dabei.

Paul zuckte mit den Schultern. »Das kommt wohl darauf an, in welchen Kreisen ihr euch bewegt.«

»Hast du schon eine im Visier?« Ambrosio leerte seinen Gin und sah ihn neugierig an.

Paul dachte an Taya. Er würde sie auch als bester Boxer der Welt nicht heiraten dürfen.

»Liebeskummer.« Simao brummte.

»Hat sie einen anderen?«, fragte Ambrosio vorwitzig.

»Sie ist eine Sklavin und darf keine freien Entscheidungen treffen.« Es tat gut, seinen Kummer auszusprechen.

Den Brüdern entglitten die Gesichtszüge.

»Aber die Sklaverei ist verboten. Du solltest den Händler anzeigen.« Ambrosio ballte eine Hand zur Faust.

Den Händler anzeigen … Paul lachte innerlich auf.

»Willkommen in Brasilien«, sagte er stattdessen. »Der Urwald hat seine eigenen Gesetze und es gibt jene, die ihn unterwerfen wollen.«

Simao beugte sich über den Tisch. »Der Dschungel lässt sich nicht unterwerfen. Kauf dem Händler die Frau ab und lass sie frei. Vielleicht entscheidet sie sich danach für dich.«

Paul stellte sich vor, wie er Heinrich vorschlug, ihm Taya abzukaufen. Es war lächerlich, völlig utopisch. Paul war zwar kein ganzer Lorenz, aber ein halber. Als solcher musste er die Regeln beachten, die Heinrich aufgestellt hatte.

»Der ›Händler‹ hat zu mir gesagt, dass er sie und ihre Familie aufhängt, wenn ich ihn mit ihr nerve.« Paul würde sich nicht als Sohn eines Kautschukbarons zu erkennen geben. So dumm würde er nicht sein.

»Was für ein Barbar«, schimpfte Ambrosio. »Wir sollten die Polizei einschalten.«

Paul fragte sich, wie weltfremd die Europäer waren. Dachten sie wirklich, Europa wäre wie Brasilien?

»Achtet auf eure Geldbeutel. In Belém sind Diebe unterwegs«, sagte er, legte einen Schein für sein Getränk auf den Tisch und überließ die Brüder sich selbst.

Paul zog sich in sein Pensionszimmer zurück und legte sich erschöpft ins Bett. Das viele Boxen machte müde. Es war ein besonderer Vorteil, den Paul zu schätzen wusste.

Er konnte abends schnell einschlafen.

Wie lange würde er in Belém bleiben können, bevor Heinrich die erneute Kontrolle über ihn erzwang?

Das würde er.

Niemand durfte Heinrich Lorenz verlassen.

Er besaß Menschen, Land, Tiere und unermesslichen Reichtum.

Und er überwachte seinen Besitz.

17

April 1897 (circa zwei Monate später)

Taya stapelte die Körbe aufeinander, um sie in die Stadt transportieren zu können.

Die Stimmung im Lager war furchtbar. Es dauerte Wochen, bis die Frauen den Abschied von den Männern verarbeitet hatten.

Jede Trockenzeit kostete sie zahlreiche Tränen.

Tayas Herz zog sich bei dem Gedanken an *papai* zusammen. Die vergangenen Monate waren ein kostbares Geschenk gewesen. Er war zu Kräften gekommen, nicht zuletzt, weil Taya ihn monatelang mit Emefas starker Brühe aufgebaut hatte.

Nun aber war er zurück im Kautschukwald.

Mit Yumah.

Mit Tohon.

Taya legte die Körbe ab, um die Tränen aus dem Gesicht zu wischen. Sie hatte ihren Liebsten Lebwohl sagen müssen.

Zudem wartete sie seit vielen Wochen auf Paul. Darauf, dass er Kontakt zu ihr aufnahm.

Als der Abschied von den Männern real geworden war, hatte Taya lange am Stacheldrahtzaun gestanden und auf die Kurve gestarrt. Irgendwie hatte sie geglaubt, dass Paul sie sehen wollte.

Sobald die Wächter Taya rausgelassen hatten, war sie zu dem ehemaligen Treffpunkt gelaufen.

Sie schluckte ihren Kummer herunter und stapelte die Körbe erneut. Paul wollte nichts mehr von ihr wissen.

Der Gedanke brach ihr Herz.

Sie musste lernen loszulassen.

Sie hasste den vierten Monat im Jahr. Er war grundsätzlich nicht zu ertragen, aber diesmal noch quälender.

»Tayana.« Sie hörte ihren Namen und drehte sich in die Richtung. Einer der Wächter kam auf ihre Hütte zu.

Sie bekam sofort Panik.

Papai? Tohon?

War etwa schon jemand umgekommen?

Sie japste nach Luft, versuchte, ihrer Beklemmungen Herr zu werden.

»Der Sohn des Barons will dich sprechen.«

Taya konnte das Auf und Ab ihrer Gefühle nicht verarbeiten.

Den Männern ging es gut?

Paul wollte sie sehen?

Sie geriet von Angst in Freudentaumel und nickte aufgelöst. Eilig folgte sie dem Wächter.

Paul war endlich gekommen.

Sie durfte sein geliebtes Gesicht wiedersehen. Bei dem Gedanken an seine Rehaugen wurde es ihr kalt und warm gleichzeitig. Warum hatte sie ihm ihre Gefühle nicht früher gestanden?

»Wir haben keine Zukunft. Meine Verliebtheit macht mich blind.«

Eine unangenehme Stimme in ihrem Inneren dämmte ihre Freude.

Als Taya den Ausgang des Lagers erreichte, verharrte sie und wich zurück.

Karl?

Oh Himmel, das durfte nicht wahr sein.

Sie war so geschockt, dass sie keinen Schritt weiterlief. Warum hatte sie angenommen, Paul wäre zu ihr gekommen?

Taya schuldete Karl mehrere Gefallen. War er hier, um sie bezahlen zu lassen?

Der Wächter schob sie von hinten an.

In Taya überschlugen sich die Gedanken. Die meisten davon waren schlecht.

Karl stierte sie nieder. Er drückte dem Wächter ein paar Scheine in die Hand und deutete ihm, sie allein zu lassen.

»Hallo, Taya. Freust du dich, mich zu sehen?«, fragte er und streckte eine Hand nach ihr aus. Seine Finger spielten mit ihren Haaren.

Taya trat einen Schritt nach hinten.

»Was willst du von mir?«

Er wies auf die motorisierte Kutsche. Sie parkte mitten auf dem Vorplatz des Lagers. »Wir beide gehen heute aus.«

Sie weitete die Augen. »Wie meinst du das?«

»Du hast dir gewünscht, das Treffen der Wasser zu sehen. Ich zeige dir diesen Ort.«

Sollte sie Karl darauf hinweisen, dass sie diesen Ort lieber ohne ihn sehen wollte?

Sie hatte kein gutes Gefühl. Karl wirkte sauer. Er lächelte nicht, sondern schaute grimmig.

»Gehen wir.« Er nahm Tayas Hand und zog sie mit.

»Ich möchte nicht auf der motorisierten Kutsche sitzen«, sagte sie und wollte sich von ihm befreien.

Er konnte sie leicht halten.

»Wir beide gehen heute aus«, erwiderte er bestimmt.

Tayas Herz überschlug sich. Welche Konsequenzen ergaben sich dadurch für sie? Der Baron hatte deutlich gemacht, wo er ihren Platz sah. Sie war eine Sklavin und damit der Dreck unter seinen Füßen.

»Dein Vater …«

»Lass meinen Vater meine Sorge sein. Steig auf die verdammte Kutsche«, brauste Karl auf.

Taya zuckte bei seinem harschen Ton zusammen.

Ehe sie eine Lösung gefunden hatte, wie sie Karl entkommen konnte, packte der sie und hob sie auf das unsägliche Gefährt mit den Kautschukreifen.

»Willst du zum Hafen?«, fragte sie nervös.

»Wir fahren zuerst in eine Pension, damit du dich frischmachen und umziehen kannst«, erwiderte er und fuhr los. Dazu bewegte er einen seltsamen Hebel und rollte vorwärts.

Taya schämte sich entsetzlich auf diesem Luxusgefährt. Die Leute sahen sie an, als ob sie verrückt wäre.

»Danke, dass du den Heiler bezahlt hast«, murmelte sie, um irgendwas Nettes zu sagen. Vielleicht konnte sie Karl überzeugen, sie gehen zu lassen.

»Du hast Paul den Kopf verdreht«, schalt Karl.

Taya senkte erschrocken den Blick, weil Karl wieder laut wurde.

»Mein Vater glaubt, dass du einen Voodoo-Zauber angewendet hast.«

Taya runzelte die Stirn. »Was ist das?«

»So viel dazu.« Karl brummte. »Du hast einen Keil zwischen meinen Bruder und mich getrieben.«

Taya umarmte sich selbst. Sie verstand Karls Vorwürfe nicht. Paul und sie hatten sich seit der Silvesternacht nicht mehr gesehen. Er war nur noch eine Sehnsucht für sie.

Sie bemühte sich, die Blicke der Leute zu ignorieren. Es war kaum möglich. Sie fuhren in die Stadt, in der es von Menschen wimmelte. Kinder liefen umher und zeigten mit dem Finger auf die motorisierte Kutsche.

Sie bemerkte außerdem die Reiter, die sie begleiteten. Sie trugen die andersartigen Waffen der Fremden bei sich.

Sie wusste, dass Karl Begleitschutz brauchte. Das hatte die Senhora ihr erklärt, als Taya noch auf deren Anwesen gearbeitet hatte.

Karl stoppte das Gefährt und brachte Taya in ein schickes Haus. Dort erwarteten sie zwei Frauen, die Taya in ein Zimmer führten und sie herrichteten.

Dieses Haus schien dafür gemacht. Überall hingen edle Kleider an Ständern. Es wimmelte von Spiegeln, und die Frauen beherrschten die Kunst, Frisuren zu kreieren.

Sie war nicht die einzige Besucherin. Eine der Fremden ließ sich ebenfalls einkleiden und frisieren. Diese Frau warf Taya einen überraschten Blick zu.

Was machte auch eine Sklavin an diesem Ort?

Taya fühlte sich unwohl, aber sie ließ es geschehen, dass diese Zofen, oder was sie auch waren, sie zurechtmachten.

Karl war unberechenbar, und Taya misstraute ihm. Was führte er im Schilde?

Die Zofen badeten sie und halfen ihr nach dem Abtrocknen in ein weißes Kleid aus feinem Stoff. Sie flochten ihre Haare und banden sie in einen Kranz. Zum Schluss steckten sie ihr eine Blume ins Haar.

Taya betrachtete sich unglücklich. Sie fühlte sich so seltsam in diesen Sachen, obwohl sie wunderschön aussahen.

Die Zofen führten sie zu Karl, der seine Augen weitete. »Unglaublich!«, sagte er.

Taya war es unangenehm. Was bezweckte er mit seinem Verhalten? Wollte er etwa das Lager mit ihr teilen?

Bei dem Gedanken nestelte sie an ihrem Kleid und zerrte vergeblich daran. Es reichte nur bis zu den Knien und würde nicht länger werden, egal, wie sie daran zog.

Draußen sollte sie wieder auf die motorisierte Kutsche steigen. Eine Menge Schaulustiger hatte sich um das Gefährt versammelt. Sie tuschelten und fragten sich, warum der reiche weiße Mann eine Einheimische dabeihatte.

»Die eigenen Frauen gefallen ihnen wohl nicht mehr. Nun vergreift sich dieser Barbar an einer der Stammesfrauen.«

Taya hörte eine Frau in der alten Sprache in einem anderen Dialekt sprechen.

Sie schämte sich entsetzlich, dass Karl sie derart vorführte.

»Karl, ich … ich danke dir für deine Hilfe. Ich arbeite meine Schuld ab, aber nicht so. Nicht mit meinem Körper«, wisperte sie, damit die Schaulustigen sie nicht hörten. Es war ihr peinlich, das so deutlich zu sagen, aber sie musste ihn darauf hinweisen. Seine Augen waren über sie geglitten und taten es noch.

Karl rückte näher an sie heran und startete das Gefährt.

Der Begleitschutz jagte die Schaulustigen davon. Dazu ritten sie mit den Pferden vorbei und drohten mit ihren Schlagstöcken.

Taya rutschte so weit weg von Karl, wie es ihr möglich war. Warum erzwang er diesen furchtbaren Auftritt? Karl zog sie zu sich, sodass sie sich berührten.

»Würdest du dich genauso benehmen, wenn Paul dich abgeholt hätte?«

Taya verzog verärgert das Gesicht. Paul hätte sie nie so überheblich abgeholt. Er war einfühlsam und liebevoll. Er hatte sie das Reiten gelehrt, und sie liebte es. Sie liebte ihn. »Was ist denn mit Charlotte? Ich meine, habt ihr nicht geheiratet?« Sie wand sich wie ein Aal und brachte Abstand zwischen sie.

»Du weißt es nicht?«

Taya runzelte die Stirn. Sie hatte keine Ahnung, welche Konsequenzen sich aus Charlottes Verrat ergeben hatten.

»Paul hat Charlotte geheiratet.«

Taya schlug sich die Hand vor den Mund. Nein, nein, nein. Ihr Herz brach endgültig. Paul und Charlotte?

»Soweit ich weiß, ist ihre Blutung schon ausgeblieben.« Karl streute Salz in ihre Wunde.

Taya stiegen die Tränen in die Augen. Sie drehte sich von Karl weg, weil ihre Reaktion ihr unangenehm war.

Wie viel konnte sie ertragen?

Karl schwieg. Die Richtung änderte er nicht.

Taya sah den Hafen. Sie näherten sich unaufhaltsam den Schiffen. Sie wischte dauernd ihre stummen Tränen fort.

Sie endete wie Tallulah, die mehr in einer Woche weinte als Taya in einem Jahr. Seit Taya sich aber eingestanden hatte, dass sie unter Liebeskummer litt, war ihr ihre einstige Stärke abhandengekommen.

Karl parkte sein Gefährt, nahm Taya an der Hand und führte sie zu den Stegen.

Der Begleitschutz kümmerte sich um die motorisierte Kutsche, und zwei der Männer folgten ihnen.

»Ich bin Karl Lorenz.« Er begrüßte einen Mann. »Ich hatte mich für heute angemeldet. Ich möchte mit meiner Geliebten zu dem Treffen der Wasser fahren.«

Taya drehte sich erschrocken in die andere Richtung und riss die Augen auf, damit Karl es nicht sehen konnte. Dieser aufgeblasene Sohn eines Barons. Er dachte wohl, ihm gehöre die Welt.

»Ich führe Sie zu Ihrem Boot.«

Schon legte Karl seinen Arm um ihre Taille und lief mit ihr über den Steg.

Überrascht realisierte sie, dass Karl ein kleines Boot bestellt hatte. Es gab keine Mitarbeiter. Würden sie etwa zu zweit fahren?

Karl besprach sich mit dem Mann am Steg und dem Wachpersonal, während Taya nach Fluchtwegen suchte.

Kurz darauf führte Karl sie aufs Boot.

»Wo ist der Kapitän?«, fragte sie und schüttelte den Kopf.

»Der bin ich. Es ist nicht schwierig, ein motorisiertes Schiff zu fahren. Setz dich und genieße unseren Ausflug.« Karl grinste und fuhr aus dem Hafen heraus.

Bei ihm sah es tatsächlich leicht aus.

Taya warf dem Hafen einen verzweifelten Blick zu.

»Kennst du die Legenden des Boto?«, rief Karl.

Taya wusste sehr wohl um diese Legenden und sie wollte mit Karl nicht über solche Dinge sprechen.

»Es heißt, dass sich ein rosa Flussdelfin in einen weiß gekleideten Mann verwandelt. Er kommt, um eine Frau zu verführen.«

Taya schielte unglücklich auf Karls weiße Kleidung. Machte er damit seine Absichten deutlich?

»Er kommt in der Nacht, nicht am Tag«, erklärte Taya und sah Karl dabei in die Augen. »Bist du sauer, weil Paul Charlotte bekommen hat und nicht du?«

»Paul hat mich im Stich gelassen«, entgegnete er verärgert und beschleunigte das Tempo des Bootes.

Taya drehte sich und schaute in die Ferne. Sie war nie tiefer in den Dschungel hineingefahren. Ihre Andyrá flog in einiger Entfernung mit. Sie stieß laute Töne aus, die nach Freude klangen.

Zum ersten Mal, seit Karl sie abgeholt hatte, entspannte sie sich ein wenig und breitete die Arme aus, um zu fliegen.

Der Wind schlug ihr ins Gesicht, wirbelte ihre Frisur durcheinander. Das Kleid schlackerte an ihrem Körper.

Es war ein berauschendes Gefühl.

Sie suchte im Horizont nach Glück.

Vorne tummelten sich zahlreiche Schiffe, der Fluss wurde breiter, mündete in einen riesigen anderen. Tayas Atmung ging hektisch. Sie würde das erste Mal in ihrem Leben die Delfine und den Rio Amazonas sehen.

Das Boot wurde langsamer, und sie tuckerten an die Stelle, an der dunkles Wasser auf helles traf. Taya beugte sich vor und steckte die Hand ins kühle Nass.

Karl stellte den Motor ab und kam zu ihr.

Als tatsächlich ein Boto auftauchte und sanft nach ihrer

Hand schnappte, keuchte Taya ergriffen. »Er kommt einfach so?«

»Viele der Botos sind nicht scheu. Sie werden gefüttert und angelockt«, erklärte Karl.

Der Boto tauchte ab.

Taya wäre ihm am liebsten hinterhergesprungen und nachgeschwommen. Sie hatte nur die rosa Schnauze gesehen. Aufgeregt suchte sie das Wasser ab.

Als sie an einer anderen Stelle einen Boto auftauchen sah, der seine Nase in die Höhe streckte, wies sie mit dem Finger in die Richtung. »Siehst du das?«, hauchte sie leise.

»Ich habe sie schon oft gesehen, weil wir vorbeigefahren sind. Mit dir ist es anders«, gestand Karl.

Der Boto tauchte ab.

Taya drehte sich zu Karl und schüttelte den Kopf. »Du kannst hierherkommen und die Wunder sehen, die wir Menschen nie erfassen können. Der Wald, die Tiere … alles ist voller Magie. Du bist frei«, flüsterte sie.

»Ich bin nicht frei. In deinen Augen vielleicht, weil ich keinen Besitzer habe. Ein freier Mann kann gehen, wohin er will. Er heiratet, wen er will, und er sucht sich die Arbeit, die ihm Freude macht. Nichts davon trifft auf mich zu.«

»Du wirst der neue Baron sein, ein König.« Taya verstand Karls Welt nicht.

»Und gehörst du dann mir?«, fragte er provokant.

»Ein Mensch sollte keinen anderen Menschen besitzen dürfen. Es ist die schrecklichste Grausamkeit, die ich kenne.«

»Sind Menschen nicht wie Tiere? Der Stärkere gewinnt.«

»Ich habe noch nie gehört, dass eine Tierart eine andere ausrottet.«

Karl hielt eine Hand ins Wasser und bewegte sie hin und her. »Wie es scheint, kommt der Boto nur zu dir«, murmelte er.

Taya seufzte. Karl überforderte sie. Er verhielt sich so widersprüchlich. »Warum hast du mich hergebracht?«

»Weil ich Paul damit treffen will. Er hat davon geträumt, dich zu den Delfinen zu bringen.« Karl richtete sich auf und stieg zurück zum Steuer.

Taya konnte sich nicht erklären, warum man seinem Bruder absichtlich wehtat. Sie liebte Tohon und wollte ihn glücklich sehen.

Wenn es Paul verletzte, dass Karl mit ihr herkam, war die Ehe mit Charlotte unter Zwang geschlossen worden. Tayas Herz schmerzte entsetzlich.

Paul hatte ihr die Geschichte von *Romeo und Julia* vorgelesen, und wie es aussah, war sie ein böses Omen gewesen.

»Was hat Paul getan, dass du dich auf diese Weise wehrst?«

»Ist doch egal«, murrte Karl. Er drehte das Boot und steuerte zurück.

Offensichtlich hatte er keine Lust mehr auf die Botos.

Taya sah enttäuscht zurück. Nun, wo sie hergekommen war, wäre sie gern geblieben, um die Tiere genauer kennenzulernen. Gleichzeitig hoffte sie, dass ihre Zeit mit Karl bald vorüber war. Weder wollte sie vom Baron ein weiteres Mal angegriffen werden noch wollte sie Paul verletzen.

Das Wissen, dass er mit Charlotte verheiratet war und der Vater ihres Kindes wurde, fühlte sich ähnlich grausam für Taya an wie der Nagel in der Wand, der sie verletzt hatte.

Am Hafen wurden sie vom Sicherheitspersonal in Empfang genommen. Karl sprach kein einziges Wort mehr mit ihr.

Was war er nur für ein komplizierter Mann?

Er lief einfach davon.

»Karl!«, rief Taya und eilte ihm nach.

Er blieb tatsächlich stehen und fuhr zu ihr herum. »Ich hatte mir einiges mit dir vorgenommen.« Er zischte, während Taya entsetzt einen Schritt nach hinten setzte.

»Ich mag dich zu sehr.«

Taya presste die Lippen aufeinander.

»Bringt sie ins Lager zurück.« Karl wies zwei der Männer an und stapfte davon.

Sie stand perplex da und starrte ihm nach.

»Gehen wir«, murmelte Santiago. Taya konnte sich an den Wächter erinnern. Er hatte sie vor ihrer Kündigung am Lager abgeholt und sie abends zurückgebracht.

Bei ihm fühlte sie sich gut. Er war immer freundlich zu ihr gewesen und hatte sich ihr nie unangenehm genähert.

Sie folgte Santiago den Steg entlang. Ein weiterer Wächter ging hinter ihr.

Taya nestelte unwohl an ihrem Kleid. Sollte sie etwa so ins Lager zurück? Die Frauen würden sie angaffen und sich fragen, welche Wünsche sie dem Sohn des Barons erfüllt hatte. Innerlich fluchend stieß sie die Luft aus.

Nun musste sie wieder auf dem Schoß eines Wächters sitzen, dazu in diesem Kleid.

Sie wollte Karl kräftig schütteln.

Santiago stieg aufs Pferd und reichte Taya die Hand. Sie hasste es, aber es half nichts. Sie musste mit Santiago zurückreiten.

Taya versuchte, die neugierigen Blicke der Leute zu ignorieren. Sie sah woanders hin. Eilig löste sie die Nadeln im Haar und verwuschelte es. So konnte sie ihr Gesicht besser verbergen.

Wenn sie morgen in die Stadt ging, um die Körbe zu verkaufen, wollte sie nicht als die Gespielin von Karl Lorenz betitelt werden.

»Alles in Ordnung?«, fragte Santiago, der viel zu nah an ihr dran war. Himmel, sie saß auf seinem Schoß und spürte seinen Atem im Nacken.

Er fragte, ob alles in Ordnung war?

»Sehe ich so aus?«, giftete sie, ohne ihn anzusehen. Sie

wollte nicht noch mehr Nähe schaffen. »Ich sitze halb nackt auf deinem Schoß.«

»Stinke ich?«, erkundigte er sich.

Taya entglitten die Gesichtszüge.

Santiago lachte auf. »Keine Sorge. Ich dränge mich sicher nicht zwischen die Söhne des Barons. Das würde kein gutes Ende für mich nehmen.«

»Ich will da auch nicht zwischen, aber mich fragt keiner.« Taya biss die Zähne zusammen.

Sie erreichten das Lager. Taya konnte nicht schnell genug von Santiagos Schoß hüpfen. Der Wächter des Lagers, der sie vor Stunden abgeholt hatte, ließ einen lauten Pfiff entgleiten, als er sie sah.

Ich hasse dich, Karl Lorenz.

Taya stolzierte erhobenen Hauptes an den miesen idiotas vorbei.

»Mach es gut, Taya«, rief Santiago ihr nach.

Idiota, antwortete sie lautlos.

Sobald sie das Tor passiert hatte, beschleunigte sie ihre Schritte. Sie wollte in ihre Hütte und sich umziehen. So schnell wie möglich.

Im Lager blieb nichts geheim. Innerhalb weniger Minuten war sie von zahlreichen Frauen umringt. Sie wiesen auf ihr Kleid, stellten ihr Fragen und zogen Rückschlüsse, die Taya entsetzlich peinlich waren.

»Ich habe mit niemandem das Lager geteilt«, schimpfte sie. »Ich verschenke das Kleid. Wer will es haben?«

Aufgeregt riefen die Frauen durcheinander. Sie stritten darum.

Taya lachte auf. Sie zog es an Ort und Stelle aus, warf es in die Luft und eilte davon.

Als Nächstes begegnete sie den entsetzten Gesichtern von Tallulah und *mamãe*.

»Du bist nackt!«, stieß Tula aus.

Taya rauschte wortlos vorbei und betrat ihre Hütte. Dort warf sie sich eines ihrer Kleider über und atmete tief durch.

»Wo warst du denn?«, fragte *mamãe*, die ihr mit Tula in die Hütte gefolgt war.

Taya erzählte den Frauen leise, was vorgefallen war.

»Karl Lorenz«, murmelte *mamãe* vor sich hin. »Das gefällt mir nicht. Die Kautschukbarone haben kein Herz. Das eine schließt das andere aus. Du kannst keine Sklaven halten und gleichzeitig ein Herz besitzen.«

Das wusste Taya selbst. »Ich bin nicht freiwillig mitgegangen«, erinnerte sie.

»Ich mache mir Sorgen. Das ist alles.«

»Heute ist es für den Körbe-Verkauf zu spät. Ich gehe morgen früh in die Stadt.« Taya wechselte das Thema. Sie wollte nicht länger über Karl sprechen. Für heute war sie bedient. »Haben wir noch eine Banane?«

Mamãe nickte und ging nach draußen und holte eine der Früchte aus einem Korb. Taya folgte ihr und nahm sie entgegen.

»Ich gehe meine Andyrá füttern.« Sie lief zum Rio Negro.

Tula hatte glücklicherweise geschwiegen, denn *mamãe* wusste nichts von Tayas Verliebtheit in Paul. Den hatte Taya in ihrer Erzählung ausgelassen.

Wenn sie es hätte laut aussprechen müssen, dass er geheiratet hatte und Vater wurde, wäre sie wohl sofort in Tränen ausgebrochen.

Taya zog sich an eine ruhige Stelle zurück, wo sie sich unbeobachtet fühlte. Dort hockte sie sich ans Flussufer und schälte die Banane.

Ich bin stark, ermutigte sie sich.

Sie blinzelte, um die drohenden Tränen zurückzuhalten.

Ausgerechnet jetzt hatte sie von der Hochzeit erfahren müssen?

In der Regenzeit war Taya – wie auch die anderen – seelisch stabiler als in der Trockenzeit. Es lag daran, dass die Männer abends nach Hause kamen, dass sie sich nicht täglich fragen musste, ob ihre Liebsten am Leben waren.

Wurden sie satt?

Waren sie verletzt?

Wurden sie gefoltert?

Erreichten sie ihre Sammelquoten?

Taya ließ angespannt die Luft entweichen. Charlotte hatte unglaubliches Glück, so einen tollen Mann zu bekommen.

Bei dem Gedanken an Pauls warme Rehaugen zog sich Tayas Herz zusammen.

Ihre Andyrá lenkte sie endlich ab. Sie hatte die geschälte Banane entdeckt und kam angeflogen.

Ein trauriges Lächeln schlich sich auf Tayas Lippen. Sie brach ein Stück der Banane ab und warf es in die Luft. Ihre Fledermaus freute sich sichtlich. Sie schnappte die Banane, fraß sie auf und flog direkt auf Taya zu. Sie hockte sich auf Tayas angewinkelte Knie und reckte sich.

»Du frisst aus meiner Hand?« Verwundert beobachtete sie das kleine Wunder. »Weißt du eigentlich, wie schön du aussiehst?«, wisperte Taya in der alten Sprache.

Ihre Andyrá sah ihr direkt in die Augen.

Tayas Herz stand einen Moment still.

Sie hat mich verstanden.

Taya hielt dem Blick stand. Sie würde den magischen Moment nicht als Erste brechen. Diese kleinen Knopfaugen bedeuteten ihr die Welt.

Auf einmal fuhr die Andyrá herum und schrie etwas, das Taya nicht verstand.

Da kam eine zweite Andyrá angeflogen. Sie landete auf Tayas anderem Knie und stellte sich aufrecht. Stolz schob sie die Brust raus. Tayas Andyrá legte den Kopf schief.

Taya lachte auf. Es sah so lustig aus, wie Pauls Fledermaus balzte. »Wo kommst du auf einmal her?«, fragte sie das Tier in der alten Sprache.

Taya hob vorsichtig einen Finger und führte ihn zum gestreckten Bauch der Fledermaus. Er ließ sich zum ersten Mal von ihr streicheln.

Ihre eigene Andyrá drehte dem kleinen Kerl den Rücken zu.

»Bist du ihm böse, weil er so lange weg war?« Taya kitzelte ihre Andyrá.

Sie brach ein kleines Stück der Banane ab und hielt es dem Kerlchen hin. Der stürzte sich darauf, als ob er seit Monaten keine Banane gesehen hatte. Hatte Paul ihn denn nicht gehegt und gepflegt?

Seufzend brach sie ein weiteres Stück ab und schüttelte den Kopf, als der kleine Kerl sich die Banane schnappte und davonflog.

*

Eine Woche war seit Karls fürchterlicher Aktion vergangen. Taya musste dauernd an den gemeinsamen Ausflug denken, insbesondere daran, was er zu ihr gesagt hatte.

Paul hatte Charlotte geheiratet, und ihre Blutung war ausgeblieben.

Taya beschleunigte ihre Schritte. Immer, wenn diese Gedanken sie quälten, wollte sie flüchten.

Sie musste Paul hinter sich lassen, wenn sie auch nicht wusste, wie sie das anstellen sollte. Das Herz machte, was es wollte. Es hatte ein Eigenleben.

Sie war bis vor einer Stunde auf dem Markt in Manaus gewesen, hatte ihre Körbe angeboten und Waren getauscht. Sie war müde und erschöpft. Es war nicht sonderlich gut gelaufen. Kaum jemand hatte bei ihr gekauft, und die dauernden Süßkartoffeln hingen ihr außerdem zum Hals raus. Was anderes hatte aber niemand eintauschen wollen.

Taya atmete schwer. Der vierte Monat würde vorbeigehen. Noch war sie mittendrin, aber sie würde ihn überstehen und mit den Wochen besser damit zurechtkommen, dass die Männer im Kautschukwald schufteten und vielleicht nicht zurückkehrten.

Sie würde sich außerdem damit abfinden, dass ihre Liebesgeschichte schon zu Ende gegangen war, ehe sie begonnen hatte.

Endlich kam das Lager in Sicht. Taya trug so viele Körbe, dazu die Süßkartoffeln. Sie stöhnte unter der Last auf.

Der Wächter brummte nur und hakte sie auf seiner Liste ab.

Als sie in Richtung ihrer Hütte lief, entdeckte sie Tallulah. Ihre Freundin rannte ihr entgegen und half ihr. Sie nahm ihr den Großteil der Körbe ab.

»Du hast Besuch, Tayana. Es ist die afrikanische Haushälterin, von der du so gern erzählt hast.«

Taya riss die Augen auf. »Emefa? Sie besucht mich?« Sie konnte es kaum glauben. Nach all den Monaten durfte Taya diese wundervolle Frau wiedersehen.

Ihre Freude überlagerte die Müdigkeit. Sie strahlte Tallulah an und beeilte sich.

Da! Taya freute sich aufrichtig. Emefa saß bei *mamãe* und unterhielt sich mit ihr. *Mamãe* löffelte etwas aus einer Schale. Es musste Emefas Suppe sein.

Als Emefa Taya entdeckte, schlug sie eine Hand vor ihren Mund und richtete sich auf. Sie stieß einen keuchenden Laut aus. »Meine Taya, ich sehen.«

Taya ließ die Körbe, die sie noch bei sich trug, auf den Boden sinken und rannte Emefa entgegen. Sie fiel ihr in die

Arme. Dieser Moment war so ergreifend für Taya, dass sie dem Himmel dafür dankte.

Emefa schluchzte ohne Hemmungen. »Ich beten dir. Du gesund sein.« Sie löste sich und berührte Tayas Gesicht, als könnte sie nicht glauben, sie leibhaftig zu sehen. »Ich bringen Suppe. Du essen, stark sein. Ich kochen dir.« Emefa schob Taya zu einer der Holzkisten und kümmerte sich um die Suppe.

»Wie konntest du herkommen?«, fragte Taya.

»Senhor nix zu Hause. Arbeit gehen, kommen morgen. Ich sagen Senhora, wollen Taya sehen. Diego bringen mir.« Emefa reichte Taya eine Schüssel und strich über ihre Haare. »Meine Herz viel schmerzen.«

Mamãe lächelte Taya zu. »Wir freuen uns über deinen Besuch, Emefa«, sagte sie und leerte ihre Schüssel. Sie legte sie in den Korb zum Abwaschen.

»Deine Tochter gut sein. Beste. Ich wissen. Herz wie Gold.« Emefa kullerten weitere Tränen aus den Augen. »Karrott Schlange. Ich wollen nix.«

Taya war so hungrig, dass sie die Suppe in Windeseile aufgegessen hatte.

Emefa füllte die Schüssel ein weiteres Mal auf.

»Behandelt Charlotte dich gut?«

Überrascht runzelte Emefa die Stirn. »Karrott nix da. Senhor schmeißen. Andere Tag alle englische Leute storben.«

Taya verschluckte sich an ihrer Suppe. Himmel!

Sie hustete und verfluchte Karl Lorenz.

Er hatte eine falsche Zunge.

Tallulah klopfte ihr auf den Rücken, während Emefa Taya die Schüssel aus der Hand nahm.

»Was meint sie?«, fragte Tula.

»Storben«, wiederholte Emefa. »Morte!«

»Die Familie Thomson ist tot?« Taya rang nach Luft. Sie

erinnerte sich an Yumahs Erzählung, dass eine Familie der Fremden ermordet worden war und man Einheimische aufgehängt hatte. Das war einen Tag nach der Silvesternacht gewesen.

»Paul hat nicht geheiratet«, murmelte Taya vor sich hin. Karl hatte sie eiskalt angelogen und ihr absichtlich wehgetan.

»Nix. Paul träumen dir.« Emefa seufzte auf. »Paul viel traurig.«

Taya presste die Lippen aufeinander, während ihr Herz Purzelbäume schlug. Sollte es tatsächlich wahr sein, dass er sie genauso vermisste wie sie ihn?

»Tayana«, schalt *mamãe* sie. »Du hast eine Liebe und sagst mir nichts?«

»Liebe groß. Viel groß«, bestätigte Emefa und machte eine riesige Kreisbewegung.

Taya wusste nicht, was sie sagen sollte.

»Und du hast es gewusst«, mahnte *mamãe* Tallulah.

»Senhora mir geben.« Emefa kramte in ihrem Korb und zog ein Papier heraus. »Viel malen Paul, wenn Kind sein. Senhora in Tisch legen. Ich geben dir.«

Taya nahm nervös das Bild entgegen und starrte darauf. Paul musste es als kleiner Junge gemalt haben. Ihre Augen wurden feucht.

»Wow«, hauchte Tallulah und legte ihren Arm um Taya.

Taya starrte auf die beiden Kinder. Sie hielten sich an den Händen. Über ihnen flogen zwei Fledermäuse und darüber schien die Sonne.

Die Details machten sie sprachlos. Obwohl die Zeichnung recht krakelig war, konnte man die feine Kleidung des Jungen gut erkennen. Sie selbst hatte lange schwarze Haare und ein weißes Kleid.

Ergriffen gab sie Emefa das Bild zurück. »Nimm das Bild wieder mit. Hier wird es nass und geht kaputt. Die Senhora soll es aufbewahren, wie sie es bisher getan hat. Sag ihr, danke, dass ich es sehen durfte.«

Emefa nickte und steckte das Blatt zurück in den Korb.

Tayas Herz schlug furchtbar schnell.

Mamãe beobachtete sie genau und trat schließlich an Tayas freie Seite. »Paul ist der Junge unseres Stammes?«

»Der Baron erlaubt unsere Verbindung nicht«, raunte Taya.

Mamãe zog sie in ihre Arme und spendete ihr Trost.

»Diego kommen.« Emefa klang unglücklich. »Kurz sehen dir.«

Mamãe gab Taya frei. Emefa umfasste Tayas Wangen. »Wenn Senhor nix da, ich kommen, bringen Essen. Ich viel lieben dir.« Sie löste sich und seufzte.

Taya zwang sich, stark zu sein. Sie hatte diese wundervolle Überraschung erhalten und wollte Emefa mit gutem Gefühl ziehen lassen. »Danke für alles.« Taya lächelte ihr tapfer zu.

»Olá, Taya.« Diego trat zu ihr und winkte den anderen. »Paul kommen zurück.« Er strahlte sie an.

Sie runzelte die Stirn. »Vor einer Woche?«, fragte sie, weil sie sich an die Fledermaus erinnerte, die auf einmal aufgetaucht war.

Diego nickte. »Gehen Belém, kommen zurück. Anders kommen. Mit kämpfen.«

Taya verstand nicht, was Diego ihr sagen wollte. »Kämpfen?«

Diego deutete auf seine Oberarme.

Taya hob überrascht die Augenbrauen.

»Reiten jeden Tag Stadt, üben.« Diego veranschaulichte seine Worte und machte Hiebbewegungen.

Taya konnte sich Paul beim besten Willen nicht als Schläger vorstellen. Er war ruhig, vernünftig und schlau. Er hatte alle ihre Schreibfehler gefunden.

Taya merkte sich allerdings, dass Paul jeden Tag in die

Stadt ritt. Nun wusste sie auch, warum sie ihn hinter der Kurve nicht gefunden hatte. Er war erst vor einer Woche heimgekommen.

Ihr Herz schlug schneller.

»Danke, Diego«, wisperte sie.

Tayas Träume erwachten neu zum Leben.

Paul, sie lächelte vor sich hin, bis morgen.

18

Eine Woche zuvor

Paul steuerte den Anlegehafen seiner Familie an. Er hatte sich in Belém ein gebrauchtes Dampfboot gekauft und sich in die Handhabung einweisen lassen. Dieses Boot war äußerst praktisch, weil es neben fossilen Brennstoffen auch mit Holz befeuert werden konnte.

Vor einigen Jahren hatten Karl und er Unterricht erhalten, denn die Dampfboote waren populär für Vergnügungsfahrten geworden. Nun fuhr er selbst, brauchte keine Besatzung und genoss diese Freiheit in vollen Zügen. Auf dem Fluss fühlte er sich losgelöst.

Es musste an seiner Fledermaus liegen. Die Erinnerung an die Freude des Tieres, als sie vor Monaten tiefer in den Dschungel gefahren waren, hatte Paul in Belém oft heimgesucht.

Sein Fledertier war in Belém unglücklich gewesen.

Dieser Seitenarm aber, in den es hatte abbiegen wollen, war zu schmal für die großen Schiffe gewesen.

Paul würde den Mut finden, seiner Fledermaus zu folgen und zu sehen, wohin sie ihn führen wollte. Das richtige Schiff dafür besaß er nun.

Vielleicht konnte er Diego auf diesem Weg mitnehmen?

Schließlich war Paul … er stöhnte auf.

»Mit meiner Variante wärst du wenigstens ein Hingucker und kein Popanz.« Er erinnerte sich an Tayas Worte.

Ein indigener Mann, der sich wie ein Preuße benahm, war ein Popanz. Paul schüttelte den Kopf über sich.

Er hatte sich viele Gedanken in Belém gemacht. Seine Haut hatte die gleiche Farbe wie Tayas. Sein Vater konnte demnach nicht weiß gewesen sein. Paul konnte sich nicht vorstellen, dass die Indigenen sich den Besuch eines Bordells leisten konnten oder wollten. Schließlich hatte man ihnen ihre Frauen genommen und dort eingesperrt.

Es lag nahe, dass seine leiblichen Eltern beide dem Stamm der Andyrá angehört hatten. Nach dem, was er wusste, wurden die Frauen ans Hurenhaus verkauft, deren Männer im Kautschukwald gestorben waren. Heinrich hatte allerdings behauptet, dass Paul angeschwemmt worden war. War seine leibliche Mutter zum Rio Negro gelaufen und hatte ihn hineingeworfen?

Paul presste die Lippen aufeinander. Er sollte die Frau, die ihn geboren hatte, nicht verurteilen. Er kannte ihre Gründe und ihre Lebensbedingungen nicht.

Mr Thomson hatte recht gehabt. Paul war ein adoptierter Sklave. Seine Eltern waren Sklaven gewesen.

Paul beobachtete nachdenklich seine Fledermaus. Sie flog mit dem Wind und wirkte so beschwingt, dass er wusste, dass er das Richtige tat.

Wochenlang war er im Boxklub versunken und hatte seine Not, seine Wut und seine Ohnmacht herausgeschlagen.

Diese Zeit hatte ihm gutgetan.

Wie lange würde er seine positiven Gefühle halten können? Sobald er Heinrich gegenübertrat, würde sein Optimismus auf die Probe gestellt werden.

Paul hatte damit gerechnet, dass Heinrich ihn schneller zurückholte. Stattdessen hatte er ihm einen Boten mit Geld und Aufträgen geschickt. Ein Ultimatum war nicht dabei gewesen.

Mama war sicher der Grund dafür. Sie war die Einzige, die den Tyrannen halbwegs in Schach halten konnte.

Als der Anlegehafen seiner Familie in Sicht kam, flog seine Fledermaus davon. Paul blickte ihr nach. Er ahnte, wohin sie wollte. Er würde ihr am liebsten zum Lager folgen und Taya sehen.

Stattdessen ließ er Vernunft walten und winkte Cristobal, der ihn entdeckt hatte und laut »Olá« rief.

Schon bald konnte Paul Diego sehen, der auf den Steg gerannt kam und mit beiden Armen winkte.

Paul strahlte bei dem geliebten Anblick.

Wenige Minuten später drückte Diego Paul an seine Brust und kümmerte sich anschließend um die Befestigung des Bootes. Cristobal umarmte ihn ebenfalls, wurde aber von Emefa zur Seite gedrängt. »Ich viel traurig. Nix kommen Hause.«

Es tat gut, ihre Liebe zu spüren. Emefa hatte ihn gerügt und damit getroffen. Er verstand, dass sie Taya hatte beschützen wollen. Er wollte das auch. Er hatte immer an ihr Glück gedacht.

Sobald Emefa ihn aus ihrer Umarmung entließ, entdeckte Paul Mama. Sie stand lächelnd auf der Wiese und wischte sich eine Träne aus dem Augenwinkel.

Paul verkürzte die Distanz und küsste seine Mama auf die Stirn. Seine Verbundenheit zu ihr war tief. Sie hatte ihn gerettet und liebte ihn.

Paul wusste nicht, ob es den Gott der Christen wirklich gab. Aber wenn, war Luise Lorenz einer seiner Engel. Paul strich über ihre Wange.

»Ich habe dich vermisst, mein Schatz«, sagte sie und musterte ihn überrascht. »Du siehst verändert aus. Hast du trainiert?«

Das viele Boxen hatte zu seiner Gewichtszunahme geführt.

»Ich habe viel Zeit in einem Boxklub verbracht. Es war wie eine Therapie für mich«, erzählte er.

Mama schaute überrascht. »Setzen wir uns, ich bin gespannt, was du erlebt hast.«

Sie steuerten die Veranda an und nahmen auf den Gartenstühlen Platz.

»Popanz, Popanz«, krächzte Heribert.

»Warum nennt er dich immer so?« Mama stöhnte auf. »Er hört nicht auf, Heinrich ›idiota‹ zu schimpfen«, fügte sie leise hinzu.

Emefa kam zu ihnen. »Ich bringen Limätt.«

»Nicht für mich. Ich nehme Wasser.« Paul hob beschwichtigend die Arme. Er hatte seit Silvester keine Limettenlimo mehr getrunken und würde es auch weiterhin nicht.

Emefa sah ihn wissend an. Ebenso wie Mama.

Einen Augenblick später bekam er ein Glas Wasser und Mama eine Limo.

»Wie geht es Taya?«, fragte er, sobald sie allein waren.

Mama musterte ihn neugierig. »Ich habe sie nicht gesprochen. Die Seringueiros wurden vor Kurzem eingezogen, und das Trauergeschrei der Frauen bricht mir das Herz. Heinrich ertrinkt seitdem in Arbeit, und Karl … Ach, Paul, du musst für deinen Bruder da sein. Ich verstehe, dass du von Taya träumst, aber vergiss Karl darüber nicht.«

Paul nippte an seinem Wasser. »Ich liebe Karl. Das kann man doch nicht vergleichen.«

»Karl ist damit überfordert, in Heinrichs Fußstapfen zu treten. Vor ein paar Tagen sollte er einen Sklaven züchtigen. Heinrich hat es gefordert, damit Karl ernst genommen wird.«

Paul drehte sich der Magen um. Was hatte Karl durchmachen müssen?

»Er redet nicht mit mir. Ich wollte für ihn da sein, aber Karl ist nicht wie du. Du hast dich mir immer anvertraut. Karl igelt sich ein, tut so, als würde alles an ihm abprallen. Du bist sein einziger Freund und Verbündeter.« Mamas Stimme zitterte.

Paul starrte ins Leere. Er stand unter Schock.

Karl hatte einen Sklaven züchtigen müssen?

»Welche Art Züchtigung?«, fragte Paul. Er wollte es nicht wissen. Am liebsten würde er sich davor schützen, aber wie sollte er Karl sonst beistehen?

»Er musste ihn auspeitschen. Ich weiß es von Heinrich, der sich beschwert hat, weil Karl nicht fest genug zugeschlagen hat.« Mama faltete ihre Hände und schloss die Augen. »Am liebsten würde ich euch beide nehmen und weit von Heinrich wegbringen.«

Paul fuhr sich über sein Gesicht. Er war erst seit wenigen Minuten zu Hause, und ein Teil von ihm wollte am liebsten sofort wieder weg, um sich vor der Brutalität zu schützen.

Er durfte nicht länger davonlaufen. Hier waren die Menschen, die er liebte. Mama, Karl, die Angestellten.

Taya.

»Die Wächter sind nicht nur zu unserem Schutz hier. Seit ich gezwungen wurde, Heinrich zu heiraten, lebe ich in einem Gefängnis. Ich habe alles für Karl und dich ertragen, aber was gerade mit Karl geschieht, was aus ihm werden muss – das zerstört mich.« Mama rieb ihre Tränen fort.

Nie hatte Mama ihm die hässliche Wahrheit so offen ins Gesicht gesagt. Paul war nicht dumm, er hatte Augen im Kopf. Dazu war er sensibel genug, um die Schwingungen in diesem Haus wahrzunehmen.

»Wo ist Karl jetzt?«

Mama vergrub ihren Kopf in ihren Händen. »Ich weiß es nicht. Er wird hoffentlich bald heimkommen.« Sie schluckte. »Er war sehr wütend auf dich, weil du gegangen bist, als er dich gebraucht hat.«

Paul nickte. Das passte zu seinem Bruder. Wahrscheinlich hatte Karl über ihn geschimpft.

»Sind Heinrich und er zusammen unterwegs?«

Mama schüttelte den Kopf. »Heinrich wird erst spät von seinem Termin zurückkommen. Karl hatte heute frei.«

Paul lehnte sich in seinem Stuhl nach hinten. Mamas Worte musste er sacken lassen.

Sie lebte seit über 20 Jahren in einem Gefängnis und hatte es zum ersten Mal ihm gegenüber so ungeschönt ausgesprochen.

Wie sollte er damit umgehen?

Sie war seine Mutter. Sie überlebte es für Karl und ihn.

Diego trug Pauls Sachen ins Haus. Cristobal folgte ihm.

Paul erhob sich von seinem Stuhl. Er hatte die Mahnung, dass er sich um Karl kümmern sollte, verstanden. Ob Paul dieser Herausforderung gewachsen war, wusste er nicht.

Karl war dazu gezwungen worden, einen Sklaven auszupeitschen. Heinrich härtete ihn für das Geschäft ab.

»Ich kümmere mich um ihn«, versicherte er und ließ Mama auf der Veranda allein.

Er suchte sein Zimmer auf. Dort atmete er tief durch. Diego und Cristobal hatten seine Sachen dort abgestellt. Paul räumte seine Kleidung selbst auf und sortierte die Schmutzwäsche aus.

Ab morgen würde er wieder mit Fernando arbeiten und sich außerdem Zeit fürs Boxen nehmen. Paul würde weiterhin diesen Ausgleich für seine Seele suchen. Vielleicht konnte er Karl mitnehmen und ihm damit helfen?

Wie half man denn einem Mann, der das Imperium eines Kautschukbarons übernehmen musste? Paul kannte Heinrichs Methoden, seinen Druck, den Zwang, die Erpressungen.

Die Haustür fiel krachend ins Schloss.

Paul runzelte die Stirn. Er trat oben auf den Flur. Das war Heinrichs typische Art, nach Hause zu kommen, nicht Karls. Mama hatte aber gesagt, der käme erst spät heute Abend.

»Da bist du ja, mein Schatz«, sagte Mama.

»Ich bin kein kleiner Junge mehr, Mama«, tadelte Karl.

»Du wirst immer mein Junge sein«, schimpfte sie. »Dein Bruder ist eben nach Hause gekommen. Er freut sich auf dich.«

»Der verlorene Sohn kehrt nach Hause zurück. Wie ergreifend. Mal sehen, wie sehr er sich freut, wenn er hört, dass ich Taya zu den Botos gebracht habe.«

»Was hast du?«, fragte Mama.

Pauls Puls schoss in die Höhe. Er ballte seine Hände zu Fäusten. In den letzten Wochen hatte er sich so oft geprügelt, dass seine Hemmungen, es gleich wieder zu tun, gegen null gingen.

Paul stapfte die Treppe nach unten. Er war derart geladen, dass er nicht wusste, wie er seine Emotionen bändigen sollte.

Karl hatte Taya zu den Botos gebracht? Was um Himmels willen meinte er damit? Hatte er ihr etwa schöne Augen gemacht? Trotz Heinrichs Verbot?

Karl war ins Esszimmer gelaufen. Paul folgte.

»Hallo, Bruder«, sagte er und stemmte die Hände in die Hüften. Er bohrte die Finger in seine Seiten hinein, damit er Karl nicht voreilig eine verpasste.

Karl schluckte, als er ihn sah. »Wie siehst du denn aus? Hast du trainiert?«

»Ich boxe, um meine Gefühle zu verarbeiten. Vielleicht solltest du das auch mal probieren.« Paul zwang sich zur Beherrschung.

Vor ihm stand Karl, sein Bruder, sein bester Freund.

»Du bist abgehauen, hast mich im Stich gelassen.«

»Das tut mir leid, wenn du es so aufgefasst hast. Ich war am Boden und musste einen Weg finden, mich aufzurichten«, erklärte Paul. »Trotzdem habe ich an dich gedacht und mich auf unser Wiedersehen gefreut.«

Mama stand in der Nähe und umarmte sich selbst. Paul ahnte, warum sie blieb. Sie hatte Angst, dass Karl und er sich prügelten, sobald Tayas Name fiel.

»Ich bin sauer auf dich«, fauchte Karl.

»Wenn du sauer auf mich bist, warum ziehst du Taya mit rein? Du weißt, was ihr droht, wenn wir sie nicht in Ruhe lassen!« Paul konnte sich nur schwer zurückhalten.

Sein Fledermaus-Mädchen war seine wunde Stelle, würde es immer sein.

»Ich habe ihr ein schönes Kleid gekauft und sie romantisch ausgeführt.« Karl provozierte ihn offen.

Mama schlug sich die Hände vors Gesicht und schüttelte den Kopf.

Paul atmete tief ein und aus. Innerlich hatte er seinem Bruder längst eine verpasst. Ja, Paul war eifersüchtig. Ja, er wollte derjenige sein, der Taya ihre Träume erfüllte.

Aber er quälte sich seit Wochen und hielt sich von ihr fern.

»Heinrich hat gedroht, sie und ihre Familie aufzuhängen. Hier geht es nicht um dich und mich. Taya verdient zu leben!« Er brüllte Karl an. Begriff er das nicht? »Wie kannst du sie in Gefahr bringen?«

»Das ist deine Schuld! Du hast mich dazu getrieben!« Karl wehrte sich.

Paul nahm innerlich Anlauf. Gerade, als er sich auf Karl stürzen wollte, um ihm Schläge zu versetzen, bemerkte er seine Fledermaus im Augenwinkel. Er drehte den Kopf.

Seine Fledermaus saß am Fenster und zeigte ihm ein Bananenstück.

Ihm entglitten die Gesichtszüge. Gleichzeitig schoss ein Strom der Wärme und Liebe in ihn hinein.

Sein Fledertier stellte sich auf seine Beinchen, schob die Brust raus und hielt siegessicher das Bananenstück hoch.

Sein Balzversuch war erfolgreich gewesen.

Taya hatte von klein auf recht gehabt. Magie lag in der Luft. Jene, die gut war. Sie mussten den Fluch, der auf ihnen lastete, brechen und die Schutzgeister befreien.

Pauls Wut verrauchte.

Taya dachte an ihn, wie er an sie dachte.

Er lief auf Karl zu und zog ihn in seine Arme. Er tat es, weil es das Richtige war. Ein Bruder durfte den anderen nicht schlagen. »Du hast deinen Platz in meinem Herzen sicher«, versprach er.

Karl keuchte auf. Offensichtlich hatte er mit Pauls liebevoller Reaktion nicht gerechnet. »Ich habe dich absichtlich verletzt.«

Paul umarmte ihn stärker. Er durfte Karl nicht an Heinrichs Härte verlieren. Er musste ihm einen anderen Weg aufzeigen, auch wenn er nicht wusste, wie.

Er folgte seinem Herzen. Wenn man die Zukunft nicht kannte, musste man im Hier und Jetzt das Richtige tun.

Paul löste sich ein Stück und legte seine Stirn an Karls.

»Sag mir, dass du Taya körperlich nicht zu nahe getreten bist.«

»Bin ich nicht«, beteuerte Karl leise.

Paul nickte erleichtert. Damit wäre er nicht zurechtgekommen. Es hätte sie für immer getrennt.

So aber konnte er Karl verzeihen und auf ihn zugehen.

»Heinrich hat sich über deine Grenzen hinweggesetzt?« Paul löste sich und studierte Karls Gesicht genau.

Er schaute gleichgültig. »Ich muss noch einiges lernen, um das Imperium führen zu können. Du hast keine Ahnung, wie die anderen Barone sind.«

Sie setzten sich an den Tisch. Verwundert bemerkte Paul, dass Mama sich aus dem Raum geschlichen haben musste. Sie war nicht mehr hier.

»Willst du wissen, was Taya und ich gemacht haben?«, fragte Karl.

»Lieber nicht, sonst werde ich wieder ärgerlich.« Paul stieß die Luft aus. »Ich wollte dir die Nase brechen, konnte mich aber besinnen. Die Schlaghammer-Methode liefert Heinrich, und ich bin nicht wie er.«

»Du warst immer mein Verbündeter.« Karl fuhr sich durch seine goldblonden Haare. »Und jetzt ist in deinem Herzen nur noch Platz für Taya.«

»Das stimmt doch nicht.« Paul lachte auf. »Du bist mein Bruder. Ich liebe dich, seit ich dich kenne. Taya hat ihren eigenen Platz. Glaub mir, du willst nicht, dass ich so an dich denke wie an sie.«

»Du meinst, ihr möchtest du unters Kleid schauen und mir nicht?« Karl warf ihm einen vielsagenden Blick zu.

Paul presste die Lippen aufeinander und nickte. »Ich will sie heiraten. Wenn du das Imperium übernimmst, könntest du sie freigeben.«

»Glaubst du, dass sie so lange auf dich wartet? Das kann Jahre dauern.«

Paul schaute zum Fenstersims, auf dem seine Fledermaus mit schwellender Brust stand und sich offensichtlich noch nicht vom siegreichen Feldzug erholt hatte.

»Ja.« Ein Lächeln schlich sich auf seine Lippen. Er war komplett verrückt geworden. An Silvester war sie davongelaufen, als er ihr seine Liebe gestanden hatte. Seitdem hatte er sie nicht gesehen.

Aber die Sprache der Fledermäuse offenbarte ihm die Wahrheit. Taya und er waren füreinander bestimmt.

»Ich habe sie angelogen«, gestand Karl. »Ich war so aggressiv und … ich habe ihr gesagt, du hättest Charlotte geheiratet und ihr würdet ein Kind erwarten.«

Paul schüttelte hektisch den Kopf. »Taya hat dir diesen Blödsinn doch nicht geglaubt! Sie kennt mich!«

Karl knirschte mit den Zähnen. »Entweder bin ich ein guter Lügner oder sie kennt dich doch nicht so gut.«

»Du wirst das richtigstellen«, brauste Paul auf.

»Warum nicht du?«

»Weil ich mich von ihr fernhalte.« Sie zu sehen, war zu gefährlich. Auf keinen Fall durfte er mit heimlicher Zweisamkeit beginnen. Das würde ihn brechen.

»Du meinst, wenn man einmal nachgibt, tut man es wieder. Und wieder.«

»Und wieder«, bestätigte Paul.

»Das verstehe ich«, murmelte Karl. »Du boxt?«

Paul erzählte ihm von Belém und von dem Boxkampf, den er gesehen hatte. Dieses Erlebnis hatte ihn ermutigt, es selbst zu probieren. Er berichtete von dem Intensiv-Training, das er seit zwei Monaten absolvierte.

Karl ließ sich sofort anstecken. Mit großen Augen lauschte er Pauls Erzählungen und nickte aufgeregt.

»Fernando hat mir versprochen, sich in Manaus nach einem Boxklub zu erkundigen. Er hat sicher eine Adresse und einen Trainer für mich gefunden. Auf Fernando ist Verlass.«

Paul reagierte erleichtert, weil Karl sich beruhigt hatte. Sie waren – trotz der achtwöchigen Trennung – schnell wieder vertraut. So lange waren sie noch nie voneinander getrennt gewesen.

Nach einer Weile zogen sich die beiden auf Karls Zimmer zurück, um ungestört zu sein. Paul zeigte, was er gelernt hatte. »Je länger man trainiert, desto besser werden die Reflexe. Ich bin noch zu sehr auf das Schlagen meiner Arme konzentriert und vernachlässige die Beinarbeit.« Paul wiederholte das, was sein Trainer ihm gesagt hatte.

»Also lernen wir boxen, um besser zuschlagen zu können?«, fragte Karl. Er ahmte Pauls Bewegungen nach und schlug in die Luft.

»Ich mache es für meinen Körper und meinen Geist. Seit ich boxe, fühle ich mich selbstsicherer.«

Es war spät, als Heinrich nach Hause kam. Er rief wie immer zuerst nach Mama.

Paul und Karl unterbrachen ihr Training. Paul musste Heinrich gegenübertreten und ihn begrüßen. Er ging hinaus auf den Flur.

Mama trug ihr Schlafkleid und wartete auf dem Treppenabsatz. »Ich war schon zu Bett gegangen«, rief sie nach unten.

Heinrich kam die Treppe nach oben.

»Paul ist zurück.« Mama wies lächelnd auf ihn.

Paul stellte sich aufrecht und begrüßte Heinrich.

»Da bist du ja, Junge. Du siehst verändert aus.«

»Ich habe an mir gearbeitet«, erwiderte Paul.

Heinrich nickte wohlwollend. »Das sieht gut aus. Ein Mann sollte eine stolze Statur vorweisen.«

Paul sagte nichts dazu. Zwischen Heinrich und ihm befand sich ein unüberwindbarer Graben, und er sah keinen Weg zurück zu ihm.

»Wir sprechen morgen beim Frühstück. Es war ein langer Tag.« Heinrich führte Mama ins gemeinsame Schlafzimmer.

»Lass uns auch für heute Schluss machen.« Paul klopfte Karl auf den Rücken. »Sobald ich von Fernando die Adresse habe, schauen wir uns den Boxklub an.«

Karl grinste und kratzte sich dabei am Kopf. »Ich bin froh, dass du wieder da bist.« Er lief in sein Zimmer und schloss die Tür.

Paul steuerte seines an und bemerkte seine Fledermaus am Fenster. Er folgte seinem Instinkt, öffnete das Fenster und staunte, als das Tier hereinflog und sich auf sein Bett stellte.

»Du bist gut auf mich zu sprechen.« Er schmunzelte. »Ich habe Belém verlassen und uns ein Boot gekauft, damit wir über den Fluss fahren. Das ist es, was du willst, oder?«

Seine Fledermaus stakste mit erhobener Brust und ausgebreiteten Flügeln über das Bett.

Paul lachte leise. Er trat näher heran und hockte sich auf den Boden vor das Bett. »Wie hat sie ausgesehen?«

Er bekam keine Antwort, aber der Triumph des kleinen Kerls war so offensichtlich, dass Paul sich mit ihm freute.

Der Bootskauf hatte etwas verändert.

Es schien, als wäre ein Knoten geplatzt.

Seine Fledermaus flog durch das Fenster davon. Paul sah ihr nach und setzte sich auf den Fenstersims.

Ob Taya wie er in die Nacht hinausblickte?

Paul hoffte, dass Karls Aktion keine negativen Konsequenzen für sie nach sich zog. Karl brauchte Begleitschutz, und Taya lebte in einem bewachten Lager.

Ein heimliches Treffen war unmöglich.

Heinrich würde Wind davon bekommen.

In den folgenden Tagen lebte Paul sich wieder in Manaus ein. Fernando hatte ihm tatsächlich die Kontaktdaten eines Boxtrainers besorgt und ihn auf das Anwesen eingeladen.

Für Karl war es schwierig, Arbeit und Boxen unter einen Hut zu bringen. Er war dauernd mit Heinrich unterwegs und sorgte durch seinen Begleitschutz für zu viel Aufmerksamkeit in der Stadt. Die Boxer der Szene mochten das nicht.

Nun erhielten Paul und Karl Privatunterricht auf dem eigenen Anwesen.

Alles im Leben hatte Vor- und Nachteile. So genoss Paul seinen weniger auffälligen Status und ritt täglich aus. Er trug dabei Angestelltenkleidung und wurde trotz seines Pferdes nicht behelligt.

So konnte er auch völlig allein zur Kurve reiten, wo er Taya damals abgeholt hatte, um sie zu beschützen. Hier hing er seinen Sehnsüchten und der Melancholie nach, sie verloren zu haben.

Das Lager lag nur wenige Meter entfernt, und doch waren es Welten, die sie trennten.

Auch heute ritt Paul an diese Stelle, die sein Herz schwer werden ließ. Er hielt bei der imaginären Grenze und starrte auf die Kurve.

Plötzlich traf ihn etwas am Kopf. Paul erschrak fürchterlich. War ihm eine Spinne auf den Kopf gesprungen?

Schreiend warf er sich vom Pferd, fiel auf sein Gesäß und sprang auf. Er zerzauste seine Haare, um das Tier loszuwerden.

Erst als er das Gelächter hörte, wusste er, was los war.

Eine Limette rollte über den Boden.

Pauls Atem setzte aus. Er hob den Blick in die Bäume am Wegesrand und verlor sein Herz erneut.

Taya kicherte noch immer.

Paul sah sich prüfend um, konnte aber niemanden entdecken. Er band die Zügel seines Pferdes an einen der Baumstämme und kletterte zu Taya nach oben.

Bei dem Gedanken daran, dass sie auf ihn gewartet hatte, wurde ihm heiß.

»Seit wann hast du Angst vor Limetten?«

Paul hatte sich schon oft vor ihr blamiert. Anscheinend mochte sie ihn dennoch. »Ich dachte, da wäre eine Bananenspinne auf mich gesprungen«, wehrte er sich.

Taya gluckste, während er die Distanz verkürzte und ihre Höhe erreichte.

In ihre Augen zu sehen, schwemmte den Schmerz der letzten Monate fort. Er verlor sich in dem klaren Braun ihrer Iriden und fand sich gleichzeitig wieder.

Taya berührte mit einer Hand seine Haare und kämmte sie mit ihren Fingern.

Bei ihrer liebevollen Geste verharrte er in seiner Position. Sie verzauberte ihn, wie sie es schon immer getan hatte.

Sie erwiderte seinen Blick, lächelte dabei und erschien ihm so vertraut, als ob sie nie getrennt gewesen wären.

Taya umrahmte sein Gesicht mit ihren Händen und küsste ihn auf den Mund.

Alles geschah so schnell und unerwartet.

Paul konnte kaum begreifen, dass Taya bei ihm war und ihm eine Antwort gab.

Sie tat das, was er sich an Silvester so sehr gewünscht hatte.

Was er sich immer noch wünschte.

Ihre Lippen auf seinen zu spüren, löste ein Feuerwerk in ihm aus. Es schien, als explodierten die Lichter der Silvesternacht erneut, diesmal in seinem Inneren.

Pauls Instinkte übernahmen die Kontrolle. Er hielt sich mit einer Hand an einem Ast fest. Die andere schlang er um Tayas Hüfte und zog sie nah an sich heran.

Sie fügte sich so perfekt an seinen Körper, als wären sie füreinander geschaffen worden.

Dieser Kuss beantwortete seine drängendsten Fragen. Sie schmiegte sich an ihn, knabberte erst spielerisch an seinen Lippen und legte schließlich die Arme um seinen Nacken.

Er gehörte ihr mit Haut und Haaren, wollte immer mehr.

Als er etwas Feuchtes in seinem Mund spürte und verstand, dass ihre Zunge seine zum Duell herausforderte, wurde Paul schrecklich nervös.

Er küsste Taya. Taya küsste ihn. Sie waren so innig miteinander verbunden, dass er nicht mehr wusste, wo oben und unten war.

Machte er denn alles richtig?

Er wusste allerdings, dass Schmerz und Glück nah beieinanderliegen konnten und Taya ab diesem Moment unwiderruflich zu der Frau seines Lebens geworden war.

Wohin würde ihre Liebe sie führen?

Welchen Preis würden sie füreinander zahlen müssen?

Als Taya sich sanft von seinen Lippen löste, verstärkte er den Druck seiner Hand um ihre Taille, um sie nicht ganz freigeben zu müssen. Dieser zauberhafte Moment bedeutete die Welt für ihn, und er wollte ihn festhalten.

Ihr Lächeln ließ ihn innerlich aufatmen.

»Ich habe viel zu lange für diesen Kuss gebraucht«, gestand sie und knabberte dabei auf ihrer Lippe.

»Irgendwann habe ich begriffen, dass ich mit dir auf einen Baum klettern muss, um einen Kuss zu bekommen.« Paul schmunzelte und neckte sie.

Taya lachte auf.

Sie sah dabei so schön aus, dass sein ganzer Körper kribbelte.

Paul verteilte kleine Küsse auf ihrem Gesicht. Wusste sie, wie verzweifelt er sie liebte? Sein Mund fand ihren erneut. Es war eine völlig neue Art, seine Gefühle auszudrücken.

Taya ließ sich auf ihn ein, drängte ihm entgegen und vermittelte ihm das erste Mal, seit er sie kannte, Sicherheit. Sie hatte sich lange gegen eine Liebesbeziehung gesträubt. Nun aber spürte er, dass sie ihn auch wollte.

Paul löste seine Hand von ihrer Taille, streichelte über ihren Rücken und schließlich höher zu ihrem Nacken. Als er ihren Hinterkopf berührte, schoss die schmerzhafte Erinnerung in ihn hinein.

Da war ein Nagel in der Wand.

Paul brach den Kuss ab. Seine Liebestollheit durfte ihn nicht blind für das machen, was Taya drohte.

»Ich habe dich jeden Tag vermisst«, sagte er ehrlich. Paul konnte seine Gefühle benennen und schämte sich dafür nicht. Hier hatte er sich immer von Karl unterschieden, dem das viel schwerer fiel.

Taya strich mit einem Finger über seine rechte Wange. »Ich habe so oft auf dich gewartet. Erst gestern erfuhr ich von

Emefa die Wahrheit. Sie erzählte mir, dass du nach Belém geflohen bist und Karl mich belogen hat.«

Paul verzog bei dem Gedanken an Karls unmögliches Benehmen Taya gegenüber das Gesicht. »Ich entschuldige mich für Karl. Er hat ein gutes Herz. Das weiß ich, aber er zeigt es nicht jedem und versucht, das Erbe zu tragen.«

»Ich verstehe, dass du zu ihm hältst. Ich würde auch zu meinem Bruder halten, selbst wenn er einen Fehler beginge. Trotzdem hat Karl mir mit seiner Lüge sehr wehgetan.«

Paul setzte sich auf einen dicken Ast und lehnte sich an den Stamm. Taya kuschelte sich auf seinen Schoß.

»Ich wollte dich selbst zu den Botos bringen. Haben sie dir gefallen?«, fragte er.

Taya nickte. »Die Botos waren umwerfend, aber der Ausflug war entsetzlich, weil mich alle für die Gespielin deines Bruders gehalten haben. Er hat mich mit der motorisierten Kutsche abgeholt.«

Paul räusperte sich. »Damit kann man bei dir keinen Eindruck schinden.« Er kannte Tayas Einstellung zum Leben und er bewunderte sie. Er konnte sich ihr Entsetzen bildlich vorstellen, als Karl mit seinem Angebergefährt vorgefahren war.

»Er holt eine Sklavin aus dem Lager mit Kautschukreifen ab. Was denkt er sich?«, schimpfte sie weiter.

Paul strich durch Tayas Haare. »Nichts. Er kennt eure Welt nicht. Er kennt nur die Strenge und den Druck. Karl träumt von einer Dschungelsafari. Selbst das hat Heinrich ihm nie erlaubt. Auch ich habe in den letzten Wochen in Belém das erste Mal in meinem Leben so etwas wie Freiheit gespürt. Dieses Gefühl, in den Tag hinein zu leben und dabei meinem Herzen zu folgen, war mir fremd.«

Taya musterte ihn neugierig. Paul wollte stundenlang mit ihr reden, hören, wie es ihr ergangen war, was sie erlebt hatte.

Obendrein wollte er sie am liebsten die ganze Zeit küssen und im Arm halten.

Das Geräusch von Hufgeklapper aber lenkte seine Aufmerksamkeit von Taya ab.

Oh Schreck!

Sein Herz rutschte ihm in die Hose. Wenn jemand Taya und ihn küssend im Baum erwischte, würde er das bitter bereuen.

Paul schob Taya von seinem Schoß, deutete ihr mit dem Finger, leise zu sein, und kletterte vom Baum.

Er beeilte sich und stieg nach unten. Das letzte Stück sprang er.

Gerade rechtzeitig.

Zwei Wächter des Anwesens ritten in Richtung Lager.

Paul tat so, als käme er gerade hinter dem Baum hervor.

»Musstest du dich erleichtern?«, fragte Santiago, einer der Wächter.

Paul nickte. »Wohin wollt ihr?«

»Zum Sklavenlager. Wir sollen was abgeben.«

»Verstehe«, erwiderte er und winkte den Wächtern.

Er löste die Zügel vom Baum und sah den Männern nach.

Das war knapp gewesen. Was, wenn sie Taya im Baum erwischt hätten? Sie würden doch wissen, dass er sich heimlich mit ihr getroffen hatte.

Wenn Heinrich davon erfuhr, würde er bestimmt außer sich sein vor Wut, weil Paul sich seiner Anweisung widersetzt hatte.

Die Wächter ritten um die Kurve und verschwanden damit aus seinem Blickfeld.

Neben ihm landete Taya auf dem Boden. Sie legte ihre Arme um seine Taille und grinste ihn an.

»Klettere auf einen der Bäume und warte, bis die Wächter zurückreiten. Sie dürfen uns beide nicht zusammen erwischen.« Paul mahnte sie eindringlich.

Tayas enttäuschter Blick spiegelte auch sein Empfinden wider.

Er war aber so unruhig, dass er Taya loswerden musste. Die Reiter würden zurückkommen.

Paul umrahmte Tayas Gesicht mit seinen Händen und zwang sie damit, ihn anzusehen. »Heinrich duldet meine Liebe zu dir nicht. Er hat gedroht, dich und deine Familie zu töten.«

Ihre Augen weiteten sich.

Er musste ihr die Wahrheit knallhart sagen, sonst würde sie nicht verstehen, warum er sie auf Abstand halten musste.

»Ich bin nicht aus Spaß monatelang weg gewesen.«

Taya schlang ihre Arme um ihn.

Er hatte versucht, das Gegenteil zu erreichen.

»Wirst du uns beide aufgeben?«, fragte sie und hob den Blick in seine Augen. Er konnte ihr die Angst ansehen. Er fühlte sich ähnlich ohnmächtig.

Es schien, als könnten sie nach ihrer wilden Küsserei im Baum nicht mehr zurück.

Paul schaute angespannt zur Kurve. »Ich finde einen Weg für uns«, versprach er.

Taya schluckte auffällig.

Paul schob sie ins Gestrüpp.

»Kommst du morgen wieder her?«

»Taya!«, schalt er. »Porcaria.«

Sie schmunzelte, legte eine Hand in seinen Nacken und küsste ihn auf den Mund. »Bis morgen«, murmelte sie an seinen Lippen. »Morgen erzählst du mir, warum du so kräftig geworden bist.«

Taya kletterte auf einen der anderen Bäume, der nicht so nah am Wegesrand stand.

Paul beeilte sich und schwang sich auf den Pferderücken. Er zögerte nicht, sondern trieb den Hengst an und ritt im Galopp davon.

Er fühlte sich vollkommen überrollt.

Warum hatte Taya ihn geküsst? Er hätte sicher nicht den Mut dazu gefunden.

Nun hatten sie den Schlamassel.

Aus Sehnsucht war Leidenschaft geworden.

Die Leidenschaft aber glich einer gefährlichen Naturgewalt.

Niemand wusste, was sie auf ihrem Weg mit sich riss.

19

Taya spähte auf den Weg und wartete, bis die beiden Reiter vorüberzogen. Danach kletterte sie vom Baum und lief mit pochendem Herzen ins Lager zurück.

Lief sie? Es fühlte sich eher wie Schweben an. Diese verrückten und wohligen Gefühle überwältigten sie. Erst jetzt verstand sie, wie sich verliebt sein tatsächlich anfühlte.

Ihre Gedanken kreisten nur noch um Paul.

Dass er ihr erklärt hatte, dass der Baron sie bedrohte, rückte in den Hintergrund. Sie fieberte dem nächsten Treffen mit Paul entgegen, wollte zurück in seine Arme und ihn so lange küssen, bis ihr schwindelig wurde.

Auf einmal erschienen ihr Nituna und Akule alles andere als dumm. Sie hatten sich verliebt und stürzten sich in ein neues gemeinsames Leben, obwohl sie unfrei waren.

Taya wollte diese Liebe auch.

Sie rannte durch das Lager mit dem Ziel, Tallulah zu finden und ihr alles zu erzählen. Sie war nicht bei ihrer Hütte.

Wo konnte sie sein?

Taya suchte vergeblich am Flussufer und entdeckte ihre beste Freundin schließlich bei Peshewa und Nituna. Die Frauen webten an einer Decke.

»Was ist denn mit dir passiert?«, fragte Peshewa.

Taya räusperte sich. »Wieso? Was soll sein?«

Alle drei guckten neugierig. »Du hast knallrote Backen und grinst über beide Ohren«, sagte Peshewa.

Nituna riss die Augen auf. »Hast du einen Mann in der Stadt?«

Tallulah schluckte auffällig. Sie legte ihre Arbeit nieder und erhob sich. Ohne ein Wort berührte sie Tayas Hand und zog sie mit.

»Oh, Tula«, stammelte Taya erhitzt. »Paul, er …«

»Du weißt, woher die Babys kommen, oder?«, fragte Tula zischend.

»Natürlich, was für eine dumme Frage.«

»Du siehst nicht so aus, als würde dein Kopf gerade vernünftig funktionieren.«

»Tula, ich habe Paul gesehen! Er kam tatsächlich zur Kurve, und dann haben wir uns heimlich oben im Baum geküsst.« Taya schwärmte aufgeregt. Sie strahlte über das ganze Gesicht.

Tallulah presste die Lippen aufeinander.

»Freust du dich nicht für mich? Er liebt mich und ich ihn.« Taya konnte ihre Freude nicht zügeln. Ihr Herz schlug schnell. Sie kicherte.

»Wer bist du? Was hast du mit Tayana gemacht?« Tula rollte mit den Augen. »Ich erinnere mich an eine Taya, die keine Sklavenbabys haben wollte.«

Taya seufzte und schüttelte den Kopf. »Wer redet denn von Babys? Ich will doch kein Baby. Ich will Paul wiedersehen.«

»Du weißt, dass Liebende nicht nur küssen. Sie teilen das Lager miteinander, und daraus entstehen Babys.«

Taya schlug ihre Hände vors Gesicht. Sie erkannte sich selbst nicht. Sie schwebte, träumte und alles kribbelte. Ihr ganzer Körper stand in Flammen.

Natürlich hatte Tallulah recht, und normalerweise wäre Taya diejenige, die mit ihrem Verstand an so eine Sache heranging. Sie hatte Nituna damals nicht verstanden.

Nun, wo Taya selbst verliebt war, drängte sich eine Leidenschaft in den Vordergrund, die sie nicht kannte, die die Gefahren verdrängen wollte.

»Habt ihr nur geküsst oder ist schon mehr passiert?«, fragte Tallulah misstrauisch.

»Tula«, schalt Taya. Sie knabberte auf ihrer Lippe.

Tallulah stöhnte auf. »Es hat dich voll erwischt, Tayana. Wie stellt ihr euch das vor? Wollt ihr euch heimlich treffen? Was, wenn der Baron es herausfindet? Ihr lebt in verschiedenen Welten. Ihr könnt das nicht ändern.«

Taya stemmte die Hände in die Hüften. »Du bist meine beste Freundin, und ich habe das erste Mal einen Mann geküsst. Also so richtig. Du weißt schon, mit Zunge.«

Tallulah kicherte. »*Du* hast *ihn* geküsst?«

Taya grinste. »Paul ist zu schüchtern, aber als ich angefangen habe, war er sofort Feuer und Flamme.«

»Ich wünschte, ich könnte mich für dich freuen, Tayana. Ich freue mich auch, dass du so etwas Schönes erlebt hast. Ich habe nur Angst um dich. Das letzte Mal hat der Baron dich halb totgeschlagen. Vergiss das nicht.« Tula umarmte sie und strich mit einer Hand über die verheilte Wunde am Hinterkopf.

»Paul hat mir versprochen, dass er einen Weg findet«, hauchte Taya und erwiderte die Umarmung ihrer Freundin.

Tallulah löste sich und lächelte. »Ich kenne deinen Paul zwar nicht, aber ich mag ihn. Alles, was du von ihm erzählt hast, klingt sehr ehrenhaft. Außerdem liebt er dich, seit ihr als Kinder zusammen gespielt habt. Überstürze nichts und werde nicht gleich schwanger.«

Taya räusperte sich, denn sie sah ihre *mamãe* auf sie zulaufen. Tallulah bemerkte es auch.

»Willst du es deiner *mamãe* erzählen? Sie wünscht dir doch einen guten Mann.«

»Hier steckt ihr beiden. Ich habe euch gesucht. Peshewa verstreut in der Stadt Gerüchte über Taya und einen Mann. Ich habe sie ordentlich zurechtgestutzt, denn dieses Gerede ist schändlich.« *Mamãe* schnaubte. »Kein Wunder, dass Tohon sich gegen sie sträubt. Sie kann den Mund nicht halten.«

Mamãe legte den Arm um Taya und zog sie mit. »Wir haben zu arbeiten. Dabei kannst du mir erzählen, was passiert ist.«

Taya war sich nicht sicher, ob sie ihrer *mamãe* von dem Kuss erzählen wollte. Das fühlte sich komisch an.

Sie erreichten ihre Hütte und setzten sich auf die Holzkisten. Taya nahm von dem Bast, um ihrer täglichen Arbeit nachzugehen.

»Es war sehr schön, Emefa kennenzulernen«, sagte *mamãe* und musterte Taya.

Die nickte nur.

»Und dieses Bild von Paul und dir war süß«, fuhr *mamãe* fort.

Taya tat so, als würde sie konzentriert an ihrem Korb flechten.

»Tayana aus dem Andyrá-Stamm«, tadelte *mamãe* sie. »Dein *papai* und ich freuen uns, wenn du einen guten Mann findest. Warum versteckst du ihn?«

Taya stieß die Luft aus. »Weil er der Sohn des Kautschukbarons ist?« Ihre romantischen Gefühle erlitten einen Dämpfer. Nach ihrem Kuss war Taya über den Wolken geflogen. Nun aber, wo sie dem forschenden Blick ihrer *mamãe* unterlag, kamen die schweren Gefühle zurück.

Sie hatte gute Gründe gehabt, sich nicht auf Paul einzulassen.

»Er ist nicht der Sohn des Kautschukbarons, Taya. Er ist ein Sohn unseres Volkes.«

»Ich denke, er ist beides. Er ist genau dazwischen. Auch wenn die weiße Senhora ihn nicht geboren hat, ist sie seine *mamãe*, und er liebt sie. Er liebt auch seinen Bruder. Mit dem Baron kommt er nicht zurecht.«

Mamãe nickte nachdenklich. »Ich habe Senhora Lorenz damals getroffen, als sie dich nach Hause brachte.«

Taya erinnerte sich daran. Die beiden hatten in der Kutsche miteinander gesprochen. »Was hat die Senhora zu dir gesagt?«

Mamãe sah in die Ferne, als würde sie an jenen Tag zurückreisen. »Sie wollte die Bedeutung der Andyrá wissen. Außerdem gratulierte sie mir und lobte dich. Sie gestand, dass der Baron sie kontrolliere und ihr keinen Freiraum geben würde. Sonst hätte sie gern mehr für uns getan. Sie schenkte mir Geld. Ich versteckte es für schlechte Zeiten. Mit diesem Geld habe ich den Heiler für Tohon damals bezahlt, als er krank war.«

Taya erinnerte sich daran, als Tohon teure Medizin gebraucht und *papai* sie bezahlt hatte. Taya seufzte.

»Die Senhora hat mir nicht gesagt, dass sie eines unserer Kinder angenommen hat. Wahrscheinlich wollte sie Paul beschützen. Er hat an diesem Tag dich getroffen und damit die Wurzeln seiner Herkunft. Es ist sicher nicht leicht für ihn gewesen, zwischen diesen beiden gegensätzlichen Welten aufzuwachsen.«

»Immer noch besser, als im Kautschukwald versklavt zu werden«, mischte Tallulah sich ein. »Wäre er bei uns aufgewachsen, wäre das nun sein Schicksal.«

Taya schluckte bei dem Gedanken. Paul konnte so flüssig lesen und schreiben. Er rechnete die schwierigsten Aufgaben in seinem Kopf und beherrschte mehrere Sprachen. Am meisten aber liebte sie seine ehrliche und empfindsame Seite.

»Er ist ein Träumer«, murmelte Taya gedankenverloren. »Er sagte, er würde einen Weg für uns beide finden.«

»Einen Weg finden …« *Mamãe* wiederholte Tayas Worte nachdenklich. »Ist Paul im gleichen Jahr wie du geboren worden?«

Taya nickte. »Hast du eine Idee, wer seine leibliche Mutter ist?«

Mamãe winkte ab. »Es gab mehrere Schwangere. Ich möchte keine Gerüchte streuen. Vielleicht treffe ich deinen Paul in Zukunft und erkenne eine Ähnlichkeit mit einer Familie unseres Stammes.«

Taya wurde das Gefühl nicht los, dass *mamãe* mehr wusste, es aber nicht sagen wollte.

Tallulah zeigte ihren Korb. »Dieser hier erinnert mich an die Körbe meiner *mamãe*.«

Während Taya den Korb musterte, dachte sie daran, wie die Senhora genauso einen bei ihr für viel zu viel Geld gekauft hatte. Taya nahm den Korb an sich und besah ihn von allen Seiten. Sie sprang auf.

»Wir vermissen Moema auch. Sie war eine wundervolle Frau«, betonte *mamãe*. Sie richtete sich auf und ging zu Tula, die zu weinen begonnen hatte. »Setz dich, Tayana. Deine Freundin braucht Trost.«

Tayas Herz stolperte. Paul und Yumah hatten so ähnliche Augen. Dazu dieser Korb.

Sie setzte sich neben Tula und hielt tröstend ihre Hand, während *mamãe* sie sanft hin und her wiegte.

Moema hätte nie ihr Kind weggegeben. Sie war Yumah und Tallulah eine liebevolle und aufopfernde Mutter gewesen.

Taya verwarf den Gedanken – nicht zum ersten Mal.

Sie traute Moema eine solche Tat nicht zu.

»Sie fehlt mir so entsetzlich. Ich hatte doch immer nur sie. An meinen *papai* erinnere ich mich nicht einmal.« Tula wimmerte.

Taya starrte ins Leere. Der Schmerz ihrer Freundin quälte auch sie. Taya liebte ihren *papai* über alles. Die Vorstellung, ihn nicht zu kennen, war so grausam, dass sie den Gedanken sofort beiseiteschob.

»Es waren dunkle Zeiten, mein Herz, als dein *papai* im Kautschukwald starb. Du warst erst zwei und Yumah vier.«

Taya rollten die ersten Tränen aus den Augen. War Moema zu diesem Zeitpunkt schwanger mit ihrem dritten Kind gewesen?

Mehr und mehr drängte sich dieser unliebsame Gedanke auf.

»Euer *papai* hat euch geliebt. Yumah, dich ... und ... eure *mamãe*. Wir glauben fest, dass Moema nun zu Hause ist.« *Mamãe* küsste Tallulah auf die Stirn.

Taya löste sich zitternd von den Frauen und rannte zum Flussufer. Sie keuchte und wischte ihre Tränen weg. Ihre Andyrá kreiste über ihrem Kopf.

Hatte Moema Paul weggegeben? Nicht Paul, sondern Nahel?

Taya sank auf ihre Knie und weinte.

Nach einer Weile spürte sie jemanden hinter sich. Sie ahnte, dass es ihre *mamãe* war.

»Taya«, wisperte *mamãe*. »Wir wissen nicht sicher, ob ...«

Taya fuhr auf ihren Knien herum und blickte hoch. »Hatte Moema ein drittes Kind? Sag mir die Wahrheit!«

Mamãe senkte den Blick und gestand es damit ein. Sie setzte sich neben Taya auf den Boden, vermied es aber, ihr in die Augen zu sehen. »Wir waren beide schwanger. Ich mit dir und sie mit ihrem Sohn. Nahel und du habt schon als Neugeborene zusammen im Körbchen geschlafen.«

Taya brach es das Herz. Sie schluchzte auf. »Ihr habt mir Paul weggenommen!«, schrie sie.

»Du weißt nicht, ob Paul Nahel ist.«

»Was habt ihr mit ihm gemacht?« Taya brachte Abstand zwischen ihre Mutter und sich.

»Die Wächter überbrachten die Nachricht von Kiksuyapis Tod, und damit kam schreckliches Leid über die Familie. Moema stürzte in große Trauer. Sie war so gebrochen, dass sie nicht mehr aß, nur noch weinte und schließlich regungslos unter uns weilte. Ihre Seele war krank geworden. Sie vernachlässigte nicht nur sich, auch die Kinder. Ich kümmerte mich allein um euch fünf.«

Taya hielt die Luft an. Moema war seelisch krank geworden?

»Ich versuchte, sie zu verstehen, zu begreifen, warum sie jeden Lebensmut verloren hatte. Sie tat es nicht absichtlich. Nicht nur unsere Körper werden krank, Taya. Auch unsere Seelen. Wenn die Seele krank ist, schlägt es auf den Körper. Eines Nachts wachte ich von deinem Geschrei auf. Nahel war nicht mehr bei dir im Körbchen.« *Mamãe* keuchte bei der Erinnerung.

Taya vergrub ihr Gesicht in ihren Händen. Sie wollte die Wahrheit hören, auch wenn sie entsetzlich wehtat.

»Ich ließ dich weinen, aus Sorge um Nahel. Ich ahnte, dass Moema ihn rausgenommen hatte. Ich suchte sie und fand sie am Fluss. Sie hatte ihn in einen ihrer Körbe gelegt und war mit ihm rausgeschwommen.« *Mamãe* weinte. »Sie war nicht bei Sinnen, nachts im Rio Negro zu schwimmen. Ich wollte dem Korb nachschwimmen, aber es war dunkel und ich hätte ihn nie gefunden. Außerdem hatte ich eine Verantwortung für die anderen vier.«

Taya stand unter Schock. Paul war allein in einem Bastkorb auf dem Rio Negro getrieben? »Die Senhora Lorenz hat ihn im Korb gefunden. Er muss beim Anwesen vorbeigetrieben sein.« Taya starrte auf den Rio Negro.

»Er kann das nicht überlebt haben.« *Mamãe* wischte ihre Tränen fort.

Die Senhora hatte Moemas letzten Korb bei Taya gekauft und gesagt, dass er einen unbezahlbaren Wert für sie habe. Pauls Augen erinnerten Taya an Yumahs. Sie konnte ihre *mamãe* nicht ansehen, auch wenn es nicht ihre Schuld war. Dennoch … Taya war mit der Wahrheit überfordert.

»Dein *papai* und Yumah sind die Einzigen, die von Nahel und seinem Tod wissen. Tohon und Tallulah waren zu klein. Wir haben euch vor der grausamen Wahrheit beschützen wollen. Yumah zählte vier Regenzeiten, und er fragte nach seinem Bruder. Ich behauptete, dass ein plötzliches Fieber ihn geholt habe.« *Mamãe* verkürzte die Distanz zu Taya und berührte ihre Hand. »Es tut mir so leid, Taya. Ich liebe dich, Tohon und auch Moemas Kinder. Ich war in deinem jungen Alter, als das alles passierte. Kajika war im Kautschukwald, und ich musste täglich befürchten, dass er der Nächste wäre. Ich wusste nicht, wie ich mit Moema umgehen sollte. Sie war meine beste Freundin, und ich kannte sie als starke Frau. Sie war von heute auf morgen krank geworden, und es dauerte Jahre, bis sich ihre Seele halbwegs stabilisierte.«

»Wie kam Kiksuyapi ums Leben?«, fragte Taya.

»Durch einen brutalen Wächter.«

Taya kullerten weitere Tränen aus den Augen.

»Vielleicht lerne ich deinen Paul einmal kennen. Ich bin mir sicher, dass ich auf den ersten Blick weiß, ob er Kiksuyapis und Moemas Sohn ist. Es wäre ein Wunder, auf das ich nie zu hoffen gewagt habe. Wenn Moema hätte erfahren dürfen, dass Nahel eine liebevolle *mamãe* bekommen hat, hätte sie sich vielleicht verzeihen können. Bitte sage Tallulah noch nichts. Zuerst müssen wir sicher sein, dass Paul und Nahel die gleiche Person sind.«

Taya wusste es sicher. Für sie gab es keinen Zweifel mehr.

»Kiksuyapi musste in den Kautschukwald gehen, als Moema schwanger war. Er schnitzte eine Andyrá aus Holz für sein Baby als Willkommensgeschenk. Außerdem wählte er einen Namen aus, eigentlich zwei, weil sie das Geschlecht noch nicht wussten. Moema hat Nahel diese Holz-Andyrá in den Korb gelegt. Weißt du, ob Paul so eine besitzt?«

Taya schüttelte den Kopf. »Ich weiß es nicht, aber Moemas Korb steht am Fenster in der Nähe der Schreibmaschine der Senhora. Die Senhora hat den Korb nie verwendet.«

Mamãe rückte an Taya heran und legte ihren Arm um sie. »Langsam glaube ich auch, dass dein Paul Nahel ist. Es würde eure tiefe Bindung zueinander erklären. Du hast so friedlich neben Nahel geschlafen, und die Wochen danach musste ich dich jede Nacht auf dem Arm tragen und beruhigen. Es war eine schreckliche Zeit, Taya.«

Taya legte ihren Kopf auf *mamães* Schulter und nahm ihren Trost an.

»Urteile nicht über Moema, mein Schatz. Wir haben nicht durchmachen müssen, was die Fremden Kiksuyapi und ihr angetan haben. Dass Moema sich überhaupt noch einmal aufrichten konnte, um Yumah und Tallulah zu begleiten, grenzte bereits an ein Wunder. Sie lebte nur noch für die beiden.«

Taya hatte heute vieles zu verdauen. Vielleicht wäre es ihr leichter gefallen, mit der Wahrheit über Nahel umzugehen, wenn sie nicht Pauls Freundin wäre. So fühlte sie sich seit ihren Küssen im Baum.

Sie waren eine Beziehung miteinander eingegangen, wenn auch heimlich und ohne zu wissen, wie eine gemeinsame Zukunft aussehen konnte.

War Taya tatsächlich so eng mit seiner leiblichen Familie aufgewachsen? Hatte sie als Säugling schon seinen Duft inhaliert?

»Erzähl mir von deinem Paul. Ich bin so gespannt auf ihn.«

Taya knabberte auf ihrer Lippe. Sie war in seltsamer Stimmung. Auf der einen Seite litt sie für Tula und Yumah, weil sie so viel durchgemacht hatten. Sie fühlte sogar für Moema. In einem klaren Moment musste sie verstanden haben, dass sie ihr Baby in den Tod geschickt hatte. Wie konnte man damit leben?

Auf der anderen Seite kribbelte Tayas ganzer Körper, wenn sie an Paul und seine liebevollen Berührungen dachte. Sie war verliebt, und ungeahnte Träume erwachten in ihr zum Leben.

»Paul ist empfindsam. Er kann zuhören, er ist hilfsbereit. Er ist treu und ehrlich. Er freut sich für andere. Ich finde es schön, wie er mit dem Personal umgeht. Er hat mir so viel beigebracht und mit mir geübt. Dabei war er neugierig und wollte selbst mitlernen. Er hat sich langsam in mein Herz geschlichen.« Wahrscheinlich lag es an den äußeren Umständen. Schließlich hatte sie auf seine Rehaugen sofort reagiert und sich eingestanden, dass er so viel schöner für sie war als alle anderen Männer.

»Also ist er ein ruhiger Mann wie Yumah?«

Taya nickte. »Er wurde so erzogen, dass er selbst in angespannten Situationen ruhig bleibt. Er arbeitet mit Zahlen und lernt. Ich glaube, dass vieles in ihm steckt, was er noch nie entdeckt hat.«

Mamãe streichelte über Tayas Rücken. »Mit ruhigerem Verhalten eckt man weniger an. Ohne *papai* wäre Tohon längst in Schwierigkeiten mit den Wächtern geraten. In ihm brodelt der Abenteurer. Damals in unserem Stamm kamen die jungen Männer zusammen, um sich vor den Mädchen zu profilieren. Sie gingen auf die Jagd und brüsteten sich mit der Ausbeute.« *Mamãe* lachte leise bei der Erinnerung. »Dein *papai* war ein geschickter Jäger, aber er fokussierte sich eher auf die nahrhafte Beute. Er brachte zwei Wasserschweine und zeigte damit, dass er seine Familie ernähren konnte.«

Taya stellte sich *papai* genauso vor. »Musste *papai* dich denn mit seiner Jagd beeindrucken?«

»Wir waren schon vor der großen Zeremonie zusammen.« *Mamãe* seufzte. »Tohon erinnert mich an einen unserer damaligen Krieger. Er hieß Gudahi. Er brachte als Jagdtrophäe einen Goldenen Pfeilgiftfrosch. Die Goldenen sind sehr selten und gelten als die giftigsten. Gudahi spießte den Frosch auf und hielt ihn übers Feuer. Das Gift tropfte herunter, und er sammelte es in einem Behälter. Damit tränkte er seine Pfeile und ging erneut auf die Jagd.«

Interessiert hörte Taya zu. »Welche Frau wollte er beeindrucken?«

Mamãe schmunzelte. »Keine. Er war so in seine Jagd versunken, dass er die interessierten Mädchen nicht bemerkte. Gudahi ist der Erste gewesen, der vom Kautschukwald geflohen ist. Ich bin mir sicher, dass er einen neuen Stamm gefunden hat und frei ist.«

»Hatte er denn keine Familie hier im Lager?« Taya wunderte sich.

»Seine Mutter, aber sie wollte, dass er frei ist, und schickte ihn fort. Ich sehe mal nach Tallulah. Ihre Trauer kommt in Schüben. Es ist ein gutes Zeichen, dass sie die Ereignisse verarbeitet.«

Taya sah ihrer *mamãe* nach. Von ihr konnte Tula den Trost am besten annehmen. Taya verstand die Hintergründe nun besser, und sie bewunderte ihre *mamãe* für die Kraft und die Hingabe, Moemas Kinder mit aufzuziehen und immer zur Stelle zu sein, wenn Moema gefallen war.

Am nächsten Mittag wartete Taya vergeblich im Baum auf Paul. Konnte er nicht kommen oder hielt er sich absichtlich fern, weil der Baron ihnen gedroht hatte?

Sie wusste, wann Paul seine Mittagspausen machte. Diese Zeiten passte sie auch in den nächsten Tagen ab.

Paul kam nicht zur Kurve.

Er kommt. Sie spürte es instinktiv.

Paul sehnte sich nach ihr wie sie sich nach ihm. Es war eine Gewissheit, die Taya in sich trug.

Am nächsten Tag kletterte sie schon morgens in einen der Bäume in der Nähe der Kurve und wartete. Sie würde bis zum Abend dort ausharren. Sie hatte ihren Wasserbeutel, Brot und zwei Bananen dabei. Eine für sich und eine für ihre Andyrá.

Gestern hatte sie glücklicherweise genügend Körbe in der Stadt verkaufen und eintauschen können. So hatten sie ihre Vorräte aufgefüllt. Die anderen mussten heute ohne sie arbeiten. Vielleicht käme Paul aber früher, und Taya könnte am Nachmittag bei der Arbeit helfen.

Sie saß im Baum und spielte mit ihrer Andyrá. Dieses Tier war süchtig nach Bananen. Taya machte sich dieses Wissen zunutze und schmierte die Frucht auf ihren Finger. Ihre Andyrá leckte gierig ihre Haut ab.

Taya konnte dieses kleine süße Tier stundenlang ansehen. Viele Jahre war sie dauernd ignoriert worden, aber das hatte sich verändert. Heute kam ihre Andyrá, wenn Taya sie rief – zumindest meistens. Sie ließ sich anfassen und streicheln. Sie spendete Trost und kommunizierte mit Pauls Andyrá. Phasenweise auch mit Tohons.

Als sich der kleine Popanz auf Tayas anderes Knie setzte und um Banane bettelte, wusste sie, dass Paul nicht weit war.

Natürlich kam er weiterhin zur Kurve.

Sie gab seiner Andyrá ein Stückchen Banane und spähte nach unten. Noch war er nicht zu sehen, aber sie hörte das Klappern von Hufen.

Als Paul in Sicht kam, lächelte sie. Er spähte sehnsüchtig zur Kurve.

»Hey, Romeo«, raunte sie, laut genug, dass er sie hören konnte.

Prompt drehte er den Kopf in ihre Richtung. »Erinnerst du dich an das hässliche Ende dieser Geschichte?«

Er hatte recht mit seiner Sorge, aber Taya verstand den

Zauber dieses Liebesdramas nun viel besser. Sie konnte nach-vollziehen, warum die Menschen diese Geschichte liebten.

Romeo und Julia legten die Kraft der Liebe offen. Liebe war stärker als Hass, und am Ende hatte ihre Liebe zueinander dennoch gesiegt – wenn auch im Tod.

Während Taya mit den beiden Fledermäusen auf ihrem Schoß zu ihrem Paul herübersah, fluchte er leise.

Sie grinste, denn das tat er erst, seit sie es ihm beigebracht hatte.

Paul stieg von seinem Pferd und leinte es am nächsten Baum an. Danach huschte er ins Gebüsch und kletterte zu ihr nach oben.

Die Fledermäuse ergriffen bei seiner Eile die Flucht.

Ehe Taya etwas sagen konnte, küsste er sie zur Begrüßung.

Sie schlang ihre Arme um ihn und erwiderte seine Zuneigung aus vollem Herzen.

Pauls zögerliches Herantasten an ihre Lippen gehörte offensichtlich der Vergangenheit an. Er umarmte sie fest und innig. Seine Zunge glitt in ihren Mund und duellierte sich mit ihrer.

Taya rang aufgeregt nach Luft. Ihr ganzer Körper reagierte auf Paul. Überall kribbelte es.

Als Paul sie auf seinen Schoß zog, spürte sie seine Härte.

Er löste den Kuss und legte seine Stirn an ihre.

Taya erinnerte sich an die Worte ihres *papais*, dass ihre Eltern versucht hatten, gegen den körperlichen Sog zueinander anzukämpfen.

Es hatte nicht funktioniert. Taya war der lebende Beweis dafür.

Sie ahnte, dass auch Paul und sie an diesen Punkt kommen würden.

Schon jetzt sehnte sie jede seiner Berührungen herbei. Sie wollte so nah bei ihm sein, wie es ging.

»Du sollst mir nicht auflauern. Es ist zu gefährlich«, wisperte er an ihren Lippen.

»Warum kommst du dann hierher?« Sie schmunzelte, weil er stöhnte.

»Ich vermisse dich und fühle einen Sog, dem ich nicht standhalten kann.«

»Ich fühle es auch. Genauso.«

Taya bemerkte ihre beiden Fledermäuse, die sich die angebrochene Banane gemopst hatten und nebeneinander auf einem Ast hockten und sie gemeinsam verdrückten.

»Wir haben uns angefreundet. Er und ich. Das habe ich nicht für möglich gehalten, aber er hilft mir und meinen aufgescheuchten Emotionen.« Paul wies auf sein kleines Kerlchen, das sein Köpfchen zwischen die Bananenschalen schob, um noch etwas zu erhaschen.

»Er ist so niedlich. Fast so niedlich wie du.« Sie wackelte mit den Augenbrauen. »Apropos niedlich. Was hast du gemacht, dass du so kräftig aussiehst?«

»Ich boxe. Ich merke, dass sich mein Körper dadurch verändert, aber das ist nicht der Grund. Wenn die Seele leidet, muss man ihr helfen. Man darf sich nicht aufgeben. Das Boxen hilft mir, meine Gefühle zu verarbeiten.« Paul berührte Tayas Haare und wickelte sie um seine Finger. Er seufzte. »Taya, ich werde für einige Tage, vielleicht eine Woche, weg sein.«

Sie senkte betrübt den Blick. »Wohin gehst du?«

»Heinrich bringt Karl und mich in die Kautschukwälder. Karl bat mich mitzukommen. Ich muss ihm beistehen, dazu muss ich sehen, was er sieht. Ich mache mir nichts vor. Das wird eine schwere Reise sein, und wahrscheinlich komme ich anders zurück als davor.«

Taya schloss die Augen. Sie hatte diesen Ort nie betreten, kannte nur die Geschichten der Männer. Aber sie sah das Leid und die Narben.

»Im Kautschukwald stirbt unser Volk, Paul. Ich weiß, du bist dazwischen. Vielleicht musst du dich irgendwann entscheiden.« Taya hob den Blick und begegnete seinem.

»Karl ist mein Bruder, und er braucht mich.«

Taya nickte, denn sie verstand es. Dennoch …

»Vielleicht hast du noch einen anderen Bruder, und möglicherweise braucht der dich auch.«

Paul schob Taya von seinem Schoß.

Sie hörte das Klappern der Hufe ebenfalls.

Paul küsste sie auf den Mund. »Komm erst in einer Woche wieder und pass auf dich auf.«

In Windeseile kletterte er vom Baum.

Taya musste trotz aller Traurigkeit schmunzeln.

»Seit wann kannst du so gut klettern?«

Paul zwinkerte ihr zu. »Du bist in meinem Herzen, und wenn ich dich küssen will, muss ich klettern können.«

Tayas Verliebtheit nahm an Intensität zu. Eine ganze Woche ohne Paul? Wie sollte sie das aushalten?

Und wie würde er zurückkommen?

Würde er auf Yumah treffen?

Erkannten sich zwei Brüder, die sich ihr ganzes Leben nicht gesehen hatten?

20

Paul packte seine nötigsten Sachen zusammen. Der Tag der Abreise in die Kautschukwälder war gekommen.

Mama war am Ende mit ihren Nerven. Sie tat so, als würden Karl und er direkt in die Hölle fahren.

Heinrich empfahl ihm, an der Reise teilzunehmen. Von Karl forderte er es ein.

Paul ahnte, wie einschneidend dieses Erlebnis sein würde. Karl war gezwungen worden, einen Sklaven auszupeitschen. Es hatte ihn verändert.

Auch diese Reise würde ihn abhärten.

»Es geht um die Seele deines Bruders«, mahnte Mama leise, die bei ihm im Zimmer stand und aus dem Fenster schaute.

»Ich kümmere mich um Karl«, sagte er tapfer. Welche Worte sollte er auch sonst zur Beruhigung seiner Mutter finden?

»Die Wächter halten sich Kampfhunde, um die Sklaven zu bedrohen. Einige foltern und verstümmeln sie. Sie halten sich Sklavinnen in ihren Hütten zum Zeitvertreib. Heinrich duldet das, solange die Sammelquoten des Blutgummis stimmen.«

Paul schluckte, während er die Tasche verschloss, die er auf die Reise mitnehmen würde.

»Karl kann etwas verändern, wenn er die Leitung übernimmt, aber er muss klug und behutsam vorgehen. Es ist ein Becken voller Kaimane.« Mama beschwor ihn eindringlich.

Das hier war auch ihr Kampf.

Paul erkannte es in ihren Augen.

»Ich habe euch beide zu ehrbaren Männern erzogen.«

»Hast du mit Karl gesprochen?«, fragte Paul.

Sie nickte. »Mehrfach. Er hört mir nicht so offen zu, wie du es tust, aber ich kenne ihn und weiß, dass er ein gutes Herz hat. Ich sehe die imaginären Steine auf seinen Schultern, die ihn zu Boden drücken.«

»Luise, mein Liebling, wo bist du?« Heinrich brüllte durchs Haus.

Mama straffte die Schultern.

Paul bewunderte ihre Kraft, und doch fragte er sich, wie lange sie noch in der Gefangenschaft ihrer Ehe leben konnte.

Brach nicht irgendwann auch die stärkste Frau zusammen?

Wann war Heinrichs Tag gekommen? Karl musste bis dahin imstande sein, das Imperium zu führen und es in eine bessere Zukunft zu katapultieren.

Paul folgte Mama nach unten. Er nahm seine Tasche mit und überreichte sie Diego, der schon darauf wartete.

Heinrich küsste Mama überschwänglich.

Seit Paul wusste, wie küssen sich anfühlte, verstand er vieles besser.

Mama ließ es geschehen. Sie schien sogar mitzumachen. Wahrscheinlich musste sie es.

Ihre Arme hingen schlaff an ihren Seiten hinunter.

Taya hatte ihre Arme um Paul geschlungen und sich an ihn geschmiegt. Sie hatte den ersten Kuss gefordert.

War es befriedigend, seine Auserwählte zum Küssen zu zwingen?

Wohl kaum. Tayas Reaktion auf seine Zärtlichkeiten brachten ihn schier um den Verstand. Wenn sie auf seinem Schoß saß und ihre Zunge mit seiner spielte, spürte er, wie sich sein Geschlecht aufrichtete. Da erwachte eine Lust, die er kaum bändigen konnte. Er wollte so innig mit ihr verschmelzen, wie er ahnte, dass die Natur es vorgesehen hatte.

Ein Mann wurde erwachsen, und er suchte sich eine Frau, um eine Familie mit ihr zu gründen.

Oder wir enden wie Romeo und Julia.

Warum nur hatte er keine hoffnungsvollere Geschichte mit ihr lesen können?

Heinrich stand mit geschwellter Brust dort und scheuchte die Diener herum, damit nichts der Abreise im Wege stand.

»Ich erwarte, dass du unsere beiden Söhne wohlbehalten nach Hause bringst.« Mama stierte Heinrich an.

»Natürlich, mein Herz«, erwiderte der.

Mama umarmte Karl. »Mein Schatz, ich liebe dich. Vergiss das nicht. Liebe ist die stärkste Kraft auf der Welt.«

»Mama!«, schalt Karl.

Als Heinrich nach draußen trat und den Ara anschrie, der ihn als »idiota« betitelte, drückte Karl Mama an sich.

Pauls Herz stand einen Moment still. Selten zeigte Karl diese Geste.

»Ich liebe dich auch, Mama«, raunte er. Im nächsten Moment wandte er sich ab und sah sich auf dem Weg nach draußen nicht mehr um.

Mama schniefte auf.

Sie drehte sich zu Paul und herzte ihn. »Wenn du nach Hause kommst, werden wir beide über Verhütung sprechen.«

Paul hustete.

»Geh jetzt. Ich warte auf eure Rückkehr.«

Sie wusste das von Taya und ihm. Woher nur?

Paul fühlte sich nur im ersten Moment beschämt, aber er sah die Wärme in den Augen seiner Mutter. Sie verurteilte ihn nicht, sondern freute sich für ihn.

Er löste sich und eilte zum Anlegehafen. Heinrich überwachte jeden Schritt und wies Karl auf die Details hin.

Paul blieb in der Nähe stehen und hörte zu. Als Heinrich

eine große Karte ausbreitete und die Gebiete aufzeigte, kam Paul dazu. Das wollte er auch sehen.

Heinrich hatte sein Land eingekreist und beschriftet. Das Gleiche hatte er mit anderen Gebieten getan und die jeweiligen Namen dazugeschrieben.

»Alle Barone haben verschiedene Interessen und gönnen dem anderen nichts«, erklärte Heinrich. »Aber wir ziehen auch an einem Strang, wenn wir es müssen. Wir kämpfen vereint gegen den Diebstahl von Kautschuksamen. Kürzlich traten Gerüchte auf, dass es einem Briten schon vor Jahren gelungen sei, tonnenweise Samen zu stehlen. Das wäre eine Katastrophe, die unser Monopol gefährden würde.«

Karl deutete mit dem Finger auf freie Bereiche der Karte. »Was ist hier?«

»Totes Land. Die Kautschukbäume wachsen nicht überall, und manche Bereiche sind abgeerntet. Ich bringe euch in eines unserer näheren Gebiete, damit wir nicht wochenlang weg sind.«

Sie fuhren aus dem Anlegehafen auf den Rio Negro hinaus.

Nach einer Weile gab Heinrich Karl frei. Der legte sich in eine der Hängematten. Heinrich begab sich in seine Kajüte.

Paul lehnte an der Reling und beobachtete das Zusammentreffen der Wasser, das er schon oft gesehen hatte.

Schließlich gesellte er sich zu Karl und schaukelte neben ihm hin und her. »Mama hat sich sehr über deine Geste gefreut.« Er lobte ihn.

»Sie ist immer so gefühlsduselig.«

»Wir haben keine eigenen Kinder. Vielleicht verstehen wir es besser, wenn sich das ändert.«

»Ich bin echt froh, dass das mit Charlotte schiefgegangen ist. Wenn ich mir vorstelle, die würde mein Kind im Bauch tragen ... Das brauche ich wirklich nicht.«

Paul konnte sich Karl als Vater auch nicht vorstellen. Später sicherlich, aber aktuell eben nicht.

Karl döste schon bald vor sich hin. Paul hingegen beobachtete seine Fledermaus. Sie reagierte so euphorisch wie beim letzten Mal. Würde sie wieder einen anderen Weg fliegen wollen als jenen, den Heinrich vorgesehen hatte?

Paul war gespannt.

Es kam, wie er vermutet hatte. Sein Fledertier reagierte empört, wollte unbedingt abbiegen.

Er stieg aus der Hängematte und stellte fest, dass es die gleiche Route war, die das Tier beim letzten Mal gefordert hatte.

Paul zweifelte nicht länger: Seine Fledermaus wollte an einen bestimmten Ort.

Jenen Ort, von dem Taya erzählt hatte?

»Unsere Vorfahren lebten in Harmonie mit den Fledermäusen. Jeder hatte seine eigene Andyrá und war mit ihr verbunden, konnte mit ihr kommunizieren. Man verehrte sie als Schutzgeister. Bei den Wasserfällen gab es Höhlen, in die sich die Fledermäuse zurückzogen. Unsere Stammesmitglieder glaubten, dass der Ort heilig wäre und gingen nicht hinein.«

Paul erinnerte sich an Tayas Worte.

Was, wenn die Andyrá an jenen heiligen Ort zurückkehren wollte? Zurückkehren *musste*?

Nachdenklich stand er an der Reling und fuhr über den Fluss.

Anscheinend schlug er den falschen Weg ein, denn seine Andyrá echauffierte sich fürchterlich. Sie landete auf der Reling, unweit von ihm entfernt, und ärgerte sich. Sie stieß Laute aus, die er nicht verstand, die offensichtlich nur er hören konnte. Niemand sah zu ihnen herüber.

Konnten die anderen die Fledermaus überhaupt wahrnehmen?

Paul hielt die Luft an.

Er hatte so viele Fragen. Wer konnte sie ihm beantworten?

Während er das Kerlchen auf der Reling beobachtete, das auf der Stange auf und ab balancierte und dabei theatralisch vor sich hin schimpfte, schmunzelte er.

Er liebte dieses Tier und war stolz darauf, es bis hierhin mit dem Kerlchen geschafft zu haben.

»Ich fahre mit dir über den Fluss. Dahin, wo du willst. Ich habe extra ein Boot gekauft«, flüsterte Paul. Er schielte die Umgebung ab.

Nicht dass Heinrich ihn beobachtete und ihm eine geistige Verrücktheit unterstellte.

»Das Problem ist nur, dass ich … nun ja …« Paul räusperte sich.

Seine Andyrá legte den Kopf schief und musterte ihn.

»Ich habe Angst vor wilden Tieren.«

Nun war es raus. Er war ein Indigener, der Furcht vor dem Dschungel hatte.

Paul knirschte mit den Zähnen.

Er war nur ein halber Indigener und ein halber Preuße.

Nun hatte er den Salat.

Wie sollte ausgerechnet er das Geheimnis um eine mystische Höhle lösen?

Das war verrückt.

»Vielleicht fahren wir doch lieber in ein paar Jahren, wenn ich … mehr geboxt habe … und mutiger bin«, flüsterte er der Fledermaus zu.

Seine Andyrá baumelte nach unten und ließ sich kopfüber hängen.

Frustriert ließ er seinen Atem entweichen.

Nach einer Weile gab er es auf, sich den Kopf über seinen fehlenden Mut zu zerbrechen.

Heinrich rief Karl und ihn zum Essen.

Sie saßen bald zu dritt in der Kajüte, aßen Fisch und hörten Heinrich zu.

»Ihr werdet sehen, wie der Kautschuk gewonnen wird. Eine Erzählung kann nicht ersetzen, wie es vor Ort ist. Die Arbeit ist hart und langwierig. Es wäre so viel einfacher, wenn man den Kautschuk plantagenartig anbauen könnte. Die Arbeiter könnten von Baum zu Baum gehen und ernten. Sie müssten den Saft nicht so weit zum Lagerplatz transportieren. Wir würden Zeit gewinnen, schneller und mehr ernten. Die Nachfrage ist da, aber wir kommen mit der Produktion nicht nach.«

Karl nickte. »Es braucht mehr Arbeiter, wenn der plantagenartige Anbau nicht funktioniert.«

»Soweit ich weiß, war meine beauftragte Expedition erfolgreich. Gestern Abend erreichte mich ein Bote, der berichtete, dass mein Jägerteam einen Stamm gefunden und überwältigt hat. Ich hoffe, sie haben eine ordentliche Ausbeute gewonnen. Wir brauchen unbedingt mehr Buschleute, solche, die den Dschungel kennen.«

Paul schluckte bei Heinrichs Worten. Was er so schonungslos erzählte, waren schlimmste Verbrechen.

»Es wird um die zwei Wochen dauern, bis die neuen Sklaven eintreffen. Die hatten sich gut an den Seitenarmen des Amazonas versteckt, und da kommt man mit großen Schiffen nicht hin.«

Stille kehrte ein.

Karl sagte nichts.

Paul bemerkte es sehr wohl.

Er selbst brachte kein Wort heraus.

Heinrich zündete sich eine Zigarre an und lehnte sich nach hinten. »Ihr beide habt eine sensible Mutter. Es sei ihr verziehen, sie ist eine Frau und damit bekanntlich das schwächere Geschlecht. Von euch aber erwarte ich Rückgrat.«

Paul warf Karl einen beobachtenden Blick zu.

»Spielst du auf das Auspeitschen an? Ich habe daran keine Freude. Wenn es gerechtfertigt ist, soll das ein Wächter übernehmen.« Karl verzog das Gesicht.

Paul wollte widersprechen. Folterungen waren niemals gerechtfertigt. Er hielt sich zurück. Bei Heinrich hatte es keinen Zweck, und Karl wollte er nicht in die Bredouille bringen. Heinrich saß mit am Tisch.

»Es ist nicht mein erstes Mittel, Karl. Ein ausgepeitschter Sklave sammelt weniger Kautschuk. Entscheidend ist die Erfüllung der Sammelquoten. Wenn ein Sklave faul und langsam arbeitet, muss er diszipliniert werden, auch um die anderen abzuschrecken.«

Am nächsten Tag erreichten sie das Hauptlager.

Sie saßen beim gemeinsamen Frühstück, als einer der Diener sie über die kurz bevorstehende Ankunft informierte.

Heinrich erhob sich von seinem Stuhl. »Es geht los. Ihr seid meine Söhne, und ich erwarte Rückgrat. Die Sklaven riechen Schwäche sofort.«

Pauls Körper überzog eine Gänsehaut. Er wollte da nicht raus. Er wollte die Kautschukwälder nicht sehen. Alles in ihm sträubte sich gegen den Horror, mit dem er befürchtete, konfrontiert zu werden.

Karl folgte Heinrich ohne zu zögern.

Paul wusste nicht, zu wem er beten sollte. Der Kreuz-Gott der Christen schien zu dulden, dass sie seinen Namen anriefen, neues Land einnahmen und die Menschen misshandelten. Ging ein guter Gott nicht gegen solche Gräuel vor?

Hörte er nicht auf die Gebete jener, die litten?

Was aber war mit den Göttern der Waldvölker?

Warum halfen sie nicht?

Paul lief hinter Karl her und mahnte sich, stark zu sein. Sein Bruder musste die Führung über dieses Imperium übernehmen. Sie brauchten einander.

Paul trat an Deck und entdeckte den kleinen Anlegehafen. Ein kleineres Boot als jenes, das er in Belém gekauft hatte, lag dort. Die Fläche vor dem Anlegehafen war gerodet worden. Mehrere Holzhütten waren zu sehen.

Sie verließen das Schiff über einen Steg und betraten das Festland. Hinter der gerodeten Fläche befanden sich die Urwaldriesen.

Heinrichs Begleitschutz positionierte sich deutlich. Jeder konnte auf den ersten Blick erkennen, dass einer der weißen Herren anwesend war.

Paul bemerkte Heinrichs veränderten Gang. Er strahlte pure Macht und Überlegenheit aus.

»Willkommen, Baron Lorenz.« Es schien sich um den obersten Aufseher zu handeln. Er war europäischer Herkunft, trug einen Hut und einen Vollbart. Er machte einen Diener und grinste.

»Ich zeige meinen Söhnen die Plantage. Gibt es irgendwelche Vorkommnisse, von denen ich wissen sollte?«, fragte Heinrich.

Der Aufseher schüttelte den Kopf. »Es läuft wie immer, Herr Baron.« Er wies zu den Hütten. »Hier entlang.«

Die Besucher setzten sich in Bewegung und folgten ihm zu dem Platz, an dem die Aufseher zu wohnen schienen. Auf Paul wirkte dieser Ort wie ein winziges Dorf. In der Mitte gab es eine Feuerstelle.

Eine indigene Frau stand dort und kochte.

Weitere Aufseher hielten sich in der Nähe auf. Der Oberaufseher rief sie zusammen und stellte sie vor.

»Wir nehmen täglich die Kautschukbälle von den Sklaven und lagern sie in der Hütte. Einmal die Woche kommt der Gesandte aus Manaus und holt die Lieferung«, erklärte der Oberste.

Er lief zu einer der Hütten.

Auf dem Weg dorthin kamen sie an einer Frau vorbei, die nackt zwischen zwei Bäume gefesselt worden war. Blutige Striemen waren auf ihrem Rücken zu sehen.

Paul war so schockiert, dass er stehen blieb und nach Luft schnappte. Prompt lief Heinrich in ihn hinein. »Was ist los?«

Der Aufseher bemerkte die Situation.

»Ach, wir mussten die Hure bestrafen. Sie ist schwanger und weiß nicht einmal, wer der Vater ist.« Der Aufseher grinste seinen Kollegen zu.

Paul konnte mit diesem Horror nicht umgehen. Heinrich schob ihn von hinten weiter.

»Wir sind wegen des Kautschuks hier, nicht wegen der Buschweiber.«

Paul würde diesen Anblick nie vergessen. Er brannte sich in seine Seele.

Der Aufseher zog eine Hüttentür auf und wies hinein. »Hier lagern die Kautschukbälle der letzten Tage.«

Heinrich ging hinein und nahm einen der Bälle.

»Die Qualität ist gut«, murmelte er, während er das weiße Material begutachtete. »Karl, sieh mal.«

Heinrich zeigte ihm die Ausbeute. Auch Paul warf einen Blick darauf. Dieses unscheinbare Naturmaterial entschied über das Aussterben eines ganzen Volkes?

»Ohne Kautschuk kein Fortschritt.« Heinrich hob den weißen Ball in die Höhe. »Die Europäer brauchen Gummistiefel. Sie wollen Autos fahren.«

»Sie wollen die Welt beherrschen, egal was es kostet«, murmelte Karl.

Paul musste aus der Hütte raus. Er bekam keine Luft.

Wie so oft beachteten ihn die Sicherheitsleute nicht besonders. Ihr Augenmerk lag immer auf Heinrich und auf Karl.

Paul lief auf den großen Platz, wo die Indigene schweigend in dem großen Topf auf der Feuerstelle rührte.

»Du faules Stück Dreck!«

Paul hörte jemanden schreien. Es folgten Tritte.

Sein Puls schoss in die Höhe.

Sollte er zurück aufs Schiff laufen und die Augen verschließen? Er konnte mit der Wahrheit nicht umgehen. Er konnte sie nicht aushalten.

»Ich verfüttere dich an die Hunde!«

Niemand schien sich für diesen aggressiven Aufseher zu interessieren. Die Indigene an der Feuerstelle aber weinte stumme Tränen.

Pauls Füße verselbstständigten sich. Er rannte dorthin, woher das Geschrei kam.

Ein hochgewachsener Aufseher trat einen jungen Mann, der blutend am Boden lag.

Paul ertrug das Leid nicht. Er zitterte am ganzen Leib, aber seine Hände ballten sich zu Fäusten.

»Stopp!« Er erhob seine Stimme und trat auf den Aufseher zu.

Der sah ihn irritiert an. »Was bist du denn für einer?« Er spuckte verächtlich auf den Boden.

Paul kniete sich zu dem Geschundenen. Der Tod war ihm nicht mehr fern. Der junge Mann glühte fiebrig, Schweiß stand auf seiner Stirn, und die grausamen Hiebe des Aufsehers hatten ihm den Rest gegeben.

Er blinzelte, und als er die Augen öffnete, traf es Paul direkt ins Herz.

Er blickte in seine eigenen Augen.

»Nahel?«, raunte der Geschundene. »Du lebst.«

Pauls Welt zerbrach in 1000 Teile. Er wusste nicht, wer Nahel war, aber dieser Sklave war sein Spiegel.

»Im Kautschukwald stirbt unser Volk, Paul. Ich weiß, du bist dazwischen. Vielleicht musst du dich irgendwann entscheiden.«

Taya war bei ihm. Sie war seine innere Stimme.

Hier geschah ein Völkermord. Vor seinen Augen.

Paul konnte nicht wegsehen.

»Rette Tula, unsere Schwester.« Der Geschundene ächzte und berührte Pauls Wange. »Sag ihr, ich habe so lange für sie gekämpft, wie ich konnte.«

Tränen raubten Paul die Sicht.

»Vielleicht hast du noch einen anderen Bruder und möglicherweise braucht der dich auch.«

Taya hatte es gewusst. Sie wusste, wer seine leibliche Familie war. Paul tastete hektisch die Stirn seines Bruders ab.

»Malaria«, wisperte der.

»Schluss jetzt. Der faule Sack hat seine Sammelquote nicht erfüllt«, spie der Aufseher aus.

Paul erhob sich wutentbrannt. Mit Tränen in den Augen stierte er den Aufseher an. »Er hat die Malaria. Er braucht Medizin, damit er sich erholt.«

Der Aufseher grollte, packte den Geschundenen und zerrte ihn mit.

Paul folgte ihm und sah den Zwinger. Die Hunde darin bellten. Sie sprangen an dem Gitter hoch und kläfften voller Erwartung.

Sie waren für diesen Mord abgerichtet worden.

Der Aufseher ließ den Geschundenen liegen, öffnete die erste Klappe und kam zu seinem Opfer zurück.

Offensichtlich legten sie das Opfer dort hinein, verschlossen das Gitter und zogen mit Hilfe des Seiles ein zweites Gitter nach oben, damit die Hunde nicht ganz freikamen, es nur bis zu ihrem Opfer schafften.

Paul blieben Sekunden.

Er ballte erneut seine Hände zu Fäusten.

Vielleicht hatte er für diesen Moment gelernt zu boxen.

Er würde nicht tatenlos danebenstehen. Damit machte er sich mitschuldig.

Gerade als der Aufseher nach Pauls anderem Bruder greifen wollte, schlug er ihm ins Gesicht.

Der Aufseher stolperte nach hinten, völlig perplex.

Paul musste den Überraschungsvorteil nutzen und schlug ein weiteres Mal zu.

Der Aufseher fiel in den Zwinger hinein.

Paul verschloss das Gitter und zog an dem Seil.

Die Augen des Aufsehers weiteten sich. »Nein!«, schrie er.

»Lieber du als er.« Paul befestigte zitternd das Seil.

Die Hunde stürzten sich auf ihr Opfer und zerbissen den Sklaventreiber.

Paul konnte nicht hinsehen. Die Schreie des Sterbenden hörte er dennoch. Auch sie würden ihn verfolgen.

Pauls Leben war anders geworden.

Er blickte in die Augen seines Bruders, der keuchend auf dem Boden lag. Er hatte ihn »Nahel« genannt. War das sein Geburtsname gewesen?

»Paul, was tust du denn?«

Karl starrte ihn entsetzt an. »Du hast einen Aufseher getötet«, stieß er aus.

In diesem Moment konnte Paul die Position zwischen seinen beiden Welten nicht mehr aushalten.

Er liebte Karl.

Aber den Geschundenen am Boden auch, obwohl er ihn nicht kannte. Er liebte seine Schwester Tula, obwohl er sie noch nie gesehen hatte.

Paul lief zu Karl, umarmte ihn und flehte in sein Ohr: »Bitte hilf dem Sklaven. Er braucht Medizin gegen Malaria. Tu es für mich.«

Er wagte es nicht, Karl die Wahrheit zu sagen. Nicht so.

Paul rannte davon. Die Sicherheitsleute riefen nach Karl, der sich offensichtlich davongeschlichen hatte, um nach Paul zu suchen.

Auf dem Lagerplatz war niemand, nur die misshandelte Frau hing in den Seilen zwischen den Bäumen.

Es war verrückt, aber er wollte sie mitnehmen. Mama würde sich um sie kümmern und ihr helfen.

Paul stolperte zu den Bäumen und hob ihr Kinn mit einer Hand an.

Stumm schrie er in den Himmel empor.

Sein Volk blutete aus. Es starb.

Paul rannte zum Steg. Die Männer, die auf dem Schiff geblieben waren und es bewachten, wunderten sich offen, als Paul auf das kleine Boot kletterte.

Er floh.

Er hatte einen Aufseher getötet. Wahrscheinlich erlag sein leiblicher Bruder in diesem Moment seiner Folter. Heinrich würde einen anderen Sklaven an Pauls Stelle für den Mord am Aufseher bestrafen.

Für Mama. Ihretwegen würde er Paul am Leben lassen.

Paul löste das Seil des Bootes und fuhr auf den Rio Negro hinaus.

Seine Andyrá flog kreischend voraus.

Aufgewühlt lenkte er das Boot über den Amazonas.

Er hatte Karl im Stich gelassen. Nun musste er allein den Schrecken der Plantage bewältigen. Mehr noch: Paul hatte ihn angefleht, einen Sklaven zu retten.

Paul verbrachte Stunden auf dem Fluss. Die Nacht war hereingebrochen. Er wusste, wie gefährlich der Amazonas in der Dunkelheit war. Die Jäger des Waldes und des Flusses erwachten.

Er nahm an, dass sein Boot zu groß war, um einen Kaiman anzulocken. Sicher wusste er es aber nicht. Dazu nickte er vor Müdigkeit dauernd ein.

Was, wenn er irgendwohin trieb und sich verirrte?

War es nicht zu gefährlich, das Boot am Seeufer zu befestigen, um dort zu schlafen und nicht wegzutreiben?

Paul war mit diesem grünen Wahnsinn um ihn herum überfordert. Der Mond spendete kaum Licht.

Gerade als Paul entschieden hatte, das Risiko in Kauf zu nehmen und das Boot anzubinden, entdeckte er weiter vorne Lichter.

Sofort steuerte er darauf zu. Dort war eine Anlegestelle. Je näher er kam, desto besser konnte er es erkennen. Ein kleineres Boot befand sich in der Nähe des Steges.

Paul befestigte sein Boot ebenfalls.

Ein Mann kam auf den Steg gelaufen.

»Wer sind Sie?«, rief er auf Portugiesisch.

»Ich möchte rasten für die Nacht und morgen weiter nach Manaus.«

Der Mann beleuchtete ihn mit seiner Laterne.

»Wir sind Missionare und heißen jeden willkommen.«

Paul nickte. Für eine Diskussion mit einem Geistlichen hatte er heute keine Kraft mehr.

»Möge Gottes Liebe dich auf dem Weg begleiten«, sagte der Missionar. »Komm, ich habe noch Brei übrig.«

»Möge Gottes Liebe jene treffen, die ihn seit Jahren anwinseln, aus der Sklaverei befreit zu werden.« Paul konnte sich seinen Kommentar doch nicht verkneifen. Er war dankbar, dass er den Anlegesteg als sicheren Hafen für die Nacht verwenden durfte, aber innerlich blutete er wie nie zuvor.

Der Geistliche ging fort und kehrte mit einer Schüssel zurück. »Stärke dich.« Er lächelte ihm zu.

Paul schnupperte misstrauisch an dem Brei. Er war entsetzlich hungrig.

Der Geistliche nahm die Schüssel erneut, hielt sie an seine Lippen und schlürfte etwas Brei. »Ich bin dein Vorkoster.«

Paul brummte nur und machte sich über das Essen her.

»Du siehst wie einer der Seringueiros aus und doch wieder nicht. Wer bist du?«

Der Geistliche suchte ein Gespräch.

Paul leerte die Schüssel rasant und reichte sie dem Mann. »Ich danke dir für deine Freundlichkeit. Ich lege mich schlafen und reise morgen weiter.«

Der Geistliche bedrängte ihn nicht weiter und ließ ihn allein.

Paul nahm es erleichtert zur Kenntnis. Er war so erschöpft, dass er tatsächlich zügig einschlief. In seinen Träumen hörte er die Kampfhunde bellen, die Schreie des Sterbenden, fühlte das Fieber seines Bruders und sah die tote Schwangere mit dem zerfetzten Rücken.

Die Wahrheit über die weißen Tränen traf Paul mit voller Wucht.

Am nächsten Morgen setzte er seine Heimreise fort.

Er war nur ein Mann zwischen den Welten, niemand Besonderes. Er konnte seinem Volk nur das anbieten, was er war.

Auf dem Weg zu den Höhlen würde er sicherlich sterben. Er war kein Held, kein Abenteurer.

Überrascht bemerkte er, dass seine Andyrá nicht an jener Stelle abbog, zu der sie dauernd wollte. Sie wies nach Manaus.

Paul dachte eine Weile darüber nach.

Sollte er lieber sein eigenes Boot nehmen? So oder so musste er zuerst nach Hause und die Vorräte auffüllen.

Er hatte auf seinem eigenen Schiff bereits Vorkehrungen getroffen und eine Grundausrüstung hinterlegt.

Als er nach einer Weile an Manaus vorbeifuhr und schließlich die Höhe des Lagers erreichte, verstand er, was seine Andyrá wollte. Sie flog zu Taya.

Sollte er sie tatsächlich in diese Sache mit hineinziehen?

Paul fluchte. Sie steckte doch mittendrin!

Taya wollte zu den Höhlen. Es war ihr Recht mitzukommen, wenn sie sich dafür entschied.

Paul erreichte den Anlegehafen seiner Familie. Diego entdeckte ihn zuerst und kam auf den Steg gelaufen, um das Boot anzubinden.

»Was passieren?«, fragte er.

Paul wollte keine Zeit verlieren. Was, wenn Heinrich einen Teil seiner Wächter hinter ihm herjagte oder die Plantage selbst Hals über Kopf verlassen hatte, um Paul zu finden?

Es war zu riskant.

Er musste jetzt handeln, das spürte er deutlich.

»Diego, ich habe keine Zeit.« Paul rannte durch den Garten, zur Veranda und schlüpfte nach drinnen. Mama sah überrascht von ihrer Schreibmaschine auf.

»Paul? Um Himmels willen!« Sie sprang auf und stürzte ihm nach.

Er war gleich in die Küche gelaufen, um sich einen Korb mit Lebensmitteln zu füllen. Er brauchte außerdem scharfe Messer, am besten eine Schusswaffe und den medizinischen Notkoffer.

Mama kam zu ihm und half ihm unaufgefordert. Sie lagerte die Lebensmittel so, dass mehr in den Korb passte.

»Rede mit mir«, sagte sie.

»Ich habe einen Aufseher getötet.«

Mama verharrte in der Bewegung. Sie atmete lautstark aus. »Was hat der Aufseher getan?«

»Der Sklave war an Malaria erkrankt und hat deswegen die Sammelquote nicht erfüllen können. Der Aufseher verprügelte ihn bis aufs Äußerste und brachte ihn als Futter zu den Hunden.« Paul konnte das ohne Schockpausen erzählen. Er stand derart unter Adrenalin, dass seine Emotionen sich weit entfernt anfühlten.

»Was hast du jetzt vor? Weglaufen ist unnötig. Heinrich kann den Verlust verkraften. Die Aufseher sind nur Söldner. Er hat kein sonderliches Interesse an ihnen.«

»Heinrich tötet mein Volk!«, stieß Paul aus.

Mama schluckte sichtlich.

»Was hast du jetzt vor?« Sie wiederholte ihre Frage eindringlich.

»Meine Fledermaus will mich an einen bestimmten Ort bringen. Ich muss ihr folgen und verstehen, was sie von mir will.«

Mama musterte ihn erstaunt. »Tatsächlich?«

»Ich werde Taya mitnehmen«, gestand Paul.

Mama biss sich auf die Lippen. »Du bringst Taya damit in große Gefahr.«

Es war alles oder nichts. Sie waren anscheinend doch wie Romeo und Julia.

»Ich muss los.«

Paul eilte aus der Küche nach oben. Er wusste, dass Heinrich eine Schusswaffe in seinem Schrank versteckte. Diese nahm Paul an sich.

Er hatte sein Boot schon vor Tagen mit Decken und Wasserbeuteln befüllt. Nun würde er aufbrechen.

Paul suchte Mama in der Küche, aber sie und der Korb waren nicht mehr hier.

Stattdessen fand er sie draußen am Steg.

Diego belud Pauls Boot.

Paul verkürzte die Distanz zu seiner Mutter und umarmte sie.

»Ich habe dir noch ein paar Sachen in den Korb gesteckt. Unter anderem Geld.« Sie küsste seine Stirn. »Ich warte auf deine Rückkehr.«

Sie ließ ihn ohne Vorwürfe ziehen.

Paul war ihr unendlich dankbar dafür.

»Ich tue alles in meiner Macht Stehende, um Heinrich zu beruhigen. Damit meine ich nicht den Aufseher, sondern Taya. Nun wird er deine Liebe zu ihr noch weniger tolerieren, weil er ihr die Schuld an deinem Verhalten geben wird.«

Paul nickte. Taya war in großer Gefahr, und er hasste es, dass er einen Anteil daran trug. Wenn er sie aber im Lager lassen würde, würde Heinrich sie dennoch als Druckmittel gegen ihn einsetzen.

Er kletterte ins Boot und winkte zum Abschied.

Fürs Hadern hatte er keine Zeit.

Als er bald darauf die Höhe des Lagers erreichte und Taya entdeckte, atmete er auf. Er tat das Richtige.

Sein Mädchen stand am Ufer und wartete auf ihn.

Er konnte sie nicht genau erkennen, weil er noch zu weit entfernt war. Allerdings kreisten zwei vogelartige Wesen über einer Frau. Deutlicher ging es nicht.

Paul steuerte direkt auf das Ufer zu.

Je näher er kam, desto sicherer wurde er. Schließlich konnte er sie deutlich erkennen.

Seine Andyrá hatte Taya zum Fluss geholt.

Hinter Taya stand eine weitere Frau, die ihr ähnlich sah. Es musste sich um ihre Mutter handeln.

Was sollte Paul seinem Mädchen zurufen?

Sein Blick verhakte sich mit Tayas. Er spürte sein Herz schneller schlagen. Taya war seine Welt. Er würde für sie beide kämpfen.

Er drehte den Kopf in die Richtung des großen Flussbettes. Der Rio Amazonas erwartete sie.

»Taya!«, rief er. »Ich muss den Weg über den Fluss finden! Kommst du mit mir?«

Tayas Mutter schlug sich die Hand auf den Mund. Sie schluchzte auf.

Hatte er etwas Falsches gesagt?

Taya hingegen sah ihn an, als wäre er ihr Held.

Sie drehte sich zu ihrer Mutter, umarmte und küsste sie.

Zum Abschied.

Paul atmete schwer. Er hatte es geahnt. Taya wollte zu den Höhlen der Andyrá. Sie war bereit.

Im nächsten Moment warf sie sich ins Wasser und schwamm.

Er konnte nicht näher heran, weil das Boot hängen bleiben würde. Also beugte er sich vor und wartete, bis sie ihn erreicht hatte. Er nahm ihre Hand und zog sie ins Boot.

»Ich habe ein Déjà-vu.« Er lachte, denn es war nun das dritte Mal, dass sie ihm so nass gegenüberstand. »Ich habe ein Kleid für dich dabei.«

Taya schlang ihre Arme um ihn.

Er erwiderte ihre Freude und küsste sie auf den Mund.

»Ich habe noch nicht mit dir gerechnet«, murmelte sie an seinen Lippen.

»Ich erzähle dir alles auf unserem Weg.« Er küsste sie ein weiteres Mal, bevor er sich zwang, sich von ihr zu lösen.

Sie mussten vom Rio Negro herunter. Erst in den Seitenarmen des Amazonas fühlte er sich vor Heinrich sicherer.

Allerdings lauerten zahlreiche andere Gefahren.

Diese Reise würde nicht leicht werden.

Paul steuerte das Boot zurück ins große Flussbett.

Taya winkte ihrer Mutter.

Sie kam zu ihm und kuschelte sich an seine Seite.

»Wohin fahren wir, Paul?«

Er sah sie überrascht an. Offensichtlich war es ihr doch

nicht bewusst. Dachte sie, er wollte einen Ausflug unternehmen?

»Taya, wir fahren zu den Höhlen der Andyrá. Du hast gesagt, dass sich niemand hineinwagte, dass unser Volk verflucht wurde. Wir müssen die Wahrheit herausfinden.«

Taya riss die Augen auf. »Ich weiß nicht, wo die Höhlen liegen!«

Paul nickte. »Ich auch nicht.«

Sie schüttelte entsetzt den Kopf. »Paul, das ist verrückt. Wie sollen wir ...«

Er wies auf die beiden Fledermäuse, die vor dem Boot flogen.

»Sie kennen den Weg«, erklärte er.

Taya verstand. Ihr Brustkorb hob und senkte sich in schnellen Zügen. Sie kletterte nach vorne und hob den Blick gen Himmel.

Dieses Bild, wie Taya mit wehenden Haaren nach dem Glück am Horizont suchte, brannte sich in sein blutendes Herz.

Sie drehte sich zu ihm und lächelte.

»Bist du sicher? Du hast doch Angst vor wilden Tieren, und wir fahren direkt in den Dschungel.«

Paul verlor sich in ihren wunderschönen Augen, die ihn neckisch anstrahlten.

»Deswegen habe ich ein Mädchen mitgenommen. Eines, das gut klettern und schnell laufen kann.«

Taya lachte auf.

Paul hörte das Schreien der Fledermäuse.

Sie klangen so anders, so aufgeregt, so frei.

Möge das ein gutes Omen für unsere Reise ins Ungewisse sein.

Besonderheiten der historischen Hintergründe zum Roman

Die Geschichte des Kautschuks liest sich wie ein faszinierender und zugleich tief schockierender Roman. Die Kautschuk-Epoche (Höhepunkt ab 1880 – Verfall ab 1910) führte im Amazonasgebiet zu einem unvorstellbaren Wirtschaftsboom. Die nach Profit gierenden Eroberer beuteten die indigene Bevölkerung des Regenwaldes brutal aus und dezimierten sie innerhalb weniger Jahrzehnte so stark, dass die wenigen übrig gebliebenen Stämme heute unter das Weltkulturerbe gestellt wurden.

Das Blutgummi verschaffte den sogenannten Kautschukbaronen unfassbaren Reichtum. Die Dekadenz der Reichen in Manaus kannte keine Grenzen. Pferde wurden mit Champagner getränkt, Zigarren mit Geldscheinen angezündet und das pompöse Opernhaus in den Dschungel gebaut, um zu protzen.

Dem Briten Henry Wickham gelang es, 70.000 Samen des Kautschuk-Baumes zu stehlen und damit das brasilianische Monopol zu brechen.

Die Einheimischen nannten den Hevea Brasiliensis, den Baum, der weint. Der weiße Saft (die weißen Tränen) wurde aus der Rinde entnommen und erhitzt. Aus den geformten Ballen konnten Gummistiefel, Luftreifen und vieles mehr hergestellt werden.

Der Bruch des brasilianischen Monopols brachte den Boom im Amazonasgebiet zu Fall. Die Bäume wurden erfolgreich in Asien angebaut.

Man muss wohl sagen, dass dieser Wandel den übrig gebliebenen Eingeborenen das Leben rettete.

Weitere Titel finden Sie auf den
folgenden Seiten und im Internet:

WWW.GMEINER-VERLAG.DE

Carlos Ávila de Borba
Der Gesang der Azoren
Roman
320 Seiten, 13,5 x 21 cm,
Klappenbroschur
ISBN 978-3-8392-0679-9

Lajes do Pico in den 1980er-Jahren. Das Verbot des
Walfangs stürzt die Bewohner des Azorenarchipels in die Krise. Wie sollen sie fortan ihre Familien
ernähren? Während für die Walfänger die alte Welt
untergeht, eröffnen sich für den jungen Mateus, der
einer traditionellen Walfängerfamilie entstammt,
neue Wege. Als er der französischen Seglerin Manon
begegnet, verliebt er sich Hals über Kopf in sie und
engagiert sich gemeinsam mit ihr für den Schutz der
Wale. Die auf der Insel schier unmögliche Mission
stellt ihre Liebe auf eine harte Probe …

GMEINER SPANNUNG

WWW.GMEINER-VERLAG.DE
Wir machen's spannend

Göttlicher & Walter
Barcelona Eiskalt
Kriminalroman
384 Seiten, 12,5 x 20,5 cm,
Broschur
ISBN 978-3-8392-0672-0

Die Jagd nach einem erbarmungslosen Killer führt den
Berliner Kommissar Josef Hadersucht nach Barcelona. Die Stadt gleicht einem Hexenkessel, denn die
Volksabstimmung für die Unabhängigkeit Kataloniens
steht bevor. In dieser aufgeheizten Stimmung fahndet
auch Lucia Costa nach einem Serienmörder. Schon bald
kreuzen sich ihre Wege. Suchen sie denselben Mann?
Und wie viel Zeit bleibt ihnen, bis der Mörder erneut
zuschlägt? Für Lucia Costa und Josef Hadersucht
beginnt ein Wettlauf um Leben und Tod.

GMEINER SPANNUNG

WWW.GMEINER-VERLAG.DE
Wir machen's spannend

Claudia Bardelang
Falscher Erbe
Kriminalroman
320 Seiten, 13,5 x 21 cm,
Klappenbroschur
ISBN 978-3-8392-0696-6

Unweit einer Florentiner Polizeibehörde detoniert eine
Bombe. Durch die Explosion kommt Signora Ludovica
Buonarroti ums Leben, eine gut betuchte Dame mit
sagenhafter Kunstsammlung. Der Sprengsatz war in
einem Paket versteckt, das an Buanarrotis Nachbarn
adressiert war. Alessandro Filipepi ist ein alleinstehen-
der, exzentrischer Millionenerbe. Und er schwebt weiterhin in höchster Gefahr. Denn Commissario Lorenzo
Riani und sein Kollege Ispettore Torrini befürchten,
dass der Attentäter sein Werk nicht unvollendet lassen
wird …

GMEINER SPANNUNG

WWW.GMEINER-VERLAG.DE
Wir machen's spannend